Andreas Schmidt
Höhentod

Der Roman spielt hauptsächlich in allseits bekannten Stätten, doch bleiben die Geschehnisse reine Fiktion. Sämtliche Handlungen und Charaktere sind frei erfunden.

Bibliografische Information der Deutschen Nationalbibliothek
Die Deutsche Nationalbibliothek verzeichnet diese Publikation in der Deutschen Nationalbibliografie; detaillierte bibliografische Daten sind im Internet abrufbar über http://dnb.ddb.de

www.niemeyer-buch.de

Umschlaggestaltung: C. Riethmüller
Der Umschlag verwendet Motiv(e) von 123rf.com
Druck und Bindung: Nørhaven, Viborg
Printed in Denmark
ISBN 978-3-8271-9531-9

Andreas Schmidt

Höhentod

CW Niemeyer

EINS

Hameln, Klütberg, 20:10 Uhr

Ein eisiger Wind fegte über die Höhen des Finkenborner Waldes. Das bunte Laub in den Ästen der alten Bäume raschelte unheilvoll. Irgendwo in der Tiefe des Geländes schrie ein Käuzchen. Nur selten drang das Mondlicht durch das natürliche Dach der tief hängenden Zweige.

Nachdem er den Wagen auf dem kleinen Parkplatz abgestellt hatte, lehnte er einen Augenblick in der Fahrertür und ließ die düstere Szenerie auf sich wirken. Alles wirkte irgendwie inszeniert, gestellt wie in einem Gruselfilm. Mahnend erhob sich der Klütturm in den Nachthimmel. Als er den Kopf nach links wandte, sah er in der Ferne die Lichter der Stadt funkeln. Dumpf drang das Rauschen der Bundesstraße an seine Ohren.

Nicht zum ersten Mal an diesem Abend fragte er sich, warum er die Einladung zu dem seltsamen Treffen überhaupt angenommen hatte. Normalerweise ließ er sich auf so einen Mist gar nicht ein. Wer ihn sprechen wollte, konnte ihn per Mail oder Telefon kontaktieren. Ein wenig ärgerte er sich jetzt darüber, sich auf diesen fragwürdigen Termin eingelassen zu haben. Schnell drückte er die Fahrertür ins Schloss und betätigte die Zentralverriegelung des Tesla.

Suchend blickte er sich um. Weit und breit war kein weiteres Fahrzeug zu sehen. Er glaubte nicht daran, dass sein Gesprächspartner den weiten Weg auf den Berg zu Fuß in Angriff genommen hatte. Wahrscheinlich hatte er den Wagen im hinteren Bereich geparkt, dort, wo sich früher der Parkplatz des Restaurants befunden hatte. Mit Koniezcko, dem Besitzer der Immobilie, hatte er morgen auch einen Termin. Es ging um die Zukunft der prägnanten Immobilie auf dem Klüt. Die traumhafte Aussicht würde er sich zunutze machen und das Gebäude mit einem völlig neuen Konzept nutzen. Das setzte voraus, dass er in dem Meeting mit Vladimir Koniezcko handelseinig wurde.

Doch jetzt stand erst einmal das seltsame Treffen auf dem Turm an. Er hatte aufgegeben, sich nach dem Sinn und dem Zweck des Treffens zu fragen. Nahm es als gegeben hin, solange es ihn bei seinem Projekt voranbrachte. Es galt, den Bürgermeister und den Baurat der Stadt von der Machbarkeit seiner Vision zu überzeugen.

Nachdem er tief durchgeatmet hatte, konzentrierte er sich auf das bevorstehende Gespräch. Geschützt vor allzu neugierigen Blicken. Mechanisch setzte Klaus Sippelmann einen Fuß vor den anderen und marschierte auf den Turm zu. Er kannte diesen Ort, der tagsüber von unzähligen Wanderern, Touristen und Mountainbikern heimgesucht wurde, inzwischen wie seine Westentasche. Bei Dunkelheit hatte der Klüt etwas Beklemmendes an sich. Die Stadt zu Füßen des Berges war sichtbar, man hörte die Autos und war doch einsam hier oben. Sippelmann atmete tief durch und zog den Reißverschluss seiner Jacke zu. Ein Blick auf die Apple Watch sagte ihm, dass er früh dran war. Ein paar Minuten hatte er noch Zeit. Er ließ den Klütturm rechts liegen und betrat die Freifläche, die man für die Touristen eingerichtet hatte. Ein einfacher hölzerner Zaun schützte vor einem Sturz in die Tiefe, davor gab es einige massige Holzbänke. Sippelmann nahm sich Zeit und genoss den Panoramablick auf die Rattenfängerstadt zu seinen Füßen. Sanft senkten sich die auslaufenden Hügel des Weserberglandes in die Flusssenke. Es sah aus, als würden sich die Häuser Hamelns an die Erhebungen schmiegen. Die Lichter der Stadt ließen die Gegend wie eine Modelllandschaft erscheinen. Einen Moment lang stand Sippelmann am Zaun und atmete tief durch. Kaum ein Geräusch drang hier herauf, nur das permanente Rauschen der Autos auf der Bundesstraße war allgegenwärtig. Motorenlärm, auch aus der Ferne, war Sippelmann ein Dorn im Auge. Seit dem Tod seiner ersten Frau kämpfte er für einen Ausbau des öffentlichen Personennahverkehrs. Bei einem tragischen Autounfall war sie ums Leben gekommen, getötet von einem Lkw-Fahrer, der das Stauende übersehen hatte und ihren Wagen in einen Haufen verbeultes Blech verwandelt hatte. Carla hatte keine Chance gehabt. Sie war hinter dem Steuer ihres Kleinwagens eingeklemmt worden und elendig verreckt. Linus, ihr Sohn, war zu diesem Zeitpunkt gerade einmal acht Jahre alt gewesen.

Noch immer legte sich ein Bleigürtel um Klaus Sippelmanns Brust, wenn er an Carlas unsinnigen Tod dachte. Für ihn war sie die Liebe seines Lebens gewesen. Große Pläne hatten sie gehabt, wollten Seite an Seite alt werden und später viel reisen, die Welt erkunden. All ihre Träume waren durch den Unfall von einer Sekunde zur anderen ausgelöscht worden. Sippelmann hatte plötzlich vor einem tiefen Nichts gestanden und zeitweise sogar Selbstmordgedanken gehabt. Doch es nutzte nichts – er trug fortan alleine die Verantwortung für den kleinen Linus.

„Hier oben!“, gellte plötzlich eine Stimme durch die Nacht und riss Sippelmann aus den trüben Gedanken.

Er machte auf dem Absatz seiner robusten Schuhe kehrt und legte den Kopf in den Nacken. Oben auf dem Turm wurde eine Lampe geschwenkt. „Hier bin ich!“

Sippelmann stieß sich vom Zaun ab. „Ich komme zu Ihnen.“

„Sie werden eine Lampe brauchen, im Turm ist es dunkel.“

Täuschte er sich, oder kam ihm die Stimme dort oben bekannt vor? In seiner Laufbahn als Dozent am Institut für Verkehrswissenschaften war er vielen Menschen begegnet, Kritikern wie Befürwortern seiner Visionen.

„Die Taschenlampe ist am Mann“, rief Sippelmann, öffnete den Reißverschluss der Jacke und zog die Maglite aus der Tasche. Schnell erklomm er die unbefestigten Stufen, die zum Eingang des Turmes führten. Gegenüber gab es eine kleine Hütte, wahrscheinlich im Sommer der Souvenirshop. Jetzt war die Hütte mit Brettern verrammelt und so vor Witterungseinflüssen und vor Vandalismus geschützt.

„Die Tür zum Turm ist nur angelehnt", rief die Stimme von oben.

Sippelmann drückte mit der freien Hand gegen das grüne Holz. Der Lichtfinger der Taschenlampe geisterte über das Türblatt. Hier wäre ein neuer Anstrich fällig, dachte Sippelmann, dann griff er nach dem eisernen Knauf und drückte die Tür auf. Im Hereingehen erblickte er die Einbruchspuren auf Höhe des Schlosses. Was hatte das zu bedeuten?

Im Innern des Klütturmes roch es muffig. Putz rieselte von den Wänden. Er erklomm die Treppe, die nach oben führte. In regelmäßigen Abständen passierte er schmale, hohe Fenster, an denen er kurz innehielt, um sich zu orientieren. Die Scheiben waren staubblind, die Lichter der Stadt erschienen ihm wie milchige Botschafter der Zivilisation, nah und doch unerreichbar für ihn. Obwohl seine Kondition gut war, atmete er doch zusehends schwerer, je weiter er nach oben gelangte. Sippelmann verlangsamte seine Schritte. Er hatte keine Lust, seinem Gesprächspartner nach Atem ringend unter die Augen zu treten. Der Schein seiner Taschenlampe geisterte über die kahlen Wände im Innern des Turmes. Hohl klangen seine Schritte von den Wänden zurück. Im oberen Bereich waren die Stufen nicht aus Stein, sondern aus geriffeltem Metall. Sippelmann musste vorsichtig sein, denn die Stufen waren steil und schmal. Achtsam leuchtete er die Trittstufen aus und setzte einen Fuß vor den anderen. Es war wirklich ein eigenartiger Ort für das Treffen. Er zögerte ein letztes Mal, blieb stehen und hörte das Blut in seinen Ohren rauschen. Sippelmann verspürte einen kalten Luftzug, der seine erhitzte Stirn streifte. Gleich hatte er sein Ziel erreicht, doch noch war von seinem Gesprächspartner nichts zu sehen.

„Hallo?", rief er nach oben.

„Hier bin ich", erklang die Stimme von der Plattform. „Ganz oben."

Der Wind verfing sich in den Verstrebungen der obersten Plattform und erzeugte ein leises Heulen. Sippelmann marschierte weiter, dann hatte er sein Ziel erreicht. Sein Atem ging schwer. Als er die Plattform betrat, erblickte er trübe Glasbausteine, die vor den schlimmsten Witterungseinflüssen schützen sollten. Der Wind pfiff durch die Ritzen. Irgendwelche Spinner hatten das Mauerwerk mit Graffiti beschmiert. Dies musste der höchste Punkt Hamelns sein, durchzuckte es ihn. Selbst hier schien sich das Rauschen des Motorenlärms von der Bundesstraße 83 schwer über die Stille der Natur zu legen. Kurz streifte Sippelmanns Blick das Panorama, dann nahm er aus dem Augenwinkel eine Bewegung wahr und fuhr herum.

„Hier sind Sie“, sagte er, dann riss er die Augen auf. „Was soll das?“ Er blickte auf eine Waffe, deren Mündung auf ihn gerichtet war.

Von seinem Gegenüber war nicht viel zu erkennen. Sein Gesicht lag im Schatten. „Genießen Sie noch einmal den Ausblick. Sie lieben es doch, auf die Leute herabzuschauen.“

„Das ist Unsinn“, behauptete Sippelmann mit trockener Kehle. Er wich einen Schritt zurück. Sippelmann war Wissenschaftler und kam nicht oft in den zweifelhaften Genuss, mit einer Pistole bedroht zu werden.

„Auslegungssache“, erwiderte sein Gegenüber tonlos. „Wie dem auch sei: Jetzt ist Schluss mit Ihrer Arroganz.“

Die nackte Todesangst lag in Sippelmanns Augen, als er sah, wie die Waffe in der Hand seines Gegners entsichert wurde. Überlaut klickte das Metall. In Zeitlupentempo krümmte sich ein Zeigefinger um den Abzug.

Wieder wich Sippelmann zurück, als könne er so der tödlichen Kugel entgehen. Hart prallte er an das kalte Mauerwerk in seinem Rücken und hob abwehrend die Hände. „Warten Sie“, gellte seine Stimme durch den Turm. „Wir können über alles reden, bitte warten Sie!“

„Es gibt nichts zu besprechen.“ Die Stimme seines Gegenübers klang kühl und emotionslos. Langsam schüttelte die dunkel gekleidete Gestalt den Kopf.

Sippelmann sah sein Heil in der Flucht, wirbelte herum, taumelte und verlor das Gleichgewicht. Mit dem

Hinterkopf prallte er an eine der Säulen in seinem Rücken. Ihm war, als würden Blitze vor seinen Augen explodieren. Etwas in seinem Rücken knackte. Es fühlte sich an, als wäre ihm die Wirbelsäule durchgebrochen worden. Mit einem erstickten Schmerzensschrei ging er zu Boden. Der Griff, mit dem er die Taschenlampe umklammert hatte, lockerte sich. Polternd fiel seine Lampe zu Boden. Wie ein Irrlicht huschte der Lichtfinger in kreisenden Bewegungen über das kahle Mauerwerk.

Licht und Schatten wechselten einander wild rotierend ab, erhellten und verdunkelten die bizarre Kulisse. Dann erreichte die Lampe den Treppenabsatz, bekam Übergewicht und polterte überlaut die eisernen Stufen herunter.

Wie gebannt starrte Sippelmann auf die Mündung der Waffe, die auf ihn gerichtet war, fühlte sich wie ein Kaninchen, das starr vor Schreck vor der Schlange steht, unfähig, sich aus dem Gefahrenbereich zu retten. Zäh wie Sirup flossen seine Gedanken durch den Kopf. Obwohl er normalerweise ein rational denkender Mensch war, so fühlte er sich jetzt nicht in der Lage, einen klaren Gedanken zu fassen.

Langsam schien die Aussicht auf Hameln seinem Blick zu entschwinden. Es sah aus, als würde die Stadt vor seinen Augen versinken. Kaum dass er unter dem Sims der Plattform kauerte, gruben sich seine Hände in das Mauerwerk. Er spürte den Putz, der sich unter seine Nägel schob, und schrie mit schmerzverzerrter Miene auf. Sein Hinterkopf brannte höllisch, dann war ihm, als stürze er ins Nichts. Wie gebannt suchte er mit Blicken nach seinem Gegner, der ihm unbeeindruckt folgte. Breitbeinig stand die Gestalt nun über ihm, die Waffe jetzt mit beiden Händen haltend.

Für den Bruchteil einer Sekunde herrschte gespannte Stille. Sippelmann war es, als würde sein Leben in bewegten Bildern an ihm vorüberziehen. Einzelne Sequenzen, die schlaglichtartig vor seinen Augen aufleuchteten. Dann war er geblendet. Fast zeitgleich mit dem Mündungsfeuer hörte er den Schuss, der durch die Stille peitschte.

Ein brennender Schmerz bohrte sich in seinen Oberkörper. Unkontrolliert bäumte sich Sippelmann auf. Er glaubte, von innen heraus zu explodieren, fühlte diese irrsinnige Hitze und tastete mit der Hand zu der Stelle, an der er den Schmerz lokalisierte. Er fühlte eine warme, klebrige Flüssigkeit, die durch seine gespreizten Finger hindurch quoll.

Blut, durchzuckte es ihn in Todesangst. *Es ist mein eigenes verdammtes Blut.*

Sippelmann rollte weiter nach hinten, dann stürzte er ins Nichts. Haltlos fiel er ins Bodenlose, polterte die Eisentreppe herunter und wusste nicht, welche Stelle seines Körpers ihn am meisten schmerzte. Nach einer gefühlten Ewigkeit blieb er am unteren Rand der Treppe in verrenkter Haltung liegen. Das Letzte, was er sah, als das Leben aus seinem Körper wich, war der Nachthimmel über dem Wald. Dann umhüllte ihn eine wohlige Wärme. Seine Gesichtszüge entspannten sich.

Plötzlich ließ der Schmerz nach. Sein Körper fühlte sich leicht an, federleicht. Im nächsten Augenblick wurde es dunkel um ihn herum. Klaus Sippelmann spürte schon nicht mehr, wie sein Herz aufhörte zu schlagen.

ZWEI

Hameln, 20:35 Uhr

Er rannte, als wäre der Leibhaftige hinter ihm her. Immer schneller wurden seine Schritte auf der steil abfallenden Straße. Hohl klangen die Tritte seiner schweren Stiefel und erinnerten ihn an einen stampfenden Takt, den er in irgendeinem Musical gehört hatte. Damals, in einem anderen Leben. Die tief hängenden Zweige der alten Bäume über seinem Kopf wuchsen zu einem grünen Dach zusammen, das nur selten das Mondlicht durch das spärlicher werdende Laub dringen ließ. Das Gepäck in seinem Rucksack schepperte im Takt seiner Schritte.

Er sollte wieder öfters Sport treiben, durchzuckte es ihn, als er spürte, wie sein Herz raste. Vielleicht hätte er sich besser auf den Abend vorbereiten sollen. Von der Logistik her war alles perfekt geplant gewesen, nur seine körperliche Verfassung war längst nicht mehr so gut wie vor ein paar Jahren. Als er Blitze vor seinen Augen tanzen sah, verlangsamte er seine Schritte, blieb aber nicht stehen. Das Blut rauschte ihm in den Ohren, sein Atem ging röchelnd. Er warf einen Blick zurück über die Schulter, glaubte, ein Geräusch hinter sich gehört zu haben. Doch da war niemand, der ihm folgte. Wer sollte sich auch schon um diese Uhrzeit hierher verirren?

Als sich sein Puls ansatzweise normalisiert hatte, setzte er seinen Weg ins Tal fort. Sippelmann war erledigt, und eigentlich konnte er mit dem Verlauf zufrieden sein. Allerdings durfte er jetzt nicht leichtsinnig werden. Spätestens morgen früh würde man Sippelmanns Leiche finden. Dann sollte er die Stadt längst verlassen haben. Doch zunächst galt es, unauffällig vom Tatort zu verschwinden. Dazu nutzte er die Einsamkeit des Finkenborner Waldes. Hätte er sich besser vorbereitet, könnte er die verlassenen Waldwege nutzen, um unerkannt zu entkommen – und um den Weg ins Tal abzukürzen. Er nahm sich vor, beim nächsten Mal alles besser zu machen.

Es dauerte nicht lange, bis er jedes Gefühl für Raum und Zeit verloren hatte. Er konnte schwer einschätzen, wie lange er schon unterwegs war, als plötzlich die Lichter von Häusern durch das Dickicht schienen.

Die Zivilisation hatte ihn wieder.

Unter anderen Umständen hätte er sich darüber gefreut, so aber musste er von jetzt an noch vorsichtiger sein. Kurz blieb er am Rand der Straße stehen, dachte nach und orientierte sich. Der Weg zur Hauptstraße am Fuße des Klütberges war gut ausgeleuchtet. Es war zu gefährlich, sich dem Schein der Straßenlaternen auszusetzen. Zu seiner Rechten lag ein umzäuntes Grundstück. Weiter hinten eine prächtige Villa mit strahlend weißer Fassade. Von einer Videoüberwachungsanlage war nichts zu sehen. Kurz entschlossen kletterte er an dem Zaun hoch, hievte seinen Körper darüber und stand im nächsten Augenblick im Garten des fremden Anwesens. Er duckte sich in den Schatten eines großen Rhododendronbusches und dachte kurz nach. Hier war er von der Straße aus nicht zu sehen. Wenn er sich recht erinnerte, säumten die Privatgrundstücke den Rest seines Weges bis zur Weser herab. Das kam ihm sehr gelegen, denn so setzte er sich nicht der Gefahr aus, von einem Autofahrer oder einem Passanten entdeckt zu werden. Zeugen waren so ziemlich das Letzte, was er jetzt gebrauchen konnte. Vorsichtig spähte er hinüber zur Villa. Drinnen brannte Licht, offensichtlich waren die Bewohner noch wach. So spät, wie es ihm vorkam, war es ja auch noch nicht. Hastig warf er einen Blick auf seine Armbanduhr. Noch keine einundzwanzig Uhr. Vielleicht, so überlegte er, vielleicht wäre es besser gewesen, das Treffen mit Sippelmann zu einem noch späteren Zeitpunkt zu vereinbaren.

Doch nun war es geschehen, seine Mission erfüllt, und Sippelmann war erledigt. Es gab kein Zurück mehr. Er atmete flach und beobachtete das Treiben im Haus. Es gab eine Glastür, die zum Garten hinausführte. Erst als der Wind die Vorhänge aufblähte, bemerkte er, dass die Fensterfront geöffnet war. Es galt, noch vorsichtiger zu sein. Kurz überfiel ihn Panik. Sein Plan, die Flucht durch die zumeist dicht bewachsenen Gärten der Häuser fortzusetzen, schien ihm jetzt nicht mehr so klug zu sein. Es wäre fatal, wenn er jetzt aufflog. Er duckte sich tiefer in das Gebüsch, ließ den Rucksack von den Schultern gleiten und öffnete den Reißverschluss. Seine Finger zitterten, als er hineingriff und das kalte Metall der Waffe spürte. Beherzt griff er zu, entsicherte die Waffe und legte an. Er wollte sichergehen, denn ungebetene Zeugen konnte er jetzt auf keinen Fall gebrauchen. Ein paar Sekunden kauerte er hinter dem üppigen Busch und wartete ab, bis sich sein Kreislauf ein wenig normalisiert hatte, dann setzte er einen Fuß auf die penibel geschnittene Rasenfläche.

Just in dem Moment, als ohrenbetäubendes Hundegebell die abendliche Stille zerschnitt …

DREI

Hameln, Finkenborn, 20:43 Uhr

Er musste eingeschlafen sein. Benommen richtete sich der alte Mann auf, fuhr sich mit der behaarten Pranke durch das runzelige Gesicht und versuchte vergeblich, die Müdigkeit abzuschütteln. Es dauerte einen Moment, bis er in der Realität angekommen war. Er orientierte sich, stellte fest, dass er im Fernsehsessel eingedämmert war. Noch immer lief der riesengroße Flatscreen, allerdings ohne Lautstärke. Das hektische Flackern des Fernsehers nervte den alten Mann. Er blinzelte ins Halbdunkel. Die einzige Lichtquelle im Raum war die kleine Stehlampe in der Ecke des Wohnzimmers. Lange Schatten schienen über den Parkettboden der Villa zu kriechen. Auf dem Tisch die beiden Weingläser. Seines noch halb voll, das seiner Frau war leer. Befand sie sich in der Küche, um die Weinflasche zu holen?

Hermann Lodde war schwerhörig. Er legte den Kopf schräg und lauschte. Mit verkniffenem Blick versuchte er, in der Stille, die ihn umfing, ein Geräusch zu hören. Vergeblich.

Der alte Mann wandte den Kopf. Die Verandatür stand weit offen. Ein seichter Abendwind wehte ins

Haus herein und spielte mit den bodenlangen Vorhängen.

Er fröstelte.

Langsam ordnete er seine Gedanken und stellte fest, dass etwas im Garten geschehen sein musste. Er war von Hundegebell aufgeweckt worden. Ben, der Australian Shepherd, musste durch die offene Tür in den unbeleuchteten Garten entwichen sein.

Dort schlug er jetzt Alarm.

Hermann Lodde richtete sich auf. Sein Herz begann zu rasen. Etwas stimmte nicht, denn umsonst schlug der Hund nicht an. Der alte Mann blickte sich um. Von seiner Frau war nichts zu sehen und nichts zu hören.

„Berta!“ Hermann Lodde umklammerte die Armlehnen des Sessels und zog sich mühsam in die Höhe. Er räusperte sich. „Berta – der Hund schlägt an!“ Lodde kehrte den Kopf zur Tür. Im Flur brannte Licht. Wahrscheinlich befand sich seine Frau auf der Toilette oder in der Küche. Lauschend legte der vornehme alte Mann den Kopf schräg und verzog das Gesicht, als er das schmerzhafte Ziehen im Nacken spürte. Der Hund knurrte und bellte draußen. Die Nachbarn würden sich beschweren.

„Berta“, rief er heiser in Richtung Küche. „Wo steckst du?“ Es war die Aufgabe seiner Frau, sich um den Hund zu kümmern. Wäre es nach ihm gegangen, gäbe es in diesem Haus keinen verdammten Köter, doch Berta hatte sich durchgesetzt, hatte argumentiert, dass ein

Hund besser funktioniere als jede Alarmanlage. Mit Hunden hatte Hermann Lodde nichts am Hut, doch seine Frau war bekennende Tierliebhaberin. Er hätte schwören können, dass ihr Argument, ein Hund könne sie schützen, nichts als ein Vorwand war, um ihn von der Anschaffung eines Vierbeiners zu überzeugen. So war es auch Bertas Aufgabe, sich um das Wohlergehen des Hundes zu kümmern. Zwar gab es eine Hundesitterin, die Ben zweimal täglich ausführte, denn für ausgiebige Spaziergänge mit dem Hund waren die beiden Senioren zu alt.

„Der Hund", rief Hermann Lodde wütend. „Sorg dafür, dass er Ruhe gibt, Berta. Die Nachbarn werden uns verteufeln."

„Da muss etwas im Garten sein", rief seine Frau, die jetzt in das Wohnzimmer eilte. Mit ihren sechsundachtzig Jahren war sie noch etwas flinker unterwegs als er. Sorge lag in ihrem Gesicht, als sie humpelnd den Raum durchschritt und einen Fuß über die Schwelle in den Garten setzte. Vor Kurzem hatte man ihr ein neues Hüftgelenk eingesetzt. Doch davon abgesehen war seine Frau körperlich fit.

„Wir hätten diese Scheinwerfer kaufen sollen, die uns der Elektriker neulich empfohlen hat", maulte Hermann. „Die Bewegungsmelder hätten dafür gesorgt, dass niemand ungesehen auf unser Grundstück gelangt. Aber nein – ein Hund musste es sein." Der alte Herr schüttelte verständnislos den Kopf.

Berta betrachtete ihren Mann mit einem mitleidigen Blick und suchte den Garten mit den Augen ab, während sie den Hund rief.

Ein spitzer Schrei kam über ihre Lippen, als draußen ein Schuss durch die Dunkelheit peitschte.

Der alte Mann war trotz seiner Schwerhörigkeit sicher, dass es sich bei dem Geräusch um einen Schuss handelte. Feuerwerk klang anders, das konnte er unterscheiden. Als junger Mann war Hermann Lodde im Krieg gewesen. Später hatte er an der Jagd teilgenommen. Er wusste sehr wohl, wie ein Schuss klang. „Berta", krächzte er, doch seine Frau eilte, offenbar in Sorge um den geliebten Hund, in den dunklen Garten. Das Tier bellte nicht mehr. Unheilvoll schallte ein schmerzerfülltes Jaulen durch die Nacht, dann kehrte Stille ein.

Mörderische, beklemmende Stille.

Der Wind frischte auf und erzeugte in den Büschen auf der Veranda ein bedrohliches Rauschen. Hermann Lodde stand fassungslos im Raum, stützte sich an der Sessellehne ab, als er bemerkte, wie seine Knie weich wurden.

Für den Bruchteil einer Sekunde freute er sich trotzdem darüber, dass der Fremde für Ruhe gesorgt hatte. Kurz genoss er die Stille. Ein zaghaftes Lächeln huschte um seine Mundwinkel, dann erst realisierte er, dass jemand den Hund erschossen hatte.

Der Gedanke hatte etwas Brutales.

Etwas Endgültiges, das ihm Angst bereitete.

„Ben", kreischte Berta nun. Hermann wunderte sich darüber, wie schnell sie jetzt zu Fuß unterwegs war. Die Sorge um den geliebten Hund ließ sie den Schmerz in der Hüfte vergessen, ausblenden.

„Ruf die Polizei, Hermann!" Ihre Stimme gellte durch die Dunkelheit. „Da ist jemand im Garten."

Bevor Hermann reagieren konnte, wurde draußen erneut geschossen. Berta schrie schmerzerfüllt auf und taumelte, offenbar von der Wucht der Patrone getroffen, zurück. Als sie sich zu ihm umwandte, glich ihr Gesicht einer Fratze. Die pure Todesangst lag in ihrem Blick.

Starr vor Schreck blickte der alte Mann auf ihre Hand, die sie sich auf den Magen presste. Er sah Blut zwischen ihren Fingern hervorquellen, hörte ihr heiseres Krächzen und verfluchte sein Alter. So gern er losgestürmt wäre, um sie zu schützen und vor dem unvermeidlichen Sturz zu bewahren – seine lahmen Knochen ließen eine schnelle Reaktion nicht zu. Er humpelte zur Terrassentür und sah hilflos zu, wie seine Frau zu Boden ging. Lodde riss sich von ihrem Anblick los und versuchte, das Dunkel des Gartens mit seinen müden Augen zu durchdringen. Kaum glaubte er, einen huschenden Schatten am Zaun bemerkt zu haben, als seine Frau leblos in sich zusammensackte. Hart schlug sie auf dem Rücken auf, stieß sich den Hinterkopf, jammerte, dann kehrte Ruhe ein. Ihr Blick war gebrochen, der Mund stand einen Spaltbreit offen. Ein feiner Blutfaden rann aus ihrem Mundwinkel, benetzte die schmalen, bleichen Lippen und rann zum Kinn.

Auf Lodde wirkte es, als würde sie anklagend zu ihm aufblicken.

Schlaglichtartig sah er Sequenzen aus ihrem langen gemeinsamen Leben, sah sie als die junge Frau, in die er sich vor vielen Jahrzehnten verliebt hatte, sah ihre Hochzeit, die Geburt der Tochter. Dann verblassten die Bilder vor seinem geistigen Auge. Er wurde sich bewusst, dass er Berta gerade verloren hatte.

Wie paralysiert sah er ihr beim Sterben zu, betrachtete sie starr vor Schock, während das Leben aus ihrem Körper wich. Tränen traten in seine alten Augen, dann verließen auch ihn die Kräfte. Heinrich Lodde schluchzte und weinte bitterlich, als er auf die Knie sank.

„Berta", krächzte er heiser, als er den salzigen Geschmack seiner eigenen Tränen auf den Lippen schmeckte. In wenigen Sekunden zogen die vielen gemeinsamen Jahrzehnte, die guten und die schlechten Zeiten, an seinem geistigen Auge vorbei. „Geh noch nicht. Bitte …" Wimmernd brach der alte Mann über dem leblosen Körper seiner Frau zusammen.

*

„Hast du das gehört?" Mit bangem Blick trat Karin Henke in das spärlich beleuchtete Wohnzimmer. Sie fröstelte, als sie die Verandatür mit zitternden Fingern verschloss. Ängstlich schaute sie ihren Mann Jörg an, der auf dem Sofa lag und in den Spielfilm, der gerade lief, vertieft war. Teilnahmslos langte er in die hölzerne Schale mit den Chips. „Was habe ich gehört?"

„Den Knall?" Karin Henke fuhr sich durch die kurzen schwarzen Haare. Sie war wie immer zum Rauchen vor die Tür des Einfamilienhauses am Finkenborner Weg getreten. Jörg war Nichtraucher. Er hasste es, wenn es im Haus nach Nikotin roch. Am liebsten wäre es ihm gewesen, wenn seine Frau sich das Rauchen endlich abgewöhnte, so wie sie es ihm vor vielen Jahren einmal versprochen hatte.

Jetzt riss sich Jörg vom Fernseher los und starrte sie verständnislos an. „Welchen Knall?"

„Es klang wie ein Schuss", bemerkte Karin und deutete mit dem Daumen über die Schulter nach draußen. Der Garten ihres Hauses lag im Dunkeln da. Während ihr schlanker Körper vor Aufregung bebte, blieb ihr Mann wie immer ruhig. Seine lethargische Art nervte sie. Ein Temperamentbündel war er noch nie gewesen, doch wenn sie sich Sorgen machte, nervte sie seine stoische Ruhe.

„Ein Schuss?" Langsam richtete sich Jörg auf. „Vielleicht waren es Jugendliche, die mit Feuerwerk herumspielen, das sie von letztem Silvester übrig behalten haben."

„Das klang nicht nach einem Böller", beharrte Karin und schüttelte den Kopf. Ängstlich blickte sie nach draußen in den Garten.

„Vielleicht ist ein Jäger im Finkenborner Wald unterwegs.“ Jörg erhob sich träge, durchquerte den Raum und trat neben seine Frau. Beruhigend legte er seine Hände auf ihre Schultern und blickte ihr tief in die braunen Augen.

„Im Wald?“ Wieder schüttelte Karin den Kopf. „Jörg, das klang wie in der Nachbarschaft.“

„Ich kenne im Kreis unserer Nachbarn niemanden, der im Besitz einer Schusswaffe ist.“ Er lächelte. „Ich bin sicher, du hast dich getäuscht, Bärchen.“ Zärtlich wie bei einem kleinen Mädchen tätschelte er ihre Wange.

Karin drehte fast durch. Sie hasste es, wenn er sie so behandelte. Doch sie hatte jetzt keine Lust auf eine Grundsatzdiskussion. Als sie erneut einen Knall hörte, zuckte sie zusammen.

„Da war es wieder.“

„Du hast Halluzinationen. Ich habe nichts gehört.“ Er lächelte milde, als würde ihm ein Kind erzählen, es habe gerade den Weihnachtsmann gesehen.

„Jörg – bitte. Wir sollten nach dem Rechten schauen.“

„Nein.“ Er schüttelte den Kopf und wandte sich ab. „Ich mische mich generell nicht in Dinge ein, die mich nichts angehen.“ Jetzt erlosch sein Lächeln. „Das müsstest du wissen.“

„Ja, ich weiß es, und es nervt mich. Deine Gleichgültigkeit ist manchmal zum Kotzen.“ Sie bebte vor Wut, war versucht, selber hinauszugehen, um nach dem Rechten zu schauen. Wenn sie sich nicht getäuscht hatte, und draußen waren tatsächlich Schüsse gefallen, dann war es unter Umständen gefährlich, sich ins Freie zu begeben. „Ich werde die Polizei anrufen", sagte sie schließlich, schüttelte die schweren Hände ihres Mannes von den Schultern und ließ ihn stehen. Im Flur nahm sie das Mobilteil des Telefons aus der Ladestation. Als sie die Nummer des Notrufes wählte, zitterten ihre Finger noch immer.

*

Hermann Lodde schaute auf, als er ein Geräusch wahrnahm. Im Unterholz neben der Veranda knackte ein Ast, das Laub raschelte, dann baute sich ein großer, dunkler Schatten vor ihm auf. Das Gesicht der Gestalt lag im Schatten einer Mütze verborgen.

„Was wollen Sie?", krächzte der alte Mann. Er stand immer noch unter Schock und war nicht in der Lage, einen klaren Gedanken zu fassen. Als sein Blick auf die glänzende Mündung der Waffe in der Hand seines Gegenübers fiel, räusperte er sich. „Nein", sagte er und hob abwehrend die Hände. „Bitte nicht schießen." Dann fiel ihm ein, dass sein eigenes Leben ohne Berta an seiner Seite keinen Sinn mehr hatte. Nach fast siebzig gemeinsamen Jahren war er zum ersten Mal ohne seine Frau. Sie war tot, durch die Kugel aus der Pistole des Mannes gestorben, die nun auch auf ihn gerichtet war. „Na los", krächzte er. „Erschießen Sie mich schon, dann hab ich es hinter mir." Er hielt mit versteinerter Miene dem regungslosen Blick seines Gegenübers stand. Gebannt starrte er auf den Zeigefinger der rechten Hand, der am Abzug der Waffe lag. Der alte Mann sah, dass die Waffe in der Hand seines Gegners zitterte. Er sah, wie sich der Zeigefinger wie im Zeitlupentempo krümmte, hörte das metallische Klicken, dann sah er das Mündungsfeuer aufblitzen, hörte den Schuss und spürte in der gleichen Sekunde die Kugel, die sich explosionsartig in seinen alten Körper bohrte. Hermann Lodde fühlte die Hitze, die sich unter seiner Haut ausbreitete, als stände er in Flammen. Loddes hagerer Oberkörper wurde nach hinten katapultiert. Hart kam er mit dem Hinterkopf auf den Platten der Veranda auf. Sein Blick glitt zum abendlichen Himmel. Er sah die Sterne über sich, hörte das Rauschen der Blätter in den Büschen, glaubte Blitze zu erkennen, die vor seinen Augen explodierten, dann wurde sein Körper leicht. Der vornehme alte Herr schien ins Bodenlose zu fallen, er fühlte, wie der Schmerz langsam nachließ. Und plötzlich war er sicher, dass sein Leben in diesem Augenblick endete. Es war ein erlösender Gedanke. Und so starb er mit einem sanften Lächeln auf den schmalen Lippen, eine Handbreit neben seiner Frau.

VIER

Hameln, Finkenborner Weg, 20:55 Uhr

Als er die Hand, mit der er die Waffe hielt, sinken ließ, seufzte er. Die beiden würden ihn nicht mehr verraten können. Erleichtert atmete er auf. Nein, er hatte nicht vorgehabt, sie zu töten, doch sie hatten ihm keine Wahl gelassen. Zeugen konnte er nicht gebrauchen, da konnte er keine Rücksicht nehmen. Jetzt stand er auf der Veranda der alten Leute und blickte auf ihre leblosen Körper herab. Die Alte hatte er in den Bauch getroffen. Sie blutete wie Sau, wahrscheinlich war die Patrone in ihre Bauchschlagader eingedrungen. So konnte er die beiden unmöglich liegen lassen. Hastig warf er einen Blick über die Schulter, stopfte die Pistole in seine Tasche und machte sich daran, die beiden ins Haus zu ziehen. Die Alte machte den Anfang, schließlich hatte er sie auch zuerst erschossen.

Ladys first, dachte er hämisch. Sie war schwerer, als er vermutet hatte. Er hob ihren Oberkörper von hinten an, langte unter ihre Achselhöhlen, verschränkte die Hände vor ihrer Brust und zog sie rückwärts durch die offene Terrassentür ins Haus. Er wunderte sich nicht, dass der Fernseher lief, schenkte ihm keine Beachtung und ärgerte sich über die hässliche Blutspur, die sich von der Veranda ins Wohnzimmer zog. Er achtete darauf, nicht in das Blut zu treten, und kümmerte sich dann um den alten Mann. Hastig blickte er sich um, vergewisserte sich, dass ihn niemand beobachtete, dann zog er den alten Mann ins Haus. Neben dem Leichnam seiner Frau ließ er ihn liegen. Sekundenlang betrachtete er die beiden. Nach den vielen Jahren, die sie Seite an Seite verbracht hatten, sicherlich schön, auch im Tode noch so vereint zu sein.

Ihm fiel auf, dass der Sekundenzeiger der Armbanduhr am Handgelenk des alten Mannes noch tickte. Die Technik war nicht durch seine Kugel gestorben. Sie lebte weiter, während ihr Besitzer das Zeitliche gesegnet hatte.

Ein skurriler Gedanke, ein seltsamer Anblick.

Verzückt betrachtete er die Leichen, ging kurz in die Hocke und strich der alten Frau eine Haarsträhne aus der Stirn, die wirr in ihr Gesicht hing. Sie störte das Bild, gehörte da nicht hin. Hastig nahm er die Hände und faltete sie der alten Frau vor dem Bauch. Fast sah es aus, als würde sie beten. Oder schlafen. So friedlich. Jetzt war die hässliche Wunde nicht auf den ersten Blick zu sehen. Sie hatte das Bild irgendwie gestört, fand er.

Auch den Alten hatte er in den Oberkörper getroffen. Das Hemd zerfetzt, klaffte eine hässliche Wunde auf Höhe des Herzens.

Blut sickerte heraus.

Seltsam, wo doch das Herz längst aufgehört hatte zu schlagen. Er nahm auch die faltigen Hände des alten Mannes und legte sie ebenfalls auf dessen Brust.

Hastig ging er nochmals über dem alten Mann in die Hocke und drückte ihm die Augen zu. Dann erhob er sich und betrachtete die Toten, hielt kurz inne und nahm den Anblick in sich auf. Wie drapiert, so lagen die alten Leute zu seinen Füßen. Eigentlich ein schönes Bild, fand er.

So harmonisch.

Vielleicht hätte er Künstler werden sollen.

Es dauerte ein paar Sekunden, bis er sich von dem Anblick des toten Paares losreißen konnte. Er durchmaß den Raum mit langen Schritten, trat an die Verandatür und blickte hinaus. Eine ziemliche Sauerei hatten die beiden gemacht. Auf den Platten der Terrasse hatte sich eine Blutlache gebildet, von der hässlichen Blutspur, die ins Wohnzimmer führte, mal ganz abgesehen. Sekundenlang spielte er mit dem Gedanken, das Haus nach Putzmitteln zu durchsuchen, um die unansehnlichen Spuren zu beseitigen. Sie störten irgendwie das Bild vom Vereintsein im Tode.

Doch er hatte nicht vor, sich länger als nötig hier aufzuhalten. Kurz überlegte er, ein Bild mit seinem Smartphone zu machen. Die beiden alten Leute lagen so einträchtig nebeneinander, es war ein Bild der puren Harmonie. Schöner hätten sie sicher nicht sterben können. Er hatte sie unter Umständen vor einem langen Leidensweg bewahrt. Was, wenn einer von ihnen schwer erkrankt wäre und der andere sich um ihn hätte kümmern, ihn pflegen müssen?

Um dann doch am Ende der Krankheit zu unterliegen und den anderen zurückzulassen. Nein, so wie sie gestorben waren, war es sicher gut. Natürlich hatte er nicht vorgehabt, heute zwei unschuldige Menschen zu töten, doch es hatte sich nicht vermeiden lassen.

Seine Gedanken kreisten um den großen Köter, der draußen im Garten lag. Sollte er ihn auch ins Haus holen?

Nein, überlegte er sich schließlich. Das Tier würde das Bild nur stören. Er würde ihn, wenn er das Haus verließ, unter das nächste Gebüsch zerren. So war er auf den ersten Blick nicht gleich zu sehen. Alles war gut, wie es war. Er betrachtete die beiden Toten mit einem verzückten Lächeln, dann wandte er sich ab und trat hinaus in den Garten. Jetzt würde er abtauchen. Schließlich wollte er nichts riskieren. Ein guter Mörder war ein unsichtbarer Mörder. Und er wollte ein guter Mörder sein. Eilig schlug er sich ins Dickicht und machte, dass er davonkam.

FÜNF

Hameln, Finkenborner Weg, 21:56 Uhr

Fest umklammerte er den glänzenden Griff des Messers. Das Zittern seines Körpers wurde schlimmer. Jetzt musste es schnell gehen. Er hatte alles gut vorbereitet.

Das massive Mobiliar der altmodisch eingerichteten Küche wirkte im schwachen Schein der Deckenlampe bedrückend. Er trat an das Fenster und warf einen Blick nach draußen. Die Dunkelheit hatte sich über die Stadt gesenkt, nur eine einzelne Straßenlaterne warf ihren kegelförmigen Lichtstrahl auf den Bürgersteig der verlassen daliegenden Straße. Im Wind taumelten bunte Blätter zu Boden. Kein Mensch war weit und breit zu sehen, es war, als würde er sich in einer Scheinwelt befinden. Fröstelnd wandte er sich vom trostlosen Blick aus dem Fenster ab und besann sich auf seine Mission. Als er den Blick senkte, sah er das Messer in seiner Hand. Das Zittern hatte aufgehört, er packte fester zu. Weiß traten die Knöchel seiner Finger unter der Haut hervor. Gleich würde es ihm besser gehen, gleich, wenn er etwas gegessen hatte.

Das Knurren seines Magens nervte ihn. Immer wenn Frank Dirzius hungrig war, verschlechterte sich seine Laune. Die Scheibe Graubrot lag vor ihm auf dem Schneidebrett, daneben Butter und Reste von Zwiebelmett, das wunderbar würzig duftete. Wie immer hatte sich Frank Dirzius zu später Stunde noch einen kleinen Imbiss zubereiten wollen. Beim Fernsehen war er eingeschlafen und mit einem unguten Gefühl, das er schnell als Hunger identifiziert hatte, aufgewacht. Träge hatte er sich in die Küche der elterlichen Villa geschleppt, um sich einen Imbiss zubereiten, kurz vor dem Schlafengehen. Morgen würde ein anstrengender Tag werden.

Als ein lauter Knall an seine Ohren drang, ließ Dirzius vor Schreck das Messer fallen. Mit einem lauten Poltern kam es auf den terrakottafarbenen Bodenfliesen auf. Dirzius wich zurück und fluchte wild, bückte sich, um das Messer aufzuheben, dann trat er wieder an das Küchenfenster. Wie ein Schuss, der durch die Nacht heulte, hatte der Krach geklungen. Doch vom Schützen war weit und breit nichts zu sehen. Einsam lag der Finkenborner Weg da.

Vermutlich, so redete sich Dirzius ein, war der Schuss aus dem Fernseher im Wohnzimmer erklungen. Auch die Schreie, die nun laut wurden, ordnete er dem Actionfilm zu, der gerade über die Mattscheibe flimmerte. Nachdem er sich ein wenig beruhigt hatte, feixte Frank Dirzius. Er hatte sich tatsächlich über eine Schießerei im Fernsehen erschrocken. Womöglich lag das daran, dass ihm die Einsamkeit in dem großen Haus seiner verstorbenen Eltern nicht gut bekam.

Nachdem er sich die Brotscheibe mit dem Zwiebelmett bestrichen hatte, würzte er mit Salz und Pfeffer nach. Ein zünftiges Mettbrot musste gut gewürzt sein, sonst war es für ihn kein Mettbrot. Dirzius nahm ein Bier aus dem Kühlschrank, öffnete die Flasche und kehrte mit Bier und Brot ins große Wohnzimmer seiner Eltern zurück. Hier brannte nur die altmodische Messingstehlampe mit dem cremefarbenen Schirm. Im matten Lichtschein wirkte die Einrichtung schwer und bedrückend. Es waren immer noch die Möbel, die hier schon zu seiner Kindheit gestanden hatten. Eine massive Wohnwand in Eiche rustikal, zwei kleine Tischchen im gleichen Holz neben dem wuchtigen Sofa, davor ein niedriger Couchtisch mit Schnitzereien am Holzrand der Platte. Über dem Sofa das Ölgemälde einer alpinen Landschaft. Blauer, wolkenloser Himmel, schneebedeckte Gipfel im Hintergrund, saftige Wiesen im Vordergrund, am Rand eine Almhütte. Steine auf dem Holzdach, dunkelrot gestrichene Fensterläden. Idylle pur. Gelsenkirchener Barock in der Luxusvariante.

Nichts für Dirzius, der sich mit Mitte vierzig zu jung für den Einrichtungsstil seiner Eltern fühlte.

Er platzierte das Ensemble aus Mettbrot und Bierflasche auf dem Couchtisch und blickte zum großen Röhrenfernseher in der Ecke.

Der Actionfilm, bei dem er eingeschlafen sein musste, steuerte auf ein bleihaltiges Finale zu. Zwei Männer in maßgeschneiderten Anzügen lieferten sich eine wilde Verfolgungsjagd. Dirzius versank im Film und fragte sich, warum Gangster in amerikanischen Streifen immer gekleidet waren wie Banker oder Versicherungsmakler. Die braun gebrannten Schönlinge hetzten durch Straßenschluchten, der Verfolgte warf im Laufen die Auslagen eines Gemüsehändlers um, kippte die Stühle eines Straßencafés auf den Rücken, um den Vorsprung auf seinen Verfolger zu vergrößern. Der andere Mann hielt eine Waffe in der Hand, riss den Arm hoch und feuerte auf seinen Gegner. Schüsse peitschten auf, verfehlten jedoch ihr Ziel.

„So wird das nichts", brummte Dirzius mit Kennerblick und sank auf das Sofa. Er war erleichtert, dass es die Schüsse im Fernsehen gewesen waren, die ihn so erschreckt hatten. Genüsslich trank er von seinem Bier und biss in das Mettbrot.

Manchmal ging ihm diese Einsamkeit auf die Nerven. Obwohl seit der Trennung von seiner Frau Janine fast zwei Jahre ins Land gezogen waren, fiel ihm das Alleinsein immer noch schwer. Als freier Journalist war seine Freizeit knapp, viel zu knapp, um sich nach einer neuen Frau an seiner Seite umzusehen. Noch war es nicht zu spät, um noch einmal neu anzufangen. Kurz dachte er an Sophie Stein, die Kommissarin der Wuppertaler Kripo. Seit ein paar Monaten leitete sie das Elfte Kommissariat. Den knorrigen Kommissar Ulbricht hatte sie abgelöst. Dirzius grinste, als er sich an seine Treffen mit dem alten Hauptkommissar erinnerte. Ein seltsamer Vogel war er gewesen, dieser Ulbricht. Immer wenn Dirzius an einem Einsatzort aufgetaucht war, um an Informationen für die „Wuppertaler Woche“ zu kommen, war Ulbricht ihn auf übelste Weise angegangen, hatte ihn als „Aasgeier“ und als „neugierigen Presse-Fuzzi“ beschimpft. Eine Zusammenarbeit, von der beide Seiten profitierten, war schier unmöglich gewesen.

Seine Nachfolgerin, Hauptkommissarin Sophie Stein, war da ein ganz anderes Kaliber. Sie war Anfang vierzig, hatte ein paar Jahre als Profilerin im LKA Berlin gearbeitet und war jetzt zurück in ihrer Heimatstadt, um Verbrecher zu jagen. Die Kommissarin kooperierte mit ihm, versorgte ihn mit Informationen und vertraute ihm, dass er nicht zu viel in der Zeitung veröffentlichte.

Und sie verband ein gemeinsames Schicksal: Der alte Hauptkommissar mischte sich immer wieder unaufgefordert in ihre Arbeit ein. Ulbricht fluchte wild, wenn er Dirzius traf, und der Reporter hatte manchmal das Gefühl, dass der alte Hauptkommissar seinen Spaß daran hatte, ihn zu beschimpfen.

Sophie Stein hingegen ließ sich von der cholerischen Art ihres Vorgängers nicht so leicht aus der Ruhe bringen. In Berlin hatte sie eine harte Schule durchlaufen, dagegen war ihr neuer Einsatzort Wuppertal „ein Kindergarten“, wie sie es immer gern nannte.

Dirzius schmunzelte, als er an den trockenen Humor der Polizistin dachte. Kurz stellte er sich vor, wie es wohl sein könnte, wenn sie seine Frau wäre.

Doch Sophie hatte ganz eigene Ansichten von einer Beziehung, sie war es gewohnt, alleine und ohne Mann an ihrer Seite durchs Leben zu gehen. Und Dirzius hatte, sosehr er sie auch mochte, nicht das Bedürfnis, sich anzubiedern. So beschränkte er seinen Kontakt zu Sophie Stein auf das Wesentliche.

Doch in Momenten wie diesem wäre ihm eine Frau an seiner Seite sehr recht gewesen. Zu allem Übel war er auch noch Einzelkind seiner verstorbenen Eltern. Die Villa am Finkenborner Weg in Hameln, wo seine Wurzeln lagen, konnte er sich von seinem schmalen Verdienst als Reporter bei einem anzeigenfinanzierten Blatt nicht leisten, und so gab es keine andere Möglichkeit als den Verkauf der Immobilie in bester Wohnlage. In solchen Momenten bedauerte es Dirzius sehr, dass er nicht dem Wunsch seines Vaters gefolgt war, der den einzigen Sohn gern als Nachfolger in seiner angesehenen Anwaltskanzlei gesehen hätte. Er hatte damals seinen Dickschädel, sehr zum Unmut seines Vaters, durchgesetzt und hatte sich für seinen Traumberuf entschieden, anstatt in die Fußstapfen seines Vaters zu treten und mit einer Juristenlaufbahn durchzustarten.

Und nun war er nach Hameln, in seine alte Heimat, zurückgekehrt, um einen Schlussstrich unter seine Vergangenheit zu ziehen. Abschließen mit seiner Kindheit, mit allem, der Jugend, dem Streit mit seinen Eltern, mit allem, was ihn mit diesem Haus verband. Zum Verkauf der Villa gab es keine Alternative. Morgen würde er sich mit Hans-Peter Kain, einem Immobilienmakler, treffen.

Dirzius fühlte sich unwohl in seiner Haut. Selbst wenn ihm der Verkauf des Elternhauses einen Ausgleich seines Kontos ermöglichte und er sich vielleicht sogar endlich wieder ein eigenes Auto leisten könnte – ein wenig fühlte er sich, als würde er die Jahre seiner Jugend verramschen.

Totalausverkauf wegen Geschäftsschließung, durchzuckte es ihn zynisch. Es fühlte sich an, als würde er seine Eltern post mortem verhökern, um sich selber ein sorgenfreies Leben zu ermöglichen. Doch so war es nicht, denn in den letzten Jahren hatte es einen Sanierungsstau in der Villa gegeben. Zahlreiche kostspielige Reparaturen standen an, Arbeiten, die Handwerker benötigten. Handwerker, die er sich nicht leisten konnte.

SECHS

Hameln, 22:25 Uhr

Maja Klausen hasste es, am späten Abend noch einmal rauszumüssen. Doch als Kriminalhauptkommissarin gehörten Einsätze zu jeder Tages- und Nachtzeit zu ihrem Beruf. Daran gewöhnen würde sie sich aber wohl nie. Gerade hatte sie es sich mit dem neuen Ostseekrimi von Eva Almstädt auf dem Sofa ihrer Wohnung an der Pyrmonter Straße gemütlich gemacht, als das Telefon sie in die Realität zurückholte. Mit einem entnervten Stöhnen auf den Lippen angelte sie nach dem schnurlosen Telefon, das auf dem Tisch lag. Ein Blick auf das Display brachte Gewissheit: Ihre Freizeit war beendet.

Am anderen Ende der Leitung war Kriminalhauptkommissar Jürgen Grundmann, mit dem sie seit vielen Jahren schon ein Team bildete. Ihr Partner kam ohne Umschweife auf den Grund seines Anrufes. „Leichenfund auf dem Klüt."

„Na Mahlzeit." Maja seufzte. Der Klüt, bei den Menschen in der Region auch als „Hausberg" bekannt, war ein knapp dreihundert Meter hoher Berg westlich von Hameln. Von dort oben aus hatte man einen traumhaften Blick auf die Stadt und die Ausläufer des Weserberglandes. Das nutzte dem Opfer nun auch nichts mehr, stellte Maja sarkastisch fest.

„Mehr weißt du nicht?“

„Doch.“

„Und?“

Am anderen Ende der Leitung seufzte Grundmann, so als verlange Maja etwas Unmögliches von ihm, indem sie ihn nach Einzelheiten fragte. „Der Leichnam ist männlich, mit größter Sicherheit handelt es sich um ein Tötungsdelikt, deshalb brauch ich dich hier. Es gibt eine Schussverletzung und großen Blutverlust.“

Maja legte das Buch, das auf ihrem Schoß lag, auf den Tisch. Frau Almstädt würde warten müssen. „Ich spring in die Klamotten. Wo bist du?“

„Schon oben.“

„Streber. Bis gleich dann.“ Mit einem süffisanten Grinsen legte sie das Mobilteil ihres Telefons auf den niedrigen Wohnzimmertisch, erhob sich, um im Schlafzimmer den flauschigen Hausanzug gegen die immer bereitliegende Kleidung zu tauschen. Fünf Minuten später saß sie in ihrem Wagen, um zum Einsatzort zu fahren.

Auf der B 83 herrschte um diese Zeit nur wenig Verkehr. Während der Fahrt dachte Maja über den Fall nach. Ein Toter auf dem Klüt, wahrscheinlich erschossen.

Um diese Jahreszeit war der Klütberg ein verlassener, fast mystischer Ort. Ein Mörder hatte hier sicher leichtes Spiel, unerkannt zu entkommen.

Während Maja den Opel über die kurvenreiche Straße zum Plateau des Berges lenkte, dachte sie über Grundmanns Anruf nach.

Wer mordete an solch einem einsamen Ort?

War das Opfer dem Täter zufällig vor die Waffe gelaufen, oder handelte es sich um einen gezielten Anschlag? Und wenn, kannten sich Opfer und Täter?

Oben angekommen, empfing sie das übliche Chaos aus Einsatzkräften und kreuz und quer stehenden Fahrzeugen.

Ein Team vom Technischen Hilfswerk war angerückt und hatte leistungsstarke Scheinwerfer aufgestellt, die auch die letzten Schatten wegprügelten und die Szenerie in ein gleißendes, bizarres Licht hüllten.

Maja parkte den Opel jenseits des schraffierten Absperrbandes und stieg aus. Ein kalter Wind fegte durch ihr Haar. Fröstelnd schloss sie den Mantel und versenkte die Hände in den Taschen. Das Rattern der Stromaggregate drang an ihre Ohren, darunter mischten sich verzerrte Sprachfetzen aus den Funkgeräten der Kollegen.

Als sich ihr ein uniformierter Polizist näherte, setzte sie sich in Bewegung. Maja drückte das schraffierte Plastikband herunter, ging ihm entgegen und wies sich aus.

„Kommen Sie", sagte der Streifenpolizist und führte sie in Richtung Aussichtsplattform. In der Ferne sah sie die Lichter der Rattenfängerstadt leuchten. Die Luft hier oben war klar und kalt. Ihr Atem bildete winzige

Wölkchen vor dem Gesicht. Die Kollegen hatten den Klütturm angeleuchtet. Maja sah die Kollegen der Kriminaltechnik und nickte ihnen zu.

„Schön, dass du dir die Zeit genommen hast, um …“, wurde sie von einem gut gelaunten Jürgen Grundmann in Empfang genommen. In einer Hand hielt er einen Pappbecher, in der anderen ein Tablet. Trotz später Stunde war er wie aus dem Ei gepellt. Der Anzug saß perfekt, die erdbraune Krawatte korrespondierte hervorragend mit dem modischen Hemd. Maja erwischte sich dabei, kritisch an sich herabzuschauen.

„Ich liebe deine zuvorkommende Art“, brummte sie und nahm ihm den Pappbecher, den er ihr grinsend hinhielt, aus der Hand. Maja pustete in den schwarzen Kaffee und trank in kleinen Schlucken. Sie bemerkte, dass rund um den Klütturm geschäftiges Treiben herrschte. Die Tür des Aussichtsturmes stand offen.

„Warum nehmen sie den Turm unter die Lupe?“ Maja legte den Kopf in den Nacken und blickte zum hell erleuchteten Klütturm hinauf. „Was hat der damit zu tun?“

„Da oben hat man den Toten gefunden“, erklärte Grundmann.

„Man?“ Maja runzelte die Stirn. „Wer ist man?“

„Der Turmwärter. Ein Spaziergänger hat ihn alarmiert, weil er nach Einbruch der Dunkelheit oben den Schein einer Taschenlampe gesehen hat. Der oder die Täter haben die Eingangstür aufgehebelt und sich Zugang zum Turm verschafft.“

„Wer geht hier oben im Dunkeln spazieren?“ Maja zog die Mundwinkel herunter und blickte sich um. Der Finkenborner Wald war abends kein einladender Ort.

„Hundebesitzer zum Beispiel“, erwiderte Grundmann unbeeindruckt. Er warf einen Blick auf das Display seines Tablets. „Hans-Georg Mauscher, 58 Jahre, Frührentner aus Ohr. Er war mit seinem Retriever Howie hier oben unterwegs, als er eine Taschenlampe oben auf dem Turm rumgeistern sah. Mauscher kennt den Turmwärter, den alten Wilhelm Bunting. Ein Anruf brachte Gewissheit – Bunting war es nicht, der die Aussicht um diese Zeit heimlich bewundert hat.“ Grundmann feixte, dann wurde er ernst. „Die Einbruchspuren an der Turmtür sind offensichtlich, jemand hat sich gewaltsam Zutritt verschafft.“

„Was soll das Kasperletheater?“, fragte Maja und trank von ihrem Kaffee.

„Unser Zeuge hat befürchtet, dass sich Vandalen gewaltsam Zutritt zum Turm verschafft haben, deshalb hat er Bunting alarmiert. Der Wärter ist dann gekommen, um die vermeintlichen Randalierer zu stellen. Dabei hat er unseren Toten gefunden.“

„Und er fährt nach Einbruch der Dunkelheit alleine hier rauf, um Vandalen zu stellen?“ Maja runzelte die Stirn. „Warum überlässt er das nicht der Polizei?“

„Frag ihn.“ Grundmann zuckte die Schultern.

„Werd ich tun.“ Maja schlürfte von ihrem Kaffee. „Weiß man schon etwas zu den näheren Umständen?“

Grundmann wischte sich durch das Menü seines Tablets und schüttelte den Kopf. „Um Schlüsse zu ziehen, ist es noch zu früh, allerdings sieht es für mich danach aus, als wollte hier jemand einen Mord in Szene setzen."

„War es denn Mord?", wollte Maja wissen.

„Ich kann nichts ausschließen," erwiderte Grundmann. „Und auch wenn ich von einem Tötungsdelikt gesprochen habe, sieht es schon ziemlich eindeutig aus."

„Suizid?"

„Vergiss es." Grundmann winkte ab. „Neun Millimeter, sagt die KTU. Ein Schuss, abgegeben aus nächster Nähe, aber wohl nicht aufgesetzt."

„Vielleicht ein Streit."

„Oder eine geplante Hinrichtung, warum und von wem auch immer. Hier oben sind ungewollte Zeugen sehr unwahrscheinlich, es ist dunkel wie in einem Bärenarsch, und Passanten gibt es auch kaum."

Grundmann versetzte das Tablet in den Ruhezustand. „Das da", er deutete auf eine dunkle Limousine auf dem Parkplatz, „scheint übrigens das Fahrzeug des Opfers zu sein."

„Ein Tesla?" Maja warf einen Blick auf das amerikanische Elektroauto. „Dann scheint unser Opfer ja zu den besser betuchten Bürgern zu gehören."

„Schau mal aufs Nummernschild."

„W, das steht für Wuppertal", erwiderte Maja und seufzte.

„Jetzt hast du's." Grundmanns Miene hellte sich auf. „Kannst ja mal deinen Freund anrufen, vielleicht kann der was für uns tun."

Maja fand, dass die Stimme ihres Partners spöttisch klang. Grundmann und Majas Freund, der knorrige Hauptkommissar a. D. Norbert Ulbricht aus Wuppertal, hatten ein etwas angespanntes Verhältnis zueinander. „Norbert ist längst im Ruhestand", erinnerte sie Grundmann unbeeindruckt. „Was hat die Halteranfrage ergeben?"

„Läuft noch, ich weiß gar nicht, warum das so lange dauert."

„Mist."

„Allerdings." Grundmann nickte. „Willst du hoch?"

„Die Kellerkinder werden mich hassen, wenn ich ihnen jetzt im Weg rumstehe."

Grundmann kicherte. Er wusste, dass Maja die Kollegen der Spurensicherung als Kellerkinder bezeichnete. Im Gebäude der Polizeidirektion Hameln-Pyrmont/Holzminden an der Zentralstraße war das Fünfte Fachdezernat im Keller untergebracht.

„Du bist doch gewohnt, dir Ärger mit den Kollegen einzuhandeln", feixte Grundmann. Dann wurde er ernst. „Ich habe mit den Jungs vom Fünften gesprochen. Wir dürfen uns über einen Trampelpfad bewegen, erwarte aber nicht, dass sie dir einen roten Teppich ausrollen."

„Damit kann ich leben." Maja kippte sich den Rest Kaffee in die Kehle und beförderte den leeren Pappbecher in einen Papierkorb. Die heiße Brühe breitete sich angenehm in ihrem Körper aus, und dennoch fröstelte sie. Maja stopfte die Hände in die Jackentaschen und nickte Grundmann zu. Seite an Seite nahmen sie die ausgetretenen Stufen, die zum Eingang des Turmes führten. Aus der Entfernung drang das Dröhnen der Stromaggregate an ihre Ohren, die sämtliche Scheinwerfer mit Strom versorgten.

Kurz blieb Maja stehen und ließ die bizarre Szenerie auf sich wirken. Wenn sie einen normalen Beruf hätte, dann würde sie jetzt auf dem Sofa liegen und bei einem Glas Wein in ihrem neuen Kriminalroman schmökern können. Doch ihr Leben war nicht normal.

„Worauf wartest du?" Grundmann drängte zur Eile. „Ich habe nicht vor, mir hier die Nacht um die Ohren zu schlagen."

„Denkst du, ich?" Vorwurf lag in Majas Stimme. „Komm schon." Sie deutete auf die offen stehende Holztür des Klütturms. Im Vorbeigehen nahm sie die Beschädigungen auf Höhe des Schlosses in Augenschein. Jemand hatte die Tür mit roher Gewalt aufgehebelt. Das grelle Licht eines Halogenscheinwerfers auf einem Stativ blendete Maja. Sie blieb kurz stehen und wartete, bis sich ihre Augen an das gleißende Licht gewöhnt hatten.

„Dann mal los", sagte sie über die Schulter zu Grundmann, der hinter sie getreten war. Maja und Grundmann vermieden es, das Geländer zu berühren, solange die Kriminaltechniker die Spurensicherung nicht abgeschlossen hatten.

Schweigend stiegen sie die Stufen hinauf. Maja musste schmunzeln, als sie hörte, wie Grundmann hinter ihr schnaufte wie ein altes Walross. Ihr Kollege kämpfte schon seit Ewigkeiten erfolglos gegen sein Übergewicht an. Dabei fand sie ihn nicht dick – er war stattlich. Ein großer Mann mit viel erotischer Nutzfläche, wie sie es gern nannte.

„Wie lange war ich schon nicht mehr hier oben?", fragte sie im Gehen.

„Was … weiß … ich", keuchte Grundmann atemlos, bevor er auf Maja prallte, die unvermittelt am Treppenabsatz stehen geblieben war.

„Augen auf, du Kuckuck", mahnte sie ihn. „Wir sind da."

„Weiter hätte ich es auch nicht geschafft", jammerte Grundmann. Ihm schien nicht aufzufallen, dass er in diesem Augenblick einen Großteil der Autorität, die er vor wenigen Minuten noch ausgestrahlt hatte, einbüßte.

„Tretet nicht hinein", rief eine Stimme von oben. Schritte polterten die eisernen Stufen herab, dann erschien Jochen Koch, Kriminalhauptkommissar und Leiter des Fünften Fachkommissariats, auf der Bildfläche. Er trug einen dieser faserfreien Einmalanzüge. Die Kapuze hing ihm tief in die Stirn.

„Was?", fragte Maja verständnislos. „Wo sollen wir nicht reintreten?"

„In die Blutlache." Koch deutete auf den tiefroten Fleck am Boden. „Macht mir keine Sauerei."

„Das haben andere schon übernommen", entgegnete Maja zynisch.

„Wo ist der Tote?", fragte Grundmann, dessen Puls sich inzwischen normalisiert hatte.

„Kommt mit." Koch machte auf der untersten Stufe kehrt und führte die Kollegen auf die vorletzte Plattform des Turmes. Hier lag der Tote in verrenkter Haltung am Boden. Ein Notarzt war gerade mit der ersten Leichenschau beschäftigt. Die Kollegen vom Fünften Fachkommissariat hatten eine Sphärenkamera aufgestellt, die eine 360-Grad-Aufnahme vom Auffindeort des Toten anfertigte.

„Kein schöner Anblick", kommentierte Grundmann, während er schnaufend auf den Toten herabblickte, der rücklings am unteren Rand der eisernen Treppe lag.

Manchmal war er ziemlich empfindlich, stellte Maja fest. Mit einem Nicken gab sie ihm recht. „Ziemlich tot ist er."

„Ich muss schon sehr bitten", mahnte der Notarzt und erhob sich. Er schüttelte missbilligend über Majas Bemerkung den Kopf und rückte sich die Brille zurecht.

Maja kannte den Mediziner vom Sehen, der Name fiel ihr nicht ein. Sie hatte nicht vor, mit dem Mann über den Umgangston zwischen ihr und Grundmann zu diskutieren. Ihr Grinsen erlosch, als sie den Mann anblickte. „Und? Was wissen wir schon?"

„Wir?" Der Notarzt seufzte. „Ich weiß ja nicht, was Sie wissen …"

„Der Typ ist eine Diva", raunte Maja ihrem Kollegen zu. Koch, der das Gespräch schweigend beobachtete, feixte.

„Fakten bitte", versuchte es Maja auf die förmliche Art.

Jetzt nickte der Mediziner. „Der Tote ist männlich, Anfang bis Mitte fünfzig, es gibt eine Schussverletzung im Brustbereich mit starkem Blutverlust. So wie es aussieht, ist er die Treppe heruntergestürzt, ob das aufgrund des abgegebenen Schusses oder wegen eines Fehltrittes in Todesangst geschah, kann ich nicht sagen. Es gibt mehrere Frakturen, womöglich kam es auch zu einem Handgemenge. Was also letzten Endes die Todesursache war, muss die Obduktion ergeben."

Maja tauschte einen Blick mit ihrem Partner.

Grundmann räusperte sich. „Die Identität ist unklar, weil der Tote keine Papiere und kein Handy mitführt", ergänzte er. „Ich gehe davon aus, dass der Täter ihm beides abgenommen hat, um uns die Arbeit zu erschweren. Jetzt warten wir auf das Ergebnis der Halteranfrage. Wenn es sich bei dem Tesla um sein Auto handelt, wissen wir bald, wer hier liegt. Die Halteranfrage läuft – wie gesagt."

Maja blickte Koch an. „Und was habt ihr rausgefunden?"

„So viel leider nicht." Koch schüttelte den massigen Schädel. „Warum er hier oben war, kann ich euch nicht sagen. Jedenfalls habe ich den dummen Verdacht, dass er hier eine Verabredung hatte. Handgemenge, Schuss, Treppensturz, tot."

„Einer oder mehrere Täter?", hakte Maja nach.

„Du kannst Fragen stellen", erwiderte Koch. „Ich muss dir nicht erzählen, wie viele Menschen sich hier tagsüber tummeln, um den Ausblick zu genießen, Maja. Es wimmelt von Spuren, du kannst davon ausgehen, dass ich morgen noch mit der Spurensuche beschäftigt bin. Frag nicht, wie lange dann die Auswertung dauert."

„Tolle Aussichten", murmelte Maja.

„So ist es." Jochen Koch nickte. „Ich kann dir aber sagen, dass wir eine Patronenhülse gefunden haben, die ich noch heute Nacht auswerten werde. Vielleicht hilft dir das."

„Mühsam nährt sich das Eichhörnchen." Maja wandte sich an Grundmann. „Wenn wir davon ausgehen, dass der Tesla auf dem Parkplatz der Wagen unseres Mordopfers ist, finden wir da vielleicht den einen oder anderen Hinweis."

„Möglich." Grundmann murmelte eine Entschuldigung, als sein Handy klingelte. Er wandte sich ab und nahm das Gespräch an. „Prima – danke. Schick mir die Daten als Mail." Damit legte er auf und grinste Maja zu. „Jetzt wissen wir, bei wem es sich um den Toten handelt. Vorausgesetzt, Fahrzeughalter und unser Patient hier sind eine Person."

„Dann ernährt sich das Eichhörnchen ja schnell diesmal", erwiderte Maja sichtlich zufrieden. „Dann lass mal einen Schlüsseldienst kommen."

„Brauchen wir nicht“, erwiderte Koch grinsend. Er hielt einen Autoschlüssel mit dem Tesla-Logo hoch. „Den haben wir bei dem Toten gefunden.“

„Immerhin.“

„Warum erfahre ich das erst jetzt?“, bellte Grundmann den Kollegen an.

„Weil du nicht danach gefragt hast“, konterte Jochen Koch und warf Grundmann den Schlüssel zu. „Ich tu auch, was ich kann, aber alles auf einmal geht nicht.“

Als Grundmann eine ungelenke Bewegung vollführte, um den Schlüssel aufzufangen, ihn aber fallen ließ, konnte sich Maja ein Grinsen nicht verkneifen. „Wenn ihr fertig seid mit Spielen, könnten wir uns dann um das Auto des Toten kümmern?“

*

Es dauerte einen Moment, bis sie realisierte, dass das Klingeln des Telefons nicht zu ihrem Traum gehörte. Als sie zu den blau glühenden Ziffern ihres Weckers blinzelte, pochte ihr Herz bis zum Hals. Das Telefon hatte sie aus der Tiefschlafphase gerissen. Wer, um Himmels willen, rief sie um diese Uhrzeit an?

War etwas passiert, möglicherweise ein Unfall, oder war etwas Schlimmes in der Firma geschehen? Schlaftrunken angelte sie nach dem Handy. Vom Vibrationsalarm angetrieben, rumpelte das Telefon über die kleine Konsole neben ihrem französischen Bett unter der Dachschräge der Studentenbude. Hier lebte sie, um ein wenig Abstand zu bekommen vom Wohlstand ihres Elternhauses. Höchste Zeit, auf eigenen Füßen zu stehen, auch wenn es eine bescheidene Bleibe war.

Sie blinzelte auf das Display, dann nahm sie den Anruf an und sank zurück ins Kopfkissen. „Weißt du, wie spät es ist? Ich muss morgen früh raus und habe längst geschlafen."

„Ich muss deine Stimme hören." Er klang abgehetzt.

„Das kannst du morgen."

„Nein, bitte – leg nicht auf."

„Was willst du?" Sie schloss die Augen und hoffte, gleich wieder einschlafen zu können.

„Du, ich hab Scheiße gebaut."

„Erzähl mal was Neues."

„Verarsch mich nicht, es ist verdammt ernst."

Sie seufzte gequält. „Was ist passiert?"

„Ich hab ihn gekillt."

„Was?" Sie hatte keine Lust auf ein nächtliches Ratespiel. „Sprich Klartext und laber nicht rum."

„Ich habe ihn umgebracht."

Jetzt war sie hellwach. „Nee – oder?" Ruckartig setzte sie sich im Bett auf, strich mit einer fahrigen Handbewegung über die zerwühlte Bettdecke neben sich. Tränen traten in ihre Augen. „Du hast ihn umgebracht?"

„Ja, Mann. Und nicht nur ihn. Ich muss untertauchen, verdammte Scheiße." Jetzt klang seine Stimme weinerlich. Er flüsterte, so als müsse er befürchten, bei seinem Geständnis belauscht zu werden. „Was soll ich denn jetzt machen?“

„Du verarschst mich aber nicht, oder?“ Sie spürte, wie ihr der kalte Schweiß ausbrach, und zitterte am ganzen Körper. Mit weichen Knien stand sie auf und wanderte durch das dunkle Schlafzimmer. Am Fenster blieb sie stehen und blickte hinaus in die Nacht.

„Kein Fake, ich hab es getan. So, wie ich es schon lange vorhatte. Der Arsch wird dir nicht mehr zu nahe kommen.“

„Er ist mir nie zu nahe getreten.“ Sie stützte sich mit der freien Hand am Fensterrahmen ab und kühlte ihre glühende Stirn am Glas. „Alles, was geschehen ist, passierte mit meiner Zustimmung.“ Sie schluckte trocken, sah ihn schlaglichtartig vor ihrem geistigen Auge, hörte seine sonore, beruhigende Stimme und sein Lachen. „Du bist ein Mörder, ich werde die Bullen anrufen.“

„Nein, tu das nicht“, gellte seine Stimme durch das Telefon. „Bitte“, flehte er. „Ich habe es für uns getan.“

„Du hast es getan, um dein verdammtes Ego zu beruhigen“, erwiderte sie leise. Eine Träne kullerte über ihr Gesicht. „Sag mir, dass das alles nicht wahr ist.“

„Das … kann ich nicht.“

„Wie … ich meine, was hast du getan?“

„Er ist in Hameln. Ich habe mich mit ihm getroffen. Es gibt hier einen Aussichtsturm, den Klütturm.“ Jetzt kicherte er. „Ich dachte, es passt so schön – wo er doch immer so hoch hinauswollte. Wir haben uns getroffen, und ich habe ihn kaltgemacht. Es war nur eine einzige Kugel, dann hatte er es hinter sich." Er klang triumphierend, froh, dass es ein Ende hatte.

„Du bist total krank", zischte sie. Dann schlug ihr Entsetzen in Wut um. „Warum erzählst du mir das überhaupt? Bist du jetzt stolz darauf, was du getan hast?" Sie schluchzte. „Manche Dinge will ich gar nicht wissen. Und jetzt verpiss dich aus meinem Leben. Ich kann dich nicht ertragen, könnte dir nie wieder in die Augen sehen mit dem Wissen, dass du ihn getötet hast."

„Nicht nur ihn", kam es zerknirscht aus dem Hörer.

„Wie bitte?"

„Schon gut. Ich muss nun zusehen, wie ich klarkomme." Er klang kleinlaut und weinerlich. „Ich werde erst mal untertauchen. Wollte nur, dass du es weißt."

„Aber du spinnst, bist völlig abgedreht, das ist doch krank, und …", ereiferte sie sich, als sie das Klicken in der Leitung hörte, das von einem monotonen Tuten abgelöst wurde. Als sie das Handy vom Ohr nahm, zitterte ihre Hand. Sekundenlang stand sie am Fenster und starrte auf ihr Smartphone. Klaus Sippelmann war tot. Es dauerte, bis sie diese Nachricht verdaut hatte. Gestern noch hatten sie sich gesehen. Und nun war er aus ihrem Leben verschwunden, einfach so, weil Alexander ihn aus dem Weg geräumt hatte. Klaus war unbequem für ihn geworden. Und so war er zum eiskalten Killer mutiert. Sie konnte es nicht fassen, hoffte, aus diesem Albtraum endlich aufzuwachen. Doch sie wachte nicht auf. Sie ahnte nicht, dass der Albtraum jetzt erst begann.

*

In dieser Nacht fand sie keinen Schlaf. Sobald sie die Augen schloss, lief ein ständig wiederkehrender Film vor ihrem geistigen Auge ab. Sie sah Klaus, wie er, von einer tödlichen Kugel getroffen, die Stufen im Innern eines Turmes herabstürzte, sich schwer verletzte und schließlich am Absatz der Treppe in verrenkter Körperhaltung zum Liegen kam. Anklagend schaute er zu ihr auf, formte mit den Lippen lautlose Worte, streckte hilfesuchend eine Hand nach ihr aus, rang vor ihren Augen mit dem Tod und unterlag diesem Kampf.

Schweißgebadet richtete sie sich im Bett auf. Sie presste die zitternden Hände vor das verheulte Gesicht, versuchte, die Bilder aus ihrem Kopf zu verbannen, doch es gelang ihr nicht. Immer wieder hörte sie Sippelmanns Schreie, sein schmerzerfülltes Stöhnen und schließlich die Stille, die sich wie ein Leichentuch über ihn ausbreitete. Eine endgültige Stille, die seinen Tod besiegelte.

Was, um Himmels willen, hatte Alexander nur getan? Immer wieder hatte sie mit dem Gedanken gespielt, die Polizei zu alarmieren. Klaus Sippelmann war tot, erschossen.

Warum hatte er das nur getan?

Den Professor aus dem Weg zu räumen, war eiskalter Mord.

Wenn sie ihn jetzt bei der Polizei meldete, würde er in den Bau gehen. Auf Mord stand lebenslanger Knast. Zwanzig Jahre. So lange würden sie sich nicht sehen. Nein, sie konnte ihn nicht anzeigen. Fieberhaft überlegte sie, was zu tun war. Würde sie sich mit ihrem Wissen nicht bei der Polizei melden, würde sie sich wahrscheinlich selber strafbar machen. Angst griff nach ihr. Was würde ihr Vater dazu sagen, wenn sie eine Straftäterin war? Sie, seine einzige Tochter, die kurz davor stand, in seine Fußstapfen zu treten? Nein, das war unmöglich.

Sie zog sich an, schlüpfte in die bequeme Jeans, die über der Stuhllehne hing, und in einen flauschigen Pulli. Dann zog sie die Schuhe an und verließ mit dem Handy in der Tasche ihr Zimmer. Lauschend stand sie auf dem dunklen Flur. Es war jetzt halb drei in der Frühe. Die anderen schliefen noch tief und fest. Tim hatte am Abend wieder gekifft. Der süßliche Geruch von Gras hing schwer im Raum. Paul hatte zu viel getrunken, aber das tat er immer. Sein Schnarchen drang durch die geschlossene Tür bis in den Flur der WG-Wohnung.

Sie nahm ihren Schlüssel vom Brett neben der Tür und schlüpfte hinaus ins Treppenhaus. Das Knacken des Lichtschalters hallte um diese Zeit überlaut durch den kahlen Flur des Mietshauses. Geblendet vom grellen Licht der Lampen schlich sie nach unten, trat auf die Straße. Mit zitternden Fingern zündete sie sich eine Zigarette an und dachte nach. Der Anruf ging ihr nicht aus dem Kopf.

Sie erkannte Alexander nicht wieder.

Ohne Ziel marschierte sie die Straße herunter. In den Fenstern der umliegenden Häuser brannte um diese Zeit kein Licht. Es hatte vorhin geregnet. Auf den Dächern der geparkten Autos am Straßenrand perlte der Regen vom Lack ab. In einem Hauseingang saß ein betrunkener Typ, der sie gar nicht wahrnahm. Nervös paffte sie den Rauch in die Nachtluft. Auf der Straße herrschte kaum Verkehr um diese Zeit. Nur einige Taxen und Lieferwagen waren schon unterwegs.

Sie musste mit jemandem reden, musste ihre Information weitergeben. Tatenlos zusehen und die Hände in den Schoß legen konnte sie nicht. Nachdem sie sich die Zigarette in den Mundwinkel geklemmt hatte, zog sie das Handy hervor und scrollte sich durch das Adressbuch. Dann hatte sie eine Idee. Sicherlich würde niemand mehr arbeiten, um ihren Anruf anzunehmen, aber sie würde eine Nachricht auf die Mailbox sprechen. Anonym. Kurze Zeit später lauschte sie dem Freizeichen, dann folgte eine kurze Nachricht, bevor sie sprach. Während sie sich Luft machte, ratterte eine Schwebebahn mit hoher Geschwindigkeit durch die Nacht. Sie wunderte sich, dass die Bahn um diese Uhrzeit schon unterwegs war. In der Bahn brannte kein

Licht, nur den Fahrer konnte sie im Widerschein der Armaturen schemenhaft in seinem Fahrerstand erkennen. Fast wie ein Geisterzug, so war das hellblaue Wahrzeichen der Stadt unterwegs. So schnell, wie sie gekommen war, verschwand die unheimliche Bahn wieder in der Nacht. Das Surren der Triebwerke auf dem Dach des Zuges verhallte in der Dunkelheit.

Vermutlich arbeiteten die Stadtwerke wieder am Wuppertaler Wahrzeichen. Womöglich eine Art Testfahrt, so wie sie es damals gemacht hatten, bevor die neuen Züge in Betrieb genommen wurden. Ihr konnte es egal sein. Sie hatte ganz andere Sorgen. Als sie das Telefonat beendete und das Handy zurück in die Tasche schob, fühlte sie sich ein wenig erleichtert. Es war, als hätte man ihr die Last der letzten Stunden von den Schultern genommen. Nun lag es nicht mehr in ihrer Hand, wie die Geschichte weiterging. Mit einem schweren Seufzen auf den Lippen trat sie den Heimweg an.

SIEBEN

Hameln, Finkenborner Weg, 07:55 Uhr

„Raus aus den Federn, dein Urlaub ist vorbei."

Frank Dirzius gähnte ungeniert in den Hörer, als er am anderen Ende der Leitung die Stimme seines Arbeitgebers erkannte. „Es ist kein Urlaub", korrigierte er ihn. „Ich bin in einer Familienangelegenheit hier."

„Wie auch immer", wetterte Bernd Lüders, „es gibt Arbeit, und du bist der richtige Mann vor Ort."

Dirzius wanderte mit dem Smartphone am Ohr durch die leere Villa seiner Eltern am Finkenborner Weg. Als er einen Blick durch die große Fensterfront im Wohnzimmer warf, schälte sich die Silhouette der Rattenfängerstadt aus dem morgendlichen Dunst. „Hör ich da einen Ansatz von Lob, Bernd?"

„Quatsch, der Zufall spielt dir in die Karten, Dirzius." Lüders lachte meckernd. „Du kennst doch den Spruch: Die dümmsten Bauern haben die dicksten Kartoffeln."

„Ich leg jetzt auf."

„Warte, Frank." Jetzt klang die Stimme des Herausgebers der „Wuppertaler Woche" flehentlich. „Ich hab eine Hammerstory für dich."

„Kann nicht sein, denn Themen, die mit Wuppertal nichts zu tun haben, lehnst du ab."

„Eben", stimmte Lüders zu. „Jetzt bist du aber mal zur richtigen Zeit am richtigen Ort."

„Ich bin in Hameln", erinnerte Dirzius ihn.

„Höchste Zeit, die Bewältigung deiner armseligen familiären Vergangenheit zu unterbrechen und mal wieder ans Geldverdienen zu denken", brummte Bernd Lüders am anderen Ende der Leitung.

„Spuck es aus, ich muss pinkeln." Dirzius riss sich vom imposanten Blick aus dem Fenster der elterlichen Villa los und wanderte durch das Erdgeschoss in Richtung Toilette. Er trug ein altes T-Shirt und Boxershorts. Langsam bekam er kalte Füße.

„Es gibt einen Toten", eröffnete Bernd Lüders ihm mit einem fast feierlichen Unterton in der Stimme.

„Für Todesanzeigen sind die Kollegen in der Anzeigenabteilung und in der Grafik zuständig, ich bin nicht dein Mann, Bernd."

„Falsch", konterte Lüders aufgeregt. „Professor Doktor Klaus Sippelmann wurde gestern Abend brutal ermordet."

„Sippelmann?" Dirzius stutzte. Er unterbrach seine Wanderung und massierte sich mit der freien Hand die Stirn. „Ist das nicht dieser Seilbahnpionier?"

„Exakt. Er wurde erschossen."

„Vermutlich von militanten Seilbahngegnern, die eine Enteignung ihrer Grundstücke fürchten. Und wenn du mich fragst – recht haben sie." In den vergangenen Monaten hatte Dirzius fast wöchentlich über das Großprojekt in seiner Heimatstadt berichtet. Eine Seilbahn sollte nach dem Willen der Stadtplaner die Innenstadt mit der Universität und den Südhöhen verbinden. An dem Vorhaben schieden sich seit Bekanntwerden der Pläne die Geister. Während Umweltschützer und die Verkehrsbetriebe das Projekt des Verkehrswissenschaftlers in den höchsten Tönen lobten und in der Seilbahn eine Bereicherung für Wuppertal sahen, gingen die Anwohner der künftigen Trasse auf die Barrikaden. Sie fürchteten um die Privatsphäre, wenn bald Gondeln über ihren Häusern und Grundstücken hinwegfuhren.

Und nun, so hatte es den Anschein, hatte man den Anführer der Seilbahnbefürworter eliminiert. Nicht schön, aber effektiv, fand Dirzius, der Sippelmann mehrmals interviewt hatte.

„Keine Ahnung, wer ihn erschossen hat", brummte Lüders am anderen Ende der Leitung. „Fakt ist, dass er nicht hier in Wuppertal getötet wurde."

„Und jetzt komme ich ins Spiel, nehme ich an?"

„Richtig, du Schlaumeier. Sippelmann wurde nämlich in Hameln ermordet."

Dirzius' Müdigkeit war wie weggeblasen. „Wie bitte?"

„Er. Wurde. In. Hameln. Ermordet", wiederholte Lüders. „Sag mal, Frank, hast du was an den Ohren?"

Dirzius schüttelte den Kopf, was Lüders am anderen Ende der Leitung nicht sehen konnte. „Unsinn, aber du musst schon zugeben, dass es wie ein schlechter Aprilscherz klingt, oder?"

„Im Herbst?“ Lüders schnaubte vernehmlich. „Es ist kein Witz, er wurde auf dem höchsten Punkt der Stadt erschossen.“ Im Hintergrund raschelte Lüders mit Papier herum, fluchte leise, dann fuhr er fort: „Sippelmann wurde gestern Abend nach Einbruch der Dunkelheit auf dem Klütturm tot aufgefunden. Sagt dir der Turm was?“

„Auf dem Klütturm?“ Dirzius pfiff durch die Zähne. „Aber klar sagt mir das was. Jeder im Weserbergland kennt den Turm.“

„Dann setz deinen Arsch in Bewegung und fahr hin“, verlangte Bernd Lüders. „Ist das weit weg von dir?“

„Ich könnte zu Fuß gehen, wenn es nicht kilometerweit bergauf gehen würde“, entgegnete Dirzius. „Aber kein Ding, ich bin schon unterwegs.“

„Bewegung hat noch niemandem geschadet“, feixte der Herausgeber, dann legte er auf.

„Arschloch“, maulte Dirzius, blickte sekundenlang fassungslos auf das Display seines Handys, dann verschwand er im Bad, um keine zehn Minuten später das Haus seiner Eltern zu verlassen. In der Einfahrt wartete bereits ein Taxi mit laufendem Motor auf ihn.

ACHT

Wuppertal-Barmen, Ottostraße, 08:01 Uhr

Die Fähigkeit, das Klingeln des Weckers zu überhören, hatte sie sich in den letzten Jahren angeeignet. Das Klingeln des Diensthandys auf dem Nachtschrank drang erfahrungsgemäß nur mit starker zeitlicher Verzögerung in ihre Träume ein. Doch als Mutter funktionierte Sophie Stein. Schon beim ersten zögerlichen Klopfen an die Schlafzimmertür war sie hellwach. Sie richtete sich im Bett auf und betrachtete ihre zwölfjährige Tochter Sarah, die mit zerzausten Haaren vor dem Bett stand.

„Mama", rief das Mädchen und stemmte empört die Hände in die Hüften. „Du hast verschlafen."

„Ich?" Sophie schüttelte den Kopf und rieb sich den Schlaf aus den Augen. „Kann nicht sein."

„Doch, Mama. Ich muss gleich los. Du wolltest mich zum Bahnhof fahren, schon vergessen?"

„Nein, Kind. Natürlich habe ich es nicht vergessen." Sophie schüttelte die restliche Müdigkeit ab und versuchte sich möglichst unauffällig daran zu erinnern, was sie ihrem Kind versprochen hatte. Sie hatte einfach zu viel im Kopf momentan. Vielleicht sollte sie sich auf die wesentlichen Dinge im Leben konzentrieren, anstatt auf zu vielen Hochzeiten gleichzeitig zu tanzen.

Langsam kehrte die Erinnerung zurück. Heute war der erste Ferientag, und sie hatte Sarah für Reiterferien auf einem Bauernhof im Münsterland angemeldet. „Du musst erst heute Nachmittag auf dem Hof sein, Kind." Schwerfällig stemmte sich Sophie von der Bettkante in die Höhe. „Ich werde dich fahren."

„Gestern hast du noch gesagt, ich darf mit dem Zug fahren." Sarah wirkte beleidigt, hatte sie sich doch auf ihre erste Fahrt mit der Bahn gefreut. Es interessierte sie nicht im Geringsten, dass ihre Mutter Bauchschmerzen bei dem Gedanken hatte, sie alleine in den Zug zu setzen.

„Es fahren keine Züge – die Bahn baut am Gleisstellwerk, und Wuppertal ist bahntechnisch von der Außenwelt abgeschnitten."

„Schon wieder?" Sarah zog einen Flunsch. „Und jetzt?"

„Fahre ich dich."

„Nach Münster?" Sarahs puppenhaftes Gesicht erhellte sich. „Echt?"

„Echt." Sophie stand auf und strich ihrem Kind durch das Haar. Mit einem stolzen Lächeln betrachtete sie ihre Tochter. Wie groß sie geworden war. Insgeheim war Sophie froh darüber, dass Sarah Sophies Trennung von ihrem Vater gut verkraftet hatte. Er kümmerte sich kaum um sein Kind – immerhin zahlte er pünktlich und regelmäßig den Unterhalt. Alle anderen Vaterpflichten vernachlässigte er großzügig. Sophie hatte es in ihrem Beruf als Kriminalhauptkommissarin nicht immer leicht, Job und Erziehung unter einen Hut zu bringen. Ein Mann in ihrem Leben wäre manchmal nicht das Schlechteste, dachte sie, während sie in Richtung Bad verschwand. „Gib mir zwei Minuten."

„Klar", strahlte Sarah. „Ich habe uns Frühstück gemacht."

„Du bist ein Schatz." Im Herausgehen blickte Sophie zum Esstisch herüber, der sich im kleinen Wintergarten ihrer Altbauwohnung befand. Tatsächlich hatte Sarah Teller, Besteck, Brot, Wurst und Käse aufgetafelt.

„Ich mach schon mal Kaffee."

„Danke." Gerade als Sophie den langen Flur betreten wollte, klingelte das Handy auf dem Nachtschrank im Schlafzimmer. Eine steile Sorgenfalte bildete sich auf Sophies Stirn. Eigentlich hatte sie sich freigenommen, um den ersten Tag der Herbstferien mit Sarah zu genießen.

„Mist." Sophie eilte zum Bett, sank auf die Bettkante und angelte nach dem Smartphone. „Mist, Mist, Mist." Der Anrufer hatte seine Rufnummer unterdrückt.

Sie meldete sich förmlich, pustete eine widerspenstige Haarsträhne aus der Stirn und lauschte. Wer auch immer sie anrief – er tat es aus dem Freien. Gedämpft klangen Motorenlärm und Stimmengewirr durch den Hörer.

„Maja Klausen hier, Tach, Frau Kollegin."

Es dauerte einen Moment, bis Sophie den Namen mit der Hauptkommissarin aus Hameln in Verbindung bringen konnte.

Es hatte sicher nichts Gutes zu bedeuten, wenn ihre Kollegin von der Polizeidirektion im Weserbergland anrief. Vor einiger Zeit hatten sie gemeinsam an einem Fall gearbeitet, deshalb kannten sie sich. Hauptkommissarin Klausen war mit Sophies Vorgänger, dem knorrigen Hauptkommissar Norbert Ulbricht, befreundet.

„Du kannst es nicht wissen", begann Sophie, „aber ich bin nicht im Dienst – habe Urlaub."

„Ach was." Maja klang ernsthaft enttäuscht. „Ich hab da einen Fall, der zu euch führt."

„Ist das ein offizieller Antrag auf Amtshilfe, oder brauchst du mich privat?"

„Zugegebenermaßen habe ich erst an Norbert gedacht – aber seitdem er in Pension ist, will ich ihn nicht mit dienstlichem Mist belatschern, sonst schafft er den Übergang ins Rentenalter nie." Maja Klausen lachte.

„Das ist zu befürchten. Also, schieß los, was kann ich tun?"

„Wir ermitteln seit gestern Abend in einem Tötungsdelikt. So wie es aussieht, ist unser Opfer an einer Schussverletzung gestorben."

„Hm." Sophie brummte. „Und wer ist euer Opfer?"

„Hier ein unbeschriebenes Blatt", erwiderte Maja schnell. „Bei euch hingegen dürfte er recht bekannt sein. Bei dem Toten handelt es sich um Professor Doktor Klaus Sippelmann."

„*Der* Sippelmann?"

„Ich weiß nicht, wie viele Sippelmänner es gibt, aber so wie es aussieht, ist es der Sippelmann, der sich gerade bei euch wegen seines Seilbahnprojektes sehr unbeliebt macht."

„Sagen wir mal so: Er polarisiert. Es gibt durchaus Befürworter seiner Idee, aber die Gegner werden lauter." Während sie sprach, begriff sie die Tragweite des Falles, den Maja und ihre Kollegen im Weserbergland bearbeiteten. Sippelmann, der Seilbahnpionier, war tot. Der Gedanke daran reichte – den freien Tag konnte sie vergessen. Sie war eine schlechte Mutter, dachte sie mit Gewissensbissen. Warum passierte immer dann etwas, wenn sie sich etwas mit ihrer Tochter vorgenommen hatte?

„Und nun soll ich an meinem freien Tag seine Angehörigen benachrichtigen?", fragte Sophie bange.

„Das auch", druckste Maja herum.

„Und ich soll mich in seinem Umfeld umhören, wer möglicherweise einen solchen Hals auf Sippelmann hat, dass er ihn aus dem Verkehr gezogen hat?"

„Du verstehst mich." Maja Klausen atmete tief durch. „Hör zu: Ich würde ja ein Team nach Wuppertal schicken, um euch zu unterstützen, immerhin ist es mein Fall, aber ich habe keine Leute."

„Ich hab so etwas befürchtet." Sophie seufzte theatralisch.

„Jetzt weißt du, warum ich Norbert nicht einbeziehen will."

„Er dürfte sich gar nicht einmischen – Norbert ist pensioniert und hat keinerlei Befugnisse mehr, Personen zu befragen.“

„Sophie, allerliebste Kollegin“, lachte Maja, „du kennst ihn. Ich muss dir nicht erzählen, dass ihn solche Regeln nicht im Geringsten interessieren.“

„Nein, das musst du nicht.“ Sophie erhob sich und wanderte mit dem Handy am Ohr durch die Wohnung. Im Esszimmer blieb sie am Fenster stehen und genoss den Ausblick. Die Häuser duckten sich in den engen Talkessel der Wupper. Die Sonne hatte es gerade durch den Dunst geschafft und tauchte die Stadt zu ihren Füßen in ein warmes Licht. Der Herbst zeigte sich von seiner freundlichen Seite.

„Sophie, bist du noch dran?“, riss Majas Stimme sie aus den Gedanken.

Sophie schüttelte den Kopf, was ihre Kollegin am anderen Ende der Leitung nicht sehen konnte. „Gib mir eine Stunde“, sagte sie.

„Bist du dabei?“ Maja Klausens Stimme klang hoffnungsvoll. „Dann kann ich auf dich zählen?“

Sophie blickte sich zu ihrer Tochter um, die es sich mit dem Tablet auf dem Sofa gemütlich gemacht hatte. Völlig weltvergessen scrollte sie sich durch irgendwelche Seiten im Internet und schien das gemeinsame Frühstück längst vergessen zu haben. Immerhin schien es ihr nicht schwerzufallen, dass ihre Mutter arbeiten musste. Sie war es gewohnt, dass Sophie als Polizistin keinen geregelten Feierabend, geschweige denn sichere

Urlaubstage, hatte. Als Sophie im Bad verschwand und die wärmenden Wasserstrahlen der Dusche auf ihren Körper prasselten, dachte sie über den neuen Fall nach, den Mord am Seilbahnpionier Klaus Sippelmann.

NEUN

Hameln, Klütberg, 08:55 Uhr

Grundmann war quengelig. Er hatte schlecht und viel zu kurz geschlafen in der letzten Nacht, ihm war kalt, der Anzug für diese Jahreszeit zu dünn und der Kaffee zu schwach, als dass er zur Besserung seiner Laune hätte beitragen können. Mit Cedric gab es auch mal wieder Theater, weil Grundmann in seinem Job keine festen Arbeitszeiten hatte. Aber das hatte Cedric gewusst, als sie vor zwei Jahren zusammengekommen waren. Grundmann ballte unbewusst die Hände zu Fäusten und schüttelte frustriert über die unbefriedigende Gesamtsituation den massigen Schädel.

Erschwerend kam hinzu, dass die Jungs vom Fünften noch immer keine verwertbaren Spuren hatten, mit denen sie arbeiten konnten. Das Gelände und der Turm selber waren von den DNA-Spuren der unzähligen Besucher übersät, kein Wunder, wenn man bedachte, wie viele Menschen sich hier an nur einem einzigen Tag herumtrieben.

Der Turm würde wohl tagelang abgesperrt werden, bis man sämtliche verwertbaren Spuren gesichert hatte.

Zu allem Übel war vor einer Stunde noch Staatsanwalt Karl Vogel aufgekreuzt und hatte Grundmann, Maja und ihren Leuten Dampf gemacht. Für Grundmann war das nichts als die Rache für Vogels wohl immer noch verletzte Eitelkeit. Vor einigen Jahren hatte der attraktive Staatsanwalt mal eine Affäre mit Maja gehabt, die ihn aber abgesägt hatte, weil er es nicht geschafft hatte, für sie seine Frau zu verlassen. Grundmann war sicher, dass der eitle Gockel daran immer noch zu knabbern hatte.

Rückschläge kamen nicht gut für Staatsanwalt Vogel.

Grundmann fluchte, als ein Taxi auf der Bildfläche erschien. Der Fahrer lenkte seine Dieseldroschke bis vor die Absperrung. Mit tuckerndem Motor stand der alte Mercedes da. Grundmann konnte durch die Windschutzscheibe erkennen, wie ein Geldschein den Besitzer wechselte. Dann wurde die Beifahrertür aufgestoßen.

Ein untersetzter Typ mit schlecht sitzenden Jeans und ausgelatschten Schuhen stieg aus, nickte dem Taxifahrer zu und trat an den Rand der Absperrung. Als er von einem uniformierten Polizisten aufgehalten wurde, den Grundmann abgestellt hatte, um neugierige Zeitgenossen auf Distanz zu halten, sah der Hauptkommissar den Zeitpunkt für gekommen, sich einzumischen.

„Was wird das hier?“, bellte er den unrasierten Typ jenseits des Absperrbandes ab.

Der uniformierte Kollege, ein junger Bursche von Mitte zwanzig, errötete auf der Stelle. „Presse", murmelte er schuldbewusst, als sei er schuld daran, dass dieser windige Kerl hier aufgetaucht war.

„Dirzius, Frank Dirzius", stellte sich der Reporter vor und grinste schief. „Es hat einen Mord gegeben?"

„Woher ihr Vögel von der Presse das immer wisst", brummte Grundmann.

„Also stimmt es?", hakte Dirzius schnell nach.

Grundmann nickte dem Streifenbeamten zu, der sich zufrieden zurückzog und dem Hauptkommissar gern das Feld überließ.

„Wir ermitteln in einem Tötungsdelikt, das ist kein Geheimnis." Grundmann hatte nicht vor, hier draußen eine Pressekonferenz zu geben.

„Stimmt es, dass es sich bei dem Toten um den Verkehrswissenschaftler Klaus Sippelmann handelt?"

„Woher zum Teufel wissen Sie das?", grunzte Grundmann. Er betrachtete Dirzius wie ein lästiges Insekt. Der Tragegurt der Kamera hatte unansehnliche Spuren auf der Schulter seines Jacketts hinterlassen.

„Es stimmt also", freute sich Dirzius. „Weiß man schon …", er riss die Kamera hoch und fotografierte an Grundmann vorbei auf den Turm und die Polizeibeamten. Lässig, wie ein Cowboy aus der Hüfte schießt, machte Dirzius ein paar Aufnahmen vom Einsatzort.

Grundmann legte eine Hand auf die Kamera und drückte das Objektiv nach unten. „Lassen Sie den Scheiß."

„Ich darf das“, behauptete Dirzius.

„Es wird im Laufe des Tages eine Pressekonferenz geben, auf der man die Vertreter der Medien umfassend informieren wird.“

Dirzius ließ sich so leicht nicht abwimmeln. „Also stimmt es, dass es einen Mord gegeben hat?“

Für Grundmann war das Gespräch beendet. „Ich muss Sie jetzt bitten, zu gehen.“

Der Reporter legte den Kopf schräg. „Ist das ein offizieller Platzverweis?“

Grundmann schwoll die Zornesader an. „Was wollen Sie?“, blaffte er den untersetzten Mittvierziger an. „Für wen arbeiten Sie überhaupt? ‚Deister- und Weserzeitung‘?“

Dirzius schüttelte den Kopf. „‚Wuppertaler Woche‘.“ Der Reporter hielt ihm das kleine Plastikkärtchen unter die Nase, das Grundmann schnell als Presseausweis eines Journalistenverbandes identifizierte. Seine Nasenflügel blähten sich auf, als er tief einatmete. Oh Mann, wie sehr gingen ihm diese Reporter auf den Sack. Das Streifenhörnchen hatte sich auch vom Acker gemacht. Für die Aufgabe, lästige Reporter abzuwimmeln, fühlte sich Jürgen Grundmann überqualifiziert.

„Darf ich denn fragen, was passiert ist?“ Dirzius blickte an Grundmanns massiger Gestalt vorbei und versuchte, einen Blick auf das Geschehen rund um den Klütturm zu erhaschen.

„Fragen dürfen Sie“, grinste Grundmann überheblich. „Aber eine Antwort brauchen Sie nicht zu erwarten.“

Dirzius hatte nicht vor, sich einschüchtern zu lassen. Er lächelte Grundmann selbstbewusst an. „Was ist denn geschehen?" Er deutete auf den dunklen Mercedes Vito eines örtlichen Bestatters. „Jemand ist gestorben, nehme ich an?"

„Das nenne ich mal Kombinationsgabe, Pressemann." Grundmann betrachtete den Störenfried wie eine lästige Schmeißfliege. Solche Typen nervten ihn. „Wie kommst du denn darauf?", fragte er und bleckte seine frisch gebleichten Zähne.

„Der Bestatter da …", versuchte sich Dirzius. „Ich nehme an, er ist nicht hier, um …"

„Ja, verdammt, was denkst du denn?", blaffte Jürgen Grundmann Dirzius an. „Ein Leichenwagen, eine Menge Polizei und ein Aussichtsturm, der gesperrt ist. Warum wohl?" Er tippte sich bezeichnend an die Schläfe. „Na, dämmert's?"

„Halten Sie mich für blöd?" Dirzius blickte empört zu Grundmann auf.

Der Hauptkommissar strich sich durch das dichte Haar und grinste überheblich. „Willst du eine ehrliche oder eine nette Antwort?" Er machte sich einen Spaß daraus, Dirzius zu duzen. Wenn es ihm nicht passte, konnte er ja verschwinden.

„Was ist hier los?"

Beide Männer fuhren herum, als sich ihnen eine Frau Mitte fünfzig mit energischen Schritten näherte. Die kastanienbraunen Haare trug sie modisch kurz, ihre grünen Augen funkelten wütend. „Was soll das?"

Sie betrachtete erst Grundmann, dann Dirzius. „Ist das ein Kindergarten hier, oder was?"

„Maja, ich mach ja schon viel hier", setzte Grundmann in weinerlichem Unterton an. Er zupfte an seiner Krawatte herum. „Aber es ist wirklich nicht meine Aufgabe, mich mit der Presse herumzuärgern."

„Presse?" Maja Klausen betrachtete Dirzius. In den vielen Jahren Polizeiarbeit hatte sie viele Journalisten kennengelernt. Der Mann jenseits des Absperrbandes war ihr unbekannt. Sie verengte die Augen zu Schlitzen. „Für welche Zeitung arbeiten Sie?"

„‚Wuppertaler Woche', mein Name ist Frank Dirzius." Er lächelte sie freundlich an.

„‚Wuppertaler Woche'?" Maja legte den Kopf schräg. „Respekt. Sind Sie geflogen, Herr Dirdius?"

„Dirzius", verbesserte er sie. „Nein, ich war zufällig vor Ort, als ich vom Tod des Seilbahnpioniers erfuhr."

„Das ist ja interessant."

„Was? Dass es Sippelmann erwischt hat?"

Grundmann betrachtete seine Vorgesetzte. Warum, um alles in der Welt, kannte sie das Käseblatt, für das dieser Typ angeblich schrieb?

„Sie haben vom Tod Sippelmanns erfahren?"

„Ja."

„Und darf ich fragen, wie Sie an diese Information kommen?"

„Nein." Dirzius grinste. „Betriebsgeheimnis. Ich habe einen Anruf aus der Redaktion erhalten, und nun bin ich hier."

„Wie schön." Grundmann grinste den Reporter spöttisch an. „Kaffee? Stückchen Kuchen dazu?"

„Nein, ein paar Fakten würden schon helfen, damit wir alle unseren Job machen können und unsere Chefs stolz auf uns sind", erwiderte Dirzius unbeeindruckt.

„Schaff ihn hier weg, sonst brech ich ihm alle Knochen", drohte Grundmann.

Maja ging nicht darauf ein. „Mal im Ernst", sagte sie und ignorierte Grundmann. „Was geht hier gerade ab?"

„Das würde ich auch gern wissen", antwortete Dirzius wahrheitsgemäß. „Deshalb bin ich ja hier." Er blickte mit grimmiger Miene zu Grundmann auf. „Dass ich mich hier allerdings mit Gorillas rumärgern muss, hat mir keiner gesagt."

Grundmann lief zur Höchstform auf. „Pass mal auf, mein schmaler Freund", drohte er, „sonst zeig ich dir mal, wo der Frosch die Locken hat!"

„Schon gut, schon gut, ihr Kerle seid alle gleich", rief Maja entnervt. Sie nickte Dirzius zu. „Kommen Sie schon." Maja drückte das schraffierte Absperrband herunter und machte eine einladende Geste. „Ich zeige Ihnen, was ich Ihnen jetzt schon zeigen kann."

„Danke." Dirzius stieg über die Absperrung und zwinkerte Grundmann zu. „Aus ermittlungstaktischen Gründen werde ich schon nicht zu viel erfahren, was?"

Grundmann blickte zum Himmel. „Wofür haben wir eigentlich eine Presseabteilung, die sich mit solchen Idioten herumschlägt?"

„Jürgen, das reicht jetzt", wetterte Maja. „Halt jetzt den Ball flach. Irgendwann wirst du es lernen, die Kooperation mit den Medien so zu nutzen, dass die Journaille uns in die Karten spielt."

„Ich muss dringend weg", ächzte Grundmann, während er Maja einen hilfesuchenden Blick zuwarf.

„In einer Stunde ist Morgenrunde in der Polizeidirektion", sagte sie. „Fahr runter und mach schon mal frischen Kaffee." Bevor Grundmann protestieren konnte, lächelte sie Dirzius zu. „Wenn Sie für ein Wuppertaler Medium berichten, sich zufällig, wie Sie behaupten, hier in Hameln aufhalten, wo zur selben Zeit ein recht unbeliebter Mensch aus Wuppertal umgebracht wird – wie erklären Sie sich das?"

Dirzius stutzte. „Wollen Sie mir etwa was anhängen?"

„Nein, wie kommen Sie denn darauf?" Maja lächelte ihn mit aufgesetzter Sanftheit an. „War nur so eine Frage." Dann ging sie voran in Richtung Klütturm. „Das haben wir wohl gemeinsam", fuhr sie fort, ohne sich zu ihm umzuschauen. „Dass es zu unserem Beruf gehört, Fragen zu stellen. Wenn es der Zweck erfordert, auch mal unbequeme Fragen." Jetzt drehte sie sich zu Dirzius um. „Nicht wahr?"

ZEHN

Wuppertal, Polizeipräsidium, 09:00 Uhr

„Was machst du denn hier?“ Karl Brauer stutzte, als er, mit der Kaffeetasse in der Hand, Sophie Stein auf dem Korridor in die Arme lief. „Hast du nicht frei heute?“

Sophie blieb stehen und machte eine wegwerfende Handbewegung. „Ach was – Urlaub wird völlig überbewertet.“ Ihre Mutter war spontan eingesprungen, um sich für ein paar Stunden um Sarah zu kümmern. Sie war jetzt bei ihr und half ihr beim Kofferpacken. Sophie fragte sich insgeheim, was sie machen würde, wenn ihre Mutter nicht wäre.

„Spinnst du?“ Brauer grinste schief und pustete in die abgeschrabbelte Tasse, um einen kleinen Schluck zu trinken. „Was ist los, Sophie?“

„Ich hatte heute Morgen einen Anruf von den Kollegen in Hameln.“

„Von Ulbrichts Freundin, nehme ich an?“

„Ja.“ Sophie nickte und setzte sich in Bewegung. Brauer folgte seiner Vorgesetzten in ihr Büro und beobachtete sie, wie sie den gesteppten schwarzen Mantel auszog und ihn an die einfache Garderobe hinter der Tür hängte. „Sie ermitteln in einem Mordfall.“

„Was?" Brauer machte große Augen. „In Hameln stirbt man?"

„Verarschen kann ich mich selber", stellte Sophie unbeeindruckt fest, während sie sich setzte und den Computer startete. „Bei dem Toten handelt es sich um Professor Doktor Klaus Sippelmann." Als sie Brauers überraschtes Gesicht sah, freute sie sich. „Ja, da staunst du, was?"

„Ich hau ins Essen", behauptete Brauer und ließ sich auf einen der beiden Besucherstühle vor Sophies Schreibtisch fallen. „Er war nicht sehr beliebt."

„Keine Ahnung, ob sein herbeigeführtes Ableben mit seinen Seilbahnplänen zu tun hat oder ob es im Privatleben Schwierigkeiten gab."

„Und nun sollen wir einen Background-Check machen?" Brauer schürzte die Lippen und grinste.

„Sprich deutsch", forderte Sophie ihn mit gequälter Miene auf. „Wir sind hier nicht bei Navy CIS, Karl." Dann nickte sie. „Aber so hatte ich mir das vorgestellt, ja."

„Soll ich die Bande zusammentrommeln?" Brauer grinste.

„Das wäre lobenswert, in der Zwischenzeit recherchiere ich mal ein bisschen, damit ich die Arbeit gleich an euch delegieren kann."

„Nur so kenne ich dich, allerliebste Sophie." Brauer erhob sich und trat an die Tür. „Gern bereite ich alles für dich vor, ist mir ein Vergnügen. In fünfzehn Minuten kann das Meeting beginnen, ist dir das recht, liebste Kollegin?"

„Bah", Sophie machte ein säuerliches Gesicht. „Rutsch nicht aus", rief sie.

Brauer hielt inne und blickte zu Boden. „Warum?"

„Auf deiner Schleimspur." Sie griff in eine Schreibtischschublade, nahm einen abgewetzten Radiergummi heraus und warf ihn in Brauers Richtung. Der hünenhafte Kollege hatte ihr Büro schneller verlassen. Der Radiergummi landete an der Wand neben der Tür und fiel zu Boden. Sophie schüttelte den Kopf, warf einen Blick auf ihre Armbanduhr und wählte sich ins Internet ein, um auf die Schnelle ein paar Informationen über Klaus Sippelmann zusammenzutragen.

ELF

Hameln, Klütberg, 09:05 Uhr

„Wo waren Sie gestern Abend zwischen neunzehn und einundzwanzig Uhr?" Maja Klausen blickte Dirzius mit durchdringendem Blick an.

„Sie machen Witze", hoffte Dirzius und hielt dem Blick der Hauptkommissarin stand. Sie hatte ihn zu einer der Bänke am Rand der Aussichtsplattform gebeten. Dirzius hatte keinen Nerv darauf, den Blick auf die Rattenfängerstadt und die sanften Ausläufer des Weserberglandes zu genießen. Eigentlich war er hergekommen, um ein paar Bilder vom Tatort zu schießen und um Lüders ein paar Infos zu Sippelmanns Ableben nach Wuppertal zu schicken. Jetzt stand er im Kreuzfeuer dieser Kommissarin.

Was wie ein schlechter Witz klang, bereitete Dirzius inzwischen große Sorgen. Da hatte Lüders ihm ja einen Mist eingebrockt, als er ihn zum Klüt geschickt hatte, um über den toten Sippelmann zu berichten. Jetzt stand er unter Mordverdacht.

„Ich fürchte, die Lage ist zu ernst, um zu scherzen", riss ihn Maja Klausens Stimme aus den trüben Gedanken. „Wo waren Sie gestern Abend zwischen neunzehn und einundzwanzig Uhr?", wiederholte sie ihre Frage.

„Im Haus meiner Eltern."

„In Wuppertal?"

„In Hameln." Dirzius schüttelte den Kopf.

„Aber eben sagten Sie, dass Sie für die ‚Wuppertaler Woche' schreiben", warf die Kommissarin ein.

Jetzt grinste Dirzius. „Das eine muss das andere ja nicht ausschließen."

Maja Klausen richtete den Blick nach vorn und atmete tief durch. Das geschäftige Treiben ihrer Kollegen in ihrem Rücken ignorierte sie. „Ich fürchte, das müssen Sie mir erklären, Herr Dirzius."

Frank Dirzius seufzte. „Ich arbeite als freier Journalist für die ‚Wuppertaler Woche', das ist richtig. Ich lebe und arbeite in Wuppertal. Meine Wurzeln liegen aber hier in Hameln. Meine Familie stammt von hier, deshalb bin ich von Zeit zu Zeit in der alten Heimat unterwegs."

„Moment", warf Maja Klausen ein. „Sie gehören zu *der* Familie Dirzius?" Ihre grünen Augen wurden groß. „Die Juristenfamilie?" Während sie das Panorama genoss, schien sie angestrengt nachzudenken.

Täuschte sich Dirzius, oder huschte der Ansatz eines Lächelns um ihre Mundwinkel? „Ja", nickte er und folgte ihrem Blick. „Ist das schlimm?"

Die Kommissarin schüttelte den Kopf und lachte leise. „Nein, das ist es nicht. Friedrich Dirzius war mein Anwalt, als ich mich habe scheiden lassen." Ein nachdenklicher, fast wehmütiger Gesichtsausdruck spielte um ihre Lippen.

„Das war mein Vater“, erwiderte Dirzius. „Er war enttäuscht von seinem einzigen Sohn, der sich in jungen Jahren standhaft weigerte, eines Tages seine Kanzlei zu übernehmen.“

„Sie sind lieber Reporter geworden?“

„Ja. Ich habe nach einem Volontariat als Redakteur bei der DEWEZET gearbeitet. Der Liebe wegen zog es mich ins Bergische Land.“

„Nur der Liebe wegen?“

Dirzius fand, dass Maja Klausen eine hervorragende Menschenkennerin war. Sie hatte ihn längst durchschaut. „Nein“, sagte er leise. „Auch der Streit mit meinen Eltern trug dazu bei, mich aus dem Weserbergland zu verabschieden.“

„Was ist mit Ihren Eltern?“

„Sie sind tot. Bisher habe ich mich gescheut, das leer stehende Haus zu verkaufen. Jetzt aber …“

„Warum ziehen Sie nicht ein?“

Dirzius lachte trocken auf und rieb Daumen und Zeigefinger aneinander. „Wovon? Meine Eltern bewohnen eine Villa am Finkenborner Weg. Das ist ein teures Pflaster für einen armen Schreiberling wie mich.“

„Am Finkenborner Weg?“

„Ja, warum?“

„Dann waren Sie ja in der Nähe des Tatortes.“

Dirzius wurde das Frage- und Antwortspiel zu dumm. Er sprang von der Bank auf und marschierte vor der Kommissarin auf und ab. „Nicht nah genug, um den tödlichen Schuss abzugeben", rief er wütend, dann stutzte er. „Nicht einmal, um den Schuss zu hören." Kurz erinnerte er sich an das seltsame Erlebnis am Vorabend. In der Küche hatte er doch diesen Knall gehört. „Wann war das?", fragte er und blieb vor Maja Klausen stehen.

„Wann war was?"

„Der Schuss auf Sippelmann. Wann wurde er ermordet?"

„Zwischen neunzehn und einundzwanzig Uhr, das sagte ich doch bereits."

Dirzius schüttelte den Kopf. „Nein", sagte er. „Sie fragten, wo ich in diesem Zeitraum war. Mehr nicht." Trotzig verschränkte er die Arme vor der Brust. „Wobei ich mich ernsthaft frage, wie Sie auf diesen Blödsinn kommen."

„Ich ziehe meine Schlüsse, das ist mein Job, Herr Dirzius." Maja Klausen erhob sich nun ebenfalls. Mit regungsloser Miene schaute sie Dirzius tief in die Augen. „Denken Sie mal nach", sagte sie leise. „Unser Mordopfer ist Wuppertaler, Sie ebenfalls. Klaus Sippelmann war ein umstrittener Verkehrsforscher, der nicht nur Freunde hatte. Sie sind Journalist und immer dabei, wenn er etwas in der Öffentlichkeit verbreitet haben will. Was, wenn es zu einem Streit kam?"

„Das ist ein Witz", rief Dirzius und schüttelte den Kopf. Er fragte sich, wann die Kommissarin zur Besinnung kam. „Ich kannte ihn kaum."

„Das sagen Sie." Maja verschränkte die Hände hinter dem Rücken und schritt vor Dirzius auf und ab wie eine dozierende Professorin. „Was, wenn Sie lügen? Sicher wissen Sie, was Sippelmann hier in Hameln wollte. War ein Treffen mit Ihnen geplant?"

„Nein." Frank Dirzius spürte, wie seine Knie weich wurden. „Sie stellen mich aber jetzt nicht ernsthaft unter Verdacht, oder?"

„Wir dürfen nichts außer Acht lassen."

„Das ist an den Haaren herbeigezogen. Lüders, mein Auftraggeber, hat mich auf den Fall angesetzt. Er weiß, dass ich aus privaten Gründen in Hameln bin, und wollte Bilder vom Polizeieinsatz am Turm haben."

„Es klingt plausibel", gestand sie ihm zu. „Allerdings glaube ich nicht an Zufälle. Sie sind hier, ausgerechnet in dem Moment, als dieser Wissenschaftler hier ermordet wird."

Dirzius konnte es nicht glauben. In Hameln hatte sich nichts geändert, seitdem er die Rattenfängerstadt damals verlassen hatte. Die Menschen hier waren komisch. Er sah sich als Opfer einer Verschwörung. Doch die Erklärung dafür wollte ihm nicht einfallen. Warum, um alles in der Welt, hatte man sich gegen ihn verschworen? Ihm wurde es heiß und kalt, für den Bruchteil einer Sekunde sah er sich im Knast sitzen, in einer karg eingerichteten Zelle. Er betrachtete die Kommissarin. Maja Klausen kam ihm bekannt vor. Irgendwie sehr vertraut. Fieberhaft überlegte Dirzius, ob er sie von früher kannte. Die Kommissarin war gute zehn Jahre älter als er. In der Schule konnten sie sich wohl nicht begegnet sein.

Dann kam ihm die Lösung in den Sinn. Seine Miene hellte sich auf. Beruhigt stellte er fest, wie sich sein Puls normalisierte. Er grinste gewinnend, als er sich an die Kommissarin wandte. „Wo ist sie?“ Suchend blickte er sich um.

„Wo ist wer?“, antwortete die Kommissarin mit gerunzelter Stirn.

„Die Kamera“, stieß Dirzius hervor. „Wo ist die versteckte Kamera? Ich bin doch das Opfer bei ‚Verstehen Sie Spaß?‘ geworden, oder?“ Er lachte, ja, das war die Erklärung. Warum war er nicht schon längst darauf gekommen? Alles war nur ein Fake, von langer Hand vorbereitet. Der Anruf von Bernd Lüders am Morgen, der Polizeieinsatz auf dem Klüt – wahrscheinlich entpuppte sich die Kommissarin gleich als sein Lockvogel. Er betrachtete Maja Klausen mit prüfendem Blick. Sie war ihm doch gleich bekannt vorgekommen! Es dauerte einen Moment, dann wusste er, an wen sie ihn erinnerte: an die Schauspielerin Rita Russek, die er schon öfters in Fernsehkrimis bewundert hatte.

„Frau Russek, das Spiel ist aus“, sagte er mit einem gewinnenden Grinsen.

„Wie bitte?“ Maja Klausen betrachtete ihn mit einem Blick, der Bände sprach. Sie schien ihn für verwirrt zu halten. „Klausen“, sagte sie schnell. „Kriminalhauptkommissarin Klausen immer noch. Wie kommen Sie auf …“, sie überlegte kurz. „Rassek?“

„Russek", verbesserte Dirzius sie. „Das hier ist doch sicher die versteckte Kamera, Sie sind der Lockvogel und ich das Opfer." Er lachte laut. „Schön, ihr habt gewonnen, habt mich ganz schön reingelegt."

Maja Klausen blickte an Dirzius vorbei. Er wandte sich um. Der andere Schauspieler, der den grimmigen Kommissar spielte, näherte sich ihnen. Vermutlich würde er die Sache gleich aufklären, und alle würden sich über den gelungenen Scherz mit Frank Dirzius beömmeln. Im Geiste sah er sich schon im Publikum der Fernsehsendung sitzen, um von einem beknackten Moderator über den gelungenen Gag befragt zu werden. Ein wenig peinlich berührt stellte Dirzius fest, sich ganz schön zum Affen gemacht zu haben. Warum war er auch darauf reingefallen?

Doch Grundmann lachte nicht. Er lächelte nicht einmal. Der Typ spielte seine Rolle perfekt, mimte hier den coolen Bullen. Er ignorierte Dirzius und wandte sich an seine Kollegin.

„Wir wären dann so weit, Maja."

„Habt ihr alles im Kasten?", fragte Dirzius. „Auch mein bescheuertes Gesicht?"

„Wie bitte?" Grundmann betrachtete ihn mit einer hochgezogenen Augenbraue.

„Ob ihr mein blödes Gesicht in Großaufnahme draufhabt?"

„Ich weiß nicht, wovon Sie reden, Mann." Grundmann widmete der Kommissarin seine Aufmerksamkeit. „Lass uns verschwinden."

„Gut." Sie deutete mit dem Kinn auf Dirzius. „Er denkt, wir machen Witze mit ihm."

„Nein." Grundmann betrachtete Dirzius feindselig. „Wir haben es mit einem Mord zu tun, Dirzius. Da scherzen wir üblicherweise nicht."

Der Typ spielte seine Rolle bis zur Perfektion, stellte Dirzius beeindruckt fest. Ein Vollprofi.

„Und wie geht das Spielchen jetzt weiter?", fragte Dirzius erheitert. „Ich meine, jetzt, wo es raus ist."

„Er hat ein Geständnis abgelegt?", fragte Grundmann über Dirzius' Kopf hinweg an seine Kommissarin gewandt.

„Nein."

„Wie es jetzt weitergeht, will ich wissen", wiederholte Dirzius. Er hatte keine Lust mehr. Einmal der Depp sein, war ja noch ganz witzig, aber nun reichte es ihm. Er hatte zu tun, der Termin mit dem Makler stand heute an.

„Sie werden uns in die Polizeidirektion begleiten."

„Aber das Spiel ist aus, ich habe es durchschaut", bemerkte Dirzius und warf der Kommissarin einen hilfesuchenden Blick zu. „Sagen Sie es ihm."

„Ich weiß nicht, wovon Sie sprechen."

Hinter Grundmann erschienen zwei uniformierte Polizisten. „Kommen Sie", sagte Grundmann mit emotionsloser Stimme. „Die Kollegen bringen Sie in die Zentralstraße, zur Wache."

„Wartet da der Kurt Felix auf mich?"

„Wohl kaum. Er ist seit Jahren tot." Grundmann lächelte ihn kalt an. „Sie lesen wohl keine Zeitung, was?"

„Guter Witz." Dirzius schnaubte.

„Und jetzt los."

„Was habt ihr vor?"

„Wir bringen Sie zum EKD."

„Wie bitte?" Dirzius schüttelte den Kopf. Langsam nervte ihn das Spiel. Sie hatten ihn aufs Glatteis geführt, ihn mit dieser großen Inszenierung vorgeführt, doch jetzt musste es auch mal gut sein.

„Wir werden Sie erkennungsdienstlich behandeln, um Ihre Spuren mit denen abzugleichen, die unsere Kollegen von der KTU in der Umgebung des Mordopfers gefunden haben", erklärte Maja Klausen ihm geduldig. „Und vergessen Sie die Sache mit der versteckten Kamera."

ZWÖLF

Polizeipräsidium Wuppertal, 09:10 Uhr

Eilig hatte Kriminalhauptkommissar Karl Brauer die Meute zusammengetrommelt. Wenige Minuten nach Sophies überraschendem Auftritt im zweiten Stock des Präsidiums saß das Team am langen Tisch im Besprechungszimmer. Die kühle Sonne des Herbsttages warf ihr gleißendes Licht in den Raum. Staubpartikel tanzten in der Sonne.

Als Sophie eintrat und die Tür hinter sich schloss, blickte ihr die Mannschaft des Elften Kommissariats teils neugierig, teils überrascht entgegen.

„Moin", grüßte sie in die Runde, während sie die in der Kürze der Zeit zusammengetragenen Unterlagen auf den Tisch vor sich legte, die Kaffeetasse und den Schlüssel daneben platzierte und sich auf dem Stuhl am Kopf des langen Tisches niederließ. „Guckt nicht so belämmert – meinen freien Tag habe ich mir auch anders vorgestellt."

Karl Brauer, der rechts neben ihr saß, grinste schief. Als unten ein Müllwagen dröhnte, sprang er auf, um das auf Kipp stehende Fenster zu schließen.

„Es gibt Kundschaft, nehme ich an?" Michael Stüttgen, ein in den Neunzigern hängen gebliebener Großstadtcowboy mit kariertem Hemd und Dreitagebart, grinste.

Sophie nickte. „Gestern Abend wurde Klaus Sippelmann tot aufgefunden, nach ersten Erkenntnissen wurde auf ihn geschossen."

Frank „Brille" Heinrichs, ein untersetzter Mittdreißiger im schlecht sitzenden Anzug, schaute von seinem iPad auf. Heinrichs war blass, die blonden Haare wurden bereits dünn. Das markanteste Merkmal an ihm war die blau gerahmte Brille. „Der Sippelmann?"

Wieder nickte Sophie. „Professor Klaus Sippelmann, Verkehrswissenschaftler an der Bergischen Universität, ja."

„Kein Wunder, dass man es auf ihn abgesehen hat", bemerkte Stüttgen und warf seiner Kollegin Franka Hahne einen vielsagenden Blick zu. Die burschikose Kommissarin fuhr sich durch die kurzen dunklen Haare und zuckte die Schultern. „Sippelmann gilt, ähm, galt als federführend bei der Planung des Wuppertaler Seilbahnprojektes", bemerkte sie. „Und dass das Projekt umstritten ist, dürfte uns allen bekannt sein."

Sophie lächelte. „Ich hätte es nicht passender ausdrücken können, danke, Franka." Sie griff nach der Kaffeetasse, pustete hinein und trank in kleinen Schlucken. *Kaffee eingefüllt – dieser Körper kann jetzt gestartet werden*, stand darauf.

„Gibt es schon erste Ergebnisse von den Kollegen der Kriminaltechnik?", meldete sich Katrin Kramer, eine zierliche blonde Kollegin, zu Wort. Sie blickte sich am Tisch um und vermisste offenbar das Team der KTU.

„Sippelmann wurde nicht hier gefunden – er starb in Hameln", stellte Sophie klar.

„In Hameln?" Stüttgen blies hörbar die Luft aus. „Was zum Teufel treibt er da?"

„Das werden wir herausfinden", gab sich Sophie optimistisch. „Deshalb bin ich froh, dass wir uns kurz zum Gedankenaustausch treffen, bevor …"

„Der Staatsanwalt kommt später", unterbrach Brauer sie.

„Nicht schlimm", erwiderte Sophie schnell. Auf ein Zusammentreffen mit Rolf Schaumert konnte sie verzichten. Zwar waren die Zeiten, in denen sie ein Paar gewesen waren, längst vorbei, doch seitdem Sophie das Elfte leitete, liefen sie sich dienstlich öfters über den Weg. Sie mochte Rolf noch immer, doch er war längst mit einer anderen verheiratet und Vater eines Kindes. Somit war er für Sophie tabu, auch wenn er das anders sah und sich immer noch Hoffnungen auf sie machte.

„Vielleicht bringst du Schaumert später auf Stand?", bat Sophie ihren Stellvertreter. „Ich könnte dann los, um Sippelmanns Frau die Nachricht zu überbringen."

„Aber du hast frei", erinnerte Karl Brauer sie mit einem schiefen Grinsen. Er tickerte mit seinem Kugelschreiber. „Was ist mit dem Alten?"

„Kriminaloberrat Baum ist diese Woche noch in nur, deshalb muss ich auf die Freizeit verzichten – und irgendeiner muss den Scheiß ja machen", frotzelte Sophie. Dann wurde sie ernst. „So wie es aussieht, starb Sippelmann an einem einsamen Ort im Weserbergland durch eine Schussverletzung. Ob er zufällig auf seinen Mörder traf oder es sich um ein gezieltes Treffen handelte, müssen wir herausfinden. Ich brauche einen Background-Check, gesellschaftliches Umfeld, Familie, Beruf, und natürlich sein Engagement zum Thema Seilbahn."

„Die Kollegen sind schon unterwegs, nehme ich an?" Frank Heinrichs nahm die Brille von der Nase. Mit seinen kleinen, listigen Augen wirkte er wie ein Maulwurf. Heinrichs hauchte auf die Gläser seiner Brille und polierte sie mit der unmöglich gemusterten Krawatte.

„Hierher?" Sophie räusperte sich. „Nein. Sie ermitteln vor Ort und kümmern sich um die Aufnahme von Spuren und Beweismitteln. Sobald das Ergebnis der Obduktion vorliegt, können wir gezielt ermitteln, aber ich möchte keine unnötige Zeit verstreichen lassen." Mit wenigen Sätzen schilderte sie den anwesenden Kollegen, was sich am Vorabend in der Rattenfängerstadt ereignet hatte.

„Dann leisten wir also nur Amtshilfe?", vergewisserte sich Katrin Kramer. Die langen blonden Haare hatte sie zu einem Pferdeschwanz gebunden. Ihre Haut wirkte blass, Sophie kam der flüchtige Gedanke, ihr einen Besuch auf der Sonnenbank ans Herz zu legen.

Überhaupt strahlte Katrin Kramer eine Sanftheit aus, die ihr bei der einen oder anderen Befragung im Wege stand. Dennoch mochte Sophie die Kollegin sehr.

„Erst einmal ja. Wir werden uns in Sippelmanns Dunstkreis umhören, sein gesellschaftliches Umfeld durchleuchten – und seiner Frau gleich eröffnen, dass sie seit gestern Abend Witwe ist." Während sie sprach, kritzelte Sophie einige Notizen in die Mappe.

Stüttgen, der in eine Art Dämmerschlaf gefallen war, schien zum Leben zu erwachen. „Ein Typ wie Sippelmann hatte bestimmt eine Menge Feinde."

„So?" Sophie blickte ihn konsterniert an. Der schrullige Hauptkommissar schien mehr über den toten Verkehrswissenschaftler zu wissen als sie. „Wie kommst du darauf?"

„Liest du keine Zeitung, Chefin?" Stüttgen strich sich über das Kinn. Seine Bartstoppeln raschelten. „In den Medien wird er als großer Befürworter des Seilbahnprojektes angeprangert. Mehrmals hat er sich mit der Bürgerinitiative *Seilbahn – nein danke!* angelegt."

„Und du meinst, dass die Angehören der Initiative Sippelmann aus dem Weg geräumt haben?" Sophie wirkte amüsiert, notierte sich jedoch den Namen der Bürgerinitiative.

„Verarschen kann ich mich selber, Sophie." Stüttgen wirkte beleidigt. „Aber wir sollten denen mal auf den Zahn fühlen."

„Auf jeden Fall." Sophie nickte. „Dann kümmert ihr beiden euch darum?" Sie blickte von Stüttgen zu Katrin Kramer. Die Blondine nickte. „Einer meiner Bekannten ist Mitglied bei *Seilbahn – nein danke!* Sie haben ein Haus gebaut, das direkt an der geplanten Trasse liegt. Jetzt befürchten sie nicht nur die neugierigen Blicke der Bahnpassagiere auf ihr Grundstück, sondern auch den Wertverlust ihrer Immobilie."

„Kann ich mir denken." Sophie machte sich Notizen. Dann blickte sie in die Runde. „Aber es gibt ja nicht nur Seilbahngegner in der Stadt. Einige Unternehmen und Privatpersonen sind Befürworter des Projektes."

„Die werden aber kein Interesse daran haben, ihren Anführer kaltzumachen", warf Stüttgen ein.

„Sicher gibt es eine Liste der Mitglieder, die sich gegen die Seilbahn aussprechen", vermutete Sophie und schaute Heinrichs an. „Frank, kannst du mir eine Aufstellung aller Angehörigen von *Seilbahn – nein danke!* besorgen? Ich brauche die Köpfe im Vordergrund und die aktiven Mitglieder, auch wenn ich nicht glaube, dass es militante Gegner sind, die einen Berufskiller engagieren, um Sippelmann kaltzumachen."

Heinrichs setzte die Brille wieder auf, schaute seine Vorgesetzte an und nickte. „Kriegst du." Seine Wurstfinger huschten über das Display des iPads.

„Und wenn du mit den Köpfen der Initiative sprichst, frag, ob es Streit zwischen einzelnen Mitgliedern und

Sippelmann gab. Konfliktpotenzial scheint es ja genügend zu geben."

„So was von", nickte Heinrichs und grinste feist. Er hielt mit seiner Meinung zum Bahnprojekt hinterm Berg und senkte den Blick.

„Das private Umfeld von Sippelmann würde ich durchleuchten", meldete sich Brauer zu Wort. „Viel weiß man über sein Privatleben nicht. Ich glaube aber gelesen zu haben, dass er seine erste Frau bei einem Unfall verloren hat und seitdem für einen Ausbau des öffentlichen Personennahverkehrs kämpft."

„Dann ist sein Interesse am ÖPNV nicht rein beruflicher Natur?" Sophie horchte auf.

„Das werde ich rausfinden", versprach Karl und zwinkerte ihr zu. „Kommst du mit?"

„Ich muss schauen, habe später noch einen Termin", erwiderte Sophie ausweichend und schielte auf die Armbanduhr. Heute Nachmittag wollte sie Sarah ja auf dem Reiterhof im Münsterland abliefern.

„Was tun die Kollegen am Fundort der Leiche?", fragte Stüttgen. Er beugte sich lässig über die Tischplatte und faltete die Hände auf der Platte.

„Ich warte auf die Auswertung der Spuren aus der Kriminaltechnik, Sippelmanns Wagen wird wohl untersucht."

„Ha!" Heinrichs' plötzlicher Ausruf ließ das Team zusammenzucken. Seine Kollegen schauten ihn teils genervt, teils erschrocken an. „Hier steht es."

Sophie beugte sich über den Tisch und versuchte, einen Blick auf das Display seines Tablets zu erhaschen. „Was steht da?"

„Dass es Drohungen gegen Sippelmann gab." Heinrichs schaute beifallheischend in die Runde. „Seht ihr, ich sag es doch: Er hatte Feinde, weil er das Seilbahnprojekt auf Biegen und Brechen umsetzen wollte."

„Ob die Seilbahn wirklich kommt, konnte er aber nicht alleine entscheiden", überlegte Sophie. An dem umstrittenen Großprojekt waren mehrere Entscheidungsträger beteiligt. „Die Entscheidung, ob die Bahn kommt oder nicht, wird im Rathaus getroffen und von externen Bauunternehmen umgesetzt, die von den Stadtwerken als Betreibergesellschaft beauftragt werden", sprach sie ihre Gedanken aus. „In weiterer Konsequenz wäre also zu befürchten, dass auch die Führungskräfte in der Politik und bei den Stadtwerken auf der Liste unseres Killers stehen." Jetzt lächelte sie. „Ich weiß, ich lehne mich weit aus dem Fenster, wenn ich behaupte, dass Sippelmann gestorben ist, weil er die Seilbahn unbedingt durchboxen wollte."

„Aber warum stirbt er dann nicht hier, in Wuppertal?" Katrin Kramer runzelte die Stirn.

„Weil wir trotz meiner Theorie nicht außer Acht lassen dürfen, dass es andere Motive geben kann", erwiderte Sophie.

„Was ist mit Raubmord?", fragte Brauer.

„Scheidet aus – man fand zwar keine Brieftasche, aber den Wagenschlüssel bei ihm. Er fuhr einen brandneuen Tesla, im Kofferraum fanden die Kollegen seinen Laptop. Ich denke, dass die Hamelner Kollegen gerade mit der Auswertung des Rechners beschäftigt sind."

„Sie sollen nicht vergessen, das Navi im Auto zu checken", empfahl Stüttgen. „Vielleicht geben die zuletzt eingegebenen Ziele Aufschluss über die Kontakte, die er vor seinem Tod hatte."

Sophie grinste. „Die Kollegen sind keine Anfänger. Aber ich werde es gern weitergeben." Dann wurde sie ernst. „Bevor du noch eine tolle Idee hast, Micha: Ich weiß nicht, ob man ein Handy bei Sippelmann gefunden hat." Am langen Tisch brach allgemeines Gelächter aus, dann fasste Sophie die spärlichen Erkenntnisse, die sie von Maja Klausen bekommen hatte, zusammen und verteilte weitere Aufgaben. Dass sie selber die schwerste Aufgabe übernahm, bereitete ihr ein wenig Magenschmerzen. Den freien Tag hatte sie sich anders vorgestellt.

„Da der Tote in Hameln gefunden wurde, könnte ich mir vorstellen, dass die Leitung der Ermittlungen bei den Kollegen in Niedersachsen liegt", brachte Kramer an, während sie mit ihrem Zopf herumspielte. „Wir werden nur zuarbeiten dürfen."

Sophie stand auf und hob die Runde auf. „Da werde ich vor sein", versprach sie und verschwand in ihrem Büro. Sie hatte nicht vor, sich von den Hamelnern die Butter vom Brot nehmen zu lassen.

DREIZEHN

Hameln, Finkenborner Weg, 11:05 Uhr

Sie war spät dran. Sandra Möbius hasste es, wenn ihre Planungen durcheinandergerieten. Die examinierte Krankenpflegerin würgte den Motor des knallroten VW mit dem Logo des Pflegedienstes vor dem großen Tor der Villa ab. Hastig schnappte sie sich das Klemmbrett vom Beifahrersitz, zog den Schlüssel aus dem Zündschloss und stieß die Wagentür auf. Letzte Nebelschwaden strichen über den feucht schimmernden Asphalt. Laub taumelte im seichten Wind von den Bäumen. Es war Herbst. Sie hasste den Beginn der dunklen Jahreszeit, hatte Angst vor Depressionen. Fröstelnd stieg Sandra Möbius aus. Ihre Hand zitterte leicht, als sie sich eine Haarsträhne hinter das rechte Ohr legte. Über ihrem mintgrünen Kittel trug sie eine weiße Strickjacke, die sie enger zusammenzog. Täuschte sie sich, oder bildete ihr Atem winzige Wölkchen vor dem Gesicht? Sie fror schnell, was sicher auch daran lag, dass sie in der vergangenen Nacht wenig geschlafen hatte. Einmal mehr hatte sie stundenlang wach gelegen, sich im Bett herumgewälzt und Pläne für ihr nächstes Leben geschmiedet. Seit Wochen schon fragte sie sich, ob sie die nächsten Jahre so weiterleben wollte. Mit Ende vierzig war es nicht zu spät für einen Neuanfang. Ihr Mann Werner, einst die Liebe ihres Lebens, hatte einen weiteren Abend mit seinen Freunden im Sudhaus am Kastanienwall verbracht – einer urigen Kneipe, die sie eigentlich auch mochte. Doch seit einiger Zeit zog ihr Mann es vor, seine Freizeit mit den Freunden zu verbringen, anstatt ihre Gegenwart zu genießen. Meist kehrte er dann erst spät in der Nacht aus dem Gasthaus heim. Während Fabio, der sympathische Wirt, sich über den regelmäßigen Umsatz freute, den ihm Werner bescherte, musste Sandra mit jedem Cent knapsen, ja, Sonderschichten im mobilen Pflegedienst schieben, damit sie über die Runden kamen. Werner arbeitete als schlecht bezahlter Staplerfahrer bei einer Spedition am Weserhafen.

Im kommenden Jahr feierten sie ihre Silberhochzeit – wenn Sandra bis dahin nicht die Notbremse zog.

Leon, ihr Sohn, war siebzehn, hatte die erste Freundin und suchte schon jetzt nach einer eigenen Wohnung, die er pünktlich an seinem achtzehnten Geburtstag im kommenden Januar einweihen wollte. Dem Teenager war nicht entgangen, dass es bei seinen Eltern nicht gut lief. Sandra und Werner hatten sich in den vielen gemeinsamen Jahren auseinandergelebt, sie hatten sich weiterentwickelt und verändert – jeder in eine andere Richtung. Nach der Umschulung zur examinierten Altenpflegerin ging Sandra in ihrer sozialen Aufgabe auf, während Werners Frust über die missglückte Karriere immer mehr auf sein Gemüt schlug. Jetzt, mit einundfünfzig Jahren, standen die Chancen auf einen beruflichen Neuanfang denkbar schlecht. Irgendwann hatte er zu trinken begonnen. Gern war er früher als Fernfahrer mit seinem Sattelzug kreuz und quer durch Deutschland getourt. Bis man ihn alkoholisiert erwischt hatte. Mit dem Familienauto, Samstagnacht auf der Heimfahrt von der Kneipe. Der Führerschein war weg, und es war Glück im Unglück gewesen, dass sein Chef ihn nicht gefeuert hatte, sondern ihn fortan – für geringeren Lohn, denn die Spesen fielen auch weg – als Lagerarbeiter einsetzte.

Der Druck, für die Familie aufzukommen und die Verantwortung und sämtliche Pflichten fast alleine auf sich zu laden, war in den letzten beiden Jahren unerträglich für Sandra geworden. Es war ihr unmöglich geworden, ein vernünftiges Gespräch mit Werner zu führen. Immer wieder wies er alle Vorwürfe zurück.

So konnte es nicht weitergehen, und schon seit Wochen trug Sandra die Frage mit sich herum, ob sie so den Rest ihres Lebens verbringen wollte. Oder ob sie sich nach all den Jahren von ihrem Mann trennen sollte, um einen Neuanfang zu wagen. Immer öfter in letzter Zeit beantwortete sie sich diese Frage mit einem Ja. Doch dieser Neuanfang barg auch viele Risiken. Würde sie eine neue Wohnung finden, würde sie alleine über die Runden kommen, fand sie möglicherweise nie wieder einen neuen Partner, mit dem sie die nächsten Jahre glücklich verbringen konnte?

Und die alles entscheidende Frage: Wie würde Werner damit umgehen, wenn sie ihn vor vollendete Tatsachen stellte und ihn mit der Trennung konfrontierte? Bisher hatte sie dieses eine, alles entscheidende Gespräch vor sich hergeschoben. Zu viel stand auf dem Spiel, um diese Frage nach der Zukunft zwischen Tür und Angel mit einem betrunkenen Mann zu besprechen. Aber am kommenden Wochenende, so hatte sie sich vorgenommen, war es so weit. Linus war zu einer Party in Bückeburg eingeladen und würde dort auch übernachten. Sie waren alleine. Würden, so hoffte Sandra, Zeit für sich und für ein Gespräch finden. Danach, so hoffte sie, würde eine neue Zeitrechnung für sie beginnen.

Den Stoßseufzer, der über ihre Lippen kam, als sie den kleinen Dienstwagen abschloss, bemerkte sie kaum, dann stand Sandra Möbius vor dem großen Tor. Hinten lag die Villa der Eheleute im Nebel des parkähnlich angelegten Gartens.

Sandra Möbius klemmte das Brett unter den Arm und trat an eine der massiven Steinsäulen neben dem Tor. Sie legte einen Finger auf die vergoldete Klingel und wartete darauf, dass das Licht der kleinen Überwachungskamera aufflackerte. Jeden Vormittag besuchte sie das Ehepaar Hermann und Berta Lodde, um es mit Medikamenten zu versorgen und um nach dem Rechten zu sehen. Dabei konnten sich die vornehmen Herrschaften gut alleine versorgen, doch Sandra hatte immer das Gefühl, dass sie sich auf ihren Besuch freuten.

Die Betreuung durch den Pflegedienst bezahlten sie aus eigener Tasche, denn die Loddes waren sehr wohlhabend. Und sie mochten Sandra, steckten ihr immer wieder mal ein üppiges Trinkgeld in die Kitteltasche.

Die beiden waren vornehme Leute, die auf ein bewegtes Leben zurückblicken konnten. Die Firma, die sie vor vielen Jahren aufgebaut hatten, war zu einem international agierenden Konzern gewachsen. Ihre Tochter Margit führte das Unternehmen nun gemeinsam mit drei weiteren Vorstandsmitgliedern. Nur schien das Verhältnis zu ihren Eltern immer etwas distanziert zu sein. Vielleicht, so überlegte Sandra, während sie wartete, lag es daran, dass Margit ihre Eltern nur selten besuchte.

In den Augen von Hermann und Berta Lodde war das einzige Kind undankbar für den Reichtum, den sie ihr übergeben hatten. Von der Verantwortung, ein derart gewachsenes Unternehmen zu führen, wollten sie nichts wissen, genauso wenig von der knappen Freizeit, denn Margit befand sich oft auf Geschäftsreisen und hielt sich nur selten in Hameln auf.

Nachdem sich im Haus nichts tat, klingelte Sandra erneut. Sie warf einen Blick auf die Armbanduhr. Die Zeit schien heute zu rasen. Ausgerechnet heute, ausgerechnet, wo sie am frühen Nachmittag den Anwaltstermin hatte. Ein Beratungsgespräch wegen ihrer Trennung von Werner. Nichts, was sie noch länger auf die lange Bank schieben wollte. Sie wollte vorbereitet sein, wenn sie am Wochenende mit ihrem Mann sprach.

Hatte nicht vor, sich von seiner cholerischen Art einschüchtern zu lassen.

Nervös tappte Sandra von einem Fuß auf den anderen. Die feuchte Kälte des Herbstmorgens kroch unter ihre Schürze. Erneut klingelte sie und wartete ungeduldig auf ein Lebenszeichen aus der Villa der Familie Lodde.

Der Sekundenzeiger ihrer Armbanduhr schien zu rasen.

Sandra betätigte den Klingelknopf ein viertes Mal, dann wandte sie sich ab, ging zum Wagen, ließ die Zentralverriegelung aufschnappen und machte sich am Handschuhfach zu schaffen. Hier gab es die Zweitschlüssel ihrer Patienten. Sie musste nicht lange suchen, dann hielt sie den Schlüssel der Loddes in der Hand. Zurück am Tor, schob sie den Schlüssel in das kleine Schloss unterhalb des Paneels. Surrend und mit einem leisen Quietschen schob sich das schwere Tor zur Seite. Sandra nahm den Schlüssel mit, trat ein und beobachtete, wie sich das Tor hinter ihr schloss. Mit weit ausholenden Schritten marschierte sie die Einfahrt hinauf. Als ihr Weg sie an der Veranda vorbeiführte, stutzte sie. Die große Glastür stand sperrangelweit offen. Der Wind spielte mit den schweren Vorhängen, blies sie auf wie die Segel eines Schiffes auf hoher See, um sie dann sanft zurückschwingen zu lassen.

Das altehrwürdige Haus machte einen verlassenen Eindruck, was im Widerspruch zu der offen stehenden Verandatür stand.

Sandra spürte, dass hier etwas nicht stimmte. Sie hielt inne. Die Härchen auf ihren Unterarmen richteten sich auf. Als sie lauschend den Kopf schräg hielt, bemerkte sie, dass das Bellen von Ben, dem großen Hund, ihr nicht entgegenschallte. Normalerweise schlug der Australian Shepherd sofort an, wenn sich jemand auf dem weitläufigen Grundstück befand. War der Hund nicht zu Hause? Es gab noch Mirja, die Hundesitterin. Doch sie holte den Hund erst mittags, meistens zwischen zwölf und ein Uhr, ab, um mit ihm einen ausgedehnten Spaziergang zu unternehmen.

Sandra suchte das Grundstück mit ihren Blicken ab, dann erschauderte sie. Auf den hellen Platten der Terrasse bemerkte sie einen großen, dunkelroten Fleck, der in eine unansehnliche Schleifspur mündete, die direkt ins Haus führte.

Blut, durchzuckte es die Krankenpflegerin. *Das ist verdammtes Blut. Und es ist verdammt viel Blut.* Sie spürte, wie sie weiche Knie bekam. Ihr Atem ging flach, und plötzlich brach ihr der Schweiß aus. Auf wackeligen Beinen verließ sie den befestigten Weg, der geradewegs auf das Eingangsportal der Villa zuführte, und setzte mechanisch einen Fuß nach dem anderen auf den säuberlich geschnittenen Rasen. Jetzt, im Herbst, war der Boden weich. Die Terrasse war rechts und links von üppigen Rhododendronbüschen flankiert. Sandra Möbius erreichte den Rand der Terrasse und betrachtete den schauerlichen Anblick, der sich ihr bot. Es war eine Schleifspur, das war offensichtlich. Stammte das

Blut von Ben, dem Hund? Hatte er sich verletzt, und die alten Herrschaften hatten das schwere Tier zu zweit ins Haus gezerrt?

Als sie den Kopf kurz nach links wandte, sah sie, dass Ben sich nicht im Haus befand. Das Tier lag leblos neben einem Busch. Es rührte sich nicht, lag in einer Blutlache. Im Leib des Tieres klaffte eine Wunde. Das Fell des Hundes war blutüberströmt.

Sandras Magen rebellierte.

Die Gedanken rasten durch ihren Kopf. Ihre Eheprobleme, das bevorstehende Gespräch beim Anwalt, die Sorge um ihr neues Leben – alles rückte in wenigen Sekunden in unendliche Ferne.

Sie fragte sich, was hier geschehen war.

Sandra hielt inne und betrachtete den Hund. Es bestand kein Zweifel daran, dass er tot war, und normalerweise hätte sie sich dem großen Tier genähert. Doch die Frage, wer die Blutspur, die ins Haus führte, verursacht hatte, ließ den Hund in die zweite Reihe rücken. Es gab nur eine grauenhafte Antwort: Hermann oder Berta Lodde musste etwas Schreckliches passiert sein. Oder beiden?

Sandra zögerte. Befanden sich die Täter noch im Haus? Dass es sich bei den Loddes um ein wohlhabendes Unternehmerpaar handelte, war stadtbekannt. Entsprechend groß war das Risiko eines Raubüberfalls. Und wenn die Einbrecher den Hund eiskalt erschossen hatten, würden sie sicher auch nicht zögern, Sandra Möbius aus dem Weg zu räumen. Die Krankenpflegerin hielt lauschend den Kopf schräg. Kein Laut drang aus dem Innern des Hauses. Zögernd und mit weichen Knien setzte sie ihren Weg fort. Sie trat auf die Terrasse, überquerte sie und setzte einen Fuß durch die offen stehende Glastür ins Haus. Süßlicher Geruch schlug ihr entgegen. Sie kannte diesen Geruch. Es war der Duft des Todes.

Immer noch war kein Geräusch zu hören.

Als sie im großzügigen Wohnzimmer stand, fiel ihr zunächst der große Fernseher an der Wand auf. Er lief ohne Ton. Ein gut gekleidetes Paar moderierte ein Morgenmagazin. Am unteren Rand wurden die Breaking News über eine Art virtuellem Laufband eingeblendet. Auf dem Tisch standen zwei Weingläser. Sandra wusste, dass die Loddes Freunde edler Tropfen waren, das hatte sich auch im hohen Alter nicht geändert. Ein Glas war leer, das andere halb voll. Im trüben Licht des Morgens schimmerte der Rotweinrest wie Blut. Fingerabdrücke verunzierten die Kelche der beiden langstieligen Gläser. Eine bizarre Szenerie, die nur durch die beiden leblosen Körper neben dem Tisch übertroffen werden konnte.

Nebeneinander lag das Ehepaar Lodde auf dem dunkelroten Läufer, fast so, als würden sie friedlich schlafen. Die Augen der alten Herrschaften geschlossen, die Hände auf Bauch und Brust gefaltet wie im stillen Gebet.

Es war ein bizarrer Anblick, der Sandra Möbius das Blut in den Adern gefrieren ließ. Sie öffnete den Mund, spürte, dass ihre Lippen trocken und spröde waren, wollte aufschreien, brachte aber nichts als einen kehligen Laut zustande. Sie musste sich setzen, streckte die Hand nach dem Sessel aus, verpasste ihn und ging zu Boden. Sandra sank auf die Knie, ignorierte den Schmerz, den der harte Boden verursachte, schüttelte ungläubig den Kopf. Wie paralysiert betrachtete sie die Toten, dann nahm sie allen Mut zusammen und berührte die beiden nacheinander. Sie waren eiskalt. Noch immer kraftlos auf dem Boden kniend, fingerte sie nach ihrem Handy, das in der Kitteltasche steckte. Sie zog es heraus, löste die Tastensperre und ließ es aus ihren zitternden Händen gleiten. Rasch bückte sie sich danach, entriegelte es erneut, dann wählte sie den Notruf.

VIERZEHN

Wuppertal, Freyastraße, 10:15 Uhr

„Ganz schön noble Wohngegend für einen Wissenschaftler", kommentierte Brauer, während Sophie ihre schwarze Alfa Giulietta durch das Zooviertel lenkte. Immer wieder brach die Sonne durch das bunte Laub der Kastanienbäume.

„Wer hat, der hat", erwiderte Sophie, während sie den Wagen in eine kleine Parklücke am unteren Ende der Freyastraße rangierte. Im Augenwinkel registrierte sie Brauers anerkennenden Blick.

„Und wer's kann, der kann es." Er grinste.

„Was?"

„Einparken." Brauer deutete mit dem Daumen nach hinten. „Sei mir nicht böse, aber das haben nicht viele Frauen so drauf."

„Macho-Arsch." Sophie grinste. „Danke für die Blumen", fügte sie dann hinzu, nachdem sie den Zündschlüssel abgezogen hatte. Sie stiegen aus und blickten sich um. Das Zooviertel war eine der teuersten Wohngegenden der Stadt. Wenn sich Klaus Sippelmann hier ein Haus leisten konnte, schien es nicht schlecht um seine Einkünfte zu stehen. „Dass man als Prof an der

Uni so gut verdienen kann, hätte ich nicht gedacht", bemerkte Sophie, als sie Brauers ehrfürchtigen Blick sah, mit dem er die prunkvollen Villen betrachtete.

„Davon können wir als kleine Bullen nur träumen."

Sophie winkte ab. „Ich will nicht wissen, was sich hinter diesen Mauern abspielt. Da lebe ich lieber mein kleines, bescheidenes Beamtenleben."

„Ist ne Meinung." Brauer nickte.

„Worauf du dich verlassen kannst." Sophie versenkte die Hände in den Taschen ihres schwarzen Steppmantels. Seite an Seite marschierten sie die Straße hinauf in Richtung Zoo. Es war auffallend, dass am Straßenrand fast ausschließlich Nobelmarken parkten. Auf der gegenüberliegenden Straßenseite führte eine alte Frau ihren fetten Dackel spazieren. Als er die Polizisten bemerkte, kläffte er.

„Ich hasse diese Fußhupen", zischte Brauer. Er legte eine Hand an seine Hüfte. „So groß muss ein Hund sein. Bei solchen Viechern", mit missbilligendem Blick zeigte er auf den kläffenden Dackel, „musst du aufpassen, dass du nicht aus Versehen drauftrittst."

Sophie lachte. „Wäre kein Wunder, bei deinen Quadratlatschen." Sie schielte auf seine Schuhe. „Welche Größe ist das?"

„Achtundvierzig", antwortete Karl Brauer grinsend.

Sophie blickte sich um. Sie waren an einem der strahlend weißen Fabrikantenhäuser angekommen. „Hier ist es." Der Name auf dem Briefkasten am Eingang räumte letzte Zweifel aus. Neben dem Tor gab es eine Wallbox.

„Was ist das?“, fragte Sophie und tippte an den kleinen Kasten.

„Hier wird ein Elektroauto aufgeladen“, erklärte Brauer.

„Okay. Würde zu Sippelmann passen.“

„Dann mal los.“ Brauer stieß das Tor auf. Sie standen in einem winzig kleinen Vorgarten. Eine steile Steintreppe führte nach oben zum Hauseingang. „Hier möchte ich nicht wohnen, stell dir mal vor, du musst da jede Woche einen Bierkasten und die Einkäufe raufschleppen.“

Sophie schüttelte den Kopf. „Deine Sorgen möchte ich haben.“ Amüsiert registrierte sie, dass Brauer hinter ihr schon nach den ersten Stufen schwer atmete. „Mach mal ein bisschen Sport, Herr Kollege.“ Sie klopfte ihm auf den Bauch. „Und verzichte mal auf das eine oder andere Bierchen.“

Brauer schüttelte empört den Kopf. „Vergiss es.“

Sophie holte kurz Luft und sammelte sich, dann legte sie einen Finger auf den messingfarbenen Klingelknopf neben der schweren Haustür. Im Haus schlug ein dumpfer Gong an. Es dauerte nicht lange, bis sie hinter der Milchglasscheibe in der Tür den schemenhaften Umriss einer Person auftauchen sahen. Ein Schlüssel wurde im Schloss gedreht, dann hörten Sophie und Brauer das Rasseln einer Sicherheitskette, schließlich wurde drinnen noch ein Riegel zurückgeschoben.

Sophie rollte mit den Augen. „Ist ja wie Fort Knox.“

Gerade als Brauer ihr antworten wollte, öffnete sich die schwere Haustür. „Ja bitte?“ Sie blickten in das regungslose Gesicht einer hochgewachsenen, schlanken Frau von Anfang fünfzig. Halblange blonde Haare fielen in leichten Wellen auf ihre Schultern. Sie trug saloppe Kleidung: eine fliederfarbene Bluse, dazu Jeans. Der feine Duft von *Angel* strömte ihnen entgegen. Nicht gerade Sophies Lieblingsparfüm, doch sie fand den Duft angenehm. Lachfältchen im dezent geschminkten Gesicht, strahlend blaue, neugierig dreinschauende Augen.

„Frau Sippelmann?“, fragte Sophie mit einem freundlichen Lächeln. „Astrid Sippelmann?“

„Ja, die bin ich.“ Eine Sorgenfalte legte sich steil auf ihre Stirn. „Worum geht es?“

„Sophie Stein, Kriminalpolizei Wuppertal“, sie deutete auf Brauer, „das ist mein Kollege Karl Brauer. Dürften wir einen Moment reinkommen?“ Der hochgehaltene Dienstausweis räumte letzte Zweifel aus.

Die anfängliche Ablehnung machte Nervosität Platz. „Kripo? Ist etwas geschehen?“ Ihre Gesichtshaut wurde um einige Nuancen blasser.

„Dürften wir vielleicht reinkommen?“ Sophie wechselte einen raschen Blick mit Brauer.

„Natürlich.“ Astrid Sippelmann gab den Eingang frei. „Kommen Sie.“ Die Hausherrin ging voran. Sie führte ihre Besucher durch einen kleinen Flur, der in eine fast quadratische, fensterlose Halle mündete. Eine Treppe führte in die oberen Stockwerke des Hauses. Weiß getünchte Wände mit großformatigen Bildern. Sophie konnte mit Kunst nicht viel anfangen. Rechts zweigte ein Arbeitszimmer mit deckenhohen Regalen ab, geradeaus ging es zum Wohnzimmer der Villa. Eine große Fensterfront mit Blick in den hinteren Garten.

Astrid Sippelmann führte sie ins Arbeitszimmer. Das Mobiliar im kolumbianischen Stil war massiv, die Regale schienen unter der Last der unzähligen Bücher zu ächzen. Es gab zwei schwere Schreibtische, die ungewöhnlich aufgeräumt waren. Das warme Licht der Herbstsonne fiel durch das hohe, schmale Fenster in den Raum. „Nehmen Sie doch Platz“, sagte Astrid Sippelmann und nahm eilig ein paar Unterlagen von einem ovalen Holztisch, zu dem sich sechs passende Stühle gesellten.

„Danke.“ Brauer setzte sich als Erster.

Sophie spürte, wie sich ihr die Kehle zuzog. Sie beobachtete ihre Gastgeberin aufmerksam und war gespannt, wie sie auf die Nachricht reagieren würde. So wie sie sich gab, war Astrid Sippelmann eine durchstrukturierte, nüchtern und analytisch denkende Frau voller Selbstbewusstsein. Sophie fragte sich, ob sie diese Beherrschung auch noch zeigen konnte, wenn sie erfuhr, dass ihr Mann tot war. Unwillkürlich fiel Sophies Blick auf den goldenen Ehering an ihrer rechten Hand. Sophie hasste es, Angehörigen Todesnachrichten zu überbringen. Sie räusperte sich und blickte der Hausherrin, nachdem sie sich auf dem Platz ihr gegenüber niedergelassen hatte, tief in die Augen.

„Also“, sagte Astrid Sippelmann und legte die fein manikürten Hände auf die Tischplatte. „Was ist geschehen? Hat einer der Jungs Blödsinn gemacht?“

„Welche Jungs?“, fragte Brauer irritiert.

„Linus oder Jonas, unsere Söhne“, erwiderte Astrid Sippelmann schnell und schenkte ihm ein unverbindliches Lächeln. „Das heißt, wir sind eine Patchworkfamilie. Linus hat Klaus mit in die Ehe gebracht, Jonas ist mein Sohn aus erster Ehe. Sie sind siebzehn und fünfundzwanzig und in einer schwierigen Phase, wenn man es so nennen möchte.“

Sophie versuchte, sich Alter und die Namen der beiden Söhne einzuprägen. Das Notizbuch zu zücken, um mitzuschreiben, kam ihr in diesem Moment nicht angebracht vor.

„Mit den Jungs ist alles in Ordnung – jedenfalls haben wir nichts Gegenteiliges gehört“, bemerkte Brauer und setzte ein schwaches Lächeln auf, bevor er ernst wurde und das Wort an Sophie übergab.

Sophie faltete die Hände auf dem Tisch, dann drückte sie den Rücken durch und achtete auf jede Regung in Astrid Sippelmanns Gesicht. „Frau Sippelmann“, begann sie, „wir müssen Ihnen die traurige Mitteilung machen, dass Ihr Mann tot ist.“

Betretenes Schweigen kehrte ein. Nur das Ticken einer antiken Wanduhr war zu hören. Astrid Sippelmann saß wie versteinert an ihrem Platz und betrachtete Sophie mit großen Augen. Diese sah den Ansatz eines Lächelns um ihre Mundwinkel huschen, dann presste sie die Lippen zu einem Strich zusammen und schüttelte den Kopf. „Das kann nicht sein."

„Ein Irrtum ist ausgeschlossen", beteuerte Sophie. „Seine Identität ist geklärt."

„Aber … aber er hält sich gar nicht in Wuppertal auf." Astrid Sippelmanns Stimme klang brüchig. Mit fahrigen Bewegungen wischte sie über die dunkelbraune Tischplatte.

„Die Kollegen in Hameln haben ihn tot aufgefunden."

Mechanisch ruckte der Kopf der Frau hoch. „Aufgefunden? Was bedeutet das? Wurde Klaus … ermordet?"

Sophie nickte. Sie warf Brauer einen Blick zu. Er übernahm das Gespräch wieder. „Unsere Kollegen in Niedersachsen ermitteln in einem Tötungsdelikt gegen Unbekannt. Sie haben uns um Amtshilfe gebeten." Er legte eine Pause ein, ließ der Witwe Zeit, die Nachricht zu verarbeiten, bevor er fortfuhr: „Man fand Ihren Mann gestern in den Abendstunden am Klütturm mit einer Schussverletzung, die nach den derzeitigen Erkenntnissen zum Tode führte."

Astrid Sippelmann nickte mit versteinerter Miene. Ihr Blick driftete ins Leere ab. „Er war in Hameln, das ist richtig."

„Kennen Sie den Grund der Reise?" Brauer, der Astrid Sippelmann gegenübersaß, beugte sich weit über den Tisch.

„Geschäftlich." Die Antwort der Frau kam überraschend schnell, fast so, als habe sie mit der Frage gerechnet.

„Ich … ich kann das alles nicht glauben“, stammelte sie, schüttelte den Kopf, dann barg sie das Gesicht in den Händen. Sie schluchzte los, Brauer warf Sophie einen hilfesuchenden Blick zu. Sie stand auf, legte einen Arm um die Schulter der Frau und redete beruhigend auf sie ein. Astrid Sippelmanns Souveränität bröckelte. Sie war verletzlich geworden. Kein Wunder, dachte Sophie. Mit der Nachricht vom Tode ihres Mannes hatte man ihr den Boden unter den Füßen weggezogen.

„Es ist doch nicht normal, dass man auf ihn schießt.“

„Wir werden herausfinden, wer das getan hat“, versprach Sophie.

„Frau Sippelmann, könnten Sie sich vorstellen, wer auf Ihren Mann geschossen haben könnte?“, wagte Brauer einen zaghaften Vorstoß.

Der Kopf der Witwe ruckte hoch. Sie schien durch Brauer hindurchzuschauen, während sie nachdachte. „Als Dozent an der Uni ist“, sie brach ab, schüttelte den Kopf, „als Dozent war er sehr beliebt bei den Studenten. Privat führten wir ein eher beschauliches Leben. Sie wissen sicher, dass mein Mann gern mit dem Rad unterwegs war.“

Sophie registrierte, dass sich Astrid Sippelmann schnell angewöhnt hatte, in der Vergangenheit von ihrem Mann zu sprechen.

„Wir unternahmen Fahrradtouren an den Wochenenden. Mal an den Rhein, mal nach Holland, aber auch quer durch das Bergische Land waren wir unterwegs.“ Nun lächelte sie feinsinnig. „Ich habe mir vor ein paar

Wochen ein E-Bike geleistet, um mit meinem Mann mitzukommen. Seine Kondition ist … war bei Weitem besser als meine."

„Im Weserbergland waren Sie in der Freizeit nicht unterwegs?", hakte Sophie nach.

„Einmal waren wir dort. Mit den Rädern entlang der Weser, an einem verlängerten Wochenende. Eine wunderschöne Gegend, so malerisch, so idyllisch. Man glaubt gar nicht, dass sich dort ein grausamer Mord ereignen kann." Jetzt klang ihre Stimme tränenerstickt.

„Womöglich stammt der Täter aus unserer Region", überlegte Brauer und rieb sich den Nasenrücken.

Astrid Sippelmann blickte auf. „Sie meinen, sein Mörder ist ihm nachgereist, um Klaus dort zu …", wieder brach sie ab und barg das Gesicht sekundenlang in den Händen.

„Wir können nichts ausschließen", bemerkte Sophie. „Und hier ist Ihr Mann durch das ambitionierte Seilbahnprojekt sehr bekannt gewesen." Sie achtete auf jede Regung im Gesicht der Witwe. Doch Astrid Sippelmanns Miene war starr wie eine Maske, als Sophie fortfuhr: „Deshalb noch einmal meine Frage: Haben Sie eine Idee, wer Ihrem Mann nach dem Leben trachten könnte?"

Astrid Sippelmanns schaute hoch. Mit starrem Blick sagte sie: „Mit dem Seilbahnprojekt machte er sich unbeliebt", murmelte sie. „Es gibt Kritiker, auch die Anwohner der geplanten Trasse sind gegen die Seilbahn auf die Südhöhen."

„Trauen Sie den Seilbahngegnern einen Mord zu?“, warf Brauer ein.

„Ich weiß es nicht.“ Die Stimme der Witwe klang niedergeschlagen. Ihre Augen schimmerten feucht, als sie Brauer anschaute.

„Der Großteil der Gegner rekrutiert sich aus Anwohnern entlang der geplanten Trasse, die um den Wertverlust ihrer Immobilien fürchten“, spann Sophie den Faden weiter. „Im schlimmsten Fall droht ihnen die Enteignung ihrer Grundstücke. Für Menschen, die ihr Leben lang auf das eigene Häuschen gespart haben, ein Horrorszenario.“

Astrid Sippelmann schüttelte den Kopf. „Es sind gut situierte Bürger, ich weiß nicht, wie viel kriminelle Energie in den Menschen dort steckt“, entgegnete die Witwe mit unterschwelligem Trotz. „Außerdem“, fuhr sie dann fort, „außerdem können Sie doch nicht jeden unter Pauschalverdacht stellen, der vom Bau der Seilbahn betroffen ist.“

„Zumindest ist es nicht so leicht, alle zu befragen“, stimmte Brauer ihr zu und seufzte. „Außerdem: Warum nehmen Sie die Gegner Ihres Mannes in Schutz?“

Astrid Sippelmann schaute ihn an, setzte an, brach ab und schüttelte schließlich schweigend den Kopf.

„Welches Motiv könnte es noch für den Mörder geben?“, bohrte Sophie weiter.

„Keine Ahnung.“ Die Witwe machte dicht, dann kicherte sie hysterisch. „Sie sind doch die Polizisten. Sicher wissen Sie, dass Eifersucht das Mordmotiv Nummer eins ist."

Sophie spürte, wie sich die Härchen auf ihren Unterarmen aufrichteten. „Gibt es denn einen Grund zur Eifersucht?"

„Was weiß ich?" Astrid Sippelmann wischte über die Tischplatte. „Fragen Sie doch mal bei den Studenten nach."

„Das werden wir tun", versicherte Brauer ihr. „Sicher haben Sie die Telefonnummern Ihrer Kinder für uns?"

„Sie wollen Linus und Jonas befragen?"

„Natürlich", nickte Brauer. „Das gehört dazu. Vielleicht wissen die Jungs etwas, das uns zum Mörder Ihres Mannes führt."

„Das ist absurd." Die Witwe fuchtelte mit der Hand in der Luft herum. „Ich bestehe darauf, bei einer Befragung anwesend zu sein."

„Das lässt sich bestimmt einrichten", beschwichtigte Sophie und gab Brauer ein Zeichen. „Und natürlich werden Sie die Gelegenheit haben, es Jonas und Linus persönlich zu sagen."

„Wie schön." Schneidende Ironie schwang in der Stimme von Astrid Sippelmann mit. Sie diktierte Brauer die Handynummern der Jungen. „Mir fällt niemand ein, der es auf Klaus abgesehen haben könnte."

„Danke, dass Sie uns geholfen haben." Sophie gab Brauer ein Zeichen. „Wenn wir irgendetwas für Sie tun können, Frau Sippelmann …", sagte er.

Sie blickte auf. Ihre Augen waren tränenverquollen. Mit leerem Blick schaute sie Brauer an, schien wieder durch ihn hindurchzublicken, dann schüttelte sie den Kopf. „Nein", sagte sie leise. „Kann ich ihn sehen?"

„Sicher", beeilte sich Sophie zu sagen. „Ich spreche mit den Kollegen in Hameln." Sie zögerte, bevor sie fortfuhr. „Der Leichnam Ihres Mannes befindet sich in der Rechtsmedizin der Medizinischen Hochschule in Hannover."

Astrid Sippelmann sah sie mit unverwandter Miene an. „Wird er …"

„Ja." Sophie nickte. „Er wird obduziert, um den genauen Tathergang und die Todesursache klären zu können." Bewusst vermied Sophie das Wort Sektion. Allein der Begriff des Sezierens erinnerte sie an Medizinstudenten, die mit Skalpellen an toten Fröschen herumexperimentierten. Sie schüttelte sich unmerklich und verdrängte den Gedanken. Das Gesetz sah vor, dass bei einer Obduktion immer zwei Beamte anwesend sein mussten, die mit der Aufklärung des Tötungsdeliktes betraut waren. Sophie war froh, dass ihr dieses zweifelhafte Vergnügen diesmal erspart blieb.

Astrid Sippelmann schien nichts von Sophies Gedanken mitbekommen zu haben.

„Ich denke, es steht fest, dass er erschossen wurde?" Die Stimme der großen blonden Frau war nichts als ein Hauch. So schnell, wie sie in ein tiefes Loch gefallen war, kurzfristig den Boden unter den Füßen verloren hatte, so schnell hatte sie sich wieder im Griff. Sophie bemerkte den Kampf, der in Astrid Sippelmann tobte. Die Witwe war bestrebt, sachlich zu bleiben, als sie fragte: „Kann ich denn irgendetwas tun, das zur Aufklärung des Verbrechens beiträgt?"

„Wie stand es um Ihre Ehe?", fragte Sophie vorsichtig. „Waren Sie glücklich an der Seite Ihres Mannes?"

„Natürlich", sagte Astrid Sippelmann schnell, für Sophies Geschmack ein wenig zu schnell. „Sicher. Nun, es gab immer mal Streit, eine Meinungsverschiedenheit, nennen Sie es, wie Sie wollen. Aber im Großen und Ganzen waren wir glücklich." Die Witwe schluchzte unvermittelt. „Wir *waren* glücklich – wie sich das anhört. Ich kann es immer noch nicht glauben."

Brauer räusperte sich. „Haben Sie ein Foto von Ihrem Mann, möglichst aktuell?"

„Ich denke, seine Identität steht fest?"

Brauer nickte. „Das tut sie. Dennoch – zum Abgleich und möglicherweise für unsere Ermittlungen."

„Warten Sie." Als Astrid Sippelmann sich schwerfällig erhob, schien sie um Jahre gealtert zu sein. Wortlos ließ sie ihre Gäste in dem Arbeitszimmer zurück und verschwand in einem der angrenzenden Räume.

Sophie atmete tief durch. Sie war froh, dass sie es hinter sich hatte. Das Überbringen von Todesnachrichten war fast so unbeliebt bei Polizisten wie die Anwesenheitspflicht bei Obduktionen. Unauffällig blickte sie hinüber zur Wanduhr. Die Zeit rannte. Es war höchste Zeit, die Kollegen über das weitere Vorgehen zu instruieren, damit sie dann Sarah ins Münsterland bringen konnte.

Bei dem Gedanken, die Kollegen mit einem frischen Fall zurückzulassen, war ihr nicht wohl. Unter anderen Umständen hätte sie den Urlaub vergessen können.

„Hier“, riss sie die Stimme von Astrid Sippelmann aus den trüben Gedanken. Fast lautlos war diese in das Arbeitszimmer zurückgekehrt. Sie hatte ein paar Fotoalben unter dem Arm, die sie jetzt zwischen Brauer und Sophie ablegte. Nachdem sie sich gesetzt hatte, blätterte sie in den Aufnahmen.

Alle Fotos zeigten ein glückliches Familienleben. Urlaub am Meer. Selfies im Sonnenuntergang am Meer, die Sippelmanns in wetterfester Kleidung während einer Wanderung durch die Berge, im eleganten Outfit vor der Historischen Stadthalle auf dem Johannisberg. Und immer wieder Kinder, die mit den wechselnden Fotoalben erwachsener wurden.

„Das ist Linus“, sagte die Witwe mit einem tränenerstickten Lächeln, während sie auf ein Bild tippte, das einen dunkelhaarigen Jugendlichen auf einem Motorrad zeigte. „Da durfte er mal auf der Maschine eines Freundes sitzen.“

„Er fährt aber kein Motorrad?“, fragte Sophie, als sie bemerkte, dass das Gespräch stockte.

„Nein, das würde Klaus nie zulassen. Er hält Motorräder für viel zu gefährlich.“

Sophie nickte. „Nicht ganz unberechtigt.“

„Oh mein Gott“, stammelte die Witwe und erlitt einen kurzen Weinanfall. „Ich muss es Linus sagen.“ Sie blickte erst Brauer, dann Sophie an. „Ich muss ihm sagen, dass sein Vater tot ist." Dann schüttelte sie den Kopf. „Wie sich das anhört. So unrealistisch. Bizarr."

„Wir halten uns im Hintergrund", versprach Sophie.

Sie gaben ihr Zeit, sich zu beruhigen. Sophie warf ihrem Kollegen einen mahnenden Blick zu. Es war falsch gewesen, eine frischgebackene Witwe um ein Bild zu bitten. Doch nun war es zu spät. Astrid Sippelmann blätterte in den Erinnerungen der Familie. Schließlich entnahm sie dem Album ein offenbar recht aktuelles Foto ihres Mannes.

Brauer, der sie aufmerksam beobachtet hatte, tippte auf ein anderes Bild, das den Verkehrswissenschaftler an der Seite einer anderen Frau zeigte.

„Ohne indiskret zu sein", sagte er, „darf ich erfahren, wer diese Frau ist?"

„Sicher dürfen Sie das." Astrid Sippelmann blickte auf. „Sie ist jetzt wieder mit Klaus vereint. Es ist Clara, seine erste Frau, die Mutter von Linus. Sie starb bei einem Verkehrsunfall." Ein schwerer Seufzer folgte. „Fast zehn Jahre ist das jetzt her. Und bevor Sie fragen: Wir sind in diesem Jahr sieben Jahre verheiratet." Ohne ihn danach zu fragen, entnahm sie auch das zweite Bild dem Album und schob es Brauer zu.

„Danke." Brauer warf Sophie einen fragenden Blick zu.

Sie räusperte sich. „Sicher hat Ihr Mann ein Handy?"

„Natürlich – warum fragen Sie?"

„Weil wir es gern orten würden. Bei Ihrem Mann wurde es nicht gefunden."

„Ich verstehe." Astrid Sippelmanns Miene wirkte versteinert. Sie diktierte Sophie die Mobilnummer ihres Mannes. Sophie klappte das Notizbuch zu und ließ es mit dem Stift in der Manteltasche verschwinden.

„Brauchen Sie Hilfe, Frau Sippelmann?"

„Hilfe?" Sie blickte Sophie an wie einen Geist, schien sekundenlang geistesabwesend zu sein, dann schüttelte sie den Kopf. „Ich komme zurecht, danke."

„Es besteht die Möglichkeit, dass wir einen Seelsorger zur Verfügung stellen."

„Ich sagte doch bereits: nein danke." Jetzt wirkte sie trotzig. Energisch schlug Astrid Sippelmann die Fotoalben zu und erhob sich. Für sie schien das Gespräch beendet zu sein. Der über den Boden scharrende Stuhl verursachte ein hässliches Geräusch. „Ich würde jetzt gern alleine sein."

„Natürlich." Sophie erhob sich ebenfalls. Auch Brauer stand auf, nachdem er die beiden Fotos in die Innentasche seines Mantels gesteckt hatte. Astrid Sippelmann begleitete ihre Besucher zur Haustür.

Sophie überreichte ihr eine Visitenkarte. „Wenn Ihnen noch etwas einfällt, dann rufen Sie mich an."

Die Witwe nickte. Erneut kämpfte sie gegen die Tränen an. „Er war so ein guter Mensch, ich kann mir nicht vorstellen, wer ein Interesse daran hat, ihn umzubringen."

„Wir werden es herausfinden", versprach Brauer. Er blickte sich im Eingangsbereich des Hauses um. „Erlauben Sie mir eine Frage?"

„Sicher.“

„Dieses Haus ...“, setzte Brauer an und fing sich dafür einen bösen Blick von Sophie ein. Sie fand, dass der Moment nicht richtig war, um einen Background-Check bei der Witwe durchzuführen. Das musste wohl oder übel warten.

„Fragen Sie ruhig.“ Sie lächelte. „Es ist unser Traumhaus, wir leben noch nicht lange hier. Und, ja, es ist teuer gewesen. Doch wir verzichten auf teure Autos und aufwendige Reisen. Klaus gibt ...“, sie brach ab, senkte den Blick. „Klaus gab Seminare, arbeitete als Dozent für Verkehrswissenschaften an der Uni, er hielt Vorträge und stand den Medien für Interviews zur Verfügung, und er unterstützte öffentliche Verkehrsbetriebe, die an neuen Nahverkehrskonzepten arbeiteten.“

„Darf ich fragen, was Sie beruflich machen?“, erkundigte Brauer sich.

„Ich führe das Büro meines Mannes ... das heißt, ich führte es.“ Sie sprach mit tränenerstickter Stimme. „Und ich arbeite als Lehrerin an der Gesamtschule Barmen.“

Sophie lächelte sie sanft an. Insgeheim bewunderte sie die Frau für ihre Disziplin, ihnen so sachlich Rede und Antwort zu stehen. „Danke, Sie haben uns sehr geholfen.“ Sie nickte Brauer zu, das Zeichen zum Rückzug.

Diesmal hatte Brauer keine weiteren Fragen. Sie verabschiedeten sich von Astrid Sippelmann und gingen zum Wagen. Es war verdammt spät.

Der Lieferwagen eines Paketdienstes parkte in zweiter Reihe. Ein Fahrer mit südländischem Aussehen lud Kartons auf eine Sackkarre. Er nickte dem ungleichen Paar zu, dann widmete er sich wieder seiner Arbeit.

„Und?“, fragte Sophie im Gehen. „Was hältst du von ihr?“

Brauer zuckte die Schultern. „Schwer zu sagen. Menschen in Trauer folgen keiner Verhaltensregel, jeder reagiert anders auf die Todesnachricht, das muss ich dir nicht erklären.“ Er blieb stehen und dachte nach. „Aber irgendetwas gefällt mir nicht an ihr, ich kann dir nicht sagen, woran es liegt. Irgendwie schien sie mir sehr … abgeklärt zu sein.“

Sophie freute sich, dass ihre Beobachtung auch Brauer aufgefallen war. „Meinst du, sie wusste es schon?“

„Meinst du, sie steckt hinter dem Mord?“, antwortete Brauer mit einer Gegenfrage. „Was, wenn es Eifersüchteleien gab, was, wenn Streit um das Vermögen?“ Er deutete mit dem Daumen über die Schulter zum Haus der Familie Sippelmann. „Die Hütte kostet ein Vermögen, Sophie. Ausschließen würde ich nichts.“

„Ich auch nicht.“ Sophie ging langsam weiter und dachte angestrengt nach. „Die Erfahrung sagt uns, dass die Mörder meist aus dem engen Umfeld ihrer Opfer stammen. In ihrem Fall aber …“ Sie schüttelte die blonde Mähne. „Außerdem töten Frauen anders. Ihn zum Turm zu bestellen, um ihn da zu erschießen, nein, das trägt nicht die Handschrift einer Frau.“ Jetzt lächelte sie. „Wir töten subtiler.“

Brauer machte eine säuerliche Miene.

„Das macht mir Angst."

„Noch etwas." Sophie war stehen geblieben. „Sie behauptete, dass sie sich kein teures Auto leisten."

„Und?"

„Von den Kollegen in Hameln weiß ich, dass ein neuer Tesla auf Sippelmann zugelassen war."

„In seiner Funktion sicherlich eine Prestigefrage, dass er ein Elektroauto fuhr."

„Ein teures Prestige", erwiderte Sophie. „Im Grunde ist es mir egal, welches Auto unser Opfer fuhr. Aber warum lügt uns seine Frau an?"

„Das werden wir herausfinden", versprach Brauer, dann zuckte er die Schultern. „Vielleicht ist teuer für sie ein dehnbarer Begriff, vielleicht bedeuten ihr Autos nicht viel, vielleicht lügt sie uns auch an. Immerhin schien sie geschockt zu sein, vielleicht sollten wir ihr das anrechnen." Brauer sog die Luft durch die Nase ein. „Mich würden die Jungs interessieren – und die Studenten unseres Toten."

„Wir sollten zur Uni fahren und uns dort umhören", fand Sophie. „Von hier aus ist es ein Katzensprung zum Campus."

„Dann los."

Gerade als sie einsteigen wollten, klingelte Sophies Handy. Sie angelte es aus der Manteltasche. Mit einem Blick auf das Display stellte sie fest, dass Sarah sie anrief.

„Hier", sagte sie und warf Brauer den Alfa-Schlüssel zu. Er fing ihn geschickt in der Luft auf.

„Du fährst, ich telefoniere."

„Aye, Sir." Er salutierte, umrundete die Motorhaube und ließ sich in den Fahrersitz sinken, während Sophie ihrer Tochter am Telefon erklären musste, dass sie noch ein wenig auf ihre Mutter warten musste.

Nachdem sie das Gespräch mit Sarah beendet hatte, sah sie, dass Heinrichs in der Zwischenzeit versucht hatte, sie zu erreichen. Sophie wählte den Rückruf und lauschte dem Freizeichen, während Brauer ihre schwarze Giulietta so routiniert durch die Straßenschluchten steuerte, als fahre er ihr Auto zum hundertsten Mal.

„Es gibt erste Hochrechnungen", verkündete Heinrichs am anderen Ende der Leitung. „Der Name Maximilian Weber sagt dir was, nehme ich an?"

„Gleich bestimmt", erwiderte Sophie und ärgerte sich über Heinrichs' klugscheißerische Art.

„Er ist Inhaber von MaxTools, dieser Werkzeugbude in Cronenberg."

„Schön für ihn."

„Ja, und er setzt sich konsequent für eine Umsetzung des Seilbahnprojektes ein, hat sogar finanzielle Unterstützung zugesagt, sollten die Förderungen von Bund und Land nicht reichen, um das Projekt umzusetzen."

„Dann scheint ihm die Bahn auf die Südhöhen aber sehr am Herzen zu liegen." Sophie erinnerte sich an einen Zeitungsbericht in der „WZ", den sie vor einiger Zeit gelesen hatte. Im Zuge der Indienststellung neuer Schwebebahnzüge hatte Weber eine der alten Bahnen von den Stadtwerken gekauft, um sie am Rand seines Werksgeländes im Süden der Stadt aufzustellen. Hier sollten Feierlichkeiten und kulturelle Veranstaltungen stattfinden. Wenn sich Sophie recht erinnerte, engagierte sich der wohlhabende Fabrikant sozial in verschiedenen Einrichtungen, er unterstützte die Kultur und war für viele außergewöhnliche Projekte offen. Dass er nun auch Geld für den Bau einer Seilbahn auf die Südhöhen ausgab, schien aber selbst Webers Rahmen zu sprengen.

„Da drängt sich doch die Frage auf, warum er sich so für den Bau der Seilbahn einsetzt", grübelte Sophie und zog die Nase kraus. „Welchen Vorteil könnte Weber von der Bahn haben?"

„Zähl eins und eins zusammen", empfahl Heinrichs ihr mit altklugem Unterton in der Stimme. „Weber ist in der Metallbranche tätig und setzt auf die Herstellung hochwertiger Werkzeuge." Er atmete hörbar ein. „Denk nach, Chefin: Diese Geiz-ist-geil-Mentalität macht ihm das Leben schwer, seine High-End-Werkzeuge verkaufen sich seit Jahren schleppend."

„Aber hat er nicht erst vor ein paar Jahren am Standort expandiert?", fragte Sophie, der die Art von Heinrichs gegen den Strich ging.

„Doch, schon. Deshalb bekommt er jetzt wohl auch kalte Füße und sucht nach neuen Möglichkeiten, den Laden am Laufen zu halten. Er will neue Märkte erobern."

„Also verkauft er jetzt Billigwerkzeuge?"

„Nein, ich habe ein Interview gelesen, in dem er sich weigert, eine eigenständige Consumer-Reihe einzuführen. Es drängt ihn in andere Märkte."

„Mann", brach es aus Sophie heraus. Sie war so laut geworden, dass Brauer am Lenkrad zusammenzuckte und sie vorwurfsvoll anschaute.

„Raus mit der Sprache", fuhr Sophie in gemäßigtem Ton fort. „Was hat Weber vor?"

„Konkrete Angaben macht er nicht", erwiderte Heinrichs. Nach Sophies emotionalem Ausbruch klang er ein wenig pikiert. „Doch in der Wuppertaler Wirtschaftswelt munkelt man, dass er künftig Komponenten für Eisenbahnen und Straßenbahnen herstellen will."

„Aha", machte Sophie, dann grinste sie Brauer an. „Ein Schelm, wer Böses dabei denkt, was?"

„Sehe ich auch so, aber man kann ihm nicht nachweisen, dass er interessiert daran ist, den einen oder anderen Auftrag, der aus dem Bau der Seilbahn hervorgeht, abzustauben. Wenn er beispielsweise den Zuschlag für den Bau der Gondeln bekäme – dann wäre die eigene Seilbahn vor seiner Haustür ein Prestigeobjekt sondergleichen."

„Das könnte sein."

Heinrichs kicherte. „Und hier dürfte sich der Kreis schließen: Webers guter Kontakt zu Klaus Sippelmann. Die beiden waren nicht einfach nur befreundet, weil sie sich auf dem Golfplatz oder beim Tennis getroffen haben – es könnte eine Geschäftsbeziehung dahinter stecken."

„Eine klassische Win-win-Situtation“, zog Heinrichs am anderen Ende der Leitung Bilanz. „Sippelmann, der von dem Wuppertaler Seilbahnprojekt überzeugt war, erhoffte sich in Weber wohl einen potenziellen Geldgeber, und Weber erhoffte sich im Gegenzug den einen oder anderen Auftrag von Sippelmanns teils kühnen Seilbahnvisionen.“

„Gab es denn noch weitere Projekte?“, fragte Sophie.

„Das ist zumindest anzunehmen“, erwiderte Heinrichs. „Und wenn Sippelmann die Republik in Sache Seilbahn missioniert, könnte sich das auch für Weber lohnen.“

„Nachtigall, ick hör dir trapsen“, zitierte Sophie einen alten Spruch aus ihrer Zeit in Berlin. „Da werden wir mal ansetzen.“

„Und jetzt brauchst du die Privatadresse von Weber, nehme ich an?“

„Du hast sie schon parat, nehme ich an?“, konterte Sophie.

„Aber klar. Seine Sekretärin sagte mir, dass er heute erst gegen Mittag in der Firma ist, er hat heute seinen Homeoffice-Tag.“

„Wie schön.“ Sophie klemmte sich das Telefon zwischen Ohr und Schulter und zog mit schräg gelegtem Kopf das Notizbuch und einen Stift aus der Manteltasche. Dann schrieb sie mit.

„Wir kümmern uns“, versprach sie Heinrichs. „Und ihr kümmert euch bitte um die Geschäftsbücher von Weber. Ich will alles wissen. Gibt es schon erste Korrespondenz, die auf eine Geschäftsanbahnung zum Gondel- und Waggonbau hindeuten könnte, gibt es entsprechende Mails mit Sippelmann, mit denen wir Weber seine Intention, die Branche zu wechseln, nachweisen könnten?"

„Das wird nicht leicht", fürchtete Heinrichs und seufzte.

„Das habe ich auch nicht behauptet, aber ich habe ein fähiges Team." Sophie grinste wieder.

„Wir werden einen richterlichen Beschluss brauchen", unkte Heinrichs. „Den liefern wir ihm, wenn er darauf besteht", versprach Sophie, dann legte sie auf.

„Und?" Brauer betrachtete sie mit einem flüchtigen Seitenblick.

„Neue Lage", erwiderte Sophie, nachdem sie das Handy in die Mittelkonsole geworfen hatte, und ließ sich in den Sitz zurücksinken. Sie überflog die Notizen, die sie sich während des Gespräches gemacht hatte, und schilderte Brauer, was sie von Heinrichs erfahren hatte.

Brauer lauschte aufmerksam, während er den schwarzen Alfa durch die Wuppertaler Straßenschluchten rollen ließ. Als die Ampel am Robert-Daum-Platz auf Rot sprang, bremste er abrupt und fing sich einen weiteren missbilligenden Blick von Sophie ein. Dann pfiff er durch die Zähne. „Klüngel im großen Stil – wenn die Bahn wirklich kommt", bemerkte er. „Dann steht Maximilian Weber aber nicht auf der Liste der Feinde, die wir unter die Lupe nehmen müssen", fügte er hinzu.

Sophie nickte. „Das ist wahr. Trotzdem: Vielleicht hat er eine Idee, wer ihm und Sippelmann in die Suppe spucken wollte.“ Sie griff wieder nach ihrem Smartphone und wählte die Nummer von Maja Klausen in Hameln, um ihr vom Besuch bei Astrid Sippelmann zu berichten. Als Brauer die Gelegenheit nutzte, am großen Kreisverkehr an der Steinbeck nach rechts in Richtung Supermarkt abzubiegen, rollte sie mit den Augen. Er parkte den Alfa direkt vor der Bäckerei und formte lautlos das Wort „Hunger“ mit den Lippen, dann stieg er aus und verschwand im Supermarkt.

FÜNFZEHN

Hameln, Polizeidienststelle, 10:40 Uhr

„So was habe ich noch nie erlebt." Kopfschüttelnd kletterte Dirzius von dem einfachen Stuhl, den man vor der Leinwand fest aufgestellt hatte. Die altmodische Schiefertafel, auf der der uniformierte Polizist das heutige Datum mit Kreidestrich notiert hatte, warf er auf das kleine Tischchen.

Der Polizist, ein junger Kerl von Mitte zwanzig, lächelte verbindlich wie ein Staubsaugervertreter. „Alles nur Routine, Herr Dirzius." Er reichte ihm den Personalausweis zurück.

Maja, die das Geschehen lässig am Türrahmen lehnend beobachtet hatte, trat vor. „Wir arbeiten nach dem Ausschlussverfahren", bemerkte sie und hoffte, dass Dirzius ruhig blieb. Auf Ärger hatte sie gar keine Lust. „Und wenn wir Ihre Spuren nicht auf dem Turm finden, sind Sie eh raus. Es sei denn, Ihnen fällt noch etwas ein." Aufmerksam betrachtete sie den schrulligen Reporter, doch dieser schüttelte den Kopf.

„Aber in U-Haft komme ich nicht, oder?" Dirzius rechnete inzwischen mit dem Schlimmsten.

Grundmann, der mit einem Kaffeepott neben seiner Kollegin stand, grinste. „Ich würd dich schon gern wegsperren, damit du nicht noch mehr kaputtmachst mit deinem gefährlichen Halbwissen."

„Ich habe noch kein einziges Wort zu Papier gebracht, geschweige denn veröffentlicht", verteidigte sich Dirzius.

Maja Klausen winkte wütend ab. Grundmann schoss mal wieder übers Ziel hinaus. Manchmal brauchte ihr Partner einen Dämpfer. „Schluss jetzt, Jürgen. Wir haben nichts, was eine U-Haft rechtfertigen könnte." Sie wandte sich an Dirzius. „Hauen Sie ab."

„Ich darf gehen?"

„Aber schnell, sonst finde ich doch noch einen Grund, dich festzusetzen." Grundmann baute sich bedrohlich vor Dirzius auf. Der Anranzer von Maja schien an ihm abgeprallt zu sein. Sekundenlang maßen sich die Männer mit Blicken.

„Wir müssen ins Meeting", erinnerte Maja Klausen ihren Kollegen. Dirzius sah ihr an, dass ihr das primatenähnliche Verhalten ihres Kollegen gegen den Strich ging. Er grinste zufrieden. „Meine Fingerabdrücke habt ihr ja nun."

„Ja. Und wir werden dich wiedererkennen." Grundmann deutete mit dem Kinn zur Tür. „Hau schon ab."

Die Kommissarin nickte zustimmend. „Ja, tun Sie besser, was er sagt. Mein Kollege hatte noch kein Frühstück, und wenn er hungrig ist, wird er unausstehlich."

Dirzius schnappte sich seinen Rucksack und schulterte ihn. „Dann kenne ich ihn wohl nur hungrig." Bevor einer der beiden Polizisten etwas erwidern konnte, huschte er mit einer eiligen Bewegung aus dem Raum.

Nachdem er die Treppe ins Erdgeschoss genommen hatte, stand er einen Moment lang im Eingangsportal des Polizeigebäudes und überlegte, wie er nun weitermachen sollte. Erst einmal würde er Lüders anrufen und ihm erzählen, was ihm der Auftrag eingebrockt hatte. Als er auf die Zentralstraße hinaustrat, bemerkte er ein Ziehen in der Magengegend. Höchste Zeit für ein ausgiebiges Frühstück. Und er beschloss, einen alten Freund zu besuchen …

*

Kriminaloberrat Dauber machte kein Geheimnis daraus: Er erwartete Ergebnisse. Für ihn war es unerträglich, dass der Klüt während der Spurensicherungsmaßnahmen gesperrt blieb. Schon am frühen Morgen hatte er einen Anruf vom Landrat bekommen. Auch der Oberbürgermeister war nicht begeistert von dem Zwischenfall. Inzwischen hatte die Presseabteilung der Polizeiinspektion alle Hände voll zu tun. Der Leichenfund auf dem Klütturm war für die Medien eine Sensation.

Obwohl er wie immer makellos gekleidet war – der dunkelgraue Maßanzug saß perfekt, das dezent gemusterte Hemd passte hervorragend zur Krawatte, und die schwarzen Lederschuhe glänzten, als hätte er sie mit einer Speckschwarte eingerieben – merkte Maja ihm die Anspannung an.

„So", sagte Dauber, nachdem alle am langen Tisch des Besprechungsraumes Platz genommen hatten. Ein feiner Duft seines Aftershaves hing schwer im Raum. Maja erwischte sich dabei, die Luft durch die Nase einzusaugen.

Der Kriminaloberrat zog es vor, stehen zu bleiben. Unruhig marschierte er durch das Zimmer. „Ich gehe davon aus, dass wir bereits erste Erkenntnisse haben?" Er richtete den Blick auf das Team des Fünften Fachkommissariats. Jochen Koch zog die Mundwinkel nach unten. „Wir kommen nur langsam voran", räumte er ein. „Sie können sich vorstellen, dass es im Turm und im Bereich des Eingangs vor Spuren wimmelt. Alles auszuwerten, kann Tage dauern."

„Dem Landrat und dem Oberbürgermeister ist es wichtig, dass wir den Turm wieder freigeben", brummte Dauber und massierte sich das kantige Kinn. „Gerade jetzt, wo die Stadt an einem neuen Konzept für den Tourismus arbeitet, wird es nicht gern gesehen, wenn der Turm für mehrere Tage gesperrt bleibt, weil die Polizei in einem Tötungsdelikt ermittelt. Das schadet dem Image der Stadt."

„Sagen Sie das dem Täter, nicht mir", maulte Koch.

„Ich werde Kriminaltechniker aus Hannover anfordern, die Sie mit zusätzlicher Manpower unterstützen", versprach Dauber.

Maja, die am oberen Ende des langen Tisches neben Brauer saß, beobachtete den Kriminaloberrat. Seine Wangenknochen mahlten. „Können wir schon etwas zur Tatwaffe sagen?“

„Unsere Ballistiker haben sich mit der Auswertung des Laserscans auseinandergesetzt. Demnach drang der Schuss von schräg oben in den Oberkörper des Opfers ein“, versuchte Koch mit ersten Ergebnissen zu punkten. „Das Projektil stammt aus einer Neunmillimeter-Pistole, Typ Luger. Es könnte aus einer Glock Typ 17 abgefeuert worden sein. Die Prüfung des Projektils dauert an.“ Als Koch den enttäuschten Blick von Dauber sah, fuhr er schnell fort: „Weltweit wurden seit 1982 mehr als zwei Millionen dieser Waffen verkauft, Sie sehen, es gleicht der Suche nach der Stecknadel im Heuhaufen.“

„Sie prüfen, woher die Waffe stammen könnte?“, vergewisserte sich Dauber.

„Natürlich. Zufällig läuft gerade eine Aktion von Stadt und dem Landkreis, die uns in die Karten spielen könnte.“ Koch grinste.

Eine steile Falte bildete sich auf Daubers Stirn. „Wovon reden Sie?“

„Derzeit werden die rund siebenhundert registrierten Waffenbesitzer in Hameln und Pyrmont überprüft – eine Routinesache. Man kontrolliert die richtige Aufbewahrung der Waffen und der Munition.“ Koch scrollte auf seinem Tablet herum, dann blickte er wieder in die Runde. „Registriert sind aktuell mehr als siebentausend Waffen, und mit ein wenig Glück erhalten die Kollegen einen Hinweis zur Herkunft unserer Tatwaffe."

„Glauben Sie ernsthaft daran, dass unser Täter seine Waffe ordnungsgemäß erworben hat, sie registriert und in einem sicheren Schrank aufbewahrt?"

„Nein." Koch schüttelte den Kopf. „Aber vielleicht gibt es eine Spur, die uns zum Täter führt. Ist nur so eine Hoffnung. Irgendwas stimmt da nicht – auf siebenhundert Besitzer einer Waffenbesitzkarte kommen siebentausend Waffen, die im Umlauf sind. Dabei dürfen jeder WBK nur maximal acht Waffen zugeordnet werden."

„Deshalb wohl auch die Aktion der zuständigen Behörden", nickte Dauber. „Na gut, auch wenn es der Suche nach einer Nadel im Heuhaufen gleicht: Vielleicht haben wir ja Glück."

Grundmann kicherte. „Das ist eher ein Wunschtraum."

„Lassen Sie gut sein", mahnte Dauber ihn zur Räson.

Koch betrachtete Grundmann pikiert, dann fuhr er fort: „Der Abgleich aller registrierten Waffen läuft, bisher vergeblich. Allerdings wird der Täter die Glock 17 nicht auf dem offiziellen Weg beim Händler seines Vertrauens erworben haben. Ich gehe davon aus, dass er sie sich über das Darknet beschafft hat."

Dauber war am Kopf des Tisches angekommen und massierte sich nachdenklich die Schläfen. Maja beobachtete ihn aufmerksam. Hinter seiner perfekten Fassade war der Kriminaloberrat alt geworden, fand sie. Womöglich lag das aber auch an der schlaflosen Nacht, die hinter ihm lag. Dunkle Ringe lagen unter seinen Augen, seine Haut wirkte grau.

Er schien bemerkt zu haben, dass sie ihn betrachtet hatte, und blieb stehen. „Frau Klausen, Herr Grundmann", wandte sich Dauber an Maja. „Obwohl der Tote aus Wuppertal kommt, bin ich nicht gewillt, den Fall an die Kollegen abzutreten. Besteht die Möglichkeit, dass Sie und Herr Grundmann nach Wuppertal fahren, um das persönliche Umfeld von Klaus Sippelmann zu durchleuchten?"

Maja wunderte sich über die Frage, war es doch Dauber, der permanent über den Personalmangel in der PI Hameln klagte. Dennoch schlug ihr Herz sekundenlang ein paar Takte schneller, als sie die Chance für ein Wiedersehen mit Norbert Ulbricht in greifbare Nähe rücken sah. Nach kurzer Überlegung schüttelte Maja jedoch den Kopf. „Ich habe bereits Kontakt zu den Kollegen aufgenommen", sagte sie. „Man ist in den Fall involviert und ermittelt bereits. Wir haben weder die Zeit noch das Personal, um zu reisen."

Dauber nickte grimmig. Er schien zu erkennen, dass Maja recht hatte. „Sie halten den Kontakt zu Wuppertal, nehme ich an?" Ein feines Lächeln huschte um seine Augen.

„Natürlich." Maja senkte den Blick und machte sich Notizen. Niemand der Kollegen sollte bemerken, dass sie errötet war. Nach dem Meeting würde sie Sophie Stein anrufen. Sie sollte das Umfeld von Frank Dirzius durchleuchten. Immer noch war unklar, woher Lüders, sein Auftraggeber, die Information von Sippelmanns Ableben hatte. „Was hat die Auswertung des Teslas ergeben?", riss sie Daubers sonore Stimme aus den Gedanken. Alle Augen waren auf Alders gerichtet. Er war innerhalb des Fünften Fachkommissariats für das Fachgebiet Cyberkriminalität und die Analyse von Daten zuständig.

Alders strich sich mit einer Hand über das unrasierte Kinn und seufzte. „Die Spiegelung der Festplatte auf dem Laptop, den wir im Kofferraum gefunden haben, läuft gerade. Interessanter dürfte aber fast sein, was uns das Navi ausgespuckt hat."

„So?" Dauber ließ sich auf den freien Stuhl sinken und faltete die Hände auf der Tischplatte.

„Ja. Wir haben uns die letzten Ziele angeschaut. Einige Zieladressen in Wuppertal, das werden wir heute noch von den Kollegen vor Ort überprüfen lassen. Dann tauchte die Anschrift des ‚Hotel Stadt Hameln' auf, gleich mehrmals. Der Zimmerschlüssel, den wir bei dem Toten fanden, bestätigte daher den Verdacht, dass Sippelmann ein Zimmer im ‚Hotel Stadt Hameln' gebucht hat. Nach einem Anruf im Hotel wissen wir, dass er sein Doppelzimmer für eine Woche gebucht hat."

„Und wir haben eine Adresse in Bückeburg herausgefiltert, die von Interesse sein dürfte." Alders zwinkerte Robert Marks, seinem Partner, zu. Marks blätterte in einer Mappe und nannte die Adresse. „Wir haben das gecheckt und festgestellt, dass dort Adalbert Kropp gemeldet ist."

„Der … Baurat?“ Daubers Augen wurden groß. „Das bedeutet, dass unser Mordopfer kurz vor seinem Tod dem Baurat einen Besuch abgestattet hat?“

„Alles deutet darauf hin“, nickte Marks. „Wir werden Kropp gleich einen Besuch abstatten und ihn dazu befragen.“

„Gab es noch mehr Ziele, die für uns von Bedeutung sein können?“, fragte Grundmann und fixierte den Kriminaltechniker mit seinem Blick.

„Eine Adresse in Rinteln fällt noch in unser Gebiet. Die Überprüfung der Anschrift hat ergeben, dass dort Margit Lodde lebt.“

„Margit Lodde?“ Grundmann pfiff durch die Zähne. Jeder im Raum kannte die Unternehmerin. „Was treibt Sippelmann denn in ihre Arme?“ Er grinste. „Ob da etwas lief?“

„Ihr werdet es herausfinden“, versprach Maja schnell, bevor Grundmann wieder unsachlich wurde. Sie ließ sich von Marks die Adresse der Unternehmerin diktieren.

„Ein Handy ist nicht aufgetaucht?“, fragte Dauber.

„Leider nicht, nein.“ Alders schüttelte den Kopf. „Es ist anzunehmen, dass der Täter es hat mitgehen lassen, um es irgendwo zu entsorgen. Womöglich liegt es längst auf dem Grund der Weser.“ Alders nickte Maja zu.

„Ich stehe in engem Kontakt zu den Kollegen in Wuppertal“, sagte sie. „Ich habe mit Hauptkommissarin Stein telefoniert und erfahren, dass sie der Witwe des Verstorbenen bereits einen Besuch abgestattet haben.“

Grundmann sprang ein. „Die Wuppertaler werden uns die Scans gleich per Mail schicken. Und es gibt eine Handynummer, die zum Smartphone ihres verstorbenen Mannes gehört."

„Zum Verbleib von Sippelmanns Handy kann ich etwas sagen." Koch räusperte sich. „Es ist nicht verschollen und liegt wohl auch nicht am Grund der Weser: Die letzte Ortung hat ergeben, dass unser Opfer sein Handy im Hotel hat liegen lassen – ob er es absichtlich tat oder sein Smartphone schlicht vergessen hat, wissen wir nicht." Koch blätterte in seinen Unterlagen.

„Danke." Dauber nickte. „Manchmal können die Dinge so einfach sein." Jetzt huschte der Ansatz eines Lächelns um seine Mundwinkel. „Dann sollten wir uns das Hotelzimmer vornehmen – nicht nur, um das Handy des Opfers zu suchen und auszuwerten."

„Es kann derzeit nicht geortet werden", warf Koch ein. „Entweder hat es unser Opfer vor der Abfahrt zum Klüt absichtlich ausgeschaltet – oder der Akku ist schlichtweg leer und das Gerät hat sich abgeschaltet."

Dauber nickte. „Wie dem auch sei: Wir sollten uns das Hotelzimmer anschauen. Wenn bei der Durchsuchung das Telefon des Toten auftaucht – umso besser." Er machte sich Notizen, bevor er fortfuhr: „Ich werde gleich die Leitung des Hotels über unser Kommen und die bevorstehende Durchsuchung von Sippelmanns Zimmer in Kenntnis setzen." Dauber wandte sich an Grundmann. „Was ist mit diesem Reporter, der am Einsatzort aufgetaucht ist, noch bevor der Rest der Pressemeute davon Wind bekam?“

Maja fürchtete, dass Grundmann beim Thema Dirzius zur Höchstform auflaufen würde, und ergriff an seiner Stelle schnell das Wort: „Ich habe ihn laufen lassen. Wir werden uns auf seinen Auftraggeber konzentrieren, der ihm die Info gegeben hat.“

„Schön.“ Dauber unterdrückte einen Fluch, als sein Handy anschlug. Er hasste Störungen im Meeting. Mit verkniffener Miene zog er das Handy aus der Innentasche seines maßgeschneiderten Sakkos und meldete sich mit unterkühltem Tonfall. Das Gespräch war kurz, danach blickte er mit versteinerter Miene in die Runde. „Es gibt zwei weitere Opfer. Die Pflegekraft der Familie Lodde hat das Ehepaar tot in ihrem Haus am Finkenborner Weg aufgefunden. Augenscheinlich wurden auch sie erschossen.“

Grundmann pfiff durch die Zähne. Alle Blicke lagen auf ihm. „Wenn das mal kein Zufall ist“, brummte er. „Unser Opfer Nummer eins war zu Besuch bei der Tochter des Hauses; jetzt sind die Eltern von Margit Lodde tot?“ Er schüttelte den Kopf. „Tz, tz“, machte er und betrachtete seine manikürten Fingernägel.

Dauber musste nicht aufführen, wer die Loddes waren. Jeder am Tisch kannte das alte Unternehmerpaar. Am Tisch kehrte betroffenes Schweigen ein.

Majas Gedanken fuhren Karussell. Sie teilte die Meinung ihres Partners. Es war nicht auszuschließen, dass die Morde an Sippelmann und an den Loddes in Zusammenhang standen.

Grundmann zog die Mundwinkel hoch. „Jetzt brauchen wir nur noch eine Verbindung zwischen Sippelmann und der Familie Lodde, dann können wir durchstarten", stellte er fest und trommelte unternehmungslustig auf der Tischplatte herum.

Dauber erhob sich. „Dann wissen Sie, was zu tun ist, Herr Grundmann."

Maja feixte, als sie sah, wie sich das Gesicht ihres Kollegen tiefrot färbte, dann wandte sie den Blick wieder auf den Kriminaloberrat, der ans Flipchart trat und Notizen mit dem dicken Filzschreiber machte. „Ich brauche die genauen Abfahrts- und Ankunftszeiten der letzten Ziele aus Sippelmanns Navi, kriegen Sie das hin?"

Marks nickte. „Das dürfte kein Problem sein."

„Spontan neige ich dazu, von einem Serientäter zu sprechen, auch wenn uns noch die Verbindungen fehlen." Der Kriminaloberrat dachte angestrengt nach. „Es sieht aus, als ziehe der Täter eine Blutspur durch Hameln", bemerkte Dauber und teilte die Teams ein. Zwei Teams entsandte er zum Haus der Loddes am Finkenborn, Maja und Grundmann sowie zwei Kriminaltechniker des Fünften schickte er zum Hotel, in dem Sippelmann untergebracht war. „Ich werde wie gesagt in Hannover Unterstützung beantragen, sonst wird uns der Täter immer einen Schritt voraus sein." Danach hob er das Meeting auf und verschwand in seinem Büro.

*

„Wie gehen wir vor?", fragte Grundmann, der auf seinem Drehstuhl im Büro herumlümmelte und Maja aufmerksam beobachtete.

„So wie Dauber es angeordnet hat", erwiderte Maja, die fürchtete, dass Grundmann auf Daubers klare Anweisungen keine Lust hatte. An manchen Tagen war er rebellisch und zog sein eigenes Ding durch. Jetzt hockte er auf seinem Drehstuhl und wippte nach hinten. Das Quietschen der Mechanik begann Maja zu nerven.

Grundmann schüttelte den Kopf. „Ich hab keinen Bock, mir das Hotelzimmer von Sippelmann anzugucken, während am Finkenborn zwei Tote liegen", maulte er. „Also – was sollen wir in diesem verkackten Hotel?"

„Mir kommt Daubers Entscheidung ganz gelegen", erwiderte Maja ein wenig zu schnippisch. „Wenn wir vorher im Hotel vorbeischauen, kann ich mir selber vor Ort mal einen Überblick verschaffen."

Grundmann runzelte die Stirn und hörte auf, mit dem Stuhl zu wippen. „Wenn du da was findest, das uns zum Mörder führt, dann heiß' ich Schneewittchen", er blickte sich theatralisch um. „Aber ich seh hier keine Zwerge."

„Spar dir die Sprüche und mach voran", trieb Maja ihn zur Eile an. Sie trat an das Fenster und blickte hinaus auf die Zentralstraße. Ein Kieslaster quälte sich durch die am Straßenrand abgestellten Autos. Sie betrachtete ihren Kollegen im Spiegelbild der Fensterscheibe. „Also gut“, sagte sie. „Wir haben alle Hände voll zu tun. Dauber reißt uns den Kopf ab, wenn wir auf eigene Faust losziehen. Hast du nicht gesehen, wie sehr er unter Druck steht? Die Politik macht ihm die Hölle heiß, weil der Turm immer noch gesperrt ist und sich die Presse das Maul zerreißt.“

Grundmann erhob sich. Betont langsam trat er an die einfache Garderobe und streifte den Mantel über. „Du bist eine Streberin, Maja.“ Er tippte sich an die Schläfe. „Dann los – lass uns endlich von hier verschwinden.“

„Geht doch.“ Maja riss sich vom Blick aus dem Fenster los. Sie trat an ihren Schreibtisch und legte ihre Unterlagen zusammen. „Die Kollegen vom Fünften warten bestimmt schon auf uns“, nickte Maja erleichtert. Sie war froh, dass ihr eine hitzige Diskussion erspart geblieben war. „Auf ins Hotel.“

„Aye, aye, Sir“, brummte Grundmann und salutierte. „Was ist eigentlich mit den zuletzt im Navi von Sippelmanns Auto hinterlegten Zielen in Wuppertal, von denen Marks berichtet hat?“ Er grinste. „Wär das nichts für deinen Lover?“

Maja spürte einen feinen Stich ins Herz. Schon zu lange hatte sie nichts mehr von Norbert Ulbricht gehört. Sie war sich nicht sicher, ob ihm der lang ersehnte Ruhestand gut bekam. Das schlechte Gewissen beschlich sie – längst schon hätte sie sich bei dem alten Brummbären melden können. Seit einigen Jahren verband die beiden eine Freundschaft. Doch dass Grundmann Ulbricht als Lover bezeichnete, fand Maja unpassend. „Er ist nicht mein Lover", stellte sie klar. „Wir sind befreundet, und wir haben uns in der Vergangenheit geholfen, wenn uns ein Fall beide beschäftigte."

„Wie dem auch sei." Grundmanns Grinsen erlosch. Er fuchtelte mit den Händen in der Luft herum. „Ruf ihn an und frag ihn, ob er uns helfen kann."

„Nein." Maja schüttelte den Kopf. „Sophie hat das im Griff. Sie wird sich um alles kümmern."

„Wie nett."

„Lass deinen Spott." Maja blätterte in ihren Unterlagen und versuchte, die Wut über Grundmanns seltsames Benehmen zu verdrängen. Dann griff sie zum Hörer. Es dauerte nicht lange, und sie hatte Sophie Stein am Apparat. „Wir haben Sippelmanns Navi ausgewertet", kam Maja schnell auf den Punkt. „Es gibt eine Anschrift, die er wohl kurz vor seiner Abfahrt nach Hameln aufgesucht hat. Vielleicht könnt ihr da mal vorbeifahren?" Sie nannte der Kollegin die Adresse, die sie von Marks mit auf den Weg bekommen hatte, und rief Erstaunen bei Sophie vor. „So ein Zufall", bemerkte sie am anderen Ende der Leitung. „Dahin sind wir sowieso unterwegs."

SECHZEHN

Bückeburg, 11:25 Uhr

Das Haus in der kleinen Anliegerstraße wirkte sauber und gepflegt, war aber nicht besonders luxuriös. Die dunkle Mercedes-C-Klasse mit Hamelner Kennzeichen deutete darauf hin, dass der Baurat zu Hause war. Im Büro hatte man ihnen mitgeteilt, dass sich Adalbert Kropp krankgemeldet hatte, deshalb waren Robert Marks und sein Partner Roland Alders nach Bückeburg aufgebrochen, um den Baurat zum Tod von Klaus Sippelmann zu befragen.

Die Sonne hatte die tief hängenden Wolken vertrieben und tauchte das Siedlungshaus in ein warmes Licht. Ein seichter Wind strich über die sanften Hügel, die auf dem freien Feld hinter dem Haus ausliefen.

Robert Marks klingelte und warf seinem Kollegen Alders einen vielsagenden Blick zu. „Dann wollen wir mal." Marks war ehrgeizig genug, dem Kriminaloberrat heute Abend erste Ergebnisse präsentieren zu können. Und er hatte die Hoffnung, heute mal pünktlich Feierabend machen zu können, noch nicht aufgegeben.

„Ja, dann wollen wir mal." Alders hatte die Hände in den Jeanstaschen versenkt. Es dauerte nicht lange, bis ihnen die Tür geöffnet wurde. Eine schlanke Frau Anfang fünfzig öffnete und blickte den Besuchern unverwandt entgegen. „Ja bitte?“ Sie hatte eine dunkle Jeans an, Hausschuhe und eine cremefarbene Bluse. Die dunkelblonden Haare trug sie als Pagenschnitt. Sie war durchaus eine hübsche Frau in den besten Jahren, fand Marks.

„Frau Kropp?“ Der Hauptkommissar zückte die Dienstmarke mit dem niedersächsischen Amtswappen. Mit einem freundlichen Lächeln stellte er sich und Alders vor. Sein Blick erfasste den breiten Ehering an ihrer Hand.

„Ja, Melinda Kropp.“ Dann stutzte sie. „Polizei?“ Die Miene der Frau verdunkelte sich. Argwohn, aber auch Furcht, lag in ihrem Blick. „Ist was passiert?“

„Das würden wir gern mit Ihrem Mann besprechen“, sagte Alders und deutete mit dem Daumen über die Schulter auf den Mercedes in der Einfahrt. „Er ist doch zu Hause?“

„Ja, das ist er.“ Nun lag Bedauern im Blick der Gattin des Baurates. „Er hat sich eine schwere Erkältung eingefangen.“

„Oha“, versuchte es Alders auf die lockere Art und schmunzelte mitfühlend. „Männerschnupfen?“

Melinda Kropp lächelte. „Aber er kommt durch.“

Alders freute sich. Das Eis schien gebrochen zu sein.

„Kommen Sie rein.“ Die Frau des Baurates gab den Eingang frei. Drinnen roch es nach Mittagessen, irgendetwas köchelte in der Küche vor sich hin.

„Wir kommen pünktlich zum Essen, was?“ Alders grinste.

Melinda Kropp lachte und strich sich eine widerspenstige Haarsträhne hinters Ohr. „Hätte ich gewusst, dass Sie …“

„Mein Kollege scherzt“, sagte Marks schnell und bedachte Alders mit einem mahnenden Blick, der ihrer Gastgeberin aber verborgen blieb.

„Entschuldigen Sie, ich werde meinem Mann Bescheid sagen, dass er Besuch hat.“ Melinda Kropp verschwand im oberen Stockwerk des Hauses, und die Polizisten hatten Gelegenheit, sich ein wenig umzuschauen. Die Einrichtung wirkte wertig, aber nicht abgehoben teuer. Neben der Eingangstür prangte ein Kunstdruck von Kandinsky in einem spiegelfreien Glasrahmen. Marks, der sich ein wenig mit Kunst beschäftigte, trat an das Bild und betrachtete den Giclée-Druck genauer. Einmal mehr war er von Wassily Kandinskys Art, träumerische Farbzusammenstellungen mit klaren Strukturen zu verbinden, begeistert.

Ein keuchendes Husten aus dem oberen Stockwerk ließ ihn herumfahren. Just in diesem Moment kam Melinda Kropp die Treppe herunter. Sie lächelte. „Mein Mann zieht sich schnell etwas über, dann kommt er.“

„Danke.“ Marks und Alders beobachteten, wie sie in der Küche verschwand, um dort mit Töpfen und Geschirr zu hantieren.

Eine Minute später kam auch Adalbert Kropp die Holzstufen herab. Obwohl Marks ihn aus Zeitungsberichten und von Fotos kannte, identifizierte er den Baurat erst auf den zweiten Blick. Im Gegensatz zu sonst trug er keine Brille, die Haare standen ihm wirr vom Kopf ab, und der Schatten eines Dreitagebartes zierte sein ungewöhnlich blasses Gesicht. Kannte man den Baurat sonst nur im edlen Zwirn, so trug er heute einen weinroten Jogginganzug und einen dunkelblauen Schal um den Hals. Eine vom vielen Schnäuzen gerötete Nase und glasige Augen räumten auch die letzten Zweifel daran aus, dass Kropp seine Krankheit nicht vortäuschte. Marks fand, dass der Baurat tatsächlich einen bedauernswerten Eindruck machte.

Kropp hustete in die Armbeuge, dann betrachtete er seine Gäste aus fiebrigen Augen. „Bitte entschuldigen Sie meinen Aufzug", krächzte er und machte eine ausladende Geste. „Wir sollten darauf verzichten, uns die Hände zu schütteln." Er lächelte matt. „Kommen Sie bitte mit in mein Arbeitszimmer."

„Gern." Die Polizisten folgten ihm in ein lichtdurchflutetes Arbeitszimmer im hinteren Bereich des Hauses, von dem aus man den Blick in den Garten genießen konnte. Der Wind blähte die Bettlaken auf der Wäschespinne auf. Kropp ließ sich ächzend auf den Stuhl hinter seinem Schreibtisch sinken und deutete auf die freien Stühle davor. „Bitte nehmen Sie Platz."

Marks und Alders setzten sich. Robert Marks betrachtete den Baurat. Kropp war Mitte fünfzig, hochgewachsen und fast schlaksig. Das dichte, dunkle Haar war von silbrigen Fäden durchzogen, auch die Schläfen waren ergraut. „Ich bitte, meinen angeschlagenen Zustand zu entschuldigen.“ Obwohl er krank war, strahlte er eine gewisse Autorität aus. „Womit kann ich Ihnen dienen?“ Das Lächeln des Baurates erreichte die graublauen Augen nicht.

Alders räusperte sich. „Wahrscheinlich haben Sie trotz Ihrer Krankheit bereits erfahren, dass es am Klütturm einen Mord gab“, begann er das Gespräch.

„Die Nachricht vom Tode Sippelmanns habe ich mit Bedauern zur Kenntnis genommen, ja.“ Kropp legte den Kopf schräg. „War es denn Mord?“ Misstrauen schwang in seiner Stimme mit. Er zog ein Taschentuch hervor und schnäuzte sich geräuschvoll die Nase.

„Zunächst ermitteln wir in einem Tötungsdelikt, dennoch erhärtet sich der Verdacht, dass es sich um einen kaltblütigen Mord handelt“, sprang Marks für seinen Partner in die Bresche. „Das zu bewerten, verlangt natürlich eines richterlichen Urteils.“

Der Baurat faltete die Hände auf der Schreibtischplatte. „Es tut mir leid für Klaus Sippelmann, ich habe ihn sehr geschätzt.“

Alders kam auf den Grund ihres Besuches zu sprechen. „Wir wissen, dass er vor seinem Tod bei Ihnen war.“

Kropps Kopf ruckte hoch. Er musterte Roland Alders feindselig. „Ist das verboten?“

Robert Marks schüttelte den Kopf. „Natürlich nicht. Aber lassen Sie es mich so ausdrücken: Sippelmann starb, und heute Morgen wurden die Leichen des Ehepaares Lodde gefunden. Die beiden wurden kaltblütig erschossen. Wir wissen, dass Sippelmann auch mit der Familie Lodde in Kontakt stand."

„Ich hörte auch von dem grausamen Doppelmord." Kropp nickte und presste die schmalen Lippen zu einem Strich zusammen. „Und jetzt glauben Sie, dass ich der Nächste sein könnte?" Voller Misstrauen hob der angeschlagene Baurat eine Augenbraue.

„Auch wenn wir nichts ausschließen wollen – so weit gehen unsere Überlegungen nicht", erwiderte Alders. „Noch nicht", fügte er dann hinzu. „Uns würde allerdings der Grund seines Besuches hier interessieren."

„Warum?"

„Weil wir uns gern ein Bild vom großen Ganzen machen würden, um Sippelmanns letzte Wege zu rekonstruieren. Wir erhoffen uns, so einen Hinweis auf seinen Mörder zu bekommen."

„Also stehe ich unter Verdacht?"

Marks schüttelte den Kopf. Von einem Politiker hatte er sich mehr Kooperationsbereitschaft erhofft. „Nein. Bitte beantworten Sie unsere Fragen, Herr Kropp."

„Was hat Sie beide verbunden?", half Alders seinem Partner. „Warum standen Sie in Kontakt, warum war Sippelmann bei Ihnen zu Hause?"

Der Baurat schien zu begreifen, dass er mit Provokation nicht weiterkam. Blitzschnell änderte er seine Strategie. „Ich habe Klaus vor einem Jahr auf einem Seminar über neue Konzepte zum öffentlichen Personennahverkehr kennengelernt", sagte er mit einem versöhnlichen Unterton in der Stimme. „Wenn es nach ihm ginge, würde das Automobil bald von den Straßen verschwinden und durch öffentliche Verkehrsmittel abgelöst werden."

Alders warf Marks einen Seitenblick zu, sagte aber nichts. Auch Robert Marks hielt es für besser, zu schweigen. Der Baurat sollte reden.

„Wenn Sie mich fragen, ist er ein Weltverbesserer gewesen, ein Visionär – um es freundlich auszudrücken."

„Sie haben ihn für einen Spinner gehalten", stellte Alders nun fest.

„Er war ein Weltverbesserer", wiederholte Kropp und erlitt einen Hustenanfall. Erst nachdem er sich beruhigt hatte, blickte er seine Besucher mit teilnahmsloser Miene an. „Er hat sehr gelitten, als seine erste Frau bei einem Autounfall ums Leben kam, das hat ihn wohl geprägt", krächzte er mit einem schwachen Lächeln. „Ich kann es ihm nicht verdenken, doch waren mir seine Visionen zum Verkehrskonzept der Zukunft suspekt."

Marks begriff. „Und weil Hameln derzeit an einem neuen Konzept arbeitet, ist er auf Sie zugekommen?"

Der Baurat blickte ihn lange an. Seine Kieferknochen mahlten. „Nun, er hatte eine Idee, die der Stadt seiner Ansicht nach zu mehr Aufwind verhelfen sollte."

„Und Sie haben abgelehnt?"

„Richtig. Ich finde immer, man soll bei der Planung neuer Verkehrskonzepte die Kirche im Dorf lassen."

„Warum hat er Sie besucht?", hakte Alders nach und breitete die Arme aus. „Hier, in Ihrem Haus? Warum hat er nicht einen Termin mit Ihrem Büro vereinbart?"

„Er wollte mir sein Verkehrskonzept noch einmal schmackhaft machen", lächelte der Baurat und rieb Daumen und Zeigefinger aneinander. „Monetär, wenn Sie verstehen?"

„Er hat Ihnen Geld angeboten, wenn Sie sein Vorhaben durchsetzen?" Robert Marks richtete sich im Stuhl auf. „Korruption?"

„So weit ist es nicht gekommen." Der Baurat winkte ab. „Vergessen Sie es – meine Weste ist sauber, und daran wird auch ein Klaus Sippelmann nichts ändern. Jetzt schon gar nicht mehr."

„Aber er hat es versucht?" Marks wollte nicht lockerlassen.

„Ja, er hat mir den einen oder anderen Vorteil zugesichert, wenn ich mich für die Umsetzung seines Konzeptes im Rat einsetze."

„Sie haben abgelehnt, nehme ich an?" Alders grinste.

„Natürlich, wo denken Sie hin?" Adalbert Kropp fuhr sich mit gespreizten Fingern durch das Haar. „Ich beteilige mich nicht am Klüngel. Grundsätzlich stehe ich hinter Entscheidungen, die ich treffe."

„Und hinter Sippelmanns Konzept hätten Sie nicht stehen können?" Marks achtete auf jede Regung im Gesicht des angeschlagenen Baurates.

„Nein, es war zu … abgehoben."

„Schön. Können Sie uns mit Details dienen?"

„Nein." Kropp schüttelte energisch den Kopf. „Das unterliegt meiner Diskretion und trägt sicher nicht zur Aufklärung des Mordes von Sippelmann bei."

„Das zu beurteilen überlassen Sie bitte uns", bat Marks, dem die Art des Baurates gegen den Strich ging. „Kam es bei Sippelmanns Besuch zum Streit?"

„Wieder nein. Ich habe meine Meinung vertreten und ihm klar zu verstehen gegeben, dass ich mich nicht bestechen lasse."

„Wie hat Sippelmann auf die Abfuhr reagiert, die Sie ihm erteilt haben?"

Kropp legte die Hände wieder auf die Platte seines Schreibtisches und spielte an seinem Ehering. Er dachte nach, bevor er die Polizisten ansah. „Enttäuscht, ja, so würde ich es bezeichnen." Jetzt lächelte der Baurat. „Und, nein, er hat mir keine Rache angedroht, wenn ich sein Angebot ausschlage."

„Können Sie sich vorstellen, warum Sippelmann Ihnen Geld anbietet, um sein Projekt hier zu realisieren?"

„Aber natürlich." Der Baurat nickte. „Er ist ein genialer Erfinder, daran besteht kein Zweifel, ein begnadeter Forscher und wohl auch ein fähiger Techniker. Aber in diesem Spiel war er nur ein Strohmann."

„Das müssen Sie mir erklären, fürchte ich." Robert Marks schürzte die Lippen.

„Sippelmann war, wie ich bereits sagte, ein Visionär. Bedauernswerterweise nahmen ihn einige Zeitgenossen nicht ernst. Für die Umsetzung seiner Ideen war er auf die Hilfe der Wirtschaft und der Politik angewiesen." Adalbert Kropp seufzte. „Und er war auf das Geld der Wirtschaftsbosse angewiesen."

„Kein Kaufmann unterstützt einen Spinner", behauptete Alders.

„Es sei denn, er profitiert vom Vorhaben dieses ... Spinners", half Kropp ihm auf die Sprünge. „Haben Sie eine Ahnung davon, wie viele Firmen an der Umsetzung eines von Sippelmanns Projekten beteiligt sind? Architekten, Statiker, Bauunternehmen, Elektriker, Anlagenbauer, Stahlbauer, Hersteller von speziellen Waggons für seine Bahnen, die er überall errichten wollte." Der Baurat lächelte Alders nachsichtig an wie ein Pfarrer seinen Konfirmanden. „Reicht Ihnen das als Grundlage für Korruption?"

„Das geht in den Bereich der Wirtschaftskriminalität", stellte Marks fest.

„Wer in Ihrer Behörde dafür zuständig ist, das wissen Sie besser als ich. Ich kann dazu nur sagen, dass Sippelmann bei mir auf Granit gebissen hat. Er war ... nicht zufrieden mit dem Verlauf unseres Gespräches, um es milde auszudrücken."

Es klopfte am Türrahmen. Der Kopf des Baurates ruckte hoch. Kropp schaute an seinen Besuchern vorbei. Marks und Alders blickten sich um. Melinda Kropp stand im Türrahmen. „Ich störe ungern", sagte sie lächelnd. „Aber das Essen ist fertig, und ich kann es schlecht warm halten."

Der Baurat erhob sich. „Wir waren sowieso fertig", beteuerte er und nickte den Polizisten zu. Auch Marks und Alders standen auf und ließen sich vom Hausherrn zum Ausgang begleiten, während seine Frau in der Küche mit Tellern klimperte.

„Wenn Sie noch Fragen haben, wenden Sie sich gern an mein Sekretariat“, bot Kropp an. Er öffnete die Haustür und zog den Knoten seines Schals fester um den Hals. Fröstelnd versenkte er die Hände in den Taschen der ausgebeulten Jogginghose.

„Das werden wir sicher tun“, nickte Marks. „Eine Frage noch: Wie viel hat Sippelmann Ihnen geboten, wenn Sie sein Projekt im Rat durchboxen?“

Adalbert Kropp schüttelte den Kopf. „Über Geld spricht man nicht. Für Sie dürfte es von Interesse sein, dass ich als kommunaler Politiker für Aufrichtigkeit und Ehre stehe und mich nicht bestechen lasse.“

„Wir sind nicht von der Presse, Sie müssen Ihre Hände nicht in Unschuld waschen“, knurrte Marks, dann waren sie draußen. Ihm ging das oberflächliche Geplänkel des Baurates gewaltig gegen den Strich.

SIEBZEHN

Wuppertal, Campus der Bergischen Universität, 11:35 Uhr

Sophie hatte sich nie mit den kargen Betonwänden in der Uni anfreunden können. Auch die langen, zumeist fensterlosen Gänge bereiteten ihr Beklemmungen. Selbst der atemberaubende Blick vom Grifflenberg auf die Stadt, die der Universität zu Füßen zu liegen schien, konnte das eigenartige Gefühl, das sie jetzt beschlich, nicht wettmachen.

„Schön ist anders, was?" Brauer schien ihre Gedanken erraten zu haben.

„Ich krieg Platzangst hier drinnen", meinte Sophie und schüttelte den Kopf.

„So schlimm ist es auch wieder nicht." Brauer lachte und versuchte sich zu orientieren. „Da vorne müsste es sein."

„Wir haben Glück, dass Sippelmann eigentlich jetzt eine Vorlesung hätte", bemerkte Sophie und versuchte, sich mit dem Fall ein wenig abzulenken. „So dürften wir alle seine Studenten auf einem Haufen antreffen."

„Zumindest die, die zu dieser für Studenten nachtschlafenden Stunde schon wach sind und an der Vorlesung teilnehmen", grinste Brauer.

„Was machen wir – warten wir auf die Kollegen, die uns bei den Befragungen helfen, oder fangen wir schon an?“ Sophie war unschlüssig.

„Wir sollten schon beginnen“, schlug Brauer vor und lächelte ihr sanft zu. „Du hast eigentlich Urlaub, dein Kind sitzt zu Hause auf gepackten Koffern. Also: warum unnötig Zeit verplempern?“

Sophie war einverstanden. „Recht hast du.“ Sie erreichten den Hörsaal und betraten den zylindrisch angelegten Raum.

„Hui, hier unten hab ich noch nie gestanden“, flüsterte Brauer, nachdem Sophie die Tür neben dem Rednerpult so leise wie möglich ins Schloss gezogen hatte.

Der Vortrag hatte bereits begonnen. Ein anderer Prof hatte stellvertretend für Sippelmann mit der Vorlesung begonnen. Der Uni-Rektor hatte Holger Berns, so hieß der schlaksige Typ in verblassten Jeans, T-Shirt und Cordsakko, bereits über Sippelmanns Tod und den bevorstehenden Besuch der Kriminalpolizei in Kenntnis gesetzt. Entsprechend gut war Berns jetzt vorbereitet.

„Meine Damen und Herren“, sagte er und winkte Sophie und Brauer ans Pult. „Wir unterbrechen meinen Vortrag. Unsere Besucher möchten Ihnen eine Mitteilung machen.“

Gut so, dachte Sophie. Man hatte Berns vorbildlich gebrieft. Er sollte nichts davon erwähnen, dass Sippelmann nicht mehr lebte. Sophie war daran gelegen, das Überraschungsmoment bei den Studenten auf ihrer

Seite zu haben. Sie wollte die Reaktionen in den Gesichtern von Sippelmanns Schützlingen mit eigenen Augen sehen.

Sophie hatte plötzlich einen Kloß im Hals. So schob sie Brauer vor. „Mach du das", flüsterte sie ihm zu.

Brauer nickte unmerklich und trat an das Mikrofon. „Guten Morgen zusammen", konnte er sich trotz des Anlasses einen Witz nicht verkneifen. Sophie schmunzelte und war froh, dass ihr Kollege so die Stimmung ein wenig auflockerte. Brauers Blick glitt durch die Ränge. Gebannt hing man an seinen Lippen.

„Ich bin Kriminalhauptkommissar Karl Brauer von der Polizei hier in Wuppertal." Er zeigte auf Sophie. „Meine Kollegin, die Erste Kriminalhauptkommissarin Sophie Stein. Wir sind hier, weil wir Ihnen eine traurige Mitteilung machen müssen." Brauer legte eine Pause ein und gab Sophie so die Gelegenheit, die Mienen der Studenten beobachten zu können.

„Professor Klaus Sippelmann fiel gestern Abend einem Gewaltverbrechen zum Opfer", hallte Brauers Stimme über die Lautsprecheranlage. „Wir bedauern, Ihnen mitteilen zu müssen, dass Professor Sippelmann bei diesem feigen Anschlag ums Leben kam."

Fassungslose Mienen, betroffenes Schweigen und Entsetzen beherrschten den Hörsaal. Die Stille wurde nur vom erschrockenen Schluchzen einiger Studentinnen unterbrochen. Sophie betrachtete sie und hatte eine Idee. Oft genug hatte man gehört, dass Studentinnen ein Verhältnis mit ihrem Prof hatten. Stimmte das Klischee, gab es hier im Hörsaal eine junge Studentin, mit der Sippelmann eine Affäre hatte? Sie waren alle jung und fast ausnahmslos hübsch, Sophie konnte es keinem Mann verdenken, wenn er schwach wurde. Doch war Sippelmann der Typ für eine heimliche Affäre? Hatte seine Frau ihnen nicht hingebungsvoll von der harmonischen Patchworkfamilie erzählt?

„Warum war davon nichts in den Medien zu hören?", rief ein junger Mann mit rauschigem Vollbart schließlich. „Die Zeitungen werden es wohl erst morgen haben, aber was ist mit dem Fernsehen und dem Radio? Auch im Internet war nichts davon zu lesen. Der Prof war auf Facebook – haben Sie das nicht auf dem Schirm?"

Brauer tauschte einen schnellen Blick mit Sophie, die unmerklich mit den Schultern zuckte.

„Wir haben eine Sperrfrist verhängt, um die Ermittlungen nicht zu gefährden", erklärte er schließlich. „Und während wir hier sind, um Sie über den Tod Ihres Dozenten aufzuklären, arbeiten unsere Kollegen mit Hochdruck – natürlich checken wir dabei routinemäßig auch die gängigen Social-Media-Kanäle."

Eins zu null für Brauer, dachte Sophie zufrieden. Er blieb souverän und sachlich, auch wenn sie ihm ansah, wie es hinter seiner Fassade brodelte.

„Wenn Sie den Medien einen Maulkorb verpassen, wie können Sie davon ausgehen, dass wir auch kein Wort über die Geschichte verlieren?", fragte der Student, der offensichtlich auf Krawall gebürstet war. „Während Sie labern, filme ich Sie mit meinem Handy und poste den Rotz in einer Minute bei Facebook – dann sind Sie am Arsch."

Sophie schob Brauer zur Seite. Sie spürte, wie die Wut in ihr aufstieg. Ihre Wangen verfärbten sich rot, sie stand kurz vor dem Platzen. Der vorlaute Student begann sie zu nerven. „Wir verpassen niemandem einen Maulkorb", stellte sie klar. „Übrigens können wir Handys, die für Straftaten eingesetzt werden, auf der Stelle einziehen und auswerten. Dann würden wir alles sehen, was Sie mit Ihrem Smartphone so treiben. WhatsApp- und SMS-Nachrichten lesen, E-Mails checken, den Verlauf Ihres Internet-Browsers zurückverfolgen ... wäre doch blöd, wenn sich herausstellt, dass Sie sich ab und zu einen Porno auf der Toilette reinziehen, oder?"

Ein Kichern ging durch den Hörsaal. Nur der Bärtige lachte nicht. Er sank in den harten Sitz zurück und schwieg.

Sophies Blick glitt durch die Reihen. Sie versuchte, sich die Gesichter der Studenten einzuprägen. Dann suchte sie direkten Blickkontakt zu dem Krawallmacher. „Und es wird am Tatort in Hameln am frühen Nachmittag eine Pressekonferenz geben, auf der wir die Medien über den aktuellen Stand unserer Ermittlungen informieren. Vorerst aber müssen wir unsere Arbeit machen, denn noch laufen die oder der Täter frei herum."

„Uns ist daran gelegen, das soziale Umfeld von Professor Sippelmann zu durchleuchten", übernahm Brauer wieder das Wort. „Dazu gehören auch Sie. Deshalb möchten wir Sie bitten, sich bereitzuhalten, bis unsere Kollegen eintreffen."

„Wir sind also alle verdächtig, den Prof getötet zu haben?", stänkerte der Bärtige und lachte. Niemand schenkte ihm Beifall, im Gegenteil. Er fing sich missbilligende Blicke von seinen Kommilitonen ein.

„Das ist Unsinn, und das wissen Sie auch", rief Brauer. „Aber ich frage mich, warum Sie so rebellieren. Gibt es einen Grund dafür, dermaßen auf die Barrikaden zu gehen?"

„Bullshit", rief der Student und winkte ab. Er sprang von seinem Platz auf und machte Anstalten, den Hörsaal zu verlassen. Eine zierliche Frau mit schulterlangen blonden Haaren erhob sich und folgte ihm. „Tim, warte." Sie rannte ihm nach und bekam ihn erst an der Tür zu packen.

Er blieb stehen und blickte sie unverwandt an.

„Bleib hier", sagte sie mit einem flehentlichen Unterton.

Er schüttelte den Kopf und blickte kurz zu Sophie und Brauer. „Einen Scheiß werd ich. Die Bullen sind doch so was von verpeilt. Die können mich nicht festhalten. Ich habe Besseres zu tun, als mich hier verarschen zu lassen."

Jetzt trat Holger Berns ans Mikrofon. „Sie bleiben bitte hier und halten sich zur Verfügung – das ist eine Anordnung."

Die junge Studentin legte eine Hand auf den Arm des Bärtigen. „Siehst du", sagte sie. „Alles hat seine Richtigkeit. Und ich … brauche dich hier." Den letzten Satz hatte sie nur geflüstert, doch die Akustik des Hörsaals war so ausgelegt, dass Sophie ihn mitbekommen hatte.

„Chill mal, Lisa", maulte der Bärtige und schüttelte ihre Hand ab. Dann machte er kehrt und suchte seinen Platz wieder auf. Gerade in diesem Moment öffnete sich die Tür des Hörsaals, und sechs uniformierte Kollegen traten zu Sophie und Brauer. Sophie atmete tief durch. Langsam wurde die Zeit knapp, denn Sarah wartete zu Hause auf sie. Trotzdem wollte sie es sich nicht nehmen lassen, Maximilian Weber noch einen Besuch abzustatten.

Brauer zog Berns zur Seite. „Den Namen des Bärtigen bräuchte ich", raunte er ihm zu.

Holger Berns folgte dem Blick des Kriminalbeamten und nickte. „Das ist Tim Heidt. Die Adresse bekomme ich im Studierendensekretariat."

Sophie nickte Brauer zu. Sie war sicher, dass Heidts Ausraster nicht von ungefähr kam. Es würde einen Grund für sein rüpelhaftes Verhalten geben. Und sie konnte es kaum abwarten, Tim Heidt zu befragen.

ACHTZEHN

Hameln, Redaktionsgebäude der DEWEZET, 11:50 Uhr

Im Leser-Café an der Osterstraße herrschte um diese Zeit reger Betrieb. Dirzius betrachtete das muntere Treiben und verfolgte die Breaking News, die auf einem großen Flachbildschirm an der Wand präsentiert wurden. Ältere Herrschaften ließen sich mit Kaffee und kleineren Mahlzeiten verwöhnen, trafen sich zum Plausch inmitten der Hamelner Innenstadt. Frank Dirzius hatte es sich in der hinteren Ecke des Cafés bequem gemacht und ließ die Atmosphäre des modernen Pressehauses auf sich wirken. Kühne Metallstreben und sachliche Eleganz bestimmten das Bild.

In Gedanken überschlug Dirzius die Jahre, die er nicht mehr in Hameln lebte und arbeitete. Viel hatte sich seitdem geändert, und lange hatte ihn nichts zurück in die alte Heimat getrieben. Dass er aber ausgerechnet bei dem Versuch, die heruntergekommene Villa seiner Eltern zu verkaufen, einen Auftrag von Lüders bekam und prompt unter Mordverdacht geriet, klang äußerst skurril.

„Hier hinten versteckst du dich also."

Dirzius blickte auf. Günter Wehner stand mit einem feinsinnigen Lächeln an seinem Tisch. Er war gut zwei Meter groß und von kräftiger Statur. Alt war er geworden. Das dichte dunkle Haar war dünn und von silbrigen Fäden durchzogen, der Bart wirkte buschig, die Falten um die Augen hatten sich in den letzten Jahren tief in die Haut gegraben. Doch seine stahlgrauen Augen funkelten Dirzius munter durch die Gläser der Brille an. Der Anzug saß nicht sonderlich gut, doch Wehner war Journalist der alten Schule und trug ausschließlich Anzüge bei der Arbeit. „Hast du etwa Angst vor mir?"

Dirzius grinste und deutete mit dem Kinn auf den freien Stuhl ihm gegenüber. „Warum sollte ich vor meinem alten Mentor Angst haben?"

Wehner kicherte und faltete seinen großen Körper auf den Stuhl, der unter ihm klein und zerbrechlich wirkte. „Was hast du wieder angestellt?"

Dirzius beantwortete die Frage nicht gleich. Er klappte den Laptop, der vor ihm stand, zu und schob ihn beiseite. „Die Sache mit dem Leichenfund am Klüt hat sich doch schon bis zu dir rumgesprochen, oder?"

Wehner nickte und zupfte sich gedankenverloren seinen Bart. „Und ob", sagte er nachdenklich, dann schüttelte er den massigen Schädel. „Die Welt wird immer bekloppter." Er winkte der Bedienung und orderte einen Pott Kaffee, dazu ein Stück hausgemachten Kuchen, dann widmete er sich wieder seinem ehemaligen Schützling. „Die DEWEZET-Redaktion läuft gerade Amok", grinste er. „Ist schon spektakulär, was da abgeht. In den sozialen Netzwerken halten wir unsere Leser auf Stand, morgen machen wir mit dem Toten vom Klütturm auf."

„Würde ich auch tun." Dirzius nickte.

„Wäre da nicht der Umstand, dass ich noch mal an den Artikel ranmuss."

„Hat sich etwas Neues ergeben?" Dirzius band dem DEWEZET-Redakteur nicht auf die Nase, dass er kurzzeitig unter Mordverdacht gestanden hatte.

Wehner nickte. „Der Killer hat wieder zugeschlagen."

„Was?" Dirzius forschte in Wehners Gesicht, ob er möglicherweise scherzte. Doch er schien es ernst zu meinen.

„Es gibt zwei weitere Tote, wohl ein Doppelmord. Man munkelt, dass es sich bei der Tatwaffe um die gleiche Pistole handelt, mit der auch euer Seilbahnpapst erschossen wurde."

„Gibt es einen Zusammenhang?"

Wehner zuckte die Schultern und nestelte an seiner unmöglich gemusterten Krawatte herum. „Was weiß ich? Die Polizei gibt heute Nachmittag eine Pressekonferenz, mehr war nicht zu erfahren."

„Ich komme gerade von der Zentralstraße", bemerkte Dirzius.

„Und – hast du was rausgefunden?"

„Ich war froh, dass man mich nicht eingebuchtet hat." Mit wenigen Sätzen berichtete Dirzius von der seltsamen Aktion und der erkennungsdienstlichen Maßnahme.

Günter Wehner lachte amüsiert. „Das ist gut“, prustete er und wurde erst leiser, als er sich von dem älteren Pärchen am Nebentisch strafende Blicke einfing. „Du hast deine Fingerabdrücke gegeben? Dann bist du registriert, Frank. Egal wo du auftauchst, man wird deine Spuren immer wiedererkennen.“

„Danke für die Info.“ Dirzius schnaubte. Er wollte gerade etwas hinzufügen, als die Kellnerin an den Tisch trat und Wehner mit Kaffee und Kuchen versorgte. Dirzius nutzte die Chance und bestellte sich zwei belegte Brötchen.

„Warum hat man dich denn hopsgenommen?“, nahm Wehner den Faden auf, als die Bedienung außerhalb der Hörweite war. Dirzius erzählte dem Kollegen, dass Maja Klausen ihm nicht geglaubt hatte. Zu viel hatte gegen ihn gesprochen.

„Dann hast du also Bildmaterial vom Auffindeort der Leiche?“ Günter Wehner blickte ihn fragend an.

„Klar.“ Dirzius nickte und zeigte auf den Rucksack mit der Kamera, der auf dem Stuhl neben ihm lag. „Ich habe Aufnahmen gemacht, bevor die Bullen zudringlich wurden.“

„Kauf ich dir ab“, sagte Wehner kauend und lobte den ausgezeichneten Kuchen des Verlagscafés. Er grinste über alle Backen.

„Klingt gut.“ Dirzius freute sich. Nichts sprach dagegen, wenn er das Bildmaterial an verschiedene Medien verkaufte. Auch Lüders würde keine Bedenken haben. „Was ist jetzt mit den anderen Morden?“ Mit Lüders würde er später noch ein Hühnchen rupfen – immerhin hatte der ihm das alles erst eingebrockt.

„Es hat die Loddes erwischt", sagte Wehner gedehnt. „Ein Unternehmerpaar, stadtbekannt hier in Hameln."

„Ach du Scheiße", brummte Dirzius entsetzt. Die Familie Lodde kannte er von früher. Sie bewohnten eine pompöse Villa am Finkenborn, nur einen Steinwurf von seinem Elternhaus entfernt. Er erinnerte sich daran, dass sich das wohlhabende Ehepaar für Kunst und Kultur in der Rattenfängerstadt eingesetzt hatte. Als Dirzius kurz die Augen schloss, sah er das Fabrikantenpaar noch in jungen Jahren vor sich. Und er erinnerte sich an ihre Tochter. Sie war ein paar Jahre älter als er. Ein Mädchen mit langen dunklen Haaren und braunen Augen, schon damals eine Schönheit. Dirzius erinnerte sich an die vornehmen Herrschaften, die sich immer für das Wohl der Stadt eingesetzt hatten. „Wie war noch gleich der Name …", grübelte er. „Es gab ein Kind. Sie war älter als ich, die Tochter der Loddes – was ist aus ihr geworden?"

„Margit", half Wehner ihm weiter. „Sie hat inzwischen das elterliche Unternehmen übernommen und hat daraus einen international agierenden Konzern gemacht." Wehner zwinkerte und verdrehte genießerisch die Augen, während er sich die Gabel mit einem großen Stück Kuchen in den Mund schob. „Meinst du, sie erinnert sich noch an dich?"

Dirzius lachte. „Wie könnte man mich vergessen?"

„Auch wieder wahr", stimmte sein Mentor ihm zu.

Dirzius versuchte, sich an Margit Lodde zu erinnern. Irgendwann, als sie erwachsen wurden, schlug sie die typische Laufbahn einer Millionärstochter ein, während seine Eltern ihn möglichst bürgerlich aufwachsen ließen. Dirzius erinnerte sich dunkel an ein Studium, das Margit in den Staaten gemacht hatte. Danach waren sie sich nicht mehr begegnet. „Wie war ihr Verhältnis zu den Eltern?“

„Schwer zu sagen. Ich weiß nicht einmal, ob sie schon erfahren hat, dass ihre Eltern nicht mehr leben.“ Wehner stierte kurz ins Leere. „Aber die Bullen werden es ihr wohl schon gesagt haben.“

„Die alten Loddes waren doch bestimmt schon um die neunzig“, überschlug Dirzius, der immer noch in seinen Erinnerungen versunken war.

„Richtig. Berta war sechsundachtzig, Hermann Lodde einundneunzig Jahre alt. Und Margit ihr Wunschkind, ein Wunsch, der sich spät einstellte.“

Dirzius erinnerte sich vage daran, dass Margit Lodde das erste Kind in der Straße war, das Auto fahren durfte. Natürlich hatten ihr die Eltern damals ein fabrikneues, eigenes Auto gekauft, das sie dem einzigen Kind zum achtzehnten Geburtstag geschenkt hatten. Ein Ford Capri war das damals gewesen, in Knallrot.

„Sie müssen schon über vierzig gewesen sein, als Margit geboren wurde“, rechnete er halblaut zurück, dann grinste er. „Na ja, immerhin dürfte es keinen Streit ums Erbe geben. Sie als Einzelkind wird wohl das gesamte Vermögen ihrer Eltern erben.“

„Damit wär sie eine gute Partie für dich, Frank." Wehner grinste väterlich. „Soviel ich weiß, ist Margit Lodde nicht liiert."

Dirzius winkte ab, „Nein danke, mit einer Jetsetterin möchte ich nicht verheiratet sein. Soviel bedeutet mir Reichtum nun auch wieder nicht."

Günter Wehner nickte nachdenklich. „Das hast du deinen Eltern damals ja schon zu verstehen gegeben."

Damit hatte er einen wunden Punkt in der Vergangenheit von Frank Dirzius angesprochen.

„Was machst du eigentlich in Hameln?"

„Ich löse den Haushalt meiner Eltern auf und suche einen Käufer für die alte Villa."

Wehner lachte. „So viel zum Thema Reichtum."

Die Kellnerin brachte Dirzius die belegten Brötchen. Er bedankte sich und fischte das Tomate-Paprika-Gurke-Ensemble von der Wurst, dann biss er beherzt in das übrig gebliebene Wurstbrötchen. Kauend fuhr er fort: „Vielleicht sollte ich ja doch mal versuchen, an Margit heranzukommen." Er grinste über beide Ohren.

Wehner lachte. „Also doch?"

„Was?"

„Also willst du dich doch an sie ranmachen?"

„Quatsch." Dirzius leckte sich genießerisch über die Lippen, spülte das Brötchen mit einem Schluck Kaffee nach und schüttelte den Kopf. „Ich meine, vielleicht um an Informationen zu kommen."

„Sie wird dich an ihr Sekretariat verweisen – oder an die Pressestelle des Unternehmens."

Dirzius betrachtete seinen alten Mentor. Weltvergessen widmete der sich seinem Kuchen. Als der Teller leer war, kratzte er mit der Gabel sorgfältig die Cremereste zusammen, leckte sie ab, dann legte er die Gabel an den Rand des Tellers, schob ihn fort und tupfte sich den Mund mit der Papierserviette ab.

„Ohne dir zu nahe treten zu wollen, Günter: Das würde sie mit dir tun, wenn du ihr eine Interviewanfrage stellst. Ich würde versuchen, den alten Kontakt wiederaufleben zu lassen, um an Insider-Informationen zu kommen." Jetzt grinste er. „Vitamin B und so."

„Ach so." Wehner dachte kurz nach, dann nickte er. „Ich glaube, ich könnte dir Text- und Bildmaterial abkaufen."

„Dann arbeite ich wieder für die DEWEZET?"

„Auf Honorarbasis, wenn du so willst." Wehner nickte. Er zückte sein Smartphone und recherchierte, dann wusste er, wo sich der Wohnsitz von Margit Lodde befand. „Rinteln", murmelte er. „Sie wohnt in Rinteln."

Dirzius blickte auf. „In Rinteln? Da lebt es sich eher bürgerlich", staunte er. „Ich meine, ist Rinteln das Pflaster für eine Lady aus der High Society?"

„Frag sie doch." Wehner grinste. „Vielleicht stattest du ihr einfach mal einen Besuch ab? Vorausgesetzt, sie tourt nicht gerade wieder mal durch die Weltgeschichte."

Dirzius nickte. Dann fiel ihm ein, dass er keinen Wagen hatte. „Die Taxikosten fressen mich auf", beschwerte er sich. „In Wuppertal nutze ich unseren Redaktionsflitzer. Ich brauche, um vernünftig arbeiten zu können, einen fahrbaren Untersatz. Hast du eine Idee, Günter?"

Der Redakteur dachte kurz nach, dann nickte er. „Ja", sagte er. „Ich hätte da was für dich. Stichwort Redaktionsflitzer." Wehner winkte der Bedienung, um die Rechnung zu bezahlen. Als Dirzius seine Geldbörse zückte, winkte er ab. „Lass mal stecken, du armer Schlucker – das geht aufs Haus."

*

Wuppertal, Gaußstraße, Uni-Sekretariat, 11.50 Uhr

„Was mir auffällt", staunte Karl Brauer, als sie wenig später im Studierendensekretariat der Uni standen, „ist dieser unnötige Stress vorhin." Er betrachtete Tim Heidt mit regungsloser Miene. „War das nötig?"

„Sie haben keine Ahnung", zischte Tim Heidt, zupfte in seinem Bart und wich Brauers Blicken aus. Sophie hielt sich im Hintergrund. Sie überließ Karl Brauer das Reden.

„Dann klären Sie mich auf, Herr Heidt."

Der Student wippte nervös mit dem rechten Bein. Er kauerte auf dem Hartschalenstuhl wie ein Schüler, den man aus dem Unterricht geworfen hatte.

„Ich will nicht darüber reden."

„Warum?“

„Weil ich auf Lisa stehe. Aber seit der Prof bei ihr gelandet ist, ignoriert sie mich.“

„Der Prof ist bei ihr … gelandet?“ Brauer hob eine Augenbraue. Er sog die Luft tief ein. In dem Nebenraum des Sekretariates roch es nach Aktenstaub und Bohnerwachs. Sophie blickte immer wieder auf die große Wanduhr. Ihr rann die Zeit zwischen den Fingern davon.

„Er ist ein Charmeur und weiß, wie man Studentinnen um den Finger wickelt.“

„Eifersüchtig?“ Brauer grinste.

„Sippelmann ist ein arrogantes Arschloch. Als Mann hat man bei ihm verloren, sobald er eine Chance sieht, bei den weiblichen Zuhörern zu punkten. Dann stehen wir wie die Deppen da.“

„War er fachlich gut?“

Jetzt grinste Heidt. „Von welchem Fach reden Sie?“ Er steckte bezeichnend den Daumen seiner rechten Hand zwischen Zeige- und Mittelfinger hindurch. Brauer übersah die anzügliche Geste.

„Ob er gut fickt?“ Tim Heidt zuckte die Schultern. „Fragen Sie Lisa.“

„Lief da was?“

„Keine Ahnung, aber ich bin mir ziemlich sicher. Jedenfalls missachtet sie mich, seitdem Sippelmann uns unterrichtet.“

„Du bist eifersüchtig?“, mischte sich jetzt Sophie ein. Das niveaulose Geplänkel des Studenten nervte sie.

Tim Heidts Kopf ruckte zu ihr herum. „Und wenn schon?"

„Dann wärst du verdächtig, am Mord von Professor Sippelmann beteiligt zu sein." Sophie schenkte ihm ein breites Lächeln.

„Bullshit", stieß er hervor, doch Sophie spürte, wie sein Widerstand schmolz wie Butter in der Sonne.

„Wo warst du gestern Abend?", fragte sie.

„Zu Hause."

„Und Zeugen gibt es dafür nicht, nehme ich an?"

„Doch – klar. Alle waren zu Hause. Ich wohne in einer WG am Haspel." Er grinste. „Fragen Sie die anderen, und fangen Sie bei Lisa an."

„Sie wohnt also auch in deiner WG?"

Heidt nickte. Er band sich den rechten seiner Turnschuhe. „Klar, da haben wir uns kennengelernt. Ihre Eltern sind irgendwelche reichen Typen, sie wohnt nicht mehr bei ihnen, weil sie auf eigenen Füßen stehen will. Macht man so mit vierundzwanzig, finden Sie nicht?"

„Doch, doch", stimmte Sophie ihm zu. „Und du hast Lisa angebaggert?"

„Was heißt angebaggert? Ich fand sie vom ersten Moment an süß."

„Ich brauche noch die Adresse der WG am Haspel", mischte sich jetzt Brauer wieder ein. Er zückte Stift und Notizblock. „Und die Namen der Mitbewohner."

„Lisa kennen Sie ja nun schon. Und dann gibt es noch Boris, Marie, Jan … und meine Wenigkeit."

„Danke.“ Brauer warf Sophie einen Blick zu. Offensichtlich hatte sie auch keine Fragen mehr und nickte. Höchste Zeit, dass sie loskamen. Aber es half nichts: Einen Besuch musste sie noch begleiten, um sich ein Bild des ganzen Falls machen zu können.

*

Hessisch Oldendorf, B 83, 11:55 Uhr

Maja mochte es trotz Freisprecheinrichtung nicht, beim Autofahren zu telefonieren. Aus diesem Grunde hielt sie den Wagen am Straßenrand an, als das Telefon klingelte. Erst als das Auto stand, nahm sie das Gespräch an. Sie betrachtete Grundmann, der auf dem Beifahrersitz döste. Das Band der Weser glänzte in der Sonne.

Marks rief sie an. „Wir waren eben bei Kropp, dem Baurat.“

„Und?“

„Angeblich hat Sippelmann versucht, ihn zu bestechen, wenn sich der Baurat für eine Umsetzung seiner Vision einsetzt.“

„Dann scheint die Weste des Verkehrswissenschaftlers nicht so rein zu sein, wie es den Anschein hatte“, erwiderte Maja. „Was war das für eine Vision?“

„Dazu wollte sich Kropp nicht äußern, er sagte uns nur, dass er eine Bahn in Hameln errichten wollte.“

„In Wuppertal will er eine Seilbahn bauen.“

„Seilbahnen gehören in die Berge, aber nicht in Städte“, brummte Marks am anderen Ende der Leitung.

„Sippelmann war anderer Meinung. Die Kollegen in Wuppertal haben mir berichtet, dass es Befürworter, aber auch Kritiker seines Projektes gibt.“

„Kein Wunder, so etwas ist Spinnerei“, brummte Marks.

„Wie dem auch sei – im Alleingang kann Sippelmann ein solches Projekt nicht realisieren. Er braucht viel Geld.“

„Oder starke Verbündete in der Wirtschaft“, ergänzte Grundmann, der sich rekelte, während er dem Telefonat lauschte. „Das ist doch alles ein Klüngel, wenn ihr mich fragt.“

„Das würde zum Mord an den Loddes passen“, überlegte Maja. „Sie waren reich und haben sich immer für das Wohl ihrer Heimatstadt eingesetzt.“

„Was sagt uns das jetzt?“, fragte Marks.

„Dass der Baurat unbestechlich zu sein scheint“, antwortete Maja. „Es muss Unterlagen, Mailverkehr oder Ähnliches auf Sippelmanns Rechner geben, die uns Hinweise auf ein derartiges Projekt in Hameln geben. Mit etwas Glück gibt es auch eine Liste der Leute, die für Sippelmann interessant waren.“

„Dann mach den Leuten aus der IT-Abteilung Dampf“, empfahl Marks ihr. „Sonst treten wir in ein paar Stunden immer noch auf der Stelle.“

„Dauber wird uns töten, wenn wir bis heute Abend keine ersten Ermittlungsergebnisse vorzeigen können", unkte Maja und betrachtete Grundmann, der eine Grimasse zog, dann unterbrach sie die Verbindung und setzte die Fahrt entlang der Weser fort.

NEUNZEHN

Wuppertal, Richard-Strauss-Allee, 12:05 Uhr

„Nobel geht die Welt zugrunde." Brauer stand fasziniert da und betrachtete die Aussicht, die sich ihnen bot. „Beste Wohnlage", brummte er und meinte damit die Häuser mit der unverbaubaren Aussicht auf Wuppertal. Ganz weit hinten am Horizont schälte sich ein grüner Streifen aus dem Dunst. „Wir haben es heute wohl nur mit der High Society der Stadt zu tun", stellte Brauer fest. „Erst das Zooviertel und jetzt das hier." Er breitete die Arme aus wie ein Immobilienmakler, der seinem Kunden ein reizvolles Objekt noch schmackhafter machen wollte.

„Im Vergleich zu diesem Kasten hier gefällt mir die alte Villa von Sippelmann besser – ich hasse diese durchgestylten Glaskästen." Mit in den Manteltaschen versenkten Händen stand Sophie neben ihm. „Wenn du fertig bist mit Staunen – können wir dann zum Wesentlichen kommen?"

„Sicher. Ich dachte, du wärst noch nicht so weit."

„Ist klar." Seite an Seite stapften sie auf das von einer hüfthohen Mauer begrenzte Grundstück zu. Große Fensterflächen, kühle Architektur, ein für Sophies

Geschmack protziges Eingangsportal. Sie zuckte die Schultern und deutete auf das Haus. Es strahlte eine unbeschreibliche Kühle aus. Sie atmete durch die Nase ein.

„Ist was?“, fragte Brauer. „Geld stinkt nicht“, grinste er. „Und Weber ist einer der angesehensten Fabrikanten in der Stadt. Er hat sich das alles erarbeitet und führt sein Unternehmen schon seit Jahrzehnten auf Erfolgskurs.“

„Du klingst wie eine lebendig gewordene Imagebroschüre“, rügte Sophie ihn. „Auch er kocht nur mit Wasser und hat vielleicht Leichen im Keller liegen.“

„Und hier kommen wir ins Spiel“, nickte Brauer und drückte den Klingelknopf.

Es dauerte einen kurzen Moment, bis hinter der getönten Glasscheibe eine Silhouette erschien. Die Haustür wurde von einer jungen Frau in der Kleidung eines Dienstmädchens geöffnet. Sie war blass, Sophie schätzte sie auf Anfang zwanzig. Die schwarzen Haare hatte sie hinter dem Kopf zu einem Knoten gebunden. Make-up suchte Sophie vergeblich an ihr.

„Sie wünschen?“

Sophie hielt ihr den Dienstausweis unter die Nase. Das Hausmädchen warf einen Blick darauf und hatte Mühe, seine Ehrfurcht in Grenzen zu halten. „Polizei?“, fragte es mit ängstlichem Zittern in der Stimme.

„Kriminalpolizei“, präzisierte Sophie und nannte ihren und Brauers Namen. „Wir würden gern mit Herrn Weber sprechen.“

„Bitte warten Sie hier“, erwiderte die Hausangestellte mit hartem slawischen Akzent. Sie drehte sich um und verschwand im hinteren Bereich des Hauses. Die Tür ließ sie angelehnt.

„Die hat aber Angst vor der Polizei“, flüsterte Brauer.

„So viel zum Thema ‚angesagter Unternehmer‘“, murmelte Sophie, als sie wieder alleine im Eingang standen. „Wir sollten prüfen, ob die Kleine illegal hier arbeitet.“

Brauer schüttelte den Kopf. „Ich denke, da müssen wir uns keine Sorgen machen, Weber kann es sich nicht leisten, Schwarzarbeiter zu beschäftigen. Sein guter Ruf …“

„Ist der Ruf erst mal ruiniert, lebt es sich völlig ungeniert“, entgegnete Sophie spöttisch. Gerade als Brauer etwas erwidern wollte, wurde die Tür wieder ganz geöffnet.

„Bitte kommen Sie.“ Die Angestellte senkte den Blick, so als könne sie ihren Argwohn damit vertuschen. Sie gab den Eingang frei und machte eine einladende Geste. Sophie und Brauer folgten ihr und ließen sich in eine lichtdurchflutete Halle im Stil alter Herrenhäuser führen.

„Was führt die Polizei in mein Haus?“

Als sie sich umdrehten, stand ihnen ein schlanker, hochgewachsener Mann mit dichtem grauen Haar gegenüber. Der silbergraue Kinnbart war fein gestutzt. Seine Haut war gebräunt, die blauen Augen hell und wachsam. Mit einem einzigen Blick stellte Sophie fest, dass es sich bei dem anthrazitfarbenen Sommeranzug mit größter Sicherheit um eine Maßanfertigung handelte. Der Duft eines teuren Aftershaves umgab ihr Gegenüber mit einer unsichtbaren Wolke. Sophie fiel das weinrote Einstecktuch in der Sakkotasche auf, das farblich mit der Krawatte des Mannes korrespondierte.

Die Hände hatte er hinter dem Rücken verschränkt, während er abwechselnd auf seinen Fußballen und den Zehenspitzen auf und ab wippte. Ein feines Lächeln lag auf den schmalen Lippen. Es war kalt, es erreichte die Augen nicht. „Habe ich mein Auto im Halteverbot abgestellt, oder war ich wieder zu schnell unterwegs?" Spott lag in seiner Stimme.

Wenn das der sozial engagierte Großunternehmer Maximilian Weber war, dann fragte sich Sophie, wie sein vermeintlich sympathischer Eindruck zustande kam, den die Medien immer wieder vermittelten. Er blickte an den Polizisten vorbei auf sein Dienstmädchen. „Ich brauche Sie nicht, Magdalena."

Die Angestellte nickte devot und huschte davon. Als sie alleine waren, verschwand das Lächeln von Webers Lippen. „Also", sagte er mit schneidender Stimme. „Worum geht es?"

Sophie hielt es für angebracht, sich und Brauer vorzustellen. „Wir ermitteln in einem Tötungsdelikt", erklärte sie mit distanziertem Unterton in der Stimme. Das Verhalten von Maximilian Weber ging ihr gehörig gegen den Strich.

Der Unternehmer schien den Ernst der Lage immer noch nicht erkannt zu haben. „Oh, stehe ich unter Mordverdacht?“

Sophie konnte die Arroganz ihres Gegenübers nicht länger ertragen. „Wollen Sie uns verschaukeln?“, fragte sie wütend und fing sich dafür einen strafenden Blick von Brauer ein.

„Jetzt packen wir den Clown mal wieder ein“, brummte er und nickte Sophie zu. Dann wandte er sich an Maximilian Weber. „Wie meine Kollegin bereits andeutete, ermitteln wir in einem Tötungsdelikt und haben ein paar Fragen an Sie.“

„Termine können Sie mit meinem Sekretariat abstimmen“, entgegnete Weber abweisend. Doch am Zucken seines Augenwinkels bemerkte Sophie, dass er hinter seiner Fassade nervös wurde.

„Wir können Sie auch vorladen, leider drängt uns die Zeit bei der Suche nach dem Mörder von Klaus Sippelmann“, sagte sie in möglichst sachlichem Tonfall. Sie achtete auf jede Regung in Webers Gesicht. Er fuhr sich mit der flachen Hand durch das Gesicht, schaute Sophie an, als würde sie mit ihm scherzen, ein Zucken um die Mundwinkel, ein angedeutetes Lächeln, dann ein Kopfschütteln. „Sagen Sie, dass das nicht wahr ist“, bat er mit tonloser Stimme.

„Leider ist es wahr“, bekräftigte Sophie.

„Bitte folgen Sie mir.“ Weber machte auf dem Absatz kehrt und schritt voran in ein lichtdurchflutetes Wohnzimmer. Von der großen Fensterfront aus konnte man auf die Stadt blicken, die sich in den engen Talkessel der Wupper duckte.

Sophie und Brauer folgten ihm wortlos und blieben im Türrahmen stehen. Schweigend beobachteten sie den Fabrikanten, wie er sich an einer Kommode zu schaffen machte. Hinter der Klappe befand sich eine kleine Hausbar. Seine Hände zitterten, als er sich einen Cognac einschenkte. Hastig kippte er sich das braune Zeug in die Kehle, schüttelte sich, dann straffte er seinen Rücken und wandte sich zu seinen Besuchern um.

Der Fabrikant schien um Jahre gealtert zu sein. Seine gesunde Gesichtsfarbe hatte sich in ein unscheinbares Aschgrau verwandelt.

„Wie … ich meine, wie ist es passiert?“ Webers Stimme klang brüchig.

„Er wurde mit einer Schussverletzung aufgefunden. Ob die Kugel todesursächlich war, wird gerade in der Rechtsmedizin Hannover geklärt“, antwortete Brauer.

Weber stutzte. Eine steile Falte bildete sich auf seiner Nasenwurzel. „Hannover? Warum Hannover? Befindet sich das Institut für Rechtsmedizin nicht in der Uniklinik in Düsseldorf?“

„Wenn der Tote in unserer Region gefunden wird, schon“, nickte Sophie und sah ihm dabei zu, wie er sein Glas erneut füllte. Wieder trank er hastig, dann befeuchtete er sich die Lippen mit der Zunge. „Was bedeutet das?“

„Dass man ihn in Hameln gefunden hat.“

Brauer räusperte sich. „Herr Weber, wir wissen, dass Sie mit Klaus Sippelmann ein freundschaftliches Verhältnis verband. Haben Sie eine Vorstellung, was er in Hameln tat?"

„Nein", antwortete Weber schnell. „Keine Ahnung." Kraftlos wie ein alter Mann sank er auf die Lehne des Sofas, stierte sekundenlang ins Leere und schüttelte den Kopf. „Das hat er nicht verdient."

„Die wenigsten Mörder fragen danach, wer den Tod verdient hat", bemerkte Sophie. „Wissen Sie, ob er Kontakte in Hameln hatte – geschäftlich oder privat?"

„Nein, so gut kannten wir uns nun auch wieder nicht. Fragen Sie doch seine Frau."

„Wir haben bereits mit ihr gesprochen", erwiderte Brauer. „Sie hat es eben erst von uns erfahren."

„Wie schrecklich." Weber war tatsächlich fassungslos. Er trank hastig und schaute zu seinen Besuchern auf. „Ich habe ihm meine Unterstützung beim Seilbahnprojekt zugesichert. Sicherlich ist es Ihnen nicht unbekannt, dass die Stadt sich in zwei Lager spaltet. Es gibt die Befürworter des Projektes, zu denen ich mich auch zähle, und es gibt die Seilbahngegner."

„Gab es Streit oder Drohungen?" Sophie ließ sich ungefragt in den Sessel sinken, der Weber gegenüberstand.

Maximilian Weber schaute sie an wie einen Geist. Die Sekunden vergingen, bis er nickte. „Ja", sagte er heiser. „Die gab es in der Tat." Wieder nahm er einen Schluck. Dann stand er mit einem Ruck auf und verließ den Raum. „Ich komme sofort wieder“, sagte er über die Schulter und verschwand im Nebenzimmer. Sophie und Brauer tauschten einen Blick. Sie hörten, wie Weber nebenan etwas zu suchen schien. Dann stand er mit einem Stück Papier im Raum. „Hier“, sagte er und hielt den Brief in die Höhe. „Das ist letzte Woche eingetroffen. Ein Drohbrief, anonym verfasst und offensichtlich abgesandt von einem militanten Seilbahngegner.“

„Militante Seilbahngegner – wie sich das anhört“, staunte Sophie. Sie nahm den Brief an sich, achtete darauf, ihn nur am Rand zu halten, um keine weiteren Spuren hinzuzufügen, und überflog den kurzen Text.

Verabschieden Sie sich von dem irren Gedanken einer Seilbahn. So einen Schwachsinn braucht die Stadt nicht. Beenden Sie Ihre Zusammenarbeit mit den Verrückten von Uni und Rathaus, sonst garantieren wir für nichts mehr.

Dreimal las sie den Text, der keine Missverständnisse aufkommen ließ. Sie blickte zu Weber auf, der vor ihr stand und sie ratlos anblickte. „Und?“, fragte er. „Was halten Sie davon?“

„Die Nachricht ist klar“, fand Sophie. „Warum haben Sie das nicht der Polizei gemeldet?“

„Weil ich mich von solchen Proleten nicht in die Knie zwingen lasse.“ Nun erhellte ein schwaches Lächeln sein Gesicht. „Ich will ehrlich sein: Die Welt wird immer verrückter, und ich habe dem Schreiben offen gestanden nicht den nötigen Ernst eingeräumt.“

„Dann hat es ein solches Schreiben auch für Sippelmann gegeben?", hakte Sophie nach. Sie spürte, wie sich die Härchen auf ihren Unterarmen aufrichteten.

„Ja." Weber nickte. „Vorgestern hat er mich noch besucht." Er zeigte auf einen der bequemen Sessel. „Da hat er noch gesessen. Es ist unfassbar, dass er tot sein soll." Der Unternehmer machte eine Pause, bevor er fortfuhr. „Wir haben uns über diese Drohbriefe unterhalten. Aber Klaus war meiner Meinung: Wir wollen uns von solchen Zeitgenossen nicht ins Bockshorn jagen lassen. Dieser Wisch stammt von irgendwelchen Leuten, von denen man sich nicht einschüchtern lassen sollte."

„Wie kann man so leichtsinnig sein, nicht die Polizei zu rufen?" Sophie erhob sich und marschierte durch den Raum. „Sie kennen Ihre Gegner doch gar nicht und wissen auch nicht, wie gefährlich die Verfasser des Drohbriefes wirklich sind. Um das einzuschätzen, hätten Sie oder Herr Sippelmann den Vorfall melden müssen." Am Fenster blieb sie stehen. Im Glas spiegelte sich der Raum. Obwohl sie nach draußen blickte, konnte sie Maximilian Weber weiterhin beobachten.

„Das ist nichts als das Säbelrasseln irgendwelcher Gruppierungen unserer Stadt", verteidigte sich Weber. „Man sollte sich von solch Unterprivilegierten nicht einschüchtern lassen. Das sah Klaus genauso."

„Deshalb sollte man solche Drohungen trotzdem ernst nehmen", mahnte Sophie. „Wir nehmen das Schreiben mit und lassen es in der Kriminaltechnik untersuchen."

„Wann hat Sie dieses Schreiben erreicht?“ Brauer war hinter Sophie getreten und blickte über ihre Schulter auf das Papier.

Maximilian Weber dachte kurz nach. „Vor drei Tagen.“

„Auf dem Postweg oder elektronisch?“

„Elektronisch – bei Klaus übrigens auch.“ Maximilian Weber lächelte süffisant. „Ich habe bereits meine IT-Spezialisten darauf angesetzt, den Absender der Mail ausfindig zu machen.“ Langsam gewann er seine Selbstsicherheit zurück. „Es ist ein Klacks für meine Leute, so was …“

„Es ist strafbar“, belehrte Brauer ihn. „Sie sollten Ihre Leute zurückpfeifen. Das Herausfinden eines Absenders ist bei Straftaten Sache der Polizei. Halten Sie sich nicht an die Regeln, begehen Sie selber eine Straftat.“

„So wird aus einem Opfer ein Täter“, entgegnete Weber pikiert und schüttelte missbilligend den Kopf.

Sophie hatte keine Lust auf dieses Gewäsch. Die Zeit rannte. „Sie sagten, dass Sie Befürworter des Seilbahnprojektes seien“, wechselte sie das Thema. „Wie muss ich mir diese Unterstützung, die Sie Herrn Sippelmann zuteilwerden ließen, vorstellen?“

„Ich stehe ideell hinter ihm, doch damit bin ich nicht alleine. Mein Unternehmen ist traditionell mit der Stadt verwurzelt, deshalb halte ich die Idee einer urbanen Seilbahn auf die Südhöhen für eine innovative Idee, die Wuppertal so bekannt machen wird wie die Schwebebahn oder unser Zoo. Das Projekt verleiht der

Stadt frischen Wind und trägt zur Verbesserung ihres Images bei."

„Ihre Firma befindet sich auf den Südhöhen?", fragte Sophie, als Webers Redefluss stockte.

Er nickte. „In Cronenberg, ja. Am heutigen Standort hat mein Großvater das Unternehmen gegründet. Wir expandieren und bekennen uns zum Standort. Da ist es eine Selbstverständlichkeit, dass wir uns auch monetär für die Interessen der Stadt einsetzen."

„Das heißt, Sie wollen das Seilbahnprojekt notfalls finanziell unterstützen?" Brauer zog anerkennend die Mundwinkel hoch.

„Sollte es erforderlich werden, sicher."

„Abgesehen von Ihrem Bekenntnis zum Standort", hakte Sophie nach. „Welches Interesse haben Sie an der Umsetzung des Seilbahnprojektes?" Sie war gespannt, ob der Fabrikant mit offenen Karten spielte.

Ein feinsinniges Lächeln huschte um Webers Mundwinkel. „Nennen Sie es puren Idealismus", erwiderte er und blickte auf seine goldene Armbanduhr. „Ich gehe davon aus, dass Sie mir weitere Details zum Tode meines Freundes aus ermittlungstechnischen Gründen nicht nennen werden. Meine Zeit ist begrenzt, und im Büro werde ich bereits erwartet."

Sophie nickte Brauer zu. „Und Sie haben kein Interesse daran, aus der Seilbahn Gewinn zu machen?", fragte sie.

Weber zuckte leicht zusammen, dann hatte er sich wieder unter Kontrolle. „Wovon reden Sie?"

„Nun, Sie sind in der Metallindustrie tätig", half Sophie ihm auf die Sprünge. „Beim Bau einer Seilbahn kommt dieses Material tonnenweise zum Einsatz. Stützen, Streben, vielleicht sogar der Bau von Gondeln und Fahrgestellen, sicherlich eine lukrative Einnahmequelle und neben Ihren Werkzeugen ein zweites Standbein für Ihr Unternehmen."

„Und selbst wenn es so wäre", giftete Weber, „was spräche dagegen, wenn ich als Geschäftsmann an der Steigerung meines Umsatzes interessiert bin?" Er sprang auf, wanderte ruhelos durch den Raum, dann baute er sich bedrohlich vor Sophie auf. Sekundenlang maßen sie sich schweigend mit Blicken. Doch Sophie hielt seinem Blick stand. „Wäre es nicht nachvollziehbar, wenn ich aus dem Bau der Bahn Profit schlage, wenn ich mir und meiner Firma mit dem Bau von Komponenten der Bahn vor meiner Haustüre ein Denkmal setze?"

„Solange alles mit rechten Dingen zugeht, spricht nichts dagegen", nickte Sophie. „Wenn allerdings Korruption dazu beiträgt, dass irgendwelche Geschäftsideen umgesetzt werden, auch gegen den Willen der Bürger dieser Stadt, dann haben Sie ein verdammtes Problem, Herr Weber."

Maximilian Weber betrachtete sie mit zusammengepressten Lippen. „Wollen Sie mir drohen?", zischte er leise.

„Nein." Sophie kehrte die Handflächen nach oben. „Ich möchte Sie nur darauf hinweisen, dass wir Ihr Geschäftsgebaren sehr aufmerksam beobachten und tätig werden, sobald uns eine Unregelmäßigkeit auffällt."

„Was erlauben Sie sich?" Weber hatte sich nur noch schwer unter Kontrolle. „Ich werde mich bei Ihrem Vorgesetzten beschweren."

„Steht vor Ihnen." Sophie grinste süffisant. Dann wurde sie ernst. „Wir gehen nicht davon aus, dass Sie Sippelmann vor Ihren Karren gespannt haben, um aus dem Bau der Bahn Profit zu schlagen – wenn es doch so ist, haben Sie ein Problem. Und da Sie sich öffentlich für den Bau der Seilbahn auf die Südhöhen einsetzen, befinden Sie sich in Gefahr."

„Wovon reden Sie?"

„Sippelmann ist tot. Wir können noch nicht ausschließen, dass sein Mörder aus den Reihen der Seilbahngegner kommt. Sollte das der Fall sein, könnte die Luft auch für Sie dünn werden, Herr Weber." Sophie nickte Brauer zu. „Können wir?"

„Klar."

Ihr war es recht, wenn sie zum Präsidium kamen. Zu Hause hockte Sarah auf hoffentlich inzwischen gepackten Koffern und wartete auf sie.

Weber geleitete seine Besucher zum Ausgang. Sophie reichte ihm eine Karte. „Wenn Ihnen noch etwas einfällt …"

„Dann rufe ich Sie selbstverständlich an", versprach er. Sophie wunderte sich darüber, wie schnell er seine Arroganz abgelegt hatte. Als sie sich von ihm verabschiedeten, war er wieder der Maximilian Weber, den man aus den Medien kannte. Freundlich und zuvorkommend. Offenbar, so durchzuckte es Sophie, schlummerten zwei Seelen in dem Unternehmer. Oder er war ein perfekter Schauspieler.

Sie waren auf dem Weg zum Auto, als Sophie das sanfte Vibrieren ihres Smartphones in der Manteltasche spürte. Stirnrunzelnd blieb sie auf dem Bürgersteig stehen und zückte das Telefon. Die Nummer, die sie anrief, kannte sie.

„Maja, gibt es Neuigkeiten?“, fragte sie, nachdem sie den Anruf angenommen hatte.

„Das kann man wohl sagen.“ Die Hamelner Kollegin wirkte aufgebracht. „Kennst du einen Frank Dirzius?“

Sophies Herz schlug ein paar Takte schneller, als sie an den chaotischen Lokalreporter dachte. Vergeblich suchte sie nach einer Verbindung zwischen Dirzius und Maja Klausen.

„Natürlich kenne ich ihn“, antwortete sie mit gerunzelter Stirn. Brauer war stehen geblieben und machte eine fragende Miene. Sophie zuckte die Schultern und presste das Handy fester ans Ohr. „Was ist mit ihm?“

„Er war heute Morgen der erste Reporter am Klütturm und wollte Aufnahmen vom Fundort der Leiche machen.“

„Das ist sein Job“, erwiderte Sophie leichtfertig, dann erst begriff sie, was Maja stutzig machte. „Woher wusste er davon, dass Sippelmann …?“

„Ich sehe, wir verstehen uns. Angeblich ist er zurzeit aus privaten Gründen in Hameln. Ich frage mich nur, woher er die Info hatte, dass euer Seilbahnpapst hier ermordet wurde."

„Frank kommt ursprünglich aus Hameln, das ist schon richtig." Sophie dachte angestrengt nach. „Aber dass er zur rechten Zeit am rechten Ort war, hat euch stutzig gemacht?"

„Natürlich, Sophie. Findest du es nicht auch komisch, dass er hier auftaucht, um Bilder zu machen?"

„Ich frage mich, woher er die Info hat", grübelte Sophie. Frank Dirzius war ein liebenswerter Chaot, der es immer wieder schaffte, ins Fettnäpfchen zu treten. Doch diesmal, so hatte es den Anschein, würde er sich etwas Gutes einfallen lassen müssen, um nicht ins Fadenkreuz der Kollegen in Hameln zu geraten.

„Er wird Sippelmann nicht getötet haben, um als Erster die heiße Story zu haben", überlegte sie. „Das traue ich Frank nicht zu."

„Sophie, du bist befangen?"

„Unsinn." Sophie schüttelte den Kopf. Ihre blonden Haare wirbelten durch die Luft. „Wir kennen uns halt, so wie ihr eure Presseleute auch von den Einsätzen kennt."

„Wir haben bereits eine erkennungsdienstliche Maßnahme durchgeführt", berichtete Maja. „Mal sehen, was die Auswertung der Spuren ergibt. Jetzt ist es wichtig, zu wissen, wer ihm die Info vom Leichenfund auf dem Turm gesteckt hat."

„Er bekommt seine Aufträge vom Herausgeber der Zeitung, für die er arbeitet", murmelte Sophie und schaute zu Brauer, der bezeichnend auf seine Armbanduhr tippte. Die Zeit rannte.

„Bernd Lüders", entfuhr es Sophie.

„Du kennst ihn?"

„Flüchtig. Und es steht fest, dass Lüders Dirzius anrief, um ihm vom Leichenfund zu berichten?"

„So hat er es behauptet, ja."

„Dann werden wir Lüders auf den Zahn fühlen", versprach Sophie. „Wo ist Frank Dirzius jetzt?"

„Wahrscheinlich leckt er sich im stillen Kämmerlein die Wunden." Maja Klausen kicherte. „Sophie, wenn ich genug Leute hätte, würde ich ein Team nach Wuppertal schicken, das euch unterstützt, aber es hat auch noch einen Doppelmord gegeben, um den ich mich jetzt ebenfalls kümmern muss."

„Kein Ding", erwiderte Sophie. „Da bin ich ja froh, im beschaulichen Wuppertal zu arbeiten." Sie lachte. „Ich leite alles in die Wege." Sophie war froh, dass Maja den schrulligen Dirzius nicht gleich in Untersuchungshaft gesteckt hatte. „Ich halte dich auf dem Laufenden."

„Du bist ein Schatz."

„Werd mir nicht komisch", erwiderte Sophie und unterbrach die Verbindung.

ZWANZIG

Wuppertal, Polizeipräsidium, 12:45 Uhr

„Maximilian Weber lügt“, stellte Brauer im Meeting fest. Sophie hatte die Teams alle noch einmal zusammengetrommelt. Immer wieder erwischte sie sich dabei, nervös auf die Armbanduhr zu schauen. Sarah wartete längst auf sie. Bevor Sophie das Präsidium verließ, wollte sie sich einen Überblick verschaffen, um dann weiter zu entscheiden. Auf der Fahrt hatte sie kurz mit Sarah telefoniert. Ihr Kind war nicht begeistert von der Idee, dass Sophie noch ein paar dienstliche Dinge zu erledigen hatte, bevor sie zum Reiterhof aufbrechen konnten.

Zurück im Präsidium hatte sich Karl Brauer in sein Büro zurückgezogen, um einige Telefonate zu führen. Jetzt, so hatte Sophie den Eindruck, wollte er eine Bombe platzen lassen. Bewusst hielt sie sich zurück. Wenn sie das Präsidium erst mal verlassen hatte, musste das Team ohne sie auskommen.

Alle im Raum starrten Brauer an, der vor dem Flipchart auf und ab wanderte. „Er behauptet, dass sein Interesse auf der Förderung des Seilbahnprojektes ausschließlich der Verbundenheit zum Standort Wuppertal zuzurechnen ist.“

„Was ist daran auszusetzen?", fragte Katrin Kramer. Sie kaute auf einem Bleistift herum und lehnte sich weit zurück. „Es gibt viele Unternehmen, die ein großes Budget bereitstellen, um die Interessen der Stadt zu unterstützen."

„Richtig." Brauer nickte. „Sie unterstützen soziale Projekte, richten betriebseigene Kindergärten ein oder fördern die Kultur. Niemand unterstützt den Bau einer Seilbahn. Und wie wir inzwischen wissen, erhofft sich Weber einen neuen Geschäftszweig, indem er, sollte die Bahn kommen, Komponenten für den Bau herstellt."

Ein Raunen ging durch die Reihen der Mitarbeiter.

„Haben wir es mit Korruption zu tun?", fragte Franka Hahne.

„Das gilt es herauszufinden", antwortete Brauer und warf Heinrichs einen Blick zu. „Ihr bleibt bitte dran."

Heinrichs nickte. „Durch Sippelmanns vorzeitiges Ableben hätte Weber, sollte er sich tatsächlich ein Zusatzgeschäft erhofft haben, ein Problem."

„Das sehe ich auch so, ist aber derzeit zweitrangig."

„Die Seilbahn soll nur zum Personentransport dienen", erinnerte Franka Hahne ihn. „Studenten, Menschen, die aus der Stadt auf die Südhöhen wollen und zurück. Pendler eben, um die Busse auf der Cronenberger Straße überflüssig zu machen, wobei ich mich frage, wie das funktionieren soll. Jetzt ist alle paar Meter eine Bushaltestelle eingerichtet – die Seilbahn hat nur die Mittel- und die Bergstation." Sie kratzte sich das kurze dunkle Haar und tippte sich an die Stirn. „Was soll das? Wie sollen Menschen, die beispielsweise auf halber Höhe des Berges leben, zu ihrem Ziel kommen?"

„Mit Bussen?", antwortete Heinrichs und erntete Kopfschütteln im Team.

„Ich habe mich mal auf der Website der Firma Max-Tools umgeschaut", nahm Brauer den Faden wieder auf. „Sie stellen hochwertige Werkzeuge her, die in die ganze Welt versandt werden."

„Hochwertig, also teuer?", brummte Stüttgen gelangweilt. „Geht der Trend nicht andersrum: Geiz ist geil?"

Sophie rechnete damit, dass alle am Tisch lachten. Doch sie blieben ernst und sagten nichts dazu. Auch Karl Brauer nickte. „Eben", sagte er. „Eben. Die Absatzmärkte für MaxTools werden schwieriger. Was zur Konsequenz hat, dass sich Weber ein neues Betätigungsfeld suchen muss, um nicht völlig vom Markt zu verschwinden. Er benötigt ein zweites Standbein." Jetzt grinste er gewinnend. „Und hier schließt sich der Kreis."

„Ach so." Stüttgen lachte. „Dann will er wohl Fahrkartenverkäufer bei der Seilbahn werden – deshalb liegt ihm so viel daran, dass das Ding endlich gebaut wird."

Verhaltenes Gelächter unter den Kollegen folgte. Brauer aber blieb ernst und nickte dem Großstadtcowboy zu. „Deine Denke gefällt mir, Micha. Wenn du jetzt noch mit einer Portion Ernsthaftigkeit an das Thema herangehst, könnte es was werden."

„Was soll was werden?" Stüttgen warf Franka Hahne einen hilfesuchenden Blick zu. Seine Partnerin zog die Mundwinkel nach unten.

„Schaut euch bei MaxTools um, Franka und Micha. Überprüft mal, wie sie sich das Überleben der Firma in den nächsten fünf, zehn oder auch zwanzig Jahren vorstellen. Ich habe das dumme Gefühl, dass Weber ein berechtigtes Interesse hat, die Seilbahn umzusetzen – notfalls, indem er die öffentlichen Fördermittel großzügig aufstockt. So etwas tut kein Unternehmer nur als Bekenntnis zum Standort oder um der Öffentlichkeit etwas vermeintlich Gutes zu tun. Dafür ist das Projekt viel zu umstritten, er würde viel von seiner Popularität verlieren."

Franka nickte ihrem Partner zu. „Brauchen wir einen Durchsuchungsbeschluss?"

„Nein, wozu? Weber ist nicht tatverdächtig, aber er spielt ein seltsames Spiel", erwiderte Brauer und schüttelte den Kopf, dann fiel ihm etwas anderes ein. „Noch was: Es gibt eine obskure Mail, eine Drohung, die an Sippelmann und Weber geschickt wurde, womöglich gibt es noch weitere Empfänger. Weber denkt, dass sich irgendwelche Spinner dahinter verbergen, die das Seilbahnprojekt verhindern wollen. Er hat seine IT-Leute darauf angesetzt, die IP-Adresse des Absenders herauszufinden."

Heinrichs räusperte sich. „Das können Amateure nur ansatzweise. Sie können nur den ungefähren Standort des Absenders herausfinden."

„Darauf würde ich mich nicht verlassen", warf Sophie ein. Sie zog den Ausdruck der Drohmail, den sie von Maximilian Weber mitbekommen hatte, aus der Mappe und reichte ihn herum. Die Kollegen überflogen den

Inhalt, tuschelten, dann erreichte die Mail Franka und Micha. Franka Hahne legte den Ausdruck in ihre Unterlagen.

„Wie dem auch sei – findet etwas über den Absender der Mail heraus“, forderte Brauer Franka und Micha auf.

„Mir ist Maximilian Weber suspekt“, mischte sich Sophie jetzt ein. Alle Blicke lagen auf der Leiterin des Elften. Sophie schaute zu Brauer auf. „Ist dir nicht sein Sinneswandel aufgefallen? Zunächst war er arrogant und herablassend, erst als wir ihm von Sippelmanns Ableben berichteten, wurde er handzahm und war wieder der sympathische Fabrikant, den man aus der Presse kennt, der in jede Kamera lächelt und ständig Bändchen von Kindergärten durchschneidet, deren Bau er finanziell unterstützt hat.“ Sophie schüttelte den Kopf und fuhr sich durch die langen blonden Haare. „Irgendwie stimmt da was nicht, Leute.“ Sie blickte in die Runde. „Fühlt Weber mal auf den Zahn, ich werde den Verdacht nicht los, dass er bei Weitem nicht so sozial engagiert ist, wie es in der Presse immer rüberkommt.“ Sie bat Brauer, das mit seiner ehemaligen Partnerin zu übernehmen. „Für die nächsten Tage seid ihr wieder ein Team, so wie das der Fall war, bevor ich eure traute Zweisamkeit gestört habe.“

Katrin Kramer lächelte. „Dein Vorgänger war ein Einzelgänger, deshalb waren wir ein Team.“

„Eigentlich war ich Ulbrichts Assistent“, maulte Heinrichs sichtlich beleidigt und sorgte für gequältes Stöhnen am Tisch.

„So“, sagte Sophie, „nachdem wir die Ulbricht-Gedenkminute dann hinter uns gebracht hätten, geht an die Arbeit. Ich bin raus für den Rest des Tages.“ Als sie die neugierigen Blicke ihrer Mitarbeiter bemerkte, fügte sie hinzu: „Private Angelegenheit, nichts Schlimmes. Und vielleicht fahre ich mal nach Hameln, ich glaube, da braut sich was zusammen.“ Sophie klappte das Notizbuch zu und stand auf. „Ich glaube, die Kollegen sind dankbar für unsere Unterstützung.“

„Du haust ab?“, fragte Brauer.

Sophie nickte. „Es wird mir sonst zu spät. Du wirst den Laden in meiner Abwesenheit hochhalten, ich bin telefonisch erreichbar.“

Brauer nickte und blickte in die Runde. „Ihr habt es gehört. Ich erwarte euch heute Abend um achtzehn Uhr zur Abendrunde.“ Jetzt grinste er. „Und dass mir niemand mit leeren Händen nach Hause kommt.“

„Und wer kümmert sich um Bernd Lüders?“, fragte Heinrichs, der sich schon dafür verantwortlich sah, in den nächsten Tagen ausschließlich für die Berichte der Kollegen zuständig zu sein. „Wir dürfen nicht vergessen, diesem windigen Pressemann aufs Dach zu steigen“, fügte er betont cool hinzu. „Woher hat er die Info bekommen, dass Sippelmann tot aufgefunden wurde, um dann seinen Mitarbeiter zum Auffindeort zu schicken – den Mitarbeiter, der zufällig gerade in Hameln ist?“

Sophie dachte kurz nach und musste Heinrichs stillschweigend zugestehen, dass er recht hatte. Sie hätte Lüders um ein Haar vergessen. „Ich denke, ich habe eine Idee, wer das gern übernehmen würde. Wenn nicht", sie blieb an der Tür stehen und deutete auf Heinrichs, „wenn nicht, setze ich dich darauf an."

Heinrichs grinste wie ein Honigkuchenpferd, wagte es aber nicht, seine Vorgesetzte zu fragen, wer sich um Lüders kümmern sollte. Hastig wie ein Musterschüler packte er seine Sachen zusammen, erhob sich und schob brav den Stuhl unter den Tisch. Auch die anderen standen auf, nickten Sophie zu und verließen den Konferenzraum.

EINUNDZWANZIG

Hameln, Baustraße, 12:50 Uhr

„Was? Ist? Das?“ Frank Dirzius machte große Augen, als Wehner ihm mit einem gönnerhaften Lächeln einen altertümlichen Autoschlüssel hinhielt.

„Steht doch drauf.“

Dirzius nahm den Schlüssel und betrachtete das flache Stück Eisen in seiner Hand. Mit dem Daumen strich er über das eingravierte VW-Emblem. So einen Schlüssel hatte er seit gefühlten hundert Jahren nicht mehr in der Hand gehalten. Nicht zu vergleichen mit den teils klobigen Klappschlüsseln, die Autokäufer heute mit ihrem Neuwagen erhielten. Eine Funkfernbedienung hatte in dem flachen Schlüssel überhaupt keinen Platz, auch die Klappfunktion war damals, als dieser Schlüssel entstanden war, noch lange nicht erfunden.

„Guck nicht so dämlich“, riss ihn Wehners Stimme aus den Gedanken. „Komm schon, ich zeige dir die Perle unseres Redaktions-Fuhrparks.“ Seite an Seite marschierten sie über den Hof des DEWEZET-Verlagsgebäudes. Die Kastanienbäume hatten Laub und ihre Früchte bereits verloren.

Wehner hatte an einer Art Werkstatthalle im hinteren Bereich des Hofes haltgemacht. Er drückte einen Knopf an der Seite des Tores. Ein Portal glitt surrend in die Höhe und präsentierte Dirzius einen glänzenden VW Käfer. Anhand der chromblitzenden Stoßstangen, der Zierleisten und der Lampenringe schätzte Dirzius das Alter des Fahrzeuges auf fast fünfzig Jahre. Trotz seiner Jahre sah der kleine Wagen aus wie frisch vom Band in Wolfsburg gekrabbelt. Knallgelbe DEWEZET-Schriftzüge prangten auf dem cremeweißen Lack.

„Baujahr 1967, vierzig PS, ein robuster 1300er", nannte Wehner Fakten. „Wir haben ihn als Scheunenfund erworben und restaurieren lassen. Nun ist er unser Werbeträger. Wir nutzen ihn für Veranstaltungen."

Dirzius hörte nur mit einem halben Ohr zu. Er glaubte, eine Zeitreise unternommen zu haben. Er betrat die gekachelte Halle. Drinnen roch es nach Öl, Gummi und Lack. Mit einem verzückten Lächeln betrachtete er den Käfer. Prompt erinnerte er sich an seine ersten Fahrversuche, die er in einem solchen Auto gemacht hatte. Damals, in der Fahrschule. Später hatte ihm sein Vater einen eigenen Käfer spendiert, ein 1303 war das – der Hightech-Käfer schlechthin. Mit gewölbter Panorama-Windschutzscheibe, einem richtigen Armaturenbrett, mit Sportsitzen, Scheibenbremsen und für die damaligen Verhältnisse üppigen fünfzig Pferdestärken. „War das eine geile Zeit", murmelte Dirzius weltversunken. „Im Winter war es arschkalt, weil ständig die Heizbirnen durchgeröstet waren, aber der Käfer kam selbst im dicksten Schnee jeden Berg hoch, und er kam im Sommer nie ins Kochen."

„Ich weiß." Wehner, der neben ihm stand, nickte verstehend. „Ich bin auch Ewigkeiten mit einem Kugelporsche durch das Weserbergland gefahren."

„Das Beste waren die Halteschlaufen an den B-Säulen", schwelgte Dirzius in Erinnerungen. Er grinste von einem Ohr zum anderen. „Die Mädchen haben sich auf den Rücksitz gelegt und die Füße in die Schlaufen rechts und links, um …"

„Frank, das reicht jetzt", unterbrach Wehner ihn kopfschüttelnd. „Bitte erspar mir Details deines verkorksten Sexlebens."

„Mach ich." Dirzius nickte mit schuldbewusster Miene. Während er den Käfer mit verzücktem Blick betrachtete, glitten seine Hände über die gewölbten Kotflügel. „Der ist echt klasse."

„Es ist deiner", sagte Wehner. „Das heißt, während du für uns arbeitest", fügte er schnell hinzu, als er den lauernden Blick von Frank Dirzius bemerkte. „Nutz ihn für deine Recherchefahrten, mach Werbung für unseren Laden, aber fahr mir keine Beule ins Blech." Er hob abwehrend die Hände. „Die Chefin bringt dich garantiert beim kleinsten Kratzer um!"

„Das weiß ich zu vermeiden", versprach Dirzius, öffnete den Wagenschlag und sank in das weiße Polster des Fahrersitzes. Fast zärtlich lagen seine Hände auf dem dünnen und harten Lenkradkranz des Käfers. Mit einem verzückten Lächeln auf den Lippen betrachtete er das Wolfsburger Wappen auf dem Hupenknopf. Geschickt fummelte er den Schlüssel ins Zündschloss und drehte ihn. Der kleine Boxermotor im Heck sprang sofort an. Zufrieden blubberten die vierzig Pferdestärken und reagierten auf den sanften Tritt aufs Gaspedal. Dirzius war glücklich. Er war wieder in seiner Jugend angelangt.

ZWEIUNDZWANZIG

Wuppertal, An der Bergbahn, 13:05 Uhr

Das Schrillen seiner altmodischen Türklingel riss ihn aus dem Film, den er gerade anschaute. Eine Tierreportage, wie er sie in letzter Zeit oft ansah. Aus purer Langeweile. Eigentlich gaben ihm Tiere nichts. Früher hatte er sich sogar standhaft dagegen gewehrt, am Wochenende mit seiner Frau und der kleinen Wiebke den Wuppertaler Zoo zu besuchen. Das war lange her, und er hatte längst aufgehört, die Jahre zu zählen, in denen er schon alleine hier lebte.

Wieder klingelte es an der Tür. Wer konnte das sein? Er erwartete weder ein Paket noch Besuch. Wer sollte ihn auch schon besuchen? Mit einem unwilligen Brummen auf den spröden Lippen richtete sich der alte Mann auf, nachdem es bereits zum dritten Mal an der Tür geklingelt hatte. Vom langen Liegen auf dem verschlissenen Sofa schmerzte sein Rücken. Mühsam renkte er seine alten Knochen ein, bevor er durch das Wohnzimmer zum Flur humpelte. Seit Tagen hatte er keinen Menschen mehr zu Gesicht bekommen. Den Ruhestand verkraftete er nicht gut. Er war immer ein Mensch gewesen, der Tag und Nacht unterwegs war, zu anderen Leuten Kontakt gehabt hatte, der Mitarbeiter streng aber fair geführt hatte in seiner fast vierzigjährigen Beamtenlaufbahn. Seit seiner Pensionierung griff die Einsamkeit mehr und mehr nach ihm.

Es klingelte zum vierten Mal.

„Ja leck mich doch im Arsch, ein alter Mann ist doch kein D-Zug", rief er wütend und legte einen Daumen auf den Türöffner. Im kargen Treppenhaus des Sechsparteienhauses summte es vernehmlich. Unten schnappte die Haustür ins Schloss. Im untersten Flur tat sich etwas. Ulbricht, der es hasste zu warten, machte einen Schritt vor die Wohnungstür und beugte sich durch das gewundene Geländer nach unten. Doch mehr als eine Hand, die sich in regelmäßigen Abständen auf den gummierten Treppenlauf legte und sich ihm langsam näherte, konnte er nicht erkennen. Erst im vorletzten Stockwerk glaubte Norbert Ulbricht zu erkennen, dass es sich um eine fein manikürte Frauenhand handelte.

Sein Herz schlug ein paar Takte schneller. War das etwa Wiebke? Hatte sich seine längst erwachsene Tochter vom Dienst bei der Kriminalpolizei im nordfriesischen Husum loseisen können, um ihrem Vater einen Besuch in der alten Heimat abzustatten?

Schnell überschlug er in Gedanken den Inhalt seines Kühlschrankes. Wiebke würde hungrig sein von der langen Fahrt. Viel konnte er ihr nicht anbieten. Sicher, Wurst und Käse waren noch vorhanden, auch etwas Butter und der eine oder andere Joghurt. Aber das Brot war sicher längst ausgetrocknet. Oder von einer grünen Schimmelschicht überzogen. Vielleicht würde sie mit ihm zum nächsten Supermarkt fahren, um ein paar Einkäufe zu tätigen? Seitdem er im Ruhestand war, vernachlässigte er sogar die täglichen Erledigungen. Ein wenig beschämt trat Ulbricht vom Treppengeländer zurück.

Er war enttäuscht, dass seine Besucherin groß und stämmig, vor allem aber blond war. Nein, das war nicht Wiebke. „Scheiße", murmelte er leise.

„Ich freue mich auch, dich zu sehen, alter Haudegen." Sophie Stein grinste schief. Sie kannte Ulbricht lange genug, um zu wissen, dass sich seine Enttäuschung nicht gegen sie persönlich richtete.

„Sophie, mein blonder Engel." Ulbricht rang sich ein versöhnliches Lächeln ab und gab den Eingang frei. „Komm rein, wenn du dich traust."

„Bei Junggesellen bin ich immer etwas vorsichtig", konterte Sophie, dann folgte sie ihrem pensionierten Amtsvorgänger ins Wohnzimmer. Eine Wolldecke lag unaufgeräumt über der Sofalehne, das Kissen war eingedrückt. Auf dem Tisch eine Kanne Kaffee, ein wahrscheinlich kalter Rest der braunen Brühe in einer Tasse mit unansehnlichem Kaffeerand. Als Ulbricht Sophies Blick folgte, räumte er hastig Decke und Kissen beiseite. Er angelte nach der Fernbedienung und schaltete die Flimmerkiste aus.

„Du guckst Tierfilme?" Sophie konnte sich ein Grinsen nicht verkneifen.

„Ich hab ja sonst nichts mehr", entgegnete Ulbricht mit einer Mischung aus Trauer und Frustration in der Stimme. Dann deutete er auf das Sofa. „Setz dich."

Sophie schüttelte den Kopf. „Sarah wartet im Auto, wir sind spät dran." Sie schlug die Seiten des schwarzen Steppmantels zurück und vergrub ihre Hände in den Jeanstaschen. „Ich bräuchte mal deine Hilfe", bemerkte sie und blieb am Fenster stehen. Auf der Straße parkte ihr Alfa. Sarah hockte gelangweilt auf dem Beifahrersitz und spielte an ihrem Handy herum. „Meine Tochter wartet im Auto, und jetzt kommt uns ein Mordfall dazwischen."

Ulbrichts Augen leuchteten. „Ist halt immer so", sagte er und zog es ebenfalls vor, stehen zu bleiben. „Freizeit fällt flach, wenn man wieder stirbt im Tal." Er beobachtete Sophie aufmerksam. „Mach nicht den gleichen Fehler wie ich, Kind. Lass dir von dem Verbrecherpack nicht auf der Nase herumtanzen. Die Arbeit können andere auch machen, also nimm dir frei, wenn du dir etwas mit deiner Kleinen vorgenommen hast. Ich hab dir eine schlagkräftige Mannschaft hinterlassen, auf die du dich verlassen kannst."

„Von der Mannschaft habe ich gehört, dass du immer alleine auf Verbrecherjagd warst", lachte Sophie. „Man behauptet sogar, dass du sie zu deiner aktiven Zeit als inkompetente Pappnasen bezeichnet hast."

„Ich?" Ulbricht riss die Augen auf und schüttelte empört den Kopf. „Das habe ich nie ..."

„Geschenkt." Sophie winkte ab. „Außerdem fürchte ich, dass ich zu wenig Personal habe, um sie allein zu lassen. Aber das Leben ist kein Ponyhof."

„Ich könnte dir helfen." Ulbrichts Augen leuchteten erwartungsvoll.

„Deshalb bin ich hier."

Jetzt strahlte Ulbricht über alle Backen. „Dann brauchst du wirklich Verstärkung? Ist die Lage so ernst?"

„Ich würde sogar klapprige Rentner rekrutieren, um das Wohl meiner Familie zu schützen."

Ulbricht machte eine säuerliche Miene. „Wenn du klapprige Rentner suchst, geh ins Altenheim – schön, dass du hier warst." Er deutete mit dem Kinn zur Tür.

„Ach, nun sei doch nicht so." Sophie hob die Hand und tätschelte ihm liebevoll die unrasierte Wange. Er hielt still und genoss sekundenlang die Nähe.

„Eigentlich wollte ich verreisen."

„Wohin?"

„Keine Ahnung." Schulterzucken. „Weserbergland, Maja besuchen. Oder an die See, Wiebke auf den Sack gehen."

„Maja hat keine Zeit, sich um einen alten Mann zu kümmern." Sophie grinste und hatte eine diebische Freude an Ulbrichts beleidigtem Gesichtsausdruck, dann berichtete sie ihrem Amtsvorgänger, was in Hameln geschehen war.

Ulbricht hörte aufmerksam zu und unterbrach sie kein einziges Mal. „Und wie soll ich euch jetzt den Karren aus dem Dreck ziehen?", fragte er schließlich.

„Frank Dirzius macht uns ein wenig Probleme."

„Dieses Pressepack ist widerlich", grollte Ulbricht.

„Wir arbeiten mit den Medien zusammen und lassen uns unterstützen", entgegnete Sophie mit einem Kopfschütteln. „Gewusst wie, so lässt sich mit einer guten Öffentlichkeitsarbeit einiges bewegen. Stichwort Fahndungen oder Zeugenaufrufe."

„Da ist dieser Dirzius jetzt aber raus."

„Nun sei nicht so gemein zu ihm", sagte Sophie, die Frank mochte. „Er hat nun mal ein Gespür dafür, in jedes Fettnäpfchen zu treten."

„Und den soll ich dann retten?"

„Nein, aber sicher kennst du seinen Hauptauftraggeber?"

Ulbricht dachte mit gerunzelter Stirn nach. „Ist das nicht dieser Lüders, Bernd Lüders?"

„Eins zu null." Sophie nickte. „Wäre schön, wenn du ihm einen Besuch abstattest und mal freundlich fragst, wie er an die Info zu Sippelmanns Leichenfund gekommen ist."

„Mit Lüders hab ich sowieso noch ein Hühnchen zu rupfen." Ulbricht grinste.

„Wann könntest du denn …"

Ohne Sophie zu antworten, verschwand er im Schlafzimmer. Sie hörte eine Schranktür quietschen und folgte ihm. Als sie im Türrahmen lehnte, stand Ulbricht in einer weißen Feinrippunterhose vor dem Kleiderschrank und kramte eine passende Hose hervor.

„Willst du mir was weggucken?", fragte er empört, als er Sophie bemerkte.

Sie schüttelte lächelnd den Kopf. „Das nun gerade nicht. Allerdings solltest du dir ein paar modernere Unterhosen kaufen, wenn du Maja imponieren möchtest."

„Du musst mir nicht auf die Nase binden, dass sie jünger ist als ich."

„Das war nicht beabsichtigt."

„Ich kümmere mich um diesen Lüders", versprach Ulbricht. „Krieg ich dich, wenn ich was rausgefunden habe?"

Sophie hielt ihm ihr Handy hin. „Hier bin ich fast immer zu erreichen."

„Schön." Ulbricht machte eine Handbewegung, als würde er ein lästiges Insekt verscheuchen wollen. „Und nun hau schon ab. Kümmer dich um dein Kind, sonst wird es sich nicht mehr um dich kümmern wollen, wenn du alt bist und Hilfe brauchst."

„Bis dahin wird noch viel Wasser die Wupper runterfließen", prophezeite Sophie schlagfertig, dann machte sie kehrt. „Ich danke dir. Schön, dass du wieder an Bord bist." Es war an der Zeit, den Kriminalhauptkommissar a.D. in Ruhe zu lassen. Endlich hatte er wieder eine Aufgabe, und auf die musste er sich in Ruhe vorbereiten. Unten wartete Sarah, und es war höchste Zeit, dass sie endlich auf die Autobahn kamen.

DREIUNDZWANZIG

Hameln, ‚Hotel Stadt Hameln', 13:10 Uhr

Er lehnte auf der breiten Fensterbank des großzügig angelegten Hotelzimmers und ließ den Blick nach draußen schweifen. Eine rostige Eisenbahnbrücke spannte sich über die Weser, eigentlich ein Schandfleck in der Landschaft. Rechts, auf dem gegenüberliegenden Ufer des Flusses, erhob sich der Klüt, weiter hinten beschrieb die Weser einen Bogen, links lagen die Rattenfängerstadt und die Ausläufer des Weserberglandes. Unterhalb des Hotels lag die Rattenfängerhalle. Am Eingang stand ein schwarzer Showtruck. Techniker und Roadies schleppten Dekorationselemente und die Teile der Lichttechnik vom Auflieger in das Gebäude.

Unter dem Platz mit der Grünfläche vor dem Hotel lag das Parkhaus, in dem auch sein Mietwagen stand. Eingänge zu Fußgängerunterführungen, in denen man sich vorzüglich verlaufen konnte, um in die nahe gelegene Innenstadt zu gelangen. Wahrscheinlich, so philosophierte er, war Hameln nicht nur die Rattenfängerstadt, sondern auch die Stadt der Maulwürfe.

Nach dem üppigen Frühstück im hoteleigenen Restaurant hatte er sich noch einmal auf das große Bett gelegt, die Hände vor der Brust gefaltet und zur Decke geschaut, bevor er in einen unruhigen Schlaf gefallen war. Im Traum waren ihm die alten Leute erschienen, die er aus dem Weg geräumt hatte. Ein wenig taten sie ihm schon leid, denn in diesem hohen Alter rechnete man sicher eher mit einem natürlichen Tod, als an einer Kugel zu sterben. Doch manchmal war das Leben unfair. Ihm war es egal, solange er nicht aufflog.

Sippelmann hatte er erfolgreich beseitigt. Lange hatte er überlegt, wie er es anstellen konnte. Es war ein Leichtes für ihn gewesen, herauszubekommen, in welchem Hotel der Verkehrsforscher untergekommen war. Die Idee, ihn in seinem Zimmer umzubringen, hatte er schnell wieder verworfen. Die Gefahr, von der Videoüberwachung oder von Angestellten des Hauses erwischt zu werden, war ihm zu groß gewesen. Da hatte er das Treffen auf dem Klütturm vorgezogen.

Sein Handy, fiel es ihm siedend heiß ein. Erst jetzt wurde ihm bewusst, dass er kein Handy bei seinem Opfer gefunden hatte.

Sein Herzschlag schien einen Moment lang auszusetzen. Er konnte nicht glauben, dass er so dilettantisch gearbeitet hatte. Wenn die Bullen Sippelmanns Handy fanden, war es eine Frage der Zeit, bis sie ihn am Arsch hatten. Die Spur würde unweigerlich zu ihm führen. Daran änderte auch die Tatsache nichts, dass er ein nicht registriertes Prepaid-Handy genutzt hatte, um mit dem Professor in Kontakt zu treten. Er war sicher, dass man heute alles nachvollziehen und rekonstruieren konnte. Fassungslos ballte er die Hände zu Fäusten und fluchte wild, als er sich seiner eigenen Stümperei bewusst wurde.

„Fuck, wie konnte ich das nur vergessen?" Mit einem Satz sprang er auf und tigerte durch das Zimmer, nicht in der Lage, einen klaren Gedanken zu fassen. Hatte er sonst noch etwas vergessen?

Die Brieftasche seines Opfers hatte er in der Nacht über die neue Weserbrücke in den Fluss befördert. Die Kohle, die sich in Sippelmanns Börse befunden hatte, war natürlich nicht in die Weser gegangen – die knapp sechshundert Euro Bargeld hatte er sich an Land gezogen. Das war gut, denn abgesehen davon, dass er die Kohle gut gebrauchen konnte, würde es mit etwas Glück wie ein Raubmord aussehen, wenn man irgendwann das Portemonnaie des Toten aus dem Fluss fischte. Wenn es überhaupt gefunden wurde.

Immer wieder kreisten seine Gedanken um das Smartphone seines Opfers.

Ich habe sein verschissenes Handy vergessen. Sein Herz raste. Wenn die Bullen sein Handy fanden, war er geliefert. Mobiltelefone gaben mehr Aufschluss über die Opfer von Verbrechen als manche Zeugenbefragung. Er betete, dass Sippelmann sein Handy nicht im Auto vergessen hatte, denn es stand fest, dass die Bullen die Karre sichergestellt hatten. Dann würde es nicht lange dauern, bis sie ihn am Arsch hatten. Ein Mann in Sippelmanns Funktion war ständig unterwegs und musste erreichbar sein. Er musste seine Termine nachhalten und eintragen, er musste Mails an jedem Ort der Welt lesen und beantworten können.

Es blieben die zwei Möglichkeiten: Entweder hatte Sippelmann sein Telefon bei ihrem Treffen im Auto liegen lassen – oder er hatte es, warum auch immer, in seinem Hotelzimmer vergessen, bevor er zu seinem letzten Termin aufgebrochen war. Wenn die Bullen es im Auto gefunden hatten, war es eh zu spät – dann würde er seine Spuren noch gründlicher verwischen müssen. Eine kleine Hoffnung gab es noch: das Hotelzimmer.

Er rief sich in Erinnerung, welche Zimmernummer Klaus Sippelmann hatte, dann verließ er den Raum. Der blaue Teppich auf dem Gang dämmte seine Schritte. Das Hotelzimmer des Verkehrswissenschaftlers lag eine Etage unter ihm. Er verzichtete auf den engen Fahrstuhl und nahm die Treppe. Unten angekommen, stand er unschlüssig vor der gläsernen Tür, dann betrat er den schmalen Korridor. Links stand der Gerätewagen eines Zimmermädchens. Ein diabolisches Grinsen huschte um seine Mundwinkel. Jetzt war es ein Kinderspiel, in Sippelmanns Zimmer zu kommen. Er würde einen Trick anwenden, den es seit Jahrzehnten in schlechten Kriminalfilmen gab – und der immer noch funktionierte. Während er sich fragte, ob die Hotelangestellten in den vergangenen Jahren nichts dazugelernt hatten, klopfte er an den Türrahmen des offen stehenden Hotelzimmers. Der Raum ähnelte seinem eigenen Hotelzimmer, nur die Anordnung des Mobiliars war spiegelverkehrt, weil das Zimmer zur Innenseite des parkähnlich angelegten Gartens lag. Das Bettzeug war abgezogen, benutzte Handtücher lagen auf dem Fußboden.

„Hallo?“, rief er kleinlaut, dann setzte er einen Fuß in das Zimmer. Nachdem er vergeblich auf eine Antwort gewartet hatte, folgte er den Geräuschen aus dem Bad. Er öffnete die Tür und blickte auf die Kehrseite einer jungen Frau, die in gebückter Haltung vor ihm stand, um die Duschwanne zu putzen. Als die Tür an die dahinterliegende Wand anschlug, fuhr sie mit einem erschrockenen Schrei auf und betrachtete ihn wie einen Geist.

„Sie haben mich erschrocken“, kommentierte sie mit einem harten slawischen Akzent.

Er betrachtete sie. Das junge Ding war hübsch, die langen schwarzen Haare trug sie zu einem Pferdeschwanz, die Nase eben, die Augen ein wenig mandelförmig. Hohe Wangenknochen unterstrichen den exotischen Touch des Zimmermädchens. Über der Stretchjeans und dem blassen T-Shirt trug sie eine Kittelschürze, auf der das Logo des Hotels eingestickt war.

„Das tut mir leid“, sagte er mit einem entschuldigenden Lächeln. „Aber ich war unaufmerksam und habe mich ausgesperrt.“ Bevor sie Fragen stellen konnte, nannte er Sippelmanns Zimmernummer.

„Kommen Sie“, sagte das Mädchen verständnisvoll und ging voran. Auf dem Korridor ging sie vor ihm her, dann standen sie vor Sippelmanns Zimmer. Ohne zu zögern, öffnete sie ihm die Tür mit der General-Chipkarte. Plötzlich hielt sie inne. Ihr Lächeln gefror. „Sie lügen nicht, oder?"

„Was?" Sein Herzschlag drohte einen Moment lang auszusetzen.

„Ob Sie mich anlügen? Ist das wirklich Ihr Zimmer?"

„Aber sicher. Sippelmann, Klaus Sippelmann", log er ihr frech ins Gesicht. Hoffentlich bemerkte sie nicht, dass ihm das Blut ins Gesicht schoss.

„Na gut", lächelte sie. „Ich glaube Ihnen." Mit einer gleitenden Bewegung gab das Zimmermädchen den Eingang zu Sippelmanns Zimmer frei. „Bitteschön." Wahrscheinlich ahnte das junge Ding noch nicht, dass der wahre Bewohner des Zimmers das Zeitliche gesegnet hatte. Sie hielt ihn tatsächlich für den etwas schusseligen Mieter des Zimmers.

Ihm konnte es recht sein. Während er sich noch über die Naivität des Hotelpersonals wunderte, trat er ein. Nachdem er dem Zimmermädchen eine Zwei-Euro-Münze als Trinkgeld in die Hand gedrückt hatte, ließ sie ihn alleine. Hastig drückte er die Tür ins Schloss und hielt nach Sippelmanns Smartphone Ausschau. Etwas unschlüssig ließ er den Blick über das helle Mobiliar gleiten. Lange musste er nicht suchen – das Smartphone lag auf dem Nachtschränkchen neben dem großen Bett. Ein blaues Blinken am oberen Rand des Displays verriet ihm, dass Sippelmann eine Textnachricht erhalten hatte. Oder man hatte ihn angerufen. Womöglich vermisste man ihn bereits.

Er schaute sich noch einmal um, blickte auch in die Nachtkonsolen und in den Kleiderschrank. Alles wirkte so, als hätte Sippelmann sein Hotelzimmer nur kurz verlassen. Etwas, das er noch hätte verschwinden lassen müssen, um seine Spur zu verwischen, fand er nicht mehr. Hastig stopfte er das flache Handy in seine Jeanstasche. Dabei war die Tasche zu klein für das große Gerät. Es lugte aus der Tasche. Doch er wollte keine Zeit vertrödeln. Sicher waren die Bullen längst unterwegs hierher.

Nachdem er sich ein letztes Mal umgeschaut hatte, legte er die Hand auf die Türklinke und öffnete die Zimmertür einen Spaltbreit. Zuerst lauschte er in den Korridor. In einem Zimmer dröhnte ein Staubsauger. Gut, dann war die Hotelangestellte abgelenkt. Offensichtlich hatte sie keinen Verdacht geschöpft. Vorsichtig spähte er hinaus auf den Gang. Der Gerätewagen des Zimmermädchens stand immer noch dort, wo er es eben angetroffen hatte. Ansonsten war weit und breit keine Menschenseele zu sehen. Gut so.

Hastig zog er die Zimmertür hinter sich ins Schloss. Der Mechanismus verriegelte mit einem satten Geräusch. Nun gab es kein Zurück mehr. Gerade als er sich in Bewegung setzen wollte, tauchten vier Gestalten hinter der Glastür am Ende des Korridors auf. Sein Herzschlag schien einen Moment auszusetzen. Gehetzt blickte er sich um. Er saß in der Falle, denn zurück ins Zimmer konnte er nicht, und in die entgegengesetzte Richtung zum Ende des Korridors zu fliehen, machte keinen Sinn. Innerhalb einer Sekunde brach ihm der Schweiß aus. Er blickte den vier Personen entgegen und war um einen gleichgültigen Gesichtsausdruck bemüht.

Es waren drei Männer und eine Frau. Er schätzte sie auf Anfang fünfzig, einer der Männer, der im Anzug, war groß und stattlich. Er überragte alle und blickte ihm finster entgegen. Dass es sich um Bullen handelte, erkannte er an den Alukoffern mit der „Polizei"-Aufschrift, die die beiden jüngeren Männer am langen Arm trugen.

Sein Fluchtinstinkt drohte mit ihm durchzugehen. Er spürte, wie die Innenflächen seiner Hände feucht wurden, wie sich winzige Schweißperlen auf seiner Stirn bildeten und er dem Drang, umzudrehen und Fersengeld zu geben, nur schwer widerstehen konnte.

Er atmete tief durch und rang sich ein Lächeln ab, während ihn die vier betrachteten.

„Guten Tag", grüßte er betont lässig, dann schob er sich an der Truppe vorbei. Es bestand kein Zweifel, dass sich die Bullen Sippelmanns Hotelzimmer vorknüpfen wollten. Gut, dass er schneller gewesen war.

Der Gruß wurde erwidert, doch ihm bereitete der düstere Blick des Anzugträgers Angst. Mit regungsloser Miene betrachtete der ihn. Schöpfte er bereits Verdacht?

Während die beiden Männer mit den Koffern und die Frau weitergingen, um sich mit einer speziellen Chipkarte Zugang zu Sippelmanns Zimmer zu verschaffen, stand der Große immer noch im Flur und blickte ihm nach. Er spürte die Blicke in seinem Rücken. Ohne sich umzuschauen, öffnete er die Glastür und befand sich im Treppenhaus des Hotels. Mit einem leisen Schnappen glitt die Tür hinter ihm zu. Er wartete, warf einen letzten Blick über die Schulter – und stellte fest, dass der Anzugträger genau in dieser Sekunde lossprintete, um ihn zu verfolgen.

VIERUNDZWANZIG

Wuppertal, Redaktion ‚Wuppertaler Woche', 13:15 Uhr

„Hübsch hässlich habt ihr es." Grinsend zitierte Ulbricht einen alten Pater-Brown-Spruch, als er die Geschäftsstelle der kleinen Zeitung betrat, für die Frank Dirzius schrieb. Bernd Lüders, der Herausgeber, stöhnte gequält auf, als er den alten Kommissar erkannte. Wie immer nervte er sein Redaktionsteam, indem er hinter ihnen am Computer stand und schlaue Ratschläge gab. Lüders trug eine weit geschnittene Jeans, billig wirkende Outdoor-Schuhe und eine speckige Lederjacke mit aufgestelltem Kragen. Misstrauisch beäugte er seinen Besucher, der ungefragt den Empfangstresen umrundete und sich zu Lüders gesellte.

„Was willst du denn hier?", fragte er. „Willst du mir Ärger machen?"

Die Männer kannten sich seit vielen Jahren. Damals, als Lüders die ‚Wuppertaler Woche' gegründet hatte, war er oft selber zu Terminen erschienen, weil ihm das Geld für angestellte Redakteure fehlte. Aus dieser Zeit kannte er den Leiter des Elften Kriminalkommissariats. Und Lüders, so erinnerte sich wiederum Ulbricht an den Journalisten, hatte den investigativen Journalismus für sich neu erfunden und war auf Pressekonferenzen oft als penetranter Nachfrager und Kritiker der Behörden aufgefallen. Oft waren die beiden Hitzköpfe damals aneinandergeraten.

„Ärger?“ Ulbricht tippte sich an die Stirn. „Suchst du etwa Leute?“

„Ich suche keine Zeitungsausträger“, beschied Lüders ihn mit einem breiten Grinsen. „Und wenn, dann suche ich Schüler und Studenten, aber keine Rentner.“

„Gutes Stichwort.“ Ulbricht ging auf die Bemerkung ein. „Müsstest du nicht auch schon längst die Rente durchhaben?“

„Du stehst in meiner Rente“, erwiderte Lüders und breitete die Arme aus. „Wegen der Selbstständigkeit habe ich nicht geklebt. Das bedeutet, dass ich so lange hier arbeite, bis man mich mit den Füßen zuerst rausträgt.“ Lüders zwinkerte Ulbricht zu. „Da hast du es besser gemacht. Beamtenlaufbahn. Sichere Pension, Rente mit sechzig. Alles gut gelaufen bei dir.“

„Dafür hast du noch eine Frau“, konterte Ulbricht. „Meine ist abgehauen, weil ich ständig gegen das Verbrechen kämpfen musste.“ Ulbricht wurde ernst. Er hatte nicht vor, stundenlang mit dem Herausgeber der Zeitung über sein Privatleben zu debattieren. „So, mal zum Punkt“, sagte er und blickte an Lüders vorbei in das Großraumbüro. Drei von fünf Arbeitsplätzen waren besetzt. „Können wir irgendwo unter vier Augen quatschen?“

Lüder zuckte gleichgültig die Schultern. „Ich hab keine Geheimnisse vor meinen Leuten. Aber komm schon, bevor du weinst. Lass uns in mein Büro gehen." Der Herausgeber ging voran und führte den pensionierten Hauptkommissar in sein Refugium. Das Mobiliar stammte aus den später 1980er-Jahren. Der Raum wurde von einem klobigen Schreibtisch beherrscht, hinter dem ein ultramoderner Chefsessel mit Lederbezug und Kopfstütze stand, der sich nicht recht ins altbackene Gesamtbild einfügen wollte – ebenso der hochmoderne Computer auf dem Schreibtisch mit der flachen Tastatur. An den Wänden hingen die Titelblätter der ersten Ausgaben, vergilbt und hinter Glas vermeintlich für die Ewigkeit präpariert. Neben dem Schreibtisch ein Aktenregal, das sich unter der Last der unzähligen Ordner und Fachbücher durchbog.

Lüders führte seinen Besucher zu dem runden Tisch in der Ecke am Fenster. Offenbar fanden an diesem Tisch auch die Redaktionssitzungen der Mitarbeiter statt.

„Setz dich." Lüders rückte ihm einen Stuhl zurecht.

Ulbricht ließ sich mit einer schmerzverzerrten Miene darauf nieder.

„Wirst du alt?" Lüders grinste und setzte sich zu Ulbricht an den Tisch. Er schob ein paar alte Ausgaben der „Wuppertaler Woche" zur Seite, dann faltete er die Hände auf dem Tisch.

„Der verdammte Rücken ist gefühlte hundert Jahre älter als ich." Ulbricht machte eine wegwerfende Handbewegung. „Also“, kam er zum Anlass seines Besuches. Er fixierte Lüders mit seinem Blick. „Dein Mitarbeiter Frank Dirzius steckt in Schwulitäten.“

„Wie immer.“

Ulbricht ging nicht darauf ein. „Er wurde von meinen Kollegen in Hameln am Einsatzort angetroffen, um Fotos zu machen.“

„Das ist sein Job“, behauptete Lüders.

Ulbricht grollte. „Hör auf, um den heißen Brei zu reden, Bernd. Du hast ihn zum Klütturm geschickt. Von dir hat er die Information, dass dort Klaus Sippelmann tot aufgefunden wurde.“ Ulbricht beugte sich weit zu Lüders herüber. Jede Pore in der Gesichtshaut seines Gegenübers konnte er sehen. „Und Dirzius war zufällig vor Ort, als ein umstrittener Verkehrswissenschaftler aus Wuppertal in Hameln erschossen wurde?“ Er machte eine Pause, um seine Worte wirken zu lassen. „Klingt komisch, das musst du zugeben, oder?“

„Also ist mein Mitarbeiter der Mörder?“ Lüders seufzte gedehnt. Es klang, als würde ein unartiges Kind gerade eine Standpauke über sich ergehen lassen müssen. „Ja, das klingt komisch“, räumte er schließlich ein. „Aber manchmal muss man – also ich – auch Glück haben. Dirzius hat mich hier in der Redaktion hängen lassen, weil er in Hameln die Villa seiner Eltern verticken wollte.“ Lüders grinste und rieb bezeichnend Daumen und Zeigefinger aneinander. „Er ist ständig klamm, und diese riesige Hütte im Weserbergland kann er sich als kleiner Schreiberling nicht leisten.“

„Mit dem Verkauf des Hauses wäre er wohl saniert?" Ulbricht wiegte den Kopf. „Aber das tut nichts zur Sache, Bernd. Was ich wissen will: Woher hast du die Info, dass Sippelmann tot im Turm liegt?"

„Ich habe meine Informanten", mauerte Lüders und grinste gewinnend.

Ulbricht lachte trocken auf. „Das ist mir klar, du Schmierenschreiber. Ich will dir nicht zu nahe treten – mit deinem Käseblatt hast du sicher hier im Bergischen Land ein funktionierendes Netzwerk von Informanten –, aber das Weserbergland liegt zweihundert Kilometer entfernt. Du kannst mir nicht erzählen, dass du dort auch Informationsquellen hast."

Bernd Lüders' Miene versteinerte. Er presste die Lippen zu einem schmalen Strich zusammen, stierte auf die Tischplatte und nickte langsam. Erst als draußen auf der Straße ein Lkw mit ohrenbetäubendem Lärm vorbeirauschte und die Fensterscheiben des Büros zum Klappern brachte, ruckte sein Kopf hoch.

„Du hast recht", gab er zu. „Ich hätte es den Bullen melden sollen, als der Anruf kam."

„Aber?" Ulbricht rieb sich den schmerzenden Rücken.

„Ich hab es nicht getan, stattdessen Dirzius, von dem ich wusste, dass er in Hameln ist, aus dem Bett geklingelt und ihn zum Einsatzort geschickt, um Bilder zu machen und um Informationen zu sammeln."

„Das hat ja grandios funktioniert." Ulbricht schnaubte. Er hob eine Hand und ließ sie auf den Tisch niedersausen. Lüders zuckte zusammen und betrachtete seinen Besucher wie einen Geist.

„Ich wollte die Bilder – und zwar exklusiv", verteidigte sich Lüders mit gequälter Miene. „Noch bevor die Konkurrenz Fotografen losschickt."

„Mann, Bernd", Ulbricht redete sich in Rage. „Hier haben wir es mit einem Mord zu tun, und du hast nichts Besseres zu tun, als deinen Reporter loszuschicken, um exklusive Bilder zu machen? In welcher Welt leben wir eigentlich?"

„In einer Welt, in der wir gegen Begriffe wie Lügenpresse und Fake News kämpfen müssen. Keiner liest mehr Zeitung, alle besorgen sich ihre Informationen im Netz – zum Nulltarif. Wovon soll ich denn leben?" Lüders war nun auch aufgebracht. Er sprang auf, marschierte ziellos durch sein Büro und deutete auf die Wand, die sein Büro von dem Großraumbüro der Redaktion trennte. „Ich trage Verantwortung für das Überleben meiner Zeitung, muss meine Mitarbeiter am Kacken halten, ärgere mich mit zahlungssäumigen Anzeigenkunden herum und habe schlaflose Nächte, weil das Finanzamt mir mal wieder mit einer Pfändung droht."

„Selbstständig in Deutschland – ein Abenteuer", brummte Ulbricht ironisch.

„Was weißt du davon, Norbert? Mit deiner Beamtenlaufbahn hattest du deine Schäfchen während deines Berufslebens immer in trockenen Tüchern. Ich hingegen …"

„Bei allem Verständnis für deine Sorgen und die schlaflosen Nächte", kam Ulbricht auf den Punkt zurück. „Wer hat dich angerufen, und warum hast du nicht den Notruf gewählt?"

„Ist das jetzt unterlassene Hilfeleistung?" Lüders atmete tief ein. „Den Grund habe ich dir eben geschildert", fügte er dann kleinlaut hinzu. Er baute sich vor Ulbricht am Tisch auf und fingerte sein Handy aus der Hosentasche. Entsicherte es und scrollte sich durch die Benutzeroberfläche. „Hier", sagte er schließlich. „Eingehender Anruf von Unbekannt um 2.45 Uhr."

„Da schlafen anständige Leute." Ulbricht rang sich ein Grinsen ab.

„Eben, ich auch. Nachts habe ich das Telefon lautlos, Norbert."

„Aber?"

„Die Frau hat mir auf die Mailbox gequatscht."

Ulbricht glaubte, sich verhört zu haben. „Wie bitte?"

„Sie hat mir auf die Mailbox gequatscht", wiederholte Lüders geduldig. Er tippte auf dem Telefon herum, dann schaltete er den Lautsprecher ein und rief die Nachricht auf dem Anrufbeantworter auf.

Die Stimme der Anruferin klang gehetzt. Sie versuchte, leise zu sprechen. „Hallo, Herr Lüders, Klaus Sippelmann ist am Abend erschossen worden. Er liegt im Klütturm, das ist ein Aussichtsturm in Hameln. Kennen Sie den?" Eine kurze Pause, dann: „Ist auch egal. Ich finde, Sie sollten davon wissen. Keine Ahnung, ob es jetzt noch eine Seilbahn auf die Südhöhen geben wird. Fakt ist, dass Sippelmann nicht mehr lebt. Ich …“, man hörte förmlich, wie die junge Frau gegen die Tränen ankämpfte. „Ich kann es nicht fassen, dass er das getan hat.“ Dann klickte es in der Leitung.

Ulbricht ließ sich die Nachricht erneut vorspielen und lauschte angestrengt. Die Anruferin schien sich im Freien aufzuhalten. An einer Straße. Und da war noch ein Geräusch, das er nicht gleich zuordnen konnte. Erst bei genauerem Hinhören erkannte er das Surren einer Schwebebahn.

Lüders ließ das Handy sinken und blickte Ulbricht mit fragender Miene an. „Und?“, sagte er. „Was denkst du?“

Ulbricht ging nicht auf die Frage ein. „Wer kennt deine Handynummer?“

„Viele Leute. Politiker, Vereine, die Informanten in den Unternehmen und Instituten, Anzeigenkunden, meine Mitarbeiter, private Kontakte.“

„Wie viele Leute haben deine Handynummer?“

„Was weiß ich – Hunderte, vielleicht auch mehr. Sie steht auf meiner Visitenkarte, die ich bei allen möglichen Anlässen unters Volk bringe.“

„Und die Stimme“, bohrte Ulbricht nach. „Kennst du die Frau? Sie klingt ziemlich jung.“

„Nee, keine Ahnung, wer das sein könnte.“ Lüders zuckte mit den Schultern.

Ulbricht streckte die Hand aus. „Her damit.“

„Wie bitte?“

„Her damit.“

„Du spinnst. Ich nutze das Handy geschäftlich. Da kann ich nicht ohne das Ding …“ Lüders schüttelte den Kopf und trat einen Schritt zurück. Draußen fuhr ein Krankenwagen mit Blaulicht und Martinshorn vorbei. Als der Lärm verebbte, nahm Ulbricht das Gespräch wieder auf. „Also“, sagte er. „Ich stelle fest, dass dein Informant eine Informantin ist. Sie muss den Mörder kennen und/oder am Geschehen beteiligt sein. Und ich stelle fest, dass du eine Sprachnachricht auf deinem Handy hast. Deshalb müssen wir unsere Überlegungen umkrempeln, und ich brauche das Ding, damit unsere Computerfritzen den Anruf zurückverfolgen können. Mit etwas Glück können wir auch eine Stimmanalyse anfertigen lassen.“ Ulbricht erhob sich und versuchte, den schmerzenden Rücken zu ignorieren. „Reicht das für dich, um zu verstehen, dass ich dein Telefon konfiszieren muss?“

Lüders zögerte. „Brauchst du da nicht einen Wisch vom Richter?“

„Reiche ich nach“, versprach Ulbricht, dann nahm er Lüders das Smartphone aus der Hand und ließ es in der Tasche seines zerknitterten Trenchcoats verschwinden. „Ich mach den Leuten in der IT-Abteilung Dampf, dann hast du den Knochen schnell zurück.“

Ohne sich um Lüders’ Antwort zu scheren, verschwand Ulbricht aus dem Büro. Er nickte Bernd Lüders’ Mitarbeitern im Büro zu, dann verschwand er zum Parkplatz der Redaktion.

FÜNFUNDZWANZIG

Hameln, ‚Hotel Stadt Hameln', 13:25 Uhr

„Jürgen, wo willst du hin?“, rief Maja ihm hinterher.

„Den schnapp ich mir!“ Grundmann war sicher, dass der Typ, der ihnen eben im Flur des Hotels begegnet war, etwas auf dem Kerbholz hatte. Er machte auf dem Absatz seiner italienischen Lederschuhe kehrt und sprintete los. Im Laufen griff er ins Holster und löste die Druckknöpfe, um die Dienstwaffe zu zücken.

„Stehen bleiben, Polizei“, brüllte er, als er sah, dass sich der dunkel gekleidete Typ vom Acker machte. Grundmann ahnte, dass der Fremde nicht koscher war. Er konnte nicht beschreiben, woran das lag, aber schon nach den ersten Metern stand fest, dass sich der Typ einer Personenüberprüfung entziehen wollte. Und dafür musste es einen Grund geben.

Grundmann würde ihn herausfinden.

Schon als er die Glastür am Ende des Ganges erreicht hatte, schnaufte er. Sein Übergewicht verfluchend, riss er die Tür auf und hielt kurz inne, um sich zu orientieren. Wenn der Typ nicht ganz hohl war, dann war er nicht nach oben geflüchtet, wo er ihn stellen konnte. Blieb nur die Flucht nach unten, zum Ausgang, der in die Tiefgarage führte. Ein Blick über das Geländer gab Grundmann Gewissheit. Das Poltern der Schritte des Flüchtenden drang zu Grundmann hinauf. Schnaufend setzte er die Verfolgung fort. „Stehen bleiben, hab ich gesagt!“ Er entsicherte die Waffe, umklammerte den Lauf, während er sich mit der linken Hand am Treppengeländer festhielt, um nicht von den eigenen Fliehkräften aus der Kurve getragen zu werden. Mehr als die Schultern des Mannes sah er nicht. Der Typ trug feste Schuhe, Jeans und einen schwarzen Hoodie. Im Laufen hatte er sich die Kapuze übergezogen. Er wollte unerkannt bleiben, also hatte er etwas zu verbergen. Grundmanns Puls eskalierte. Einmal mehr nahm er sich vor, abzunehmen und wieder Sport zu treiben. So ging es nicht weiter. Obwohl die Verfolgungsjagd abwärts führte und ihm keine sportlichen Höchstleistungen abverlangte, geriet Grundmann an seine Grenzen. Dabei hatte er sich das Rauchen schon vor Ewigkeiten abgewöhnt. „Bleib endlich stehen, du Sackgesicht!“, keuchte er und sah helle Punkte, die vor seinen Augen aufblitzten. Sein Gegner tat ihm den Gefallen nicht. Waghalsig hetzte er die Stufen herab und rannte dabei ein älteres Ehepaar, das sich mit einem Rollkoffer nach oben quälte, rücksichtslos über den Haufen. Die vornehme alte Dame lag auf dem Rücken und strampelte mit allen vieren wie eine Schildkröte auf dem Rücken, dabei schimpfte sie wie ein Rohrspatz. Ihr Mann hingegen rappelte sich schnell wieder auf, klammerte sich mit beiden Händen am Geländer fest und lag wieder auf dem Rücken, bevor er seiner Angetrauten auf die Beine helfen konnte: Grundmann kam mit einem irrwitzigen Tempo um die Ecke geschossen, sodass er seine Massen nicht mehr rechtzeitig anhalten konnte. Mit einem wilden Fluch auf den Lippen rappelte er sich in die Höhe. „Tut mir leid – Polizei", keuchte er. Als würde das sein rüdes Verhalten entschuldigen, dann stürmte er weiter. Der Fremde hatte inzwischen den Abstand ausgebaut. Weiter unten schlug eine schwere Feuerschutztür ins Schloss.

Grundmann keuchte wie eine Dampflok, als er den kleinen Vorraum erreichte, der die Parkgarage vom eigentlichen Treppenhaus des Hotels trennte. Eine Pause gönnte er sich trotzdem nicht und sah zu, dass er den Heini zu packen bekam. Doch weit und breit keine Spur. Erst als Grundmann die Tiefgarage erreicht hatte, hielt er sekundenlang inne. Sein Blick schweifte über das menschenleere Parkdeck. Die schwachen Deckenlampen hüllten das Parkhaus in ein diffuses Licht, das sich im Lack der hier abgestellten Fahrzeuge spiegelte. Es roch nach Öl und Gummi. Kein Mensch weit und breit zu sehen, kein Geräusch war zu hören. Es war eine surreale Szenerie, fast wie aus einem schlecht gemachten Science-Fiction-Film. Grundmann fröstelte und blickte sich gehetzt um.

Der Typ war wie vom Erdboden verschwunden.

Er kotzte ihn an.

Es dauerte einen Moment, bis Grundmann die Gestalt entdeckte, die sich in gebückter Haltung zwischen zwei geparkte Autos duckte.

Grundmann stellte sich breitbeinig auf die Fahrspur der Tiefgarage. Jetzt bloß nicht schwächeln, mahnte er sich und atmete tief durch. Er betete, dass das Schwein nicht sah, wie seine Hand zitterte. Er legte die Waffe an.

„Bleib stehen, du Arschloch!"

Hohl schallte seine Stimme von den kahlen Wänden und der niedrigen Decke wider. Grundmann hörte das Blut in seinen Ohren rauschen. Er hielt den Atem an und lauschte mit schräg gelegtem Kopf in das Halbdunkel der Tiefgarage. Plötzlich registrierte er im Augenwinkel eine Bewegung, einen Schatten, der zwischen den abgestellten Fahrzeugen durchhuschte. Grundmann hatte die Faxen dicke, wollte sich nicht länger zum Narren halten lassen und krümmte den Finger um den Abzug. Der Mechanismus seiner Dienstwaffe klickte in der Stille der Tiefgarage unnatürlich laut.

Mich verarschst du nicht, du Schwein, durchzuckte es Grundmann. Er hatte nicht vor, sich von dem Typen im Hoodie vorführen zu lassen. Was hatte er im Zimmer von Sippelmann verloren, warum hatte er Fersengeld gegeben, als es eng wurde und er ihnen in die Arme gelaufen war?

Als Grundmann erneut hinter einem der abgestellten Fahrzeuge einen huschenden Schatten wahrnahm, zögerte er nicht länger. Er riss die Waffe hoch.

Plötzlich sprang ein Schatten auf die Fahrspur. Breitbeinig stand der Typ da und hatte eine Waffe im Anschlag. Das Gesicht befand sich im Schatten der Kapuze.

Ohne Vorwarnung gab der Fremde einen Schuss ab. Grundmann sah das Mündungsfeuer aufblitzen und brachte sich mit einem beherzten Sprung zur Seite aus dem Gefahrenbereich. Unsanft kam er auf dem Boden auf, fluchte und rollte sich so schnell er konnte zur Seite, um unter einem hochrädrigen Jeep in Sicherheit zu kommen. Seine eigene Pistole hielt er dabei fest umklammert. Sein Atem ging rasselnd. *Ich bin zu alt für diesen Scheiß,* dachte er, während er sich so flach wie möglich auf den Bauch rollte. Unter dem Fahrzeug bekam er Platzangst. Sein Herz raste, und er mahnte sich zur Ruhe. Lauschend legte er den Kopf schräg und spähte hinaus auf die Fahrbahn. Dann sah er zwei Füße, die sich ihm näherten. Unaufhaltsam.

Der Typ schien ihn zu suchen. Wenn er ihn hier in seinem Versteck fand, dann war Grundmann geliefert. Hier kam er nicht so schnell weg.

„Komm raus, Arschloch", zischte der schwarze Typ. „Ich mach dich kalt."

Grundmann stockte der Atem, als die Schritte neben dem Wagen, unter dem er lag, stoppten. „Ich krieg dich, mieses Bullenschwein."

Grundmann blieb keine Wahl. Weglaufen konnte er nicht, unbemerkt den Rückzug antreten aber auch nicht. In der Stille hörte er den Abzug seines Gegners klicken. Laut und metallisch. Das war der Moment, in dem Grundmann sämtliche Sicherungen durchbrannten. Er zog die Arme vor, hatte Schwierigkeiten, das Zittern der Hand, die seine Waffe hielt, zu unterdrücken.

Dann legte er den Zeigefinger erneut um den Abzug. Quälend langsam, denn er gab sich Mühe, die Füße seines Gegners zu treffen.

Grundmann hielt den Atem an, schloss die Augen und schoss. Unnatürlich laut peitschte der Schuss durch die Tiefgarage. Grundmann robbte vor und wagte sich halb aus seinem Versteck. Durch die getönten Scheiben konnte Grundmann seinen Feind nur vermuten. Er wusste nicht, ob er ihn getroffen hatte. Ein Scherbenregen prasselte nieder, und Grundmann zerquetschte einen Fluch auf den Lippen. Dieser eine Schuss würde ihm jetzt stundenlanges Berichteschreiben bescheren. Und einen Anschiss von Dauber, denn nach den Regeln war der Schuss nicht gerechtfertigt gewesen. Doch das alles interessierte ihn jetzt nur am Rande. Nachdem Grundmann ein paar Sekunden lauschend dagelegen hatte, kroch er ein paar Zentimeter vor. Hatte er das Schwein getroffen?

Jetzt lag es nicht nur an seiner miserablen Kondition, dass sein Herz klopfte. Obwohl er seit Jahren Bulle war, hatte er eine derartige Situation noch nicht erlebt. Was, wenn der Typ hinter dem Van auf ihn lauerte, um ihn kaltzumachen?

Lebte er überhaupt noch?

Grundmann rollte seine massige Gestalt zur Seite, dann richtete er sich schwerfällig auf. Eilig klopfte er sich den Dreck vom Anzug. Er würde ihn in die Reinigung bringen müssen. Sein Blick fiel auf einen

Gegenstand am Boden der Tiefgarage. Ein Handy lag dort.

Im nächsten Augenblick überschlugen sich die Ereignisse. Hinter ihm fiel die Eisentür, durch die er in das Parkhaus der Rattenfängerhalle gekommen war, ins Schloss. Schritte näherten sich schnell, Stimmen wurden laut. Als Grundmann sich nach dem Handy auf dem Boden bückte, rief man seinen Namen.

„Jürgen – ist alles okay?“

Maja war ihm mit den beiden Kollegen der Kriminaltechnik gefolgt. „Hast du geschossen?“ Alle drei hielten ihre Dienstwaffen im Anschlag. Maja war blass geworden, und das lag nicht an dem kalten Licht im Parkhaus. Grundmann seufzte, hielt das gefundene Smartphone in der einen, die Waffe in der anderen Hand.

„Ja, ich war das. Bei mir ist alles klar“, rief er atemlos. Dann deutete er mit dem kantigen Kinn auf den schwarzen Bus. „Da hinten versteckt sich der Arsch.“ Kurz warf er einen Blick auf das Smartphone. Das Display war vom Sturz gesplittert, doch ansonsten schien es intakt zu sein.

Bevor Maja und die Kollegen die Verfolgung aufnehmen konnten, türmte der dunkel gekleidete Typ in Richtung Unterführung, die zur Hamelner Innenstadt führte.

„Kümmer dich um Grundmann, wir regeln das“, rief einer der beiden Kollegen an Maja gewandt. Ohne ihre Antwort abzuwarten, sprinteten sie los und nahmen die Verfolgung auf. Grundmann atmete tief durch, dann rang er sich ein Grinsen ab. „So ein Arschloch, haut der einfach ab." Langsam beruhigte sich sein Puls. „Ich bin sicher, der war in Sippelmanns Zimmer." Seine Hand zitterte noch ein wenig, als er Maja das Smartphone hinhielt. „Das gehörte sicherlich unserem Mordopfer."

Maja, die jetzt nach ihrem Handy griff, um Verstärkung anzufordern, nickte. „Und der Typ war Sippelmanns Mörder?"

Grundmann wiegte den massigen Schädel. „Es ist ziemlich wahrscheinlich."

„Wer hat denn nun geschossen?"

„Wir. Also erst er, dann ich."

„Schön. Dann werden wir die Patrone finden und sehen, ob sie aus der gleichen Waffe stammt wie die Kugeln, mit denen Sippelmann und die Loddes erschossen wurden."

Maja grinste schief und blickte in die Richtung, in der die Kriminaltechniker verschwunden waren, um die Verfolgung fortzusetzen. „Dann wollen wir hoffen, dass die beiden Kollegen besser zu Fuß sind als du."

SECHSUNDZWANZIG

Wuppertal, Polizeipräsidium, 13:30 Uhr

„Was willst du denn hier?“ Brauer betrachtete seinen ehemaligen Vorgesetzten wie einen Geist, als Ulbricht den Kopf ins Büro steckte. Eine steile Falte stand auf Brauers Stirn, und er machte keinen Hehl daraus, dass er sich durch Ulbrichts Anwesenheit gestört fühlte.

„Früher nannte man zum Gruß die Tageszeit und sagte Herzlich willkommen“, brummte Ulbricht und trat ins Büro. Er streifte den Trenchcoat ab und warf ihn achtlos über die Lehne eines Besucherstuhls vor Brauers Schreibtisch.

„Guten Morgen, guten Tag, guten Abend, so was eben.“ Ulbricht grinste.

„Solche Floskeln habe ich bei dir während deiner ganzen Dienstzeit nicht gehört“, gab Brauer zu bedenken. Er riss sich von seiner Bildschirmarbeit los, lehnte sich zurück und legte die Füße auf den Schreibtisch. Mit hinter dem Kopf verschränkten Händen betrachtete er den pensionierten Abteilungsleiter. Nichts hatte sich an Ulbrichts Auftreten geändert: Wie schon seit Jahren trug er ausgebeulte Jeans mit Bundfalte, ausgelatschte Schuhe, ein bügelfreies Hemd und den unverwechselbaren beigefarbenen Trenchcoat. Seine Haut wirkte grauer als damals, als er das Elfte noch geführt hatte. Und ein Frisörbesuch war mal wieder überfällig, doch auch das war nichts Neues bei Norbert Ulbricht.

Jetzt sank der Hauptkommissar a.D. auf einen der beiden Stühle. Brauer seufzte und befürchtete, dass der Besuch seines ehemaligen Vorgesetzten länger dauern könnte.

Umständlich griff Ulbricht in die Tasche seines Mantels, nahm ein Handy hervor und legte es zwischen ihnen auf Brauers Schreibtisch. „Hier“, sagte er und zuckte unter Schmerzen zusammen, fluchte über seinen Rücken, bevor er eine bequeme Sitzhaltung einnahm.

„Schön.“ Brauer zog die Augenbrauen hoch. „Ein Handy.“ Er griff in die Tasche, zog sein Smartphone heraus und legte es ebenfalls auf den Schreibtisch. „Guck, ich habe auch eins.“

Ulbricht würdigte Brauers Handy mit keinem Blick. Er zeigte auf das Telefon, das er auf den Tisch gelegt hatte. „Ich habe es gerade eingezogen.“

„Du bist pensioniert“, erinnerte Brauer ihn. „Was ist das für ein Handy?“ Das Frage-Antwort-Spiel begann ihn zu nerven.

„Ein nicht mehr ganz neues iPhone“, antwortete Ulbricht unbeeindruckt. „Ich habe es von Bernd Lüders.“

„Du hast es konfisziert?“

„Klar. Darauf befindet sich eine Sprachnachricht. Eine unbekannte und nicht zu identifizierende Anruferin informiert Lüders über den Mord an Sippelmann.“

„Bekennt sie sich zu …“

„Nein“, ging Ulbricht schnell dazwischen. „Sie informiert ihn, in dreißig Jahren hast du immer noch nicht gelernt, mir zuzuhören, Karl.“ Ulbricht fuchtelte mit der Hand herum. „Wie dem auch sei: Lass einen unserer Computerfritzen drüberschauen. Vielleicht können wir eine Stimmanalyse durchführen und die Rufnummer zurückverfolgen. Und wenn es sich bei der Anruferin nicht um Sippelmanns Mörderin handelt, würde ich sie gern mal in die Zange nehmen.“ Ulbricht erhob sich und wanderte durch Brauers Büro.

„Es wäre interessant zu wissen, woher sie die Info hat“, stimmte Brauer zu. Dann nahm er die Füße vom Schreibtisch und beugte sich zu seinem pensionierten Chef. „Aber jetzt mal unter uns: Wieso besorgst du uns das Handy von Lüders?“

„Weil ihr es ohne richterlichen Beschluss nicht bekommen hättet“, feixte Ulbricht, dann wurde er ernst. „Sieh zu, dass du die Anruferin ermittelst, dann habt ihr eine Spur zum Mörder von Sippelmann.“

„Das sehe ich anders.“ Brauer schüttelte den Kopf. „Ich kann keine Anrufrückverfolgung in Auftrag geben – es ist nichts als eine Nachricht auf der Mailbox, noch dazu mit unterdrückter Rufnummer. Da kommen wir nicht an die Nummer unserer geheimnisvollen Anruferin ran, fürchte ich.“

„Dann können wir der jungen Frau unterstellen, dass sie Lüders wissentlich zu nachtschlafender Stunde angerufen hat, um unerkannt zu bleiben?" Ulbricht blieb stehen und atmete tief durch.

„Was weiß ich?" Brauer kehrte die Handflächen nach oben. „Es scheint ihr schon wichtig gewesen zu sein, jemanden über den Mord an Sippelmann zu informieren, lass mal dahingestellt, warum sie nicht die Polizei angerufen hat. Aber es scheint ihr auf dem Herzen zu liegen – warum also?"

„Weil sie entweder schwere Schuld auf sich geladen hat, weil sie eine Mittäterin oder Mitwisserin ist, oder weil sie jemanden anscheißen will."

„Dann würde sie uns den Namen von Sippelmanns Mörder nennen", entgegnete Ulbricht. Mit in den Hosentaschen versenkten Händen trat er ans Fenster. Von hier aus hatte er einen ähnlichen Blick auf die Friedrich-Engels-Allee wie früher aus seinem Büro. Kurz spürte er so etwas wie Wehmut in sich aufkommen. Bevor er sentimental wurde, drehte er sich zu Brauer um. „Also, was denkst du?"

Karl Brauer verschränkte die Arme hinter dem Kopf. „Ich weiß es offen gestanden nicht. Aber mir ist etwas anderes aufgefallen."

„Sprich", forderte Ulbricht ihn auf und setzte sich mit dem Hintern auf die Fensterbank. Er spürte das kühle Glas der Scheibe in seinem Rücken.

„Der Anruf wurde bei Lüders um 2.45 Uhr in der Frühe aufgezeichnet."

„Und?" Ulbricht runzelte die Stirn.

„Wir hören eine Schwebebahn vorbeifahren, richtig?"

„Ich Idiot!" Ulbricht glitt von der Fensterbank herunter, zog eine Grimasse, als er den stechenden Schmerz im Rücken spürte, und schlug sich mit der flachen Hand vor die hohe Stirn. „Dass ich darauf nicht von alleine gekommen bin!" Fast jeder in der Stadt wusste, dass die erste Schwebebahn nicht nachts fuhr. Die ersten Züge verließen um kurz nach fünf Uhr ihre Depots in Vohwinkel und Oberbarmen.

„Und nun?" Brauer sprang in die Höhe.

„Werde ich mich dahinterklemmen." Ulbricht grinste verschmitzt und nahm den Trenchcoat von der Stuhllehne, um ihn sich lässig über die Schulter zu werfen.

„Warum tust du das?", fragte Brauer. „Ich meine, du bist in Rente."

„Sophie hat mich gebeten, euch ein wenig unter die Arme zu greifen. Und sie hat recht: Ohne mich läuft der Laden nicht."

Brauer glaubte, sich verhört zu haben. „Das hat sie gesagt?"

Ulbricht erhob sich ohne eine Antwort und humpelte zur Tür, nicht ohne über seinen lahmen Rücken zu fluchen. Am Ausgang angekommen, fuhr er herum. Er grinste über beide Ohren. „Na ja, sinngemäß hat sie es schon so gesagt." Dann war er draußen.

*

Gesamtschule Barmen, 13:40 Uhr

„Wie stellen Sie sich das vor? Ich kann Schüler nicht einfach aus dem Unterricht herholen, nur weil Sie ein paar Fragen an sie haben." Die Schulsekretärin, eine betont konservative Mittfünfzigerin mit ehemals dunklem, inzwischen ergrautem Pagenschnitt, schüttelte pikiert den Kopf.

Brauer hatte keine Lust auf eine Diskussion. „Dann würde ich gern die Rektorin sprechen."

„Sie ist in einer Konferenz." Die Sekretärin rückte sich die schmale Lesebrille zurecht, die weit vorn auf ihrer schmalen Nase saß. „Außerdem – wer sind Sie?"

„Kriminalhauptkommissar Karl Brauer, Kripo Wuppertal." Um seine Worte zu untermalen, legte Brauer seinen Dienstausweis auf die kleine Theke, die Eingangsbereich und das eigentliche Sekretariat voneinander trennte.

Aufmerksam studierte die Angestellte der Schule den Ausweis mit dem Landeswappen, dann blickte sie Brauer entsetzt an. „Ist Linus etwa auffällig geworden?"

„Nein." Brauer lächelte und nahm den Dienstausweis wieder an sich. „Eine private Angelegenheit."

„Privates kann warten", zischte die Sekretärin und war sichtlich froh, wieder die Oberhand gewonnen zu haben. Aber nur kurz.

„Es gab einen Todesfall in der Familie. Also muss ich Sie bitten, den Jungen zu holen."

„Wie schrecklich." Endlich erhob sich die Sekretärin und ließ Brauer alleine zurück in dem kleinen Büro. Durch die bodentiefen Fenster konnte er in die Straße Unterdörnen blicken. Auf der gegenüberliegenden Seite hatte ein Schuhmarkt sein Außenlager. Ein dunkelgelber Lkw setzte gerade rückwärts in die Einfahrt. Das warnende Piepen des Lasters nervte Brauer. Er setzte sich auf einen der freien Stühle im Eingangsbereich und bereitete sich in Gedanken auf den Sohn von Klaus und Astrid Sippelmann vor.

*

WSW-Verwaltungsgebäude, Bromberger Straße, 14:15 Uhr

„Sie können da nicht einfach durchmarschieren." Der uniformierte Pförtner sprang mit hochrotem Kopf auf, als sich Ulbricht zielstrebig den Aufzügen näherte, die in die Verwaltungsetagen der Stadtwerke führten. An den beiden Zahlschaltern für die Kunden hatten sich Warteschlangen gebildet. Ulbricht, der für Aufsehen sorgte, wurde von unzähligen Augenpaaren neugierig gemustert.

„Wer sagt das?" Der alte Kommissar blieb stehen und hielt dem Blick des hochgewachsenen Mannes stand.

Der war kurz abgelenkt, um einer Frau mit Kopftuch den Umgang mit einem der beiden Automaten zu erklären. Dann wandte er sich wieder Ulbricht zu. „Es werden immer mehr“, stöhnte er.

Ulbricht folgte seinem Blick. „Was wird mehr?“

„Die Zahl der Kunden, die ihre Stromrechnungen nicht bezahlen. Wenn wir damit drohen, den Strom abzudrehen, dann schlagen sie hier auf und bezahlen die offene Rechnung schnell in bar, um Schlimmeres zu vermeiden.“

„Das sind arme Schlucker“, vermutete Ulbricht. „Jeder kann mal in Not geraten, und wenn Sie so über die Leute reden, sind Sie die personifizierte Fehlbesetzung hier vorne, Mann.“

Er nutzte die Verwirrung seines Gegenübers, um die Oberhand zu gewinnen. „Ich muss zum Fahrdienstleiter.“

„Das kann ja jeder sagen.“ Der Pförtner sprach wieder mit erhobener Stimme und betrachtete Ulbricht wie ein lästiges Insekt. Dabei hielt er sich mit beiden Händen am Revers seines Uniformjacketts fest und wippte auf den Füßen.

„Oh, der Allmächtige verweigert mir den Zugang“, maulte Ulbricht sichtlich unbeeindruckt.

„Ich bin nicht allmächtig“, räumte der Pförtner ein. „Wie dem auch sei: Sie können hier nicht einfach durchmarschieren.“

„Stimmt.“ Inzwischen waren Ulbricht die beiden automatischen Drehkreuze aufgefallen, die man vor den Aufzügen montiert hatte. Früher hatte man hier freien

Zugang gehabt. Nun, *die Zeiten ändern sich*, stellte der alte Kommissar fest.

„Zu wem wollen Sie denn?"

„Zum Fahrdienstleiter der Schwebebahn, das müsste ein gewisser Herr Tillmann sein." Ulbricht schüttelte den Kopf. „Sie hören mir nicht zu, Mann."

Ein überhebliches Lächeln des Pförtners war die Antwort. „Herr Tillmann?" Ulbrichts Gegenüber schob sich die altertümliche Dienstmütze in den Nacken. „Den gibt es hier schon lange nicht mehr."

„Wo ist er denn?", wunderte sich Ulbricht.

„In Rente. Darf ich wissen, wer Sie sind und was Sie von ihm wollen?"

„Zum ersten Teil Ihrer Frage: Mein Name ist Hauptkommissar Ulbricht von der Kripo Wuppertal." Auf das „a.D." verzichtete er großzügig. Immerhin konnte er dem Mann keinen gültigen Dienstausweis zeigen, der ihn zu seinem Vorgehen berechtigt hätte. „Zum zweiten Teil Ihrer Frage: Das geht Sie nichts an."

„Probleme?"

Eine tiefe Stimme ließ die beiden Streithähne herumfahren.

„Jupp", rief Ulbricht erfreut, als er den untersetzten Mann im perfekt sitzenden grauen Anzug erblickte. „Schön, dich zu sehen."

Joseph „Jupp" Höltgeshoff saß seit unzähligen Jahren im Aufsichtsrat der Stadtwerke. Ein Kaufmann der alten Schule. Seit Jahrzehnten verband die Männer eine lockere Freundschaft. Höltgeshoff trat näher. Das

Haar war lichter geworden seit ihrem letzten Treffen im Brauhaus; aber die Augen strahlten Ulbricht nach wie vor aufmerksam an. Der alte Kommissar mochte die Lachfalten um die Augen seines Gegenübers. Höltgeshoff hatte einen ganz eigenen Humor. „Was führt dich zu uns, alter Haudegen?"

„Ich habe eine Frage an jemanden, der sich mit Nachtfahrten der Schwebebahn auskennt", erwiderte Ulbricht und bedachte den Pförtner mit einem vernichtenden Blick.

„Wir fahren nachts nicht – das solltest du wissen", informierte Jupp Höltgeshoff seinen Besucher.

„Eben, deshalb bin ich ja hier." Ulbricht zeigte mit dem Daumen erst auf den Pförtner, dann auf die Drehkreuze vor den Aufzügen, die ungebetene und nicht angemeldete Besucher davon abhalten sollten, den Betrieb in der WSW-Zentrale zu stören. „Ihr habt euch ja verschanzt wie in einem Hochsicherheitstrakt", maulte der alte Kommissar. „Wollt ihr nicht mehr beim Büroschlaf gestört werden?"

„Das sagt der Richtige: Beamtenlaufbahn, guter Sold, sichere Karriere, was kann dir schon passieren?"

„Bei uns kommst du leichter ins Präsidium rein. Und wir sind eine Behörde." Ulbricht betrachtete Jupp Höltgeshoff. „Was machst du eigentlich immer noch hier? Gehörst du nicht längst zum Inventar?"

Höltgeshoff lachte meckernd. „So ähnlich. Und du – noch nicht in Rente?" Er nickte dem Pförtner zu. Der Mann zog sich hinter seinen Empfangstresen zurück und ignorierte den lästigen Besucher, indem er sichtlich interessiert in der Lektüre der WZ versank.

„Frag nicht." Ulbricht ließ sich vom Aufsichtsratsvorsitzenden zu einer Lounge-Ecke führen. Schweigend sanken sie in die knarzenden Kunstlederpolster.

„So", Höltgeshoff legte die Fingerspitzen beider Hände aneinander und beugte sich weit vor. Das Hemd spannte über dem Bauch, sein viel zu kurz geratener hellblauer Schlips schwankte wie ein Pendel in der Luft. „Bist du dienstlich hier?"

Ulbricht nickte, dann berichtete er Höltgeshoff von dem rätselhaften Anruf bei Bernd Lüders, achtete jedoch darauf, nicht zu viele Details aufzuzählen. Den Mord an Sippelmann erwähnte er mit keiner Silbe. Die Wuppertaler Seilbahn sollte von den Stadtwerken errichtet und betrieben werden. Ulbricht fand es zu früh, den Aufsichtsrat vom Tod des Pioniers zu unterrichten. Das war nicht die Aufgabe eines pensionierten Hauptkommissars.

Während Höltgeshoff telefonierte, erhob sich Ulbricht und trat an den Glaskasten, in dem sich das dreidimensionale Modell der Wuppertaler Seilbahn befand. Ulbrichts Blick glitt über die Trasse, die vom Hauptbahnhof hinauf zur Uni führte und von hier aus weiter nach Küllenhahn. Sinnigerweise hatten die Modellbauer die Häuser der Menschen, die entlang der Trasse wohnten, nur sehr vage angedeutet. Sippelmann würde, sollte es die Bahn auf die Südhöhen jemals geben, nicht bei der Inbetriebnahme dabei sein.

In seinem Rücken telefonierte Jupp Höltgeshoff mit dem zuständigen Kollegen. Der alte Kommissar setzte sich wieder.

„Eine Fahrt der Schwebebahn um 2.45 Uhr …" Höltgeshoff zog die Stirn in Falten. „Das ist allerdings seltsam." Er griff in die Innentasche seines Sakkos und zog ein Handy hervor. „Das haben wir gleich." Mit seinen fleischigen Fingern wischte er sich durch das Menü, dann hatte er die gesuchte Nummer gefunden. „Wann soll das gewesen sein?"

„In der Nacht zu heute", erwiderte Ulbricht, während der Aufsichtsrat dem Freizeichen lauschte.

Offenbar meldete sich am anderen Ende der Leitung jemand, und Höltgeshoff stellte ihm seine Frage. Kurz, prägnant, mit wenigen Worten.

Zwei Minuten später wusste Ulbricht mehr.

„Es hat tatsächlich eine Nachtfahrt gegeben", eröffnete Jupp Höltgeshoff ihm. „Vielleicht hast du in den Medien mitbekommen, dass bei einem unserer neuen Züge in einer Kurve die Verkleidung eines Bremszylinders ans Gerüst stieß, abbrach und auf den Wagen fiel. Wir haben das Teil jetzt modifiziert und machen nachts Testfahrten, um die neuen Komponenten zu testen. Bisher fahren die neuen Bahnen ja nur mit einer Höchstgeschwindigkeit von fünfundvierzig Stundenkilometern."

„Da kannste froh sein, dass das Teil keinem auf den Kopf gefallen ist", brummte Ulbricht, der sich daran erinnerte, einen entsprechenden Bericht in der WDR-Lokalzeit gesehen zu haben. „Und eine solche Testfahrt hat es zum entsprechenden Zeitpunkt gegeben?"

„Ja, das wurde mir eben vom Werkstattleiter der Schwebebahn bestätigt." Höltgeshoff nickte.

Ulbricht schlug ihm jovial auf die Schulter. „Danke, Jupp, du hast mir sehr geholfen." Er grinste. „Was wäre die Stadt nur ohne uns alte Haudegen?"

„Ein Haufen kaputt strukturierter, aber dynamischer Jungmanager mit Bachelor, die an der Einhaltung ihrer eigenen Dienstvorschriften ersticken." Höltgeshoff lachte polternd und warf dem übervorsichtigen Pförtner am Eingang des Verwaltungshauses einen vielsagenden Blick zu.

„Kannst du mir auch sagen, wo sich die Bahn um 2.45 Uhr befunden hat?", hakte Ulbricht nach, als sich die allgemeine Erheiterung gelegt hatte.

„Hättest du das nicht eben sagen können?" Jupp Höltgeshoff zog eine Grimasse.

„Sorry – dass du trotz deines hohen Alters so schnell bist, konnte ich ja nicht ahnen." Ulbricht grinste schief. „Du hast einen gut bei mir." Er beobachtete, wie sein alter Freund noch einmal das Handy bemühte. Wenige Sekunden später hatte Ulbricht die Information, auf die Brauer und sein Team warteten.

Zur angegebenen Zeit war der Testzug zwischen den Stationen Landgericht und Pestalozzistraße unterwegs gewesen, also am Haspel. Nun ließ sich die Position der geheimnisvollen Anruferin zumindest grob lokalisieren. Ob das reichte, um die Identität festzustellen, wagte der alte Kommissar aber zu bezweifeln. So trat er den Rückweg ins Präsidium mit gemischten Gefühlen an, nachdem er sich von Jupp Höltgeshoff verabschiedet hatte, nicht ohne sich auf ein Bier im Brauhaus zu verabreden.

SIEBENUNDZWANZIG

Hameln, Innenstadt, 13:45 Uhr

Er rannte, als wäre der Leibhaftige hinter ihm her. Gut, dass seine Kondition so ausgezeichnet war. Das stramme Training machte sich jetzt endlich bezahlt. Der dicke Bulle hatte die Verfolgungsjagd aufgegeben und ihm die beiden anderen auf die Fersen geschickt. Sie waren jünger und dynamischer – deshalb aber noch lange keine Sportskanonen. Während er durch die Unterführung am Ostertorwall lief, musste er auf die Beschilderung des Fußgängertunnels achten. Wenn er sich jetzt verlief, konnte er gleich aufgeben und sich den Bullen stellen. Passanten blickten ihm verwundert und teils kopfschüttelnd hinterher.

Der Gedanke, dass die Bullen jetzt doch an Sippelmanns Handy gekommen waren, machte ihn rasend vor Wut, doch jetzt galt es erst mal, seinen Hintern zu retten und irgendwo im Gewimmel der Innenstadt unterzutauchen. Wahrscheinlich, so mutmaßte er, hatte der Dicke längst Verstärkung angefordert. Als er am unteren Ende der Bäckerstraße wieder ans Tageslicht kam, blickte er sich verwirrt um. Vor Jahren war er hier auf Klassenfahrt gewesen und kannte sich noch ein wenig in der Rattenfängerstadt aus. Hatte es hier nicht mal dieses amerikanische Fast-Food-Restaurant an der Ecke gegeben? Dort hatte er untertauchen und sich in der Toilette verstecken wollen.

Er überlegte, ob es Sinn machte, sich in das C&A-Kaufhaus zu verziehen, verwarf den Gedanken aber schnell wieder. Schon als Kind waren ihm die riesigen, langsam rotierenden Überwachungskameras unheimlich gewesen. Eine Filmaufnahme von seiner Flucht vor den Bullen war so ziemlich das Letzte, was er jetzt gebrauchen konnte. Immer wieder warf er gehetzte Blicke über die Schulter, stellte erleichtert fest, dass von seinen Verfolgern noch nichts zu sehen war. Um nicht mehr als unnötig aufzufallen, verlangsamte er seine Schritte und nutzte Menschengruppen aus, um unterzutauchen.

Sein Weg führte ihn vorbei an unzähligen größeren und kleineren Geschäften und am Rattenfängerkrug. Als linker Hand eine Buchhandlung auftauchte, nutzte er den Eingang, um sich zu orientieren. Er hielt sich links und tat so, als würde er sich für die unzähligen ausgestellten Bildbände interessieren. So unauffällig wie möglich warf er einen Blick in die Fußgängerzone. Ihm gefror der Atem, als er die beiden uniformierten Polizisten sah, die gerade aus der Osterstraße in die Bäckerstraße abbogen. Beide trugen Sonnenbrillen, einer von ihnen sprach in ein Funkgerät.

Noch war der Abstand zu groß, um ihn zu sehen. Wahrscheinlich hatte der dicke Bulle aus der Tiefgarage nur eine sehr vage Personenbeschreibung abgeben können. Trotzdem, an seinen Klamotten würden sie ihn unter Umständen identifizieren.

Ohne weiter nachzudenken, setzte er einen Fuß in die Buchhandlung. Eine Verkäuferin, die am Verkaufstresen links gerade einen neuen Weserbergland-Krimi als Geschenk verpackte, blickte auf und grüßte freundlich. Die Kundin, für die sie das Geschenk verpackte, stierte ihn mit unverwandter Miene an.

Er erwiderte den Gruß und ließ den Blick durch die Buchhandlung schweifen. Rechts gab es eine große Wand mit Krimi-Neuerscheinungen und den regionalen Titeln eines Hamelner Verlages, im hinteren Bereich einen Info-Point, hinter dem eine Treppe in die obere Etage führte. Ohne nachzudenken, nahm er die Treppe, rannte auf den Stufen um ein Haar einen langhaarigen Typen im Schlabberlook um, dann war er oben angelangt. Er blickte sich um. Von der oberen Fensterfront aus konnte er nach unten auf die Bäckerstraße blicken. Gerade in diesem Moment sah er die Polizisten, die Richtung Ostertorwall marschierten und sich aufmerksam unter den Passanten umschauten. Da sie nur zu zweit waren, machte es keinen Sinn, dass sie die Geschäfte in der Fußgängerzone nach ihm absuchten. So konzentrierten sie sich auf die Straße und hofften, dass er ihnen in die Arme rannte.

Vergeblich.

Hier würden sie ihn nicht finden, stellte er triumphierend fest. Andererseits würde er sich hier nicht allzu lange aufhalten können, ohne für Aufsehen zu sorgen. Hastig zog er den schwarzen Hoodie über den Kopf. Darunter trug er ein mintfarbenes T-Shirt. Eigentlich zu dünn und unpassend für die herbstlichen Temperaturen, doch es musste gehen. Vielleicht hatte er die Möglichkeit, in einem der umliegenden Bekleidungsgeschäfte eine billige Jacke zu erstehen. Den schwarzen Pulli warf er achtlos in eines der Bücherregale. Er wartete noch ein paar Minuten am Fenster der Buchhandlung ab und beobachtete das Treiben in der Fußgängerzone, dann begab er sich ohne Eile in die untere Etage, nickte der Verkäuferin zu und trat auf die Bäckerstraße. Von den beiden Polizisten war weit und breit nichts zu sehen. Gut so. Betont lässig schlenderte er in Richtung Hochzeitshaus und Marktkirche, betrachtete die Auslagen der Schaufenster und blickte sich immer wieder unauffällig um. Weit und breit keine Spur von den Polizisten, auch seine Verfolger aus dem Parkhaus hatten anscheinend aufgegeben. Er atmete tief durch, dann überlegte er, wie es weiterging. Zurück zum Hotel konnte er auf keinen Fall.

Die Sandsteinfassade des Hochzeitshauses schien in der tief stehenden Sonne zu glühen. Die berühmte Bronzetür, aus der dreimal am Tag der Rattenfänger kam und zum Glockenspiel die berühmte Geschichte Hamelns zeigte, war verschlossen.

Etwas zurückliegend erkannte er weiter links den Eingang eines Einkaufszentrums. Mit den unzähligen kleinen und großen Geschäften und den Restaurants sicher ein gutes Versteck, denn dort würde er in der Menge untergehen. Doch er fürchtete sich vor der Videoüberwachungsanlage. Rechts reckte sich der spitze, mit Patina bedeckte Turm von Sankt Nicolai in den fast wolkenlosen Herbsthimmel. Touristen standen vor der Kirche und fotografierten wild darauflos. Eine Reisegruppe stand vor dem Portal und lauschte andächtig einem Guide, der den Urlaubern die Geschichte des imposanten Gotteshauses vermittelte. Das war seine Chance. So unauffällig wie möglich näherte er sich der kleinen Gruppe von hinten. Niemand beachtete ihn.

„Gemeinsam mit dem angrenzenden Hochzeitshaus, das in diesem Jahr vierhundert Jahre alt wird, bildet unsere Marktkirche das eigentliche Zentrum der Rattenfängerstadt", erklärte der Reiseführer gerade. Die Touristen erfuhren, dass Sankt Nicolai die zweitälteste Kirche Hamelns war, und hörten vom Brand, der die Kirche im dreizehnten Jahrhundert nahezu ganz zerstörte. Nachdem die Touristen die grundlegenden Fakten wussten, setzte sich die Truppe in Bewegung. Der Guide führte seine Schützlinge in das Innere der Kirche.

Er schloss sich der Reisegruppe an und schlüpfte in das imposante Gotteshaus. Dabei fragte er sich, wann er zuletzt eine Kirche von innen gesehen hatte. Er schaute sich um. Vor Jahren schon war er aus der Kirche ausgetreten, um sich die Abführung der Kirchensteuern zu sparen. Auch mit der christlichen Kunst hatte er nichts am Hut. Jetzt spürte er, wie die Beklemmung nach ihm griff. Doch es nutzte nichts – hier war er erst einmal in Sicherheit.

*

Wuppertal, Gesamtschule Barmen, 14:15 Uhr

„Was wollen Sie?“ Der Junge schaute Brauer feindselig entgegen, als er das Schulsekretariat betrat. Er trug einen weinroten Kapuzenpulli zu weiten und ausgebeulten Jeans, dazu strahlend weiße Turnschuhe. „Haben Sie einen Plan, wie megapeinlich es ist, aus dem Unterricht geholt zu werden?“

Brauer lächelte, als er sich betont langsam von dem Stuhl erhob, auf dem er gewartet hatte. „Schön, dass du dir trotzdem die Zeit genommen hast.“ Er hielt dem Teenager die Hand hin. „Guten Tag, ich bin Karl Brauer von der Kripo Wuppertal.“

„Sie sind ein Bulle?“ Argwohn lag im Blick von Linus Sippelmann. Mit einer lässigen Handbewegung strich er sich das halb lange Haar aus dem pickeligen Gesicht. Erste Stoppeln täuschten Bartwuchs am Kinn vor.

„Na, na, wir sind Polizisten und sorgen für Recht und Ordnung.“

„Blabla“, machte Linus und fing sich dafür einen missbilligenden Blick von der Sekretärin ein, die sich bereits wieder am Computer verschanzt hatte. Brauer sah, dass sie nur vortäuschte, in ihre Arbeit vertieft zu sein. Sie lauschte.

„Magst du an die frische Luft gehen?", fragte Brauer an Linus Sippelmann gewandt.

„Hab ich ne Wahl?"

„Nee." Brauer grinste und zeigte auf die Tür. „Dann raus mit uns." Er öffnete dem Jungen die Tür und folgte ihm. Sie standen im lichtdurchfluteten Foyer der Gesamtschule. Das Licht der Herbstsonne drang durch die großen Fensterflächen im Glasdach und tauchte die Backsteinwände in ein glühendes Tiefrot. Die exotischen Pflanzen im Mittelgang erinnerten Brauer an ein Gewächshaus, irgendwo plätscherte ein Brunnen. Nur wenige Schüler befanden sich auf den Gängen, es war Unterrichtszeit. „Schöne Schule", bemerkte Brauer. „War das nicht mal die beste Schule Deutschlands?"

„Wollen Sie mit mir über die Schule quatschen? Im Ernst?" Linus Sippelmann betrachtete ihn wie einen geistig umnachteten Zeitgenossen.

„Natürlich nicht." Brauer ging vor. An der Drehtür, die ins Freie führte, blickte er sich um. „Kommst du?"

„Klar."

Draußen, auf dem Vorhof, zog Brauer eine zerknautschte Zigarettenpackung hervor. Obwohl er sich das Rauchen längst abgewöhnt hatte, trug er die Zigaretten immer mit sich herum – für solche Situationen. Oft brach eine Zigarette das Eis bei Befragungen. Jetzt hielt er die Packung dem Jungen hin. Dass er damit nicht pädagogisch wertvoll war, leuchtete ihm ein. Die Reaktion des Jungen gab ihm recht.

„Hier auf dem Schulhof?“ Linus Sippelmann tippte sich an die Schläfe und schüttelte den Kopf.

„Dann lass uns ein wenig gehen.“ Brauer ließ die Packung wieder in der Tasche verschwinden.

„Oki.“ Der Junge nickte und folgte ihm über die schmalen Stufen, vorbei an einem kleinen Teich, dann überquerten sie die Straße und standen am Wupperufer.

Lässig lehnte Linus am Geländer, das Bürgersteig und das steil abfallende Ufer voneinander trennte. „Und?“, fragte er. „Was liegt an?“

„Linus, ich habe schlechte Nachrichten.“

„Dachte ich mir.“

„Warum?“

„Wenn ein Bulle mich aus dem Unterricht holt, dann will er wohl kaum über unsere Schule reden. Also – was liegt an?“

Brauer verwarf die Strategie, den Jungen vom Tod seines Vaters zu unterrichten, die er sich im Auto zurechtgelegt hatte. Schlimm genug, dass er sein Versprechen brach und ihm die Todesnachricht gleich überbringen würde. Astrid Sippelmann würde ihn dafür zur Verantwortung ziehen.

„Linus, ich muss dir die traurige Mitteilung machen, dass dein Vater tot ist.“

„Ist nicht wahr.“ Der Junge wurde auf der Stelle leichenblass. Seine Hände zitterten, als er sich am eisernen Geländer festhielt und die Streben so fest umklammerte, dass seine Fingerknöchel weiß unter der Haut hervortraten.

„Doch. Es tut mir leid."

„Was … wie …"

„In Hameln, er wurde ermordet." Brauer schalt sich einen Narren, dass er keinen Seelsorger der Polizei bei sich hatte. Die Jungs waren für solche Fälle geschult, während Brauer sich jetzt auf sein Feingefühl und auf seine Menschenkenntnisse verlassen musste.

„Blödsinn."

„Nein, leider nicht."

„Hat man ihn erschossen?"

„Wie kommst du darauf?"

„Weil das meistens so ist."

„Du scheinst dich auszukennen."

„Geht so – ich guck halt viele Krimis." Er winkte ab. „Aber das hier ist echt heftig." Linus drehte sich um und stierte in den Fluss. Er schüttelte den Kopf, und als über ihnen eine Schwebebahn vorbeifuhr, ging sein Schluchzen im schrillen Surren der Triebwerke unter. Brauer betrachtete ihn schweigend. Er gab dem Jungen ein paar Minuten.

„Haben Sie das Schwein schon?", fragte Linus schließlich, ohne sich zu Brauer umzudrehen.

„Nein, wir suchen ihn noch."

„Woher wissen Sie, dass es ein Mörder war?"

„Was meinst du?"

„Vielleicht war es eine Frau?"

Brauer trat neben ihn und stützte sich auf das eiserne Geländer. Im Fluss lag ein rostiges Fahrrad, das man wohl beim letzten Wupperputz übersehen hatte. „Wie kommst du denn darauf?"

Linus wandte den Kopf und blickte ihn mit regungsloser Miene an. Seine Augen schimmerten feucht. „Mein Vater war ein cooler Typ, jung geblieben für sein Alter."

„Und?"

„Er war seit Jahren mit Astrid verheiratet, nachdem Mum starb. Nach außen hin waren wir immer die spießige Family. Es war ihm wichtig, den Schein zu wahren."

„Den Schein zu wahren?"

„Klar. Glauben Sie, dass ein attraktiver Typ wie mein Vater seiner Astrid treu war?"

„Er hatte eine Geliebte?"

Linus lachte trocken auf. „Eine? Klaus ließ nichts anbrennen. Kein Wunder – Astrid ist eine elende Trockenpflaume." Er spuckte ins Wasser.

Brauer schmunzelte. Auch ihm war bei ihrem Besuch im Hause Sippelmann aufgefallen, dass Astrid sehr konservativ zu sein schien. „Du scheinst dich mit Frauen auszukennen."

Jetzt grinste der Junge. „Ich lebe nicht auf Bäumen."

„Kennst du seine Geliebte? Oder eine von ihnen?"

„Nee. Oder glauben Sie, er hat mir seine Schnallen immer vorgestellt?" Spott lag in der belegten Stimme des Schülers.

„Eifersucht ist doch Tatmotiv Nummer eins – oder wissen Sie das nicht?“ Linus lachte auf. „Sie sind doch der Bulle.“

„Vermutest du, dass er Affären hatte, oder weißt du es?“

„Ich weiß es. War es eines dieser Weiber?“

„Das wissen wir nicht“, räumte Brauer ein.

„Es könnte doch eine Bitch gewesen sein, die nicht damit klarkam, dass Klaus seine Familie nicht wegen ihr verlassen würde.“

Schon zum zweiten Mal fiel Brauer auf, dass Linus seinen Vater beim Vornamen nannte. „Er hätte euch also nie verlassen?“

„Nee, das wäre nicht gut für seinen Ruf als renommierter Wissenschaftler gewesen. Außerdem war Klaus ein Familienmensch, der aber immer wieder das Abenteuer suchte.“

„Und fand?“

„Klar. Er sah doch gut aus, für sein Alter.“

Brauer musste schmunzeln. „Und wie komme ich an diese …“, das Wort kam ihm schwer über die Lippen, „Bitch?“

„Fragen Sie in der Uni nach. Es wäre nicht das erste Mal, dass Klaus was mit einer seiner Studentinnen hatte.“

„Woher weißt du das?“, hakte Brauer nach. „Hat er mit dir darüber gesprochen?“

Jetzt grinste Linus. „Nee, aber ich bin nicht blöd, bin kein Blag mehr, und er hat immer wieder so komische

Andeutungen gemacht." Er streckte die Hand aus. „Gehen Sie an die Uni, vielleicht finden Sie da seine Mörderin."

Kurz dachte Brauer an das Handy von Bernd Lüders, das ihm Ulbricht gebracht hatte. Darauf hatte sich die Nachricht der rätselhaften Anruferin befunden. Hatte der Junge recht, und eine geprellte Liebhaberin hatte Klaus Sippelmann umgebracht?

„Ich werde dranbleiben", versprach Brauer. „So, und jetzt fahr ich dich nach Hause."

„Warum?" Linus blickte auf die andere Straßenseite. Dort lag das Glasgebäude der Schule. Einige Schüler hatten sich am Rande des Teiches hingesetzt und spielten mit ihren Smartphones.

„Ich hab noch Unterricht." Der Junge blickte Brauer aus tränengeröteten Augen an. Jede Coolness war von ihm abgefallen, jetzt wirkte er schutzbedürftig. Kein Wunder, dachte Brauer, ich habe ihm gerade eröffnet, dass sein Vater tot ist.

Brauer legte eine Hand auf die Schulter des Jungen. Für ihn war es nicht ungewöhnlich, dass Angehörige sich in den Alltag flüchteten, wenn sie eine Todesnachricht erhielten.

„Ich schreib dir eine Entschuldigung", versprach er lächelnd und brachte Linus zum Wagen.

ACHTUNDZWANZIG

Rinteln, 14:00 Uhr

Auf die Bullen hatte er keine Lust. Als Dirzius den alten Käfer in die Straße lenkte, sah er den zivilen Wagen, einen silbermetallicfarbenen Golf Variant, vor der Einfahrt von Margit Loddes Villa stehen. Die verräterisch lange Dachantenne und der zweite Innenspiegel auf der Beifahrerseite ließen keine Zweifel, dass es sich um ein Behördenfahrzeug handelte. Sicher war man gerade bei ihr, um ihr mitzuteilen, dass ihre Eltern ermordet worden waren. Immerhin, dachte er, ist sie zu Hause. Dirzius stoppte den Wagen mitten auf der Straße und fluchte, als ein japanischer Sportflitzer ihn mit lautem Hupen überholte. Der Fahrer, ein junger Schnösel mit einer falsch herum aufgesetzten Baseballcap, gestikulierte wild.

„Leck mich", rief Dirzius ihm hinterher und ärgerte sich, weil der jugendliche Rennfahrer mit seinem Gehupe die Aufmerksamkeit auf Dirzius in seinem VW Käfer lenken könnte – nicht, dass der Wagen an sich nicht schon viel zu auffällig für seine Mission war. Dirzius ließ den Käfer langsam an Margits Grundstück vorüberrollen und verrenkte sich fast den Hals nach dem protzigen Gebäude. Dann bog er in die nächste Straße ab und suchte eine freie Parklücke. Mit einem satten Blubbern erstarb der kleine Boxermotor im Heck. Dirzius löste den Sicherheitsgurt und stieg aus. Zu Fuß spazierte er betont langsam zurück in die Straße, in der Margits Haus stand. Der Bullenwagen parkte immer noch vor ihrer Einfahrt. Dirzius zerquetschte einen Fluch auf den Lippen und blieb auf Abstand. Die Polizisten, die seiner alten Freundin aus Kindheitstagen gerade einen Besuch abstatteten, stahlen ihm die knappe Zeit. „Fasst euch kurz, ich hab was mit der Dame des Hauses zu besprechen", knurrte Dirzius und tippelte nervös von einem Fuß auf den anderen. Wäre er im Besitz einer Armbanduhr, hätte er wahrscheinlich alle paar Sekunden auf das Ziffernblatt geschaut. Doch er war zu faul, das Handy hervorzuholen, um die Zeit zu sehen. So übte er sich in Geduld – eine seiner größten Schwächen. Unwillig knurrte und brummte Dirzius, während die Minuten zäh wie Sirup dahinflossen. Dann endlich tat sich am Haus etwas. Dirzius erwachte aus der Lethargie und spähte vorsichtig zur Einfahrt von Margits Haus. Dort stand sie, um sich von ihren Besuchern zu verabschieden. Dirzius erkannte sie sofort wieder. Sie war groß und schlank, die fast schwarzen Haare fielen locker auf ihre schmalen Schultern. Margit trug ein dunkelgraues, zweiteiliges Kostüm und hohe Schuhe.

Ihre Miene wirkte wie eine Maske, als sie sich mit einem halbherzigen Handschlag von den beiden Männern verabschiedete, die Dirzius sofort als Polizisten identifizierte. Sie waren jung, vielleicht Anfang dreißig. Während der Verabschiedung redeten die Männer auf Margit ein, doch was sie sprachen, konnte Dirzius nicht verstehen. Er sah nur, dass einer der beiden ihr eine Visitenkarte in die Hand drückte, dann nickten sie Margit Lodde ein letztes Mal zu, bevor sie die Einfahrt herunterstapften. Seite an Seite gingen sie zügigen Schrittes auf den Kombi in der Einfahrt zu und unterhielten sich.

Dirzius trat den Rückzug an. Er war nicht scharf darauf, von den beiden erwischt zu werden. Dabei war er schon froh, dass dieser Grundmann nicht dabei war. Auch die Kommissarin, die ihn an die Schauspielerin aus dem Fernsehen erinnerte, hatte offensichtlich Besseres zu tun, als Todesnachrichten zu überbringen.

Ihm konnte es recht sein. Dirzius drehte sich um und spazierte gespielt gelangweilt die Straße herunter. Er wartete, bis die Bullen sich in ihren Wagen gesetzt hatten und davonfuhren. Erst als der Golf Variant um die nächste Straßenecke verschwunden war, machte er kehrt. Den missbilligenden Blick des alten Mannes, der seinen Dackel an der Leine ausführte, ignorierte Dirzius. Er nickte dem Mann mit einem freundlichen Lächeln zu und nannte die Tageszeit, bevor er einen Fuß auf das Grundstück von Margit Lodde setzte. Der Garten war pedantisch gepflegt, sicherlich beauftragte sie einen Gärtner mit der Arbeit. Dirzius konnte sich kaum vorstellen, dass Margit ihre knappe Freizeit mit schwerer Gartenarbeit verbrachte. Auch das Haus war hervorragend in Schuss. Große Fensterflächen sorgten für genügend Licht im Innern, die Fassade strahlte in einem hellen Weiß, das nur von einem halbhohen, anthrazitfarbenen Sockel gebrochen wurde. Drei Stufen führten zum Eingangsportal. Dirzius nahm sie, hielt inne, atmete durch und blickte einmal über die Schulter. Dabei bemerkte er, dass der alte Mann am Tor zum Grundstück stehen geblieben war. Frech und voller Misstrauen blickte er zu Dirzius herüber. Dirzius legte einen Daumen auf den goldenen Klingelknopf neben der Tür, dann drehte er sich wieder um. Der Alte stand wie versteinert dort und beobachtete ihn. Dirzius, dem das Ganze zu bunt wurde, hob mit einem breiten Grinsen den Daumen. „Aktion ‚wachsamer Nachbar‘, was? Sehr löblich, immer schön aufpassen!“ Er zog die Mundwinkel hoch. „Sehr, sehr löblich!“

Dann wurde hinter ihm die Tür geöffnet. Margit Lodde stand mit regungsloser Miene im Eingang und betrachtete ihn. Sie schien ihn nicht auf Anhieb zu erkennen. Gerade als sie ihn nach dem Grund seines Besuches fragen wollte, ergriff Dirzius das Wort.

„Hallo Margit, kennst du mich noch?“

Sie zögerte. Ein winziges Zucken in ihren Augenwinkeln war das einzige Zeichen einer Regung. „Ich … also“, stammelte sie mit belegter Stimme, dann wurden ihre Augen feucht.

Dirzius hasste es, wenn Frauen weinten. Ganz schlimm war es, wenn Frauen wegen ihm weinten. Und so war er froh, dass das hier nicht der Fall war. So rang er sich ein joviales Grinsen ab. „Frank", sagte er und hielt ihr die Hand hin. Sie ergriff sie, zögerlich, noch immer unentschlossen.

„Frank Dirzius. Wir kennen uns vom Finkenborn, weißt du noch?"

Jetzt dämmerte es ihr. Margit Lodde deutete ein schwaches Lächeln an, dann nickte sie. „Stimmt, Frank. Dich hätte ich wirklich nicht erkannt." Ihre Stimme klang rauchig und fast ein wenig verrucht; auch wenn diese Assoziation hier unpassend erschien, drängte sie sich Dirzius auf. Margit stockte. Dirzius sah, wie sich eine Träne aus ihrem rechten Auge stahl. Schnell wischte sie die Träne mit dem Handrücken fort. „Es ist schrecklich", stammelte sie leise und senkte den Blick. „Frank, ich freue mich, dass wir uns wiedersehen, und sicher gibt es viel zu erzählen, aber ich habe eben eine schreckliche Nachricht erhalten." Sie brach ab, schaute zu ihm auf. „Vielleicht sollten wir uns ein anderes Mal …"

„Das mit deinen Eltern tut mir leid", unterbrach er sie hastig. „So ein unsinniger Tod." Mitfühlend schüttelte er den Kopf. Sehr gut konnte er sich an die Loddes erinnern.

„Frank – woher weißt du …"

„Ich arbeite als Journalist", erklärte er.

„Du möchtest jetzt aber kein Interview von mir, oder?" Empörung schwang in ihrer Stimme mit.

„Wo denkst du hin?" Dirzius hob beschwichtigend die Hände und schüttelte den Kopf.

„Was willst du dann hier? Nach all den Jahren, ausgerechnet jetzt?" Margit betrachtete den alten Jugendfreund mit einem lauernden Blick.

„Der Zeitpunkt ist blöd, das gebe ich zu", stimmte Dirzius ihr zu.

„Komm schon rein", sagte sie so plötzlich, dass Dirzius glaubte, sich verhört zu haben.

„Wie bitte?"

„Reinkommen sollst du." Jetzt lächelte sie. „Vielleicht ist es gut, den Moment der Trauer nicht alleine verbringen zu müssen. Später werde ich mit meinem Sekretariat telefonieren. Es gibt viel zu organisieren." Sie senkte kurz den Blick. „Die Bestattung, eine Trauerfeier, die Haushaltsauflösung am Finkenborn – oh mein Gott, es ist schrecklich."

Sie ließ sich von Dirzius, dem die Situation nun unangenehm war, widerstandslos in den Arm nehmen. Sekundenlang standen sie so da, eng umarmt vor dem Haus. Kurz schloss Dirzius die Augen und genoss die Nähe dieser Frau, die er schon so lange kannte. Und die es, im Gegensatz zu ihm, im Leben zu etwas gebracht hatte. Dann öffnete er die Augen und schaute zur Straße herüber. Der alte Mann stand immer noch in der Einfahrt. Jetzt schüttelte er missbilligend den Kopf, dann zischte er seinem Dackel etwas zu und zog ihn an der Leine fort, just in dem Moment, als der kleine Hund das Bein hob, um Margit in die Einfahrt zu pinkeln.

Dirzius ließ sich von Margit ins Haus führen. Das Mobiliar machte einen wertigen und teuren Eindruck, wobei sie, wie Dirzius sich eingestehen musste, einen guten Einrichtungsgeschmack besaß. Moderne verbanden sich mit klassischen Möbelstücken und bildeten eine gelungene Symbiose. Das Wohnzimmer wurde von einem lebensgroßen Porträt eines alten Ehepaares beherrscht. Milde lächelten die beiden in die Linse des Fotografen. Sie trug ein ihrem Alter angemessenes Kostüm, er einen Maßanzug, eine Hand steckte lässig in der Tasche der Anzughose. Dirzius erkannte Margits Eltern auf Anhieb.

„Ich werde es abhängen lassen, noch heute“, sagte Margit mit tränenerstickter Stimme. „Ich kann das … nicht sehen heute.“ Mit einer leisen Bewegung war sie neben ihn getreten und betrachtete das Bildnis ihrer ermordeten Eltern.

„Hast du einen Verdacht, wer das …“

„Nein“, unterbrach sie ihn. „Keine Ahnung, wirklich nicht. Das haben die Beamten der Polizei mich auch schon gefragt.“ Sie seufzte. „Meine Eltern waren sozial engagiert, ihnen lag das Wohl der Stadt am Herzen. Sie stellten große Etats für die Förderung der Kultur und der Stadterneuerung zur Verfügung.“

„Stadterneuerung?“, stutzte Dirzius. „Hameln lebt doch davon, alt zu sein – also, ich meine, im positiven Sinne. Liebevoll restaurierte Weserrenaissance-Häuser in der Altstadt, das Hochzeitshaus, das Pflaster in der Fußgängerzone, die Rattenfängersage und …“

„Ich weiß, was du meinst.“ Jetzt lächelte sie. Hastig wischte sie mit dem Handrücken eine Träne fort. Dabei zitterte ihre schlanke Hand. Dirzius fielen ihre fein manikürten Fingernägel auf. Margits Make-up verwischte nicht. „Meine Eltern liebten diese Hamelner Traditionen. Trotzdem unterstützten sie die Stadt dabei, ein neues Image zu schaffen. Derzeit arbeitet die Stadtverwaltung an einem Konzept, das die Menschen wieder in die Rattenfängerstadt bringen soll. Der Tourismus soll gefördert werden, Hameln wieder attraktiv werden. Die Menschen sollen hierherströmen."

„Ehrgeizige Pläne", murmelte Dirzius, während er das große Bild der Loddes betrachtete. Sekundenlang sah er das Ehepaar so, wie er es als Kind in Erinnerung hatte. Eine ruhige Souveränität ausstrahlend, ohne dabei arrogant zu sein. Immer um den Wohlstand wissend, waren sie in der Nachbarschaft stets als angenehme Mitbewohner der Gegend bekannt gewesen.

„Alles ist möglich, derzeit überlegt man, was aus dem Hochzeitshaus werden soll, auch das Weserufer soll ein neues, attraktives Gesicht bekommen. An der Weserpromenade, beim Stockhof, es soll viel passieren."

„Was denn?" Dirzius spürte, dass Margit ihm etwas verheimlichte.

„Es gibt verschiedene Pläne."

„Soso." Dies war nicht der richtige Moment, um Margit auszuquetschen. Dirzius beschloss, sie zu einem späteren Zeitpunkt noch einmal zu besuchen. Oder er würde Wehner fragen, was es mit dieser Image-Kampagne auf sich hatte.

Margit betrachtete ihn mit einem versonnenen Lächeln. „Wie ist es dir ergangen in den letzten Jahren?"

Es war offensichtlich, dass sie sich vom Mord an ihren Eltern ablenken wollte. Doch Dirzius ging darauf ein. „Streit mit meinen Eltern, weil ich die Kanzlei nicht übernehmen wollte, dann habe ich eine journalistische Laufbahn eingeschlagen, zunächst bei der DEWEZET, später bin ich der Liebe wegen nach Wuppertal gezogen und arbeite seitdem auch dort. Auch um meinen Eltern besser aus dem Weg gehen zu können. Hameln war mir zu klein geworden, ich hatte große Pläne." Als er bemerkte, dass er redete wie ein Wasserfall, holte er Luft und versuchte, in Margits braunen Augen zu lesen. Täuschte er sich, oder war sie zusammengezuckt, als er Wuppertal erwähnt hatte?

„Und?", fragte sie mit einem süffisanten Lächeln auf den geschminkten Lippen. „Gibt es sie noch?"

„Was meinst du?"

„Die Liebe in Wuppertal?"

„Nein." Dirzius schüttelte den Kopf und winkte ab. „Ich hab es nicht so gut wie du", behauptete er und verglich Margits Haus mit seiner bescheidenen Vierundsechzig-Quadratmeter-Mietwohnung unterm Dach in einer Einfallstraße von Wuppertal. „Geschieden bin ich, meine Tochter arbeitet bei der Polizei, ich schlage mich als kleiner Lokalreporter mehr schlecht als recht durchs Leben."

„Was treibt dich in die alte Heimat?"

„Eine Haushaltsauflösung. Ich kann mir das Haus meiner Eltern nicht länger leisten, von dem riesigen Sanierungsstau mal ganz abgesehen.“ Er schüttelte den Kopf. „Nein, die alte Hütte muss weg, es nutzt nichts.“

„Schade.“ Sie klang betrübt, schien aber froh zu sein, dass Dirzius sie auf andere Gedanken brachte.

„Was ist schade?“

„Dass dich dann mit deiner alten Heimat nichts mehr verbindet.“

„So ist das Leben.“ Unaufgefordert sank Dirzius auf das riesige Sofa. Nun hatte er das Bildnis der Loddes in seinem Rücken. Margit setzte sich ihm gegenüber auf den anderen Teil des Sofas. „Manchmal“, sagte sie nachdenklich, „manchmal wünsche ich mir auch ein einfacheres Leben. Es ist nicht immer leicht, für achttausend Mitarbeiter verantwortlich zu sein.“ Margit senkte den Blick und versank sekundenlang in dumpfes Brüten. Trotzdem brannte ihm eine Frage auf der Zunge. „Wenn du einen großen Laden leitest, warum bist du um diese Zeit dann nicht in deiner Firma?“

„Homeoffice“, sagte sie schnell und eine Spur schnippisch. Dann biss sie sich auf die Lippen und lächelte. „Ich war gerade unterwegs ins Büro, als die Polizisten kamen, um mich vom Tode meiner Eltern zu unterrichten.“

„Du arbeitest oft von zu Hause aus?“

Margit nickte und rang mit den feingliedrigen Fingern. „Meistens vormittags. Ich schlafe gern lange

– dafür arbeite ich abends bis spät in die Nacht hinein."

Dirzius fühlte sich plötzlich unwohl in seiner Haut. Vielleicht war es doch keine gute Idee gewesen, hierherzukommen. Er fühlte sich mies und schämte sich für sein taktloses Verhalten. Die Eltern seiner Jugendfreundin waren ermordet worden, und er besuchte Margit, um an Informationen zu kommen. Dirzius räusperte sich. „Was sagt die Polizei?"

„Was meinst du?" Sie blickte auf.

„Fehlt etwas im Haus deiner Eltern?"

„Ach so." Nun verstand sie. „Du meinst, ob es ein Raubüberfall war?"

„Ja."

„Meine Eltern waren Kunstsammler, Vater hat einige Exponate namhafter Künstler im Haus, aber, nein, es fehlt wohl nichts." Sie lächelte schwach. „Das hat die Polizei mir zumindest gesagt. Keine Spuren eines Raubes – keine durchsuchten Schubladen und Schränke, keine leeren Stellen an den Wänden, wo sich Bilder befunden haben. Ich werde später zum Finkenborn fahren und eine Bestandsaufnahme durchführen. Womöglich haben sich die Täter am Schmuck und den persönlichen Dingen meiner Eltern bedient – ich weiß es nicht."

„Kein Kunststück, kein Schmuck der Welt ist es wert, dass wegen ihm Menschen sterben", sagte Dirzius etwas lahm.

„Sag das diesen Schweinen", zischte sie mit tränenerstickter Stimme. Dann blickte sie Dirzius an. „Ich bin eine schlechte Gastgeberin", stellte sie fest und sprang auf. „Möchtest du was trinken?"

Dirzius spürte, dass seine Kehle tatsächlich trocken war. „Ein Wasser nehme ich gern."

„Gut." Sie verschwand aus dem Raum und ließ Dirzius Zeit, sich eine neue Strategie zurechtzulegen.

„Die Polizisten haben sogar mich verdächtigt, etwas mit dem Tod meiner Eltern zu tun zu haben", riss sie ihn einen Augenblick später aus den Gedanken. Nahezu lautlos war sie wieder im Raum erschienen. Sie stellte Dirzius ein Wasserglas hin und nippte von einer farblosen Flüssigkeit, die aber zu trüb war, um Wasser zu sein.

„Sie haben dich verdächtigt, deine Eltern umgebracht zu haben?", nahm Dirzius den Faden auf. „Warum denn das?" Er nahm das Glas und trank. Das Wasser erfrischte ihn – es war eiskalt.

„Nun, in wohlhabenden Familien kommt es immer wieder zum Streit. Es geht um Geld, um viel Geld und um Macht." Sie lächelte. „Aber das war bei uns nicht der Fall. Wir mochten uns, hatten ein gutes Verhältnis zueinander. Und die Erbfolge war längst geklärt, Geschwister habe ich ja auch keine."

„Wo warst du denn zur Tatzeit?"

„Wie bitte?" Margit lachte humorlos auf. „Spielst du jetzt Polizei, Frank? Suchst du eine heiße Story? Bist du hergekommen, um mich auszufragen?" Empörung schwang in ihrer Stimme mit.

„Nein, Unsinn." Er verwarf seine eben zurechtgelegte Strategie schnell wieder und schalt sich einen Narren.

„Ich habe mich zum Essen verabredet."

„So?"

„Ja – so." Jetzt wirkte sie trotzig. „Ist das nicht in Ordnung, Frank? Es war ein geschäftliches Essen, ein Meeting, mehr nicht. Einen Mann an meiner Seite gibt es nicht."

„Mich würde interessieren, ob es eine Verbindung zwischen dem Mord an Klaus Sippelmann und an deinen Eltern gibt", kam es Dirzius über die Lippen. „Ich meine, drei Morde in Hameln innerhalb kürzester Zeit, das ist nicht normal, oder?"

„Vielleicht läuft ein Serienkiller herum?"

Dirzius schüttelte den Kopf. „Das glaube ich nicht, aber sollte es so sein, wird die Polizei ihm schon auf den Fersen sein." Er legte eine kleine Pause ein, bevor er fortfuhr.

„Was mich viel mehr interessiert: Hast du eine Ahnung, ob es eine Verbindung zwischen Sippelmann und deinen Eltern geben könnte?"

Margit schaute ihn mit versteinerter Miene an. „Das hat die Polizei mich auch schon gefragt."

„Und?"

„Ich habe die Frage verneint."

„Gut." Dirzius atmete auf und dachte angestrengt nach.

„Aber ich habe gelogen. Es gibt eine Verbindung zwischen Klaus und meinen Eltern."

„Was – warum hast du gelogen?" Dirzius glaubte sich verhört zu haben. „Was gibt es denn für eine Verbindung?“ Er umklammerte das Wasserglas so fest, dass er fürchtete, es könnte in seiner Hand zerspringen. Hastig stellte er es auf den Tisch. Ihm war nicht entgangen, dass Margit den Verkehrsforscher aus Wuppertal beim Vornamen genannt hatte.

„Sie hatten eine Vision.“

Sie machte es spannend, Dirzius hätte sie am liebsten geschüttelt, um die Antworten auf seine Fragen nicht bruchstückhaft zu bekommen.

„Frank, ich weiß, du arbeitest bei der Zeitung, und deshalb darf ich nicht mit dir darüber sprechen.“

„Du kennst mich und weißt, dass ich die Klappe halten kann.“

„Nein.“ Sie schüttelte den Kopf und versuchte, in seinem Blick zu lesen. „Ich kannte dich, Frank. Als Kind und als Heranwachsende. Aber das Leben ist Veränderung. Ich weiß nicht, ob ich dir vertrauen kann.“

„Nichts von dem, was du mir erzählst, wird in der Zeitung stehen“, versprach er. „Jedenfalls nicht ohne deine Freigabe“, fügte er dann ein wenig kleinlaut hinzu.

„Ich werde dir die teuersten Anwälte auf den Hals hetzen, wenn du dich verplapperst, Frank.“

„So weit werde ich es nicht kommen lassen“, beteuerte Dirzius, dann grinste er. „Und du solltest wissen, dass ich es mit Juristen nicht so habe.“

Sie ging nicht auf den Scherz ein. „Klaus war nicht nur ein toller Mann, er war auch ein Mann, der perspektivisch dachte. Der die Zukunft plante, der gute

Pläne hatte. Ein Visionär. Und meine Eltern waren bereit, Klaus bei der Umsetzung dieser Pläne zu unterstützen."

„Was waren das für Pläne, Margit?"

„Wie ich schon erwähnte, ist Hameln derzeit im Umbruch. Die Bürger wurden aufgerufen, ihre Ideen einzubringen, um der Rattenfängerstadt zu einem besseren Image zu verhelfen."

„Und was hat Sippelmann damit zu tun?" Dirzius legte die Stirn in Falten. Da er in Wuppertal schon öfters über den Seilbahnvisionär berichtet hatte, ahnte er, worauf Margit hinauswollte. Er massierte sich nachdenklich das Kinn und schaute Margit gespannt an.

„Zu diesem Umbruch gehören auch neue Verkehrskonzepte." Margit Lodde blickte ihn wachsam an, schien auf eine Regung in seinem Gesicht zu warten. „Wenn du Sippelmann kennst, ahnst du vielleicht, was er vorhatte: Sippelmann hat dem Baurat eine Machbarkeitsstudie für eine urbane Seilbahn vorgelegt."

„Hier also auch", staunte Dirzius.

„Nach seinen Plänen sollte die Bahn vom Stockhof hinauf zum Klüt führen." Jetzt war es heraus, und Margit Lodde biss sich auf die Lippen, so als bereue sie es, ihrem Jugendfreund das wahrscheinlich bestgehütete Geheimnis von Hameln verraten zu haben.

„Das alles", riss Margits Stimme ihn aus den Gedanken, „das alles ist top secret, nicht einmal der Polizei habe ich davon erzählt. Der Bürgermeister wollte das Projekt beim Neujahrsempfang im kommenden Januar der Öffentlichkeit vorstellen. Bisher liefen alle Planungen im Geheimen."

„Sie werden es herausfinden, Margit."

„Wahrscheinlich hast du recht. Trotzdem – wehe, du schreibst darüber etwas." Nach einer kleinen Pause fügte sie hinzu: „Und ich hatte gedacht, dass du davon weißt und du Klaus deshalb von Wuppertal aus hinterhergereist bist."

„Das dachte die Polizei wohl auch", erwiderte Dirzius. „Allerdings stand auch ich schon unter Mordverdacht."

„Wie ein Mörder siehst du nun wirklich nicht aus", fand Margit und lächelte charmant.

„So – wie sieht denn ein Mörder aus?"

„Ich weiß es nicht." Sie senkte den Blick, als erneut Tränen in ihre Augen traten.

„Ich werde das Geheimnis hüten wie meinen Augapfel", versprach Dirzius und erhob sich. Er war damit beschäftigt, die Informationen, die er eben von Margit Lodde erhalten hatte, zu kanalisieren. In Wuppertal, so schien es, war Sippelmann schon einige Schritte weiter als hier in Hameln. Dort würde es sicher bald eine Seilbahn geben, ob mit oder ohne den geistigen Vater. Die Stadtverwaltung und die Stadtwerke als künftige Betreiber waren schon in die nächste Phase der Planung eingestiegen. Hier in Hameln war es noch nicht so weit. „Was wird jetzt aus der Seilbahn?", fragte er trotzdem. „Ich meine, wenn er seine Vision vorgestellt hat im Rahmen dieser geplanten Stadterneuerung, hat er Zeit und

Mühen in die Machbarkeitsstudie investiert. Meinst du, dass die Idee auch nach seinem Tod weiterlebt?"

Margit zuckte die schmalen Schultern. „Ich weiß es ehrlich gesagt nicht. Aber einigen Leuten ist es sehr recht, wenn die Idee wieder verworfen wird."

„Wie in Wuppertal." Dirzius sah deutliche Parallelen. „Dort gehen die Anwohner, die nicht wollen, dass die Seilbahn über ihre Grundstücke fährt, auf die Barrikaden. Die Trasse führt zu großen Teilen durch ein Wohngebiet. Mit der Privatsphäre der Anwohner ist es vorbei, sobald die Gondeln über ihre Häuser und Grundstücke hinwegschweben."

„Verständlich, ich wollte das auch nicht." Margit schaute auf ihre silberne Armbanduhr. „Es ist schon spät."

„Ich verschwinde", versprach Dirzius. „Vielleicht können wir das Gespräch fortführen, wenn du ein wenig zur Ruhe gekommen bist?"

„Sicher." Sie brachte ihn zur Tür.

„Und du hast keine Idee, wer hinter dem Mord an deinen Eltern stecken könnte?", fragte Dirzius.

„Es gibt jemanden, der sich bei meinen Eltern eingeschlichen hat."

Dirzius wurde hellhörig. Er schwieg, um Margit nicht zu unterbrechen.

„Einen Giovanni – Italiener, wie der Name unschwer erkennen lässt." Sie dachte kurz nach. „Das wäre eine Möglichkeit. Er war plötzlich da, ging im Hause meiner Eltern ein und aus, als gehöre er zur Familie."

„Wie kam das?“ Dirzius stutzte. „Ich meine, deine Eltern waren nicht so naiv, dass sie wildfremde Leute ins Haus ließen.“

„Sie waren in letzter Zeit sehr einsam“, entgegnete Margit und legte die Fingerspitzen beider Hände aneinander. „Ich konnte nicht so für sie da sein, wie ich es gern gewesen wäre.“ Tränen traten in ihre Augen. „Der Job, die Firma, meine Reisen kreuz und quer über den Kontinent.“

„Und da war dieser Giovanni so etwas wie ein Ersatzsohn, jemand, der sich um deine Eltern kümmerte?“

„Ja.“ Sie nickte. „Mich mochte er nicht sonderlich.“

„Kein Wunder.“ Dirzius schnaubte. „Du hast ihm im Weg gestanden bei der Umsetzung seiner Pläne.“

„Meinst du …“

„Man darf nichts ausschließen, Margit.“ Er seufzte. „Aber wie ist er denn an deine Eltern herangekommen?“

„Anfangs als Fahrer – mein Vater konnte nicht mehr gut sehen und wollte weiterhin mobil sein. Dann machte sich Giovanni im Haus nützlich, half bei der Arbeit im Garten, erledigte kleinere Reparaturen und ging bei meinen Eltern ein und aus. Irgendwann war er ein enger Vertrauter meiner Eltern. Es könnte durchaus sein, dass er ein Erbschleicher ist.“

„Aber du bist Alleinerbin?“

„Das hoffe ich.“ Sie atmete tief durch. „Das werde ich durch unseren Juristen prüfen lassen.“

„Solltest du." Dirzius nickte. Plötzlich kam ihm eine Idee. Er hatte die Hand schon auf der Türklinke, als er sich noch einmal zu Margit umwandte. „Nur so eine Theorie", begann er. „Was, wenn dieser Giovanni deine Eltern erledigt hat, um das Erbe antreten zu können?"

„Dazu müsste er erst einmal im Testament auftauchen", erwiderte Margit.

„Ist es denn so abwegig, dass er dort auftaucht?"

„Nein – vielleicht hast du recht."

„Mal weitergesponnen", murmelte Dirzius, während er angestrengt nachdachte. „Dieser Giovanni macht sich nützlich, wird vom Mädchen für alles zu einem Freund des Hauses, er umsorgt deine Eltern, besorgt Einkäufe, fährt sie zum Arzt – wie sieht das aus?"

„Es sieht aus, als würde er mehr für meine Eltern da sein, als ich es je war", gestand Margit ihm ein.

„Siehst du." Dirzius nickte. „Wäre es denn so abwegig, dass deine Eltern ihr Testament überdenken und ihn ebenfalls im Falle ihres Todes begünstigen?"

„Das wäre ja schrecklich." Margit flüsterte, so als würde sie fürchten, belauscht zu werden.

„Aber es ist nicht ausgeschlossen, oder?" Dirzius legte eine Hand auf ihren Unterarm.

„Nein, das ist es nicht." Sie schüttelte den Kopf. „Meine Eltern waren gutmütig – zu gutmütig. Sie waren nicht dumm, sonst hätten sie es wohl nicht so weit gebracht, aber sie haben den Glauben an das Gute in den Menschen nie verloren. Deshalb wäre es denkbar, dass er etwas vom Erbe bekommen könnte."

„Du bist in Gefahr, Margit", bemerkte Dirzius.

„Was?" Ihr Kopf ruckte hoch. „Warum denn?"

„Denk nach, Margit. Es ist nur eine gewagte Theorie, aber was, wenn dieser Giovanni es tatsächlich auf das Erbe abgesehen hat? Deine Eltern hat er erledigt", als er sah, wie sie bei dem Wort ‚erledigt' zusammenzuckte, murmelte er eine Entschuldigung, bevor er fortfuhr, „und nun ahnt er natürlich, dass du die Haupterbin sein wirst. Wenn er vor einem Doppelmord nicht haltmacht – warum sollte er dann zögern, dich ebenfalls aus dem Weg zu räumen, um als Alleinerbe dazustehen?"

„Das wäre zu offensichtlich", stieß Margit gepresst hervor. „Die Polizei könnte diese Schlüsse sofort ziehen."

„Und du meinst, dieser Giovanni hat keine Freunde, die ihm helfen könnten?"

Margit Lodde starrte ihn an wie einen Geist. „Mafia?"

„Das hast du gesagt."

„Frank, ich habe Angst."

„Vielleicht solltest du dir eine neue Strategie zurechtlegen und die Polizei einweihen", empfahl Dirzius. „Wenn sie die Lage ähnlich wie ich beurteilen, bekommst du Personenschutz."

„Oh mein Gott." Margit schüttelte den Kopf. Sie war blass geworden.

„Gibt es einen vollständigen Namen und eine Adresse von diesem Gigolo?"

„Sicher, die Daten bekomme ich aus unserer Personalabteilung. Ich schicke sie dir gleich per WhatsApp."

„Ist gut." Sie tauschten ihre Handynummern, dann verabschiedete sich Dirzius. Als er die Einfahrt heruntergging, spürte er Margits Blick in seinem Rücken. Doch er wandte sich nicht um. Zu sehr kreisten seine Gedanken um diesen Italiener, der es vielleicht auf das Vermögen der alten Loddes abgesehen hatte. Dirzius hatte ein flaues Gefühl im Magen, als er sich in den frisch gepolsterten Fahrersitz des Käfers sinken ließ. Seine Finger zitterten leicht, als er den Schlüssel ins Zündschloss schob. Dirzius grübelte, wie es nun weitergehen konnte. Er war nicht sicher, ob die geplante Seilbahn ein großes Geheimnis war, so wie Margit es behauptet hatte. Wenn Sippelmann hier, wie damals in Wuppertal, erste Planungen angestellt hatte, dann musste es Mitwisser geben. Es würde, auch hier gab es Parallelen, Kritiker und Befürworter für die Idee des Seilbahnpioniers geben. Und spätestens wenn die Polizei sich seines Computers annahm, würde man auf die Pläne aufmerksam und in Sippelmanns Dunstkreis ermitteln. So betrachtet spielte es keine Rolle, wie er mit seinem Wissen umging - solange er es nicht an die große Glocke hängte. Allerdings fragte er sich, warum Sippelmann den Kontakt zu Margit gesucht hatte. Die alten Loddes waren die wohlhabenden Herrschaften, die sicher bereit gewesen wären, ein solches Projekt finanziell zu unterstützen. Vorausgesetzt, Sippelmann hatte die alten Herrschaften für seine Idee begeistern können. Doch weder der

Verkehrswissenschaftler noch die alten Loddes konnten ihm diese Frage noch beantworten.

Dirzius stöhnte auf und fummelte das kleine Dreiecksfenster auf. Ein frischer Herbstwind wehte in den Innenraum des Käfers und kühlte seine erhitzte Stirn. Den Gedanken, Günter anzurufen, um ihn auf Stand zu bringen, verwarf er schnell wieder. Er kannte seinen Mentor zwar lange, aber nicht gut genug, um zu wissen, wie er mit der Information umgehen würde. An dem Thema Seilbahn schienen in der Rattenfängerstadt nicht halb so viele Menschen beteiligt zu sein, wie es in der Anfangsphase in Wuppertal der Fall gewesen war. Recht früh, noch vor Beginn der Planungen, hatte sich der Protest der Bürger formiert und dem Verkehrsforscher das Leben schwer gemacht. Viele hatten ihn an den Pranger gestellt für seine wahnwitzigen Ideen. Sosehr Dirzius es auch drehte und wendete, es gab nur eine Person, die ihm jetzt vielleicht mit Rat und Tat zur Seite stehen konnte. Umständlich zupfte er das Handy aus der Hosentasche und wählte eine Nummer. Es dauerte ganze vier Freizeichen, bis das Gespräch angenommen wurde.

Dirzius atmete erleichtert auf. „Sophie, ich bin es, Frank. Du musst mir helfen." Bevor die Polizistin antworten konnte, fuhr er fort: „Ich stecke bis zum Hals in Schwierigkeiten."

Die Antwort war ein lautes Lachen. „Erzähl mir mal was Neues, du Chaot." Dann wurde Sophie ernst. „Sag mir bitte nicht, dass du wegen des Mordes an Klaus Sippelmann anrufst."

Dirzius schnaubte in den Hörer. „Ich fürchte doch, Sophie."

*

Wuppertal, Bundesallee, 14:35 Uhr

„Wie war er – dein Vater?" Brauer lenkte den Sharan lässig mit einer Hand über die Talachse. Als sie das Polizeipräsidium passierten, blickte er nach links. Vor dem alten Gebäude parkten einige Streifenwagen in den schräg angelegten Parktaschen. Ein Ruck ging durch den Jungen. „Ich dachte, Sie bringen mich nach Hause?" Panik lag in seinem Blick.

„Keine Angst", lachte Brauer. Er stoppte an der roten Fußgängerampel. „Ich entführ dich nicht ins Präsidium."

„Dann ist gut."

Die Ampel wurde grün, Brauer gab Gas und ließ den zivilen Dienstwagen in gemäßigtem Tempo in Richtung Elberfeld im Verkehr mitschwimmen.

„Wie mein Vater war?" Linus Sippelmann lachte kurz auf. „Das habe ich doch schon erzählt."

„Das meine ich nicht." Brauer schüttelte den Kopf. „Ich meine, wie war euer Verhältnis?"

„Gut. Er war wie ein Freund für mich, mein Vorbild." Tränen traten in die Augen des Schülers. „Nach dem Tod meiner Mutter …" Er brach ab, schlug die Hände vors Gesicht. Brauer sollte nicht sehen, dass er weinte.

„Schon okay", sagte Brauer beschwichtigend. „Nicht leicht, die Sache."

„Nee, wirklich nicht." Linus schüttelte den Kopf und ließ die Hände sinken. Er blickte nach rechts aus dem Seitenfenster. Die Haspelhäuser flogen an ihnen vorüber. „Er war ein geiler Bock, das ist aber schon das einzig Schlechte, was ich von ihm sagen kann."

„Gut." Brauer nickte. Sein Blick ruhte auf der vierspurigen Straße. „Und was ist mit Astrid? Ist sie eine Ersatzmutter für dich geworden?"

„Nope", machte Linus. „Nie kam sie an Mum ran. Im Gegenteil: Ihr ist immer nur wichtig, was mit Jonas ist. Er ist ihr leiblicher Sohn und wird immer vorgezogen von ihr."

Brauer schwieg. Er ließ den Jungen reden. Außerdem konnte er ansatzweise nachvollziehen, was in dem Schüler vorging. Es war sicher nicht leicht für ihn gewesen, nach dem Unfalltod seiner Mutter eine neue Frau an der Seite des Vaters zu akzeptieren. Dass sie ebenfalls ein Kind mit in die Beziehung brachte, war sicher nicht leicht für alle Beteiligten.

„Jonas ist erwachsen, nur noch selten zu Hause." Jetzt kicherte Linus. „Wir sind ihm zu spießig, sagt er immer." Er seufzte. „Klaus hat Jonas immer wie einen zweiten Sohn betrachtet, wie meinen älteren Bruder. Ich wär echt froh gewesen, wenn Astrid das auch mal getan hätte.“ Als sie am CinemaxX vorüberrollten, wandte er Brauer den Kopf zu. „Jetzt hab ich nur noch Astrid.“

„Ja.“

„Vielleicht sucht sie sich jetzt auch einen neuen Macker.“

„Das Leben ist Veränderung.“ Brauer ärgerte sich über diesen Spruch, kaum dass er ihn gesagt hatte.

„Wie hat sie es aufgenommen?“

„Was?“

„Dass Klaus nicht mehr lebt.“

„Gefasst ... einigermaßen.“ Brauer überlegte, ob Astrid Sippelmann etwas von den Seitensprüngen ihres Mannes ahnte. Wenn es so war, dann hatte sie sich nichts anmerken lassen.

„Ich weiß nicht, ob sie wusste, dass Klaus sie betrügt“, sprach der Junge Brauers Überlegungen aus. „Wenn sie davon wusste, dann hat sie es nie an die große Glocke gehängt.“

„Hm.“ Brauer nickte. Inzwischen hatten sie den Döppersberg erreicht. Niemand verschwendete noch ein Wort darüber, dass wegen des Ausbaus des Verkehrsknotenpunktes die B 7 jahrelang gesperrt worden war. Heute floss der Verkehr so, als wäre es schon immer so gewesen.

Nur über den Kubus mit der rostig wirkenden Fassade, in dem ein Anbieter von billiger Bekleidung untergebracht war, erregten sich auch heute noch die Gemüter. Kein Wunder, bei diesem schäbigen Teil, das sogar die Sicht auf das historische Bahnhofsgebäude verhindert, aber die Teenies stehen auf billige Klamotten, dachte Brauer. Manchmal muss man wohl Prioritäten setzen. Und von hier aus sollte künftig eine Seilbahn die Menschen auf die Südhöhen befördern. Brauer suchte die Stelle, an der Sippelmann die Talstation geplant hatte.

Das Klingeln des Telefons riss Brauer aus den Gedanken.

„Mist", sagte er und zwinkerte seinem jugendlichen Beifahrer zu. „Guck mal weg." Er angelte nach dem Telefon und ärgerte sich darüber, es vor Antritt der Fahrt nicht mit der Freisprecheinrichtung des Dienstwagens verbunden zu haben, dann drückte er die grüne Taste und nahm das Gespräch an. Mit dem Smartphone zwischen Kinn und Schulter setzte er die Fahrt fort. Am anderen Ende der Leitung vernahm er die brummige Stimme seines ehemaligen Vorgesetzten.

„Ulbricht hier. Ich weiß jetzt, von wo aus unsere geheimnisvolle Anruferin sich bei Lüders gemeldet hat."

„Wie schön. Wenn wir dich nicht hätten." Brauer grinste.

„Ich sag es ja immer wieder." Ulbricht lachte meckernd, dann berichtete er, was er von Jupp Höltgeshoff erfahren hatte. „Ich weiß, es ist nur ein Tropfen auf dem heißen Stein, aber vielleicht hilft euch die grobe Position der Anruferin bei der Suche."

„Ich werde sehen, ob ich daraus was machen kann", nickte Brauer.

„Gern geschehen." Ulbricht schnaubte, erst jetzt glaubte Brauer herauszuhören, dass sich der Kommissar a.D. gerade in einem Treppenhaus befand. „Und immer wieder."

„Klar doch, nicht, dass bei dir Langeweile aufkommt", erwiderte Brauer, dann ließ er das Smartphone in seine Hand gleiten und unterbrach die Verbindung. Als neben ihm ein Streifenwagen zum Überholen ansetzte, warf er das Telefon schnell in die Ablage.

Linus, der das Ganze mit angesehen hatte, kicherte. „So viel zum Thema Vorbildfunktion."

Brauer ging nicht darauf ein. Er nickte den uniformierten Kollegen neben sich zu, dann widmete er sich wieder seinem Beifahrer. „Sag mal, diese … *Bitch* … weißt du, wo sie wohnt?"

„Ich glaube, Klaus hat mal etwas erwähnt, ja." Linus dachte kurz angestrengt nach, dann nannte er Brauer eine Straße. Der Kreis schien sich zu schließen. Brauer dachte nach, wie er weiter vorgehen konnte. Erst einmal galt es aber, den Jungen bei Astrid Sippelmann abzugeben. Vielleicht war ihr noch etwas eingefallen, das ihn zum Mörder von Klaus Sippelmann bringen könnte. Langsam nimmt der Fall Fahrt auf, dachte er zufrieden und lehnte sich im Polster des Dienstwagens zurück.

*

Wuppertal, Hastener Straße, 15:05 Uhr

Ruhelos marschierte sie in ihrem Büro auf und ab. An Arbeiten war heute nicht zu denken. Aus der Uni war sie vorzeitig verschwunden. Sie ertrug es nicht, sich an dem Ort aufzuhalten, an dem Klaus gewirkt hatte, an dem sie sich kennengelernt hatten. Ihre Hoffnung, die nötige Ablenkung im Büro zu finden, war wie weggeblasen. Sie schaffte es nicht, sich auf die einfachsten Tätigkeiten zu konzentrieren.

Ihre Gedanken kreisten um den sinnlosen Tod von Klaus Sippelmann. Eine Träne stahl sich in ihr Auge, als sie daran dachte, wer ihn getötet hatte. Umgebracht, einfach aus dem Leben gerissen, weil Klaus für ihn eine ernsthafte Gefahr geworden war. Niemals dürfte er die Firma ihrer Eltern erben, niemals an die Macht kommen. Er war ein Mann, der über Leichen ging.

Deshalb musste Klaus sterben.

Wut mischte sich unter ihre Trauer.

Ja, an der Seite von Klaus wäre sie sehr mächtig geworden, doch sie dachte nicht nur an den geschäftlichen Erfolg. Sie hatte ihn geliebt. Es war eine heimliche Liebe, und immer waren es wenige abgezählte Stunden gewesen, die sie miteinander verbracht hatten. Niemand durfte von ihrer leidenschaftlichen Affäre Wind bekommen, kein Mensch durfte wissen, was sie füreinander empfanden. Der Gedanke, dass er sich wohl niemals zu ihrer Liebe bekannt hätte, bereitete ihr Schmerzen. Immer hatte er nach außen zu seiner Familie gestanden. Zu seiner neuen Frau Astrid und zu den Jungs, Linus und Jonas. Wenn man ihn in der Zeitung sah, war Astrid immer die Frau an seiner Seite. Nicht sie. Von ihr durfte niemand etwas wissen. Oft hatte sie mit sich gehadert, fragte sich, ob es richtig war, sich mit einem erfolgreichen, aber verheirateten Mann einzulassen. Klaus war viel auf Reisen gewesen, da war es ein Leichtes gewesen, ihm nachzureisen, um die Nacht im Hotelzimmer in einer fremden Stadt zu verbringen. Zärtlichkeiten, Nähe und Leidenschaft zu genießen, irgendwann in den Morgenstunden völlig erschöpft nebeneinander einzuschlafen, um wenig später im Arm des reifen Mannes aufzuwachen. Gestohlene Zeit, bevor sie beide in den Alltag zurückkehrten.

Doch auch das würde es nun nicht mehr geben.

Das alles war vorbei.

Unter der zentnerschweren Last seufzte sie schwer. Am großen Bürofenster angekommen, blieb sie stehen, legte die Stirn gegen das kühlende Glas und starrte hinaus auf den Firmenhof. Der verbeulte Lieferwagen eines Paketdienstes rollte gerade auf das Gelände und setzte rückwärts an eine der Laderampen an. Ein Gabelstapler rumpelte mit metallisch scheppernden Gabeln über den von Schlaglöchern übersäten Hof, um in einer der Werkshallen zu verschwinden. Die Fahrzeuge der Mitarbeiter glänzten auf dem Parkplatz in der Herbstsonne, die sich eben durch die tief hängenden Wolken gestohlen hatte.

Als sie den Blick in die Ferne richtete, erkannte sie am Horizont die Umrisse des Remscheider Rathauses, das sich in der Nachbarstadt aus dem Dunst schälte. Dazwischen lagen vereinzelt Häuser, Siedlungen und Wälder. Doch sie hatte keinen Blick für das Bergische Idyll, für die sanften Hügel und die versteckten Täler. Der Tod von Klaus Sippelmann lähmte ihr Denken. Nicht einmal jetzt, nach seinem Tod, konnte sie für ihn da sein, um ihm eine ehrenvolle Bestattung zu bereiten. Die Vorstellung, dass sie nicht einmal an seinem Grab weinen durfte, machte sie wahnsinnig. Vielleicht, so überlegte sie, würde sie der Trauerfeier besser fernbleiben. Sicher würde sie es nicht ertragen können, wenn Astrid am Grab um ihren Mann weinte. Um den Mann, der nur in der Öffentlichkeit an ihrer Seite war. Sie senkte den Blick und betrachtete den dezenten silbernen Ring an ihrer Hand. Ein winziges Zeichen ihrer Verbundenheit. Auch über den Tod hinaus.

Mit einem schweren Seufzer riss sie sich vom Fenster los, durchmaß das Büro und ließ sich kraftlos auf den Stuhl hinter ihrem Schreibtisch sinken. Fast zeitgleich flog die Tür auf.

Erschrocken ruckte ihr Kopf hoch. Normalerweise wurde angeklopft. Ihr Vater stand im Türrahmen. Auf den ersten Blick schon sah sie, dass er außer sich war. Mit einem ausladenden Schritt stand er im Raum, schloss die Tür hinter sich und baute sich vor ihrem Schreibtisch auf.

„Ich hatte Besuch", eröffnete er das Gespräch. „Heute war die Polizei bei mir zu Hause, um mir zu eröffnen, dass Klaus tot ist."

Sie nickte und schluckte. Dennoch – der Kloß in ihrer Kehle saß fest. Fahrig wischten ihre schlanken Finger über die Schreibtischplatte, fischten nach imaginären Staubpartikeln. „Ich weiß", sagte sie mit tränenerstickter Stimme und senkte den Blick. „Man hat ihn erschossen."

Maximilian Weber verengte die Augen zu Schlitzen. „Du weißt davon?"

„Ja."

„Woher weißt du es? War die Polizei auch bei dir?"

„Nein. Ich möchte nicht darüber reden, Vater."

„Du wirst darüber reden müssen, wenn du mehr weißt, Lisa. Klaus ist nicht einfach gestorben – er wurde umgebracht. Die Polizei sucht nach dem Mörder, verstehst du das?"

„Ja, Vater, ich verstehe." Ihre Stimme war nur ein Hauch.

„Dann müssen wir uns eine Strategie zurechtlegen, wie wir mit den Befragungen der Polizisten umgehen, vor allem aber, wie wir ihre Fragen beantworten können."

„Das ist zweitrangig", wagte sie einen Einspruch.

„Unsinn. Ich will wissen, wo Alexander steckt. Er muss dabei sein. Und ich habe keine Ahnung, wo er steckt, verdammt noch mal." Maximilian Webers Gesicht hatte eine tiefrote Färbung angenommen. „Dieser

Nichtsnutz ist nicht zu erreichen. Ich habe ihn mehrfach angerufen, SMS und WhatsApp-Nachrichten geschickt, aber er reagiert einfach nicht. Weißt du, was da los ist?“

Lisa zögerte. Sie befeuchtete mit der Zunge die Lippen, überlegte, ob sie sich ihrem Vater anvertrauen könnte, entschied sich jedoch dagegen. „Ich weiß nicht, wo Alexander steckt“, antwortete sie leise, ohne Maximilian in die Augen zu schauen. „Was tun wir denn jetzt?“

„Ich habe einen Fahrer losgeschickt, der bei ihm zu Hause vorbeischaut. Irgendwo muss er doch stecken. Wahrscheinlich ist er mal wieder auf einer seiner Yuppie-Parties versackt, vertreibt sich die Zeit mit einer dieser Schlampen, die es auf die reichen Söhne abgesehen haben.“

„Vater – bitte!“

„Ist doch wahr.“ Maximilian Weber wurde vom Klingeln seines Handys unterbrochen. Hastig zog er das Smartphone aus der Hosentasche. „Ich muss los, die Vorstandssitzung beginnt in wenigen Minuten.“

„Ist gut.“ Lisa nickte. „Und du gehst jetzt einfach so zur Tagesordnung über?“

„Was soll ich tun?“ Maximilian Weber kehrte die Handflächen nach oben. „The Show must go on. Und je schneller wir zum Alltag zurückkehren, umso besser.“ Er wandte sich zum Gehen. An der Tür angekommen, machte er noch einmal kehrt. „Und du sieh zu, ob du eine Spur von deinem Bruder findest. Er soll sich sofort bei mir melden."

„Ich werde es versuchen", nickte Lisa, dann war ihr Vater draußen. Sie seufzte schwer. Ja, sie würde sich um Alexander kümmern. Und sie würde ihm heimzahlen, dass er Klaus auf dem Gewissen hatte. Zwar würde das Klaus nicht zurückbringen, aber Alexander musste lernen, Konsequenzen zu spüren. Es war an der Zeit, ihm eine Lektion zu erteilen.

NEUNUNDZWANZIG

Hameln, Polizeiinspektion, 17:15 Uhr

Maja fand, dass Dauber extrem unentspannt wirkte, als er mit verkniffener Miene die Abendrunde eröffnete. Kein Wunder, denn nach den Zwischenfällen rückten ihm die Medien und die Öffentlichkeit auf den Pelz. Drei Morde in der beschaulichen Rattenfängerstadt innerhalb weniger Stunden, ein flüchtiger Mordverdächtiger und unzählige Spuren, die im Sande verliefen. Der Kriminaloberrat hatte Verstärkung bekommen. Zwei Teams aus Hannover und ein Team aus Hildesheim sollten die Mordkommission unterstützen, die er am Morgen ins Leben gerufen hatte. Auch der Staatsanwalt saß mit verkniffener Miene am Tisch. Karl Vogel würdigte Maja keines Blickes. Offenbar konnte er besser ausblenden, dass sie mal ein Paar gewesen waren. Ihr versetzte sein abweisendes Verhalten einen Stich. Auf die Anwesenheit von Karl Vogel hätte Maja nach den turbulenten Stunden gut verzichten können.

Maja sehnte sich nach etwas Ruhe. Sie war müde und wollte ein Bad nehmen, ihr Buch weiterlesen und den Abend gemütlich ausklingen lassen, um ein paar Stunden Schlaf nachzuholen. Ob der Stand der Dinge bei den neuen Fällen das zuließ, blieb abzuwarten. Sie tauschte einen Blick mit Grundmann, der neben ihr saß und mit seinem Tablet herumspielte. Er hatte sich eine kleine Auszeit genommen, war zum Duschen nach Hause gefahren und trug jetzt einen frischen Anzug. Zuvor aber hatte er Himmel und Hölle in Bewegung gesetzt, um alle vorhandenen Spuren aus der Parkhausschießerei auswerten zu lassen. Wie vorauszusehen war, hatte es Ärger gegeben wegen des Schusses, den er auf den flüchtigen mutmaßlichen Mörder abgegeben hatte. Natürlich war er bis in den Nachmittag damit beschäftigt gewesen, Berichte zu schreiben.

Kriminaloberrat Dauber räusperte sich, dann nahm er am Kopf des langen Tisches Platz. „Lassen Sie uns schnell zur Sache kommen, wir haben alle Hände voll zu tun", eröffnete er die Runde. Eilig schloss er die Tür des Besprechungsraumes. Der lange Tisch war bis auf den letzten Platz besetzt. Sechzehn Augenpaare blickten ihm neugierig entgegen. Nach der knappen Begrüßung stellte er die neuen Kollegen vor. „Wir freuen uns, dass uns Kriminalhauptkommissar Christian Zenker vom Ersten Fachkommissariat in Hannover und Hauptkommissar Gerritsheim sowie Paul Jochim und Hans Franke unterstützen." Er machte eine kleine Pause. Die Hamelner betrachteten die Kollegen aus der Hauptstadt. Maja fand, dass sie arrogant wirkten. Besonders ihr Chef, Christian Zenker, machte einen hochnäsigen Eindruck auf sie. Sein Anzug saß, soweit sie das im Sitzen einschätzen konnte, perfekt. Zenker hatte eiskalte, graue Augen, schmale Lippen und einen kahlen Schädel. Wahrlich kein Sympathieträger.

„Und ich begrüße die Kollegen Peter Hamann und Ingmar Adolfs in der Runde", fuhr der Kriminaloberrat fort. Die beiden Mitarbeiter aus Hildesheim wirkten irgendwie bodenständiger. Maja wusste nicht, ob das an Hamanns altmodischem Cordsakko mit Ellbogenschonern lag oder an der unmöglich gemusterten Krawatte von Adolfs.

Dauber brachte die Kollegen mit wenigen einleitenden Sätzen auf Stand. „Nach dem Mord an Klaus Sippelmann gestern Abend hat es unmittelbar nach der Tat den bedauernswerten Doppelmord an Berta und Hermann Lodde gegeben. Das Ehepaar ist stadtbekannt, sie gelten als äußerst wohlhabend und sozial sehr engagiert in der Stadt." Er legte eine kleine Pause ein, bevor er fortfuhr. „Ich möchte vorwegnehmen, dass die Ergebnisse und Informationen, die wir gleich austauschen, unter allen Umständen diesen Raum nicht verlassen dürfen", warnte Dauber und nickte dem Staatsanwalt zu.

Vogel räusperte sich. „Diskretion ist eigentlich nichts, worauf man die Kollegen einschwören muss", bemerkte er. „Aus diesem Grunde setze ich auf das Vertrauen aller im Raum anwesenden Personen."

Zustimmendes Nicken, dann führte Dauber den Monolog fort. „Das einzige Kind der Loddes, Margit Lodde, ist Alleinerbin. Seit einigen Jahren ist sie Vorstandsvorsitzende im elterlichen Unternehmen. Wir reden von einem international agierenden Konzern mit weltweit knapp achttausend Mitarbeitern. Sie konnte heute in Anwesenheit des Notars der Familie eine erste Bestandsaufnahme im Hause ihrer Eltern durchführen. So wie es aussieht, fehlt nichts."

„Ich nehme an, es gibt Listen, die das Eigentum der Familie Lodde dokumentieren?", fragte Vogel.

Dauber nickte. „Selbstverständlich. Das hat das Ehepaar schon allein wegen der Versicherung so gehandhabt. Für den Fall eines Einbruchdiebstahls."

„Aber es fehlt nichts?", fragte Maja. Nachdem der Staatsanwalt sie kurz mit einem Kopfschütteln angeschaut hatte, fuhr sie fort: „Also können wir einen Raubmord ausschließen." Sie blickte in die Runde. „Richtig?"

„Ich habe Hauptkommissar Zenker und sein Team mit der Ermittlung im Tötungsdelikt Ehepaar Lodde betraut", erläuterte Dauber. „Damit können sich die Beamten der PI Hameln-Pyrmont/Holzminden ganz auf den Mord an Sippelmann konzentrieren. Sollte es Zusammenhänge geben, werden wir in dieser Mordkommission hier Informationen austauschen können." Der Kriminaloberrat lächelte gewinnend in die Runde.

Zenker sah den Moment gekommen, sich zu erheben. „Wir konnten keine Einbruchspuren im Haus des Ehepaares Lodde feststellen", berichtete er. Seine Stimme bereitete Maja eine Gänsehaut. „So wie es die Spurensicherung nach jetzigem Stand vermuten lässt, ist der Täter durch die offen stehende Verandatür ins

Haus eingedrungen. Er kam also durch den rückwärtig liegenden Garten. Dort traf er zunächst auf den Hund, den er mit einem Schuss tötete. Dies rief, so vermuten wir, die Ehegattin auf den Plan. Als sie auf der Terrasse nach dem Rechten schauen wollte, wurde auch sie durch einen Schuss, abgegeben aus mittlerer Distanz, getötet. Danach erschoss der Täter auch den Ehemann. Warum sich der Schütze die Mühe machte, beide Eheleute nebeneinander im Wohnzimmer des Hauses zu drapieren, entzieht sich unserer Kenntnis."

„Wer erschießt zwei alte Leute und ist zu blöd, etwas mitgehen zu lassen?", warf Grundmann ein. Für die flapsige Bemerkung fing er sich einen missbilligenden Blick von Zenker ein. Grundmann ließ sich nicht einschüchtern. „Die Loddes waren alt. Sie waren steinreich, und sie hatten ein großes Herz für ihre Heimatstadt. Wer tötet zwei Menschen, die nicht nur beliebt, sondern auch reich an Jahren waren?"

„Du meinst, wer tötet zwei alte Menschen, die es sowieso nicht mehr lange gemacht hätten?" Roland Alders grinste.

„Schöner hätte ich es nicht ausdrücken können", nickte Grundmann. „Ein Eigentumsdelikt scheidet demnach aus. Gab es Streit mit der Tochter?"

„Sie beteuert, dass es zwischen ihr und den Eltern harmonisch ablief", erläuterte Zenker und schob lässig eine Hand in die Hosentasche. „Das Unternehmen haben ihr die Eltern schon vor Jahren überschrieben, auch privat war man sich grün. Wir fanden Postkarten, die Margit Lodde den Eltern von ihren Geschäftsreisen aus nach Hause schickte.“ Nun erhellte ein Lächeln sein Gesicht. Zum ersten Mal zeigte er so etwas wie Empathie, die auch Maja ansprach. „Die alten Herrschaften liebten Postkarten, sagte uns die Tochter.“

„Das macht man nicht, wenn Ruß in der Küche ist“, brummte Grundmann und tippte auf seinem Tablet herum.

„Eben.“ Zenker nickte. „Offen gestanden, wir wissen nicht, warum die Loddes sterben mussten.“

„Das ist mir zu wenig“, polterte Staatsanwalt Vogel. Maja zuckte zusammen. Da war sie wieder, diese überhebliche Art, für die sie ihn inzwischen hasste.

„Ich will ein Motiv, das uns zum Täter führt“, rief Vogel aufgebracht. Dann wandte er sich an Maja. Ihr Herz schlug ein paar Takte schneller. Für eine offene Auseinandersetzung mit ihrem ehemaligen Liebhaber fühlte sie sich heute nicht stark genug. „Wie ist der Stand der Ermittlungen beim Mord an Klaus Sippelmann?“

„Es gab einen Zwischenfall, als wir uns das Hotelzimmer des ersten Mordopfers anschauen wollten“, berichtete sie und fasste die Ereignisse im Parkhaus zusammen.

Vogel schüttelte ungnädig den Kopf. Er wandte sich an Majas Partner. „Und dabei haben Sie mit einer Schießerei im Parkhaus und eine im Sand verlaufene Verfolgungsjagd durch die Hamelner Fußgängerzone Manieren wie die Cops in Chicago an den Tag gelegt“, giftete er.

Grundmann stöhnte. „Sollte ich ihn laufen lassen?"

„Natürlich nicht." Vogel schüttelte den Kopf und strich sich mit gespreizten Fingern durch das sorgsam gegelte dunkle Haar. „Ich hätte mir nur weniger Aufsehen gewünscht. Es ist unnötig, die Bürger in Panik zu versetzen und die Menschen in der Fußgängerzone zu gefährden."

„Manche Dinge lassen sich nicht vermeiden", konterte Dauber und sprang für Maja und Grundmann in die Bresche. Der Kriminaloberrat nickte Grundmann zu. „Gibt es schon etwas Neues?"

„Einiges." Grundmann nickte. „Die Kollegen vom Fünften haben innerhalb kürzester Zeit gute Arbeit geleistet."

„Danke." Jochen Koch nickte seinem Team zu und klopfte mit den Fingerknöcheln auf den Tisch.

„Die Hülse der Patrone, die der mutmaßliche Mörder auf mich abgefeuert hatte, konnten wir sicherstellen." Grundmann nickte Koch zu. „Erzähl, was dabei rausgekommen ist."

„Die Untersuchungen beim LKA in Hannover sind noch nicht abgeschlossen, aber so wie es aussieht, handelt es sich bei der eingesetzten Tatwaffe um dieselbe, mit der auch Sippelmann und das Ehepaar Lodde erschossen wurden."

„Wie hoch ist die Wahrscheinlichkeit?", bohrte Vogel nach. Maja hatte den Eindruck, dass es dem Staatsanwalt diebischen Spaß bereitete, die Ermittlungsergebnisse kleinzureden.

„Mehr als neunzig Prozent“, sagte Koch, ohne sich aus der Reserve locken zu lassen. „Ich bleibe dran und warte noch heute auf das Ergebnis der Kollegen beim Landeskriminalamt.“

„Schön.“ Vogel zeigte zum ersten Mal eine kleine Gesichtsregung. Ein feines Lächeln huschte um seine Mundwinkel. „Weiter?“

Grundmann wischte mit zwei Fingerspitzen über die Oberfläche des Tablets. „Und wir haben sämtliche in der Tiefgarage abgestellten Fahrzeuge gelistet und Halteranfragen durchgeführt.“

„Gehört das Parkhaus zum Hotel?“, hakte Dauber nach.

„Es ist offiziell die Tiefgarage der Rattenfängerhalle, aber einige Plätze werden vom Hotel angemietet“, erklärte Maja. „Und wir haben einen Mietwagen registriert.“

„Könnte es sich dabei um das Fahrzeug des mutmaßlichen Täters handeln, der die Flucht damit antreten wollte?“ Vogel hob eine Augenbraue.

„Möglich.“ Maja nickte. „Die Kollegen sind zu den anderen Haltern unterwegs, um sie zu befragen. Sollte die Auswertung etwas ergeben, lasse ich es dich wissen.“

„Was hat das mit dem Mietwagen auf sich?“

„Auch hier läuft die Befragung gerade. Wir sind dabei, herauszufinden, wer das Fahrzeug angemietet hat.“

„Warum dauert das so lange? Eine Halteranfrage ist Sache von wenigen Minuten.“ Vogel schüttelte missbilligend den Kopf.

„Weil die Halteranfrage besagte Autovermietung ergab“, konterte Maja. Sie spürte, wie die Wut auf Vogel immer größer wurde. „Die Zentrale der Vermietung sitzt in Frankfurt am Main. Dort sind mehrere Zehntausend Fahrzeuge gelistet. Man prüft, in welcher Station der betreffende Wagen angemietet wurde – und von wem. Sobald ich eine Info habe, wissen wir, ob der mutmaßliche Täter der Mieter des Fahrzeuges ist.“

„Gut.“ Vogel schien zufrieden zu sein. „Das würde bedeuten, dass wir Tatwaffe und Fahrzeug mit dem Flüchtenden in Zusammenhang bringen können. Vorausgesetzt, wir kriegen ihn zu fassen.“

„Eine Frage der Zeit“, war Dauber sicher und lächelte den Staatsanwalt verbindlich an.

„Dein Wort in Gottes Ohr“, brummte Vogel.

„Wir haben ihn aber noch nicht“, brummte Grundmann frustriert. „Er ist untergetaucht, und die Fahndung läuft.“

„Fahndung?“ Da war er wieder, der spöttische Unterton in Vogels Stimme. „Wissen wir denn, wie er aussieht, wenn wir weder seinen Namen noch sein Fahrzeug kennen?“

Maja nickte. „Hotelgäste, die ihre Autos in der Tiefgarage parken, gelangen über eine gesicherte Tür in den hinteren Bereich des Hotels. Sie müssen eine Klingel nutzen, um auf sich aufmerksam zu machen. Es gibt eine Glastür, hinter der sich eine Überwachungskamera befindet.“

„Und wir haben die ankommenden Gäste auf den Aufzeichnungen gesichtet und konnten den flüchtigen Täter identifizieren", fügte Grundmann hinzu.

„Aber verstehe ich Sie recht, dass Sie den Mann während der Flucht nur von hinten gesehen haben und dass er einen Kapuzenpulli trug, um unerkannt zu bleiben?"

„Richtig." Grundmann nickte. „Aber bei seiner Ankunft hatte er die Kapuze nicht auf dem Kopf. Die Aufzeichnung zeigt ihn frontal. Wir haben ein Standbild angefertigt und es zur Fahndung an die Kollegen im Streifendienst rausgegeben."

„Und?" Vogel wollte mehr wissen.

„Mitte, Ende zwanzig, etwa einen Meter achtzig groß, schlank, sportlich, kurzes dunkles Haar, kein Bart. Die Augenfarbe konnten wir nicht ermitteln, da die Kamera des Hotels nur Schwarz-Weiß-Aufnahmen liefert."

„Das Hotel", hakte Vogel nach. „Hat unser mutmaßlicher Täter dort ein Zimmer gemietet, oder befand er sich nur zur falschen Zeit am falschen Ort, um Ihnen in die Arme zu laufen? Etwa, weil er an das Handy seines Mordopfers gelangen wollte?"

„Wir haben alle Namen gecheckt, negativ." Maja studierte ihre Listen. „Was aber nichts zu sagen hat. Die gemeldeten Gäste haben wir so weit es ging durchleuchtet. „Und wir sind uns sehr sicher, dass sich der Mann unter falschem Namen eingemietet hat. Er war der einzige Gast, der seinen Personalausweis nicht an der Rezeption vorgelegt hat."

„Und sein Zimmer wurde durchsucht, nehme ich an?“

„Sicher. Auch hier – eine Reisetasche mit Wäsche, Toilettenartikel im Bad, ansonsten keine persönlichen Dinge. Der DNA-Abgleich hat nichts Auffälliges ergeben.“

„Also war die Aktion, trotz geglückter Flucht des Täters, ein Erfolg?“ Spott lag in der Stimme des Staatsanwaltes.

„Zumindest ein Teilerfolg.“ Grundmann machte ein seltsames Geräusch. „Bei der Verfolgung des vermeintlichen Täters konnten wir Sippelmanns Handy sicherstellen.“

„Wir haben sein Handy, und das Ergebnis zählt, Jürgen hat alles richtig gemacht“, half Maja ihrem Partner.

Das lenkte Vogels Aufmerksamkeit wieder auf sie. „Dann sag mir, was ihr inzwischen noch erreicht habt. Was gibt es im Fall Sippelmann zu berichten, wo müssen wir ansetzen?“

„Die Kriminaltechnik konnte inzwischen den Laptop des Opfers sichten“, begann Maja, wurde aber jäh unterbrochen, als die Tür des Besprechungszimmers energisch aufgestoßen wurde, an die dahinterliegende Wand prallte und langsam zurückpendelte.

„Sorry, ich bin spät dran.“ Eine sichtlich abgehetzte Sophie Stein stürzte in den Raum.

Ihre Wangen waren gerötet, und Maja sah der Kollegin aus Wuppertal an, dass ihr die Situation unangenehm war. Mit einem entschuldigenden Lächeln streifte sie schnell den schwarzen Steppmantel ab. Sie blickte sich im Raum um, schnappte sich einen am Fenster abgestellten Stuhl und setzte sich in zweiter Reihe an den Tisch.

„Wir sprachen gerade über den Laptop und das aufgefundene Handy des Toten", sagte Maja und lächelte. „Schön, dass du uns unterstützt."

„Kein Ding." Sophie winkte ab. „Was ist mit Sippelmanns Handy – habt ihr es ausgelesen?"

„Wir sind froh, dass wir es überhaupt haben", erklärte Maja und berichtete in wenigen Sätzen, wie Grundmann an das Smartphone des ersten Mordopfers gekommen war.

Sophie konnte sich ein Grinsen nicht verkneifen. Für sie war es schwer vorstellbar, wie der bullige Grundmann durch die Tiefgarage hetzte, um den vermeintlichen Mörder zu stellen.

Jochen Koch schob ein neuwertiges Smartphone in die Mitte des langen Tisches. Es steckte in einer Klarsichthülle, auf der sich ein Etikett mit einer Nummer befand. „Die Fingerabdrücke haben wir bereits genommen. Und – welch Wunder – tauchen die Fingerabdrücke des mutmaßlichen Täters auf dem Handy und am Klütturm, aber auch in der Wohnung der Loddes auf. Insofern", er nickte Maja und Grundmann zu, „verdichtet sich der Tatverdacht gegen den Unbekannten."

„Immerhin wissen wir, wo wir ansetzen können." Zum ersten Mal schien der Staatsanwalt zufrieden zu sein.

Der Kriminaltechniker wiegte den Kopf. „Nun scheitern wir an der Entsperrung des Gerätes; wie wir sehen, handelt es sich um ein Samsung der neuesten Generation", erläuterte Jochen Koch. „Sippelmann hat dummerweise die Gesichtserkennung als Gerätesperre aktiviert." Er schaute belämmert drein. „Uns fehlt ein Tool, mit dem wir …"

„Ich schätze, da kann ich helfen", behauptete Sophie, langte in ihre Handtasche und zog einen Umschlag hervor. Darin befanden sich die Fotos, die sie am Morgen von Astrid Sippelmann bekommen hatte. „Jetzt bin ich gespannt, ob wir die Technik überlisten können."

„Das könnte klappen", rief Koch begeistert und nahm die Bilder an sich. Er betrachtete sie kurz, dann fiel seine Wahl auf ein Porträt, das Sippelmann frontal zeigte. „Mit ein wenig Glück können wir die Sperre mit einem Bild überlisten. Wenn die integrierte Kamera auch zweidimensionale Bilder verarbeitet, haben wir gewonnen. Sollte die eingebaute Cam aber ein dreidimensionales Bild abfragen, bleibt es schwierig." Er zog zwei Einmalhandschuhe hervor, schlüpfte hinein und nahm das Handy mit spitzen Fingern aus der Klarsichthülle.

Kurz nur hielt er die Aufnahme von Sippelmann vor die Frontkamera des Smartphones.

Gespanntes Schweigen im Raum, dann leuchtete der Touchscreen bunt auf.

„Sesam öffne dich." Jochen Koch strahlte und hielt das Handy so in die Höhe, dass alle einen Blick darauf werfen konnten. Sippelmann hatte eine Fotomontage der urbanen Seilbahn in Wuppertal als Hintergrundbild angelegt.

„Tschakka", machte Sophie voller Euphorie. „Dann mal los jetzt."

Jochen Koch nickte. „Die ein- und ausgehenden Anrufe sind von Interesse, seine Mails und natürlich WhatsApp-Nachrichten und SMS, sollte es welche geben. Und interessant sein dürfte der Terminkalender – wenn er all diese Daten auf dem Handy gepflegt hat."

Die nächsten Minuten verstrichen zäh. Im Raum herrschte gebanntes Schweigen. Nicht einmal der Staatsanwalt wagte es, Koch zu unterbrechen. Der Kriminaltechniker las die Einträge, dann legte er das Telefon fort. „Ein paar nicht gespeicherte Nummern – eingehende Anrufe. Und der Anruf eines gewissen Vladimir Konieczko." Der Kriminaltechniker blickte fragend in die Runde. „Sagt uns das nicht etwas?"

Dauber nickte. „Er betrieb bis vor einiger Zeit das Restaurant auf dem Klüt. Der Kasten steht aber schon lange leer."

„Warum steht ein Restaurant in dieser Lage so lange leer?", fragte sich Alders und kratzte sich am Hinterkopf.

„Er findet keinen Käufer für das Objekt, was möglicherweise an dem exorbitanten Preis liegt", vermutete Maja. „Aber warum betreibt er den Laden nicht selber weiter?"

„Weil er in die Insolvenz gegangen ist", wusste Vogel zu berichten. „Missmanagement hat ihn in die Pleite getrieben."

„Was wollte Sippelmann von ihm?“, fragte Grundmann.

„Das werden Sie herausfinden“, beschied ihn Dauber. „Fahren Sie hin und fragen Sie ihn.“

„Aye, Sir.“ Grundmann zog eine Grimasse. Maja musste lächeln. Wahrscheinlich hatte sich ihr Partner auf einen ruhigen Feierabend gefreut. „Damit wir nicht unvorbereitet ins Gespräch gehen, check ich gleich mal seinen Social Media Background und die Konten“, erklärte sich Maja bereit und warf einen bangen Blick auf die Armbanduhr. Sie hoffte, noch auf alle Daten zugreifen zu können.

„Nehmen Sie Detering mit“, empfahl Dauber. „Ich werde ihn gleich einweisen.“

Hauptkommissar Robert Detering war ein fähiger Mann, der sich auf das Wesentliche konzentrierte und eine hohe Aufklärungsquote seiner Fälle vorweisen konnte. Maja mochte ihn. Detering war Anfang vierzig, von stämmiger Statur und hatte immer ein Lächeln im Gesicht. Nur wenige Kollegen wussten, dass sich seine Frau vor einigen Jahren das Leben genommen hatte. Gisela war depressiv gewesen, und Robert machte sich noch heute Vorwürfe, weil er ihren Selbstmord nicht hatte verhindern können. Damals hatte er sich Hals über Kopf in die Arbeit gestürzt, um den Tod seiner Frau zu vergessen. Inzwischen leitete er das Dritte Fachkommissariat, das für Wirtschaftsdelikte zuständig war.

„Und ich möchte, dass sich KHK Lutz mit der Auswertung der Daten von diesem Koniezcko befasst“, delegierte Dauber weiter. Koch, der als Leiter des Fünften der Vorgesetzte von Jan Lutz war, nickte und machte sich eine Notiz.

„Hier steht, dass Koniezcko Insolvenzverschleppung und die Beschäftigung illegaler Einwanderer vorgeworfen wurden, bevor er den Laden dichtmachen musste“, bemerkte Grundmann, der sich mit dem Tablet ins Archiv der DEWEZET eingeloggt hatte. Er massierte sich die Schläfen, während er in die Runde blickte. „Ich sehe aber noch immer keine Verbindung zu Klaus Sippelmann.“

„In Wuppertal arbeitete Sippelmann an einem umstrittenen Seilbahnprojekt“, bemerkte Sophie. Als sie in fragende Gesichter blickte, erklärte sie den Kollegen das Seilbahnprojekt. „Meine Mitarbeiter sind damit beschäftigt, das soziale und das berufliche Umfeld von Klaus Sippelmann zu checken.“

„Eine Seilbahn, mitten in der Stadt?“ Grundmann lächelte schief und schüttelte den Kopf. „In den Bergen – okay“, sagte er. „Dort, wo Tourismus funktioniert, sicher auch okay. Aber eine Seilbahn mitten in der Stadt? Was ist das für ein Schwachsinn?“

Sophie ging nicht auf die Frage ein. „Gibt es ähnliche Pläne hier in Hameln?“

„Ich kenne hier nur einen einzigen Berg, bei dem das Sinn machen würde“, überlegte Kriminaloberrat Dauber und zupfte am Knoten seiner Krawatte herum.

Staatsanwalt Vogel hatte die Hände flach auf den Tisch gelegt und nickte andächtig, ohne ein Wort zu sagen.

„Den Klüt", rief Alders in die Runde. „Und hier könnte sich der Kreis schließen." Als man ihn zweifelnd anschaute, ereiferte sich der junge Kollege: „Leute, denkt nach – es gibt doch seit einiger Zeit das Stadterneuerungskonzept ‚Hameln 2030'. Dort wird gefragt, wie wir Bürger unsere Stadt attraktiver machen können."

„Durch eine Seilbahn – ist klar." Grundmann grunzte und tippte sich an die Stirn. „Und der Klüt wird im Winter zur Skipiste umgebaut. Im Hochzeitshaus machen wir, vierhundert Jahre nach der Einweihung, eine Après-Ski-Hütte." Er kicherte. „Wer so was erfindet, der hat doch Arschhaare geraucht."

Allgemeine Erheiterung am Tisch, nur Dauber und Vogel blieben ernst. „Wir sollten nicht darüber lachen, Herr Grundmann", mahnte Dauber schließlich. „Finden Sie heraus, mit welchen Visionen zum Stadterneuerungskonzept sich Baurat, der Bürgermeister und der Landrat ernsthaft befassen. Sollte es eine Verbindung zwischen Sippelmann, Koniezcko und dem Klüt geben, haben wir etwas, wo wir ansetzen können."

„Sicherlich wird uns da der Laptop weiterhelfen", überlegte Koch. „Ich werde Lutz in die Verantwortung nehmen. Wenn es ein derartiges Vorhaben gibt und Sippelmann in die Planungen involviert war, muss es entsprechende Dateien oder gar Pläne auf seinem Rechner geben."

„Was immer noch keinen Hinweis auf das Mordmotiv bei den Loddes ergibt", kritisierte Vogel und rümpfte die Nase. „Die Presse steigt mir aufs Dach – natürlich sind die Loddes als prominentes Hamelner Unternehmerpaar von größerem Interesse als der Verkehrswissenschaftler, der hier weitgehend unbekannt war."

„Eines erschließt sich mir nicht", begann Maja. „Nehmen wir einmal an, dass Koniezcko mit Sippelmanns Tod in Verbindung steht – warum sollte er ihn umbringen?"

„Oder umbringen lassen", fügte Grundmann hinzu. Er ahnte, worauf Maja hinauswollte. Er versetzte den Tablet-Computer in den Standby-Modus und widmete seine Aufmerksamkeit wieder den Kollegen. „Ich könnte mir vorstellen, dass ein windiger Vogel wie Vladimir Koniezcko sich nicht selber die Hände schmutzig macht – er wird einen Killer beauftragt haben, um …"

„Ich erinnere daran, dass ein Insolvenzverfahren läuft", schnitt Vogel ihm das Wort ab. „So ein Auftragsmord kostet Geld. Unter zwanzigtausend macht sich kein Profi die Finger schmutzig."

„Und natürlich hält sich ein gottesfürchtiger und gesetzestreuer Mann wie Koniezcko an die Regeln, die während der Wohlverhaltensphase gelten." Grundmann bleckte die Zähne. „Wer das glaubt, der glaubt auch an den Weihnachtsmann. Oder an die Macht eines Staatsanwaltes."

„Ich muss doch sehr bitten", fuhr Vogel ihn an.

„Nichts für ungut, aber ich bin sicher, dass Koniezcko seine Schäflein rechtzeitig ins Trockene gebracht hat, bevor der Insolvenzantrag zum Amtsgericht ging. Er ist abgewichst, jede Wette."

Vogel fuchtelte ungehalten mit den Händen in der Luft herum. „Wie dem auch sei", sagte er, „finden Sie es heraus, meine Rückendeckung haben Sie."

„Sollen wir ihn festnehmen?", versuchte Maja das Gespräch in eine andere Richtung zu lenken.

„Wenn es die Befragung hergibt, selbstverständlich. Ein Anruf genügt, und ich werde den Richter wegen des Haftbefehls kontaktieren."

„Bisher haben wir nichts als einen Anfangsverdacht", maulte Grundmann. „Kann das nicht alles bis morgen warten?"

„Nein – kann es nicht", entgegnete Dauber mit puterrotem Kopf. „Wie lange arbeiten Sie für unsere Firma?"

„Zu lange", erwiderte Grundmann. „Besonders heute schon zu lange. Deshalb wär ich dankbar, wenn ich mich ein paar Stunden aufs Ohr hauen könnte."

„Sie können Ihren Schlaf nachholen, wenn Sie mir aus dem Anfangsverdacht gegen einen uns nicht unbekannten Staatsbürger einen handfesten Beschuldigten machen", antwortete Staatsanwalt Vogel unbeeindruckt.

Sophie erinnerte sich an den Anruf von Dirzius. Er hatte eine Information von Margit Lodde erhalten, die er ihr nicht vorenthalten wollte. Nun konnte der Name Sophies Joker sein. „Sagt euch der Name Giovanni Conte etwas?", fragte sie in die Runde. Sophie erntete Kopfschütteln.

„Was konnte Giovanni?", fragte Grundmann.

„Giovanni Conte", wiederholte Sophie geduldig.

Grundmann stieß einen wilden Laut aus. „Ja, verdammt, was denn? Was konnte Giovanni?"

„Jürgen – es reicht", rief Maja ihn zur Räson. „Nach müde kommt blöd."

Sophie musste lachen. „Er heißt so, ich kann es nicht ändern." Dann wurde sie ernst. „Aber der Name ist hier nicht bekannt?"

„Nicht dass ich wüsste." Dauber schüttelte den Kopf.

„Gut. Ihn solltet ihr unter die Lupe nehmen. Ich weiß aus zuverlässiger Quelle, dass sich Conte an die Loddes herangemacht hat."

„Ich fürchte, ich verstehe Sie nicht", sagte Staatsanwalt Vogel, dessen Augen hoffnungsvoll leuchteten. Es war offensichtlich, dass ihm der Doppelmord an dem Unternehmerpaar am Herzen lag.

„Stichwort Erbschleicherei", half Sophie ihm auf die Sprünge. „Angeblich hat sich Conte bei den Loddes eingenistet. Margit Lodde fürchtet, dass er es auf den Reichtum der Familie abgesehen hat."

„Dann wäre sie nicht die Alleinerbin", überlegte Dauber. „Das würde auch erklären, weshalb im Haus nichts fehlte, ja, nicht einmal Einbruchspuren zu sehen waren."

„Jetzt sind Sie bei mir", freute sich Sophie und zwinkerte Maja verschwörerisch zu. Maja beobachtete Grundmann, der schon wieder an seinem Tablet herumhantierte.

„Bingo", rief er schließlich und strahlte von einem Ohr zum anderen. „Hab ihn."

„Ist dieser Conte bereits bei uns Kunde?“ Dauber hob erwartungsvoll die Augenbrauen.

„Und ob.“ Grundmann nickte, ohne aufzublicken. „Unerlaubter Waffenbesitz und Drogenhandel. Und er ist spielsüchtig.“

„Also braucht er Geld – viel Geld“, mutmaßte Roland Alders.

„So ist es.“ Grundmanns fleischige Finger wischten und scrollten über den Touchscreen. „Angefangen hat das vor ein paar Monaten in Hannover. Dort sind bei einem illegalen Wettrennen nachts zwei Sportwagen kollidiert. Während ein Fahrer lebensgefährlich verletzt wurde, blieben die Insassen in dem Ferrari unverletzt.“ Jetzt schaute Grundmann hoch. „Und als die Kollegen vom Streifendienst kamen, um den Unfall aufzunehmen, fanden sie in dem Ferrari ein kleines Waffenarsenal.“

„Mafia?“, fragte Koch.

Grundmann zuckte die Schultern. „Ob die Insassen des Ferrari Verbindungen zur organisierten Kriminalität haben, steht hier nicht.“

„Ich werde die Kollegen in Hannover kontaktieren“, bot Alders an.

„Brauchst du nicht – wir sitzen am Tisch, schon vergessen?“ Zenker grinste überheblich.

„Nein, aber ihr seid auch keine wandelnden Datenbanken.“ Roland Alders ließ sich von der arroganten Art des Kollegen aus der Landeshauptstadt nicht beeindrucken. Maja wusste von ihm, dass seine Tochter gerade in einer schwierigen Phase steckte und sie Roland und seine Frau ständig provozierte, um ihre Grenzen auszutesten. Er war geübt im Umgang mit solchen Provokationen, dachte Maja amüsiert.

„Recht hast du", erwiderte Christian Zenker und zwinkerte seinen Partnern zu, „allerdings waren wir damals in der Ermittlungseinheit, die sich mit dem Unfall auseinandersetzte."

„Warum sagt ihr das nicht gleich?", maulte Grundmann und unterdrückte ein Gähnen. Er tippte sich an die Schläfe. „Ich meine, bei dem Namen Conte hätte es hier oben doch Klingeling machen müssen."

„Namen sind wie Schall und Rauch, Großmann", lästerte Zenker.

„Grundmann, du Pfeife", grollte er und war kurz davor, zur Höchstform aufzulaufen.

„Jürgen, bitte", sagte Maja beschwichtigend. „Wir sollten uns hier nicht die Köpfe einhauen."

„Der Unfall war ziemlich spektakulär damals", erinnerte sich Zenker, dem die kleine Debatte egal zu sein schien. „Ich erinnere mich an die Waffen im Kofferraum, deshalb machte es eben erst …", er blickte mit zusammengekniffenen Augen zu Grundmann herüber, „Klingeling."

„Befand sich unter den Waffen auch eine Glock 17?", fragte Koch.

Zenker tauschte einen Blick mit den Kollegen. „Ich glaube, sogar mehrere."

„Aber die haben Sie sichergestellt damals, oder?" Staatsanwalt Vogel fixierte Zenker mit seinem Blick.

„Selbstverständlich."

„Nach dem, was wir jetzt eben wissen, sollten wir die beiden Insassen des Ferraris, besonders aber Giovanni Conte, unter die Lupe nehmen", ordnete Dauber an. Sekundenlang lag sein Blick auf Grundmann.

„Vergessen Sie es", rief der aus und hob abwehrend die Hände. „Ich brauche meinen Schönheitsschlaf."

„So viel Schönheit, wie du brauchst, kannst du in deinem ganzen Leben nicht mehr schlafen", frotzelte Koch.

Sophie räusperte sich. „Wenn unsere Theorie stimmt, und Giovanni Conte oder sein Mitstreiter es auf das Vermögen der Loddes abgesehen haben, dann sollten wir Margit Lodde als einzige Tochter nicht aus den Augen verlieren. Womöglich ist sie in großer Gefahr, da sie davon ausgeht, als Alleinerbin in Erscheinung zu treten. Erst wenn sie nicht mehr lebt, könnte Conte der Begünstigte sein."

„Woher wissen Sie das?" Staatsanwalt Vogel erhob sich. Sein Stuhl scharrte hässlich über den Bodenbelag des Besprechungsraumes.

„Ich weiß es eben."

„So leicht kommen Sie mir nicht davon, Frau Stein."

„Das können wir später ergründen", wich Sophie aus. „Jetzt sollte uns die Klärung des Falls am Herzen liegen. Ihre Wangen hatten sich gerötet, und sie zupfte in ihrer blonden Mähne herum. Maja kannte sie gut genug, um zu wissen, dass sie nervös war. Sie beschloss, Sophie später unter vier Augen darauf anzusprechen, woher sie von dem Fall Conte wusste. Jetzt galt es erst einmal, Koniezcko und Conte in die Zange zu nehmen. Und danach wollte sie endlich nach Hause, um sich ein heißes Schaumbad zu gönnen, das Buch weiterzulesen und ein wenig abzuschalten. Doch davon waren sie alle gerade noch sehr weit entfernt.

DREISSIG

Bückeburg, Sablé-Platz, 18:20 Uhr

Nachdem sie den Wagen in der Sackgasse abgestellt hatten, legten sie die letzten Meter zum Burgmannshof zu Fuß zurück. Hier lebte Giovanni Conte in einem der verwinkelten Fachwerkhäuser zur Miete. Roland Alders war froh, dass Sophie ihn begleitete, um dem Italiener einen Besuch abzustatten. Auf dem Weg von Hameln nach Bückeburg hatte Sophie mit Sarah telefoniert. Sie hatte sich bereits auf dem Reiterhof im Münsterland eingelebt und schon erste Freundschaften geknüpft. Sophie war einigermaßen beruhigt, dass bei ihrer Tochter alles gut geklappt hatte.

Das Zwitschern einer Amsel lenkte ihren Blick auf den Dachfirst eines schmalen Hauses, dessen Fachwerkfassade frisch restauriert war. Sophie bildete sich ein, noch den Duft der Farbe riechen zu können.

„Woher hast du die Info, dass Conte sich bei den Loddes eingeschleimt hat?", riss sie die sonore Stimme von Alders aus den Gedanken.

Sophie winkte ab. „Nicht wichtig. Hoffen wir lieber, dass die Tochter nicht auch noch in Gefahr ist."

„Wohl wahr." Alders schien die Antwort zu genügen. Er studierte die Aufschrift des Klingelschildes im Eingang des Hauses und drückte den Knopf, während Sophie den Blick über die umliegenden Häuser der Altstadt schweifen ließ. „Schön habt ihr es hier."

Alders nickte. „Ein schönes Fleckchen Erde. Aber ich liebe es ländlicher. Unser Haus steht in Bodenwerder."

Sophie unterdrückte ein Lachen. „Noch ländlicher?"

„Ich bin im Weserbergland aufgewachsen und fühle mich pudelwohl."

„Nicht zu vergleichen mit der Hauptstadt", erwiderte Sophie. „Ein paar Jahre lang habe ich in Berlin gearbeitet."

„Hm." Alders nickte, dann deutete er mit dem Daumen auf die Haustür mit den liebevollen Schnitzereien. „Standesgemäß scheint Conte zu leben. Hör mal."

Sophie lauschte und hörte „Volare" von Domenico Modugno, einen alten italienischen Schlager, den schon ihre Mutter früher mitgesungen hatte. „Wie idyllisch. Da will man gleich in den Urlaub fahren."

„Prego?"

Sie fuhren herum, als die Tür hinter ihnen geöffnet wurde. Vor ihnen stand ein kleiner, schlanker Mann mit kurzen dunklen Haaren. Er trug ein blassgelbes Poloshirt und eine bequeme Jeans. Sophie schätzte ihn auf Ende zwanzig, Anfang dreißig. An den Füßen leichte Slipper, keine Socken.

„Herr Conte?", fragte Sophie. „Giovanni Conte?"

„Sì." Ein knappes Nicken.

„Kripo Hameln, guten Tag." Alders zückte den Dienstausweis und stellte sich und Sophie vor. „Könnten wir kurz reinkommen?"

„Habe ich etwas verbrochen?"

„Wir haben ein paar Fragen an Sie", erwiderte Sophie ausweichend.

„Worum geht es?" Seine Augenbrauen zogen sich zusammen.

„Sicher sagt Ihnen der Name Lodde etwas?" Sophie beobachtete den Italiener mit wachsamem Blick. Er wurde von einer Sekunde zur anderen kreideweiß, dann stürmte er los, stieß Sophie aus dem Weg und sprintete die kleine Straße entlang.

Alders reagierte schnell. Er nahm die Verfolgung auf, riss im Laufen schon die Waffe aus dem Holster.

„Conte, bleiben Sie stehen, verdammt noch mal!"

Sophie seufzte. „Auf so einen Scheiß hab ich ja Bock." Ihre eigene Pistole lag im Waffenschrank im Wuppertaler Polizeipräsidium. Dass sie die Waffe hier einsetzen musste, konnte sie heute nicht ahnen. Außerdem war es immer noch ein Urlaubstag. Eigentlich. Doch es nutzte nichts, sie hatten einen Tatverdächtigen, der auf der Flucht war. Also setzte Sophie sich in Bewegung. Conte und Alders waren bereits ihrem Sichtfeld entschwunden. Im letzten Moment sah sie Alders, der in einem historischen Gebäude verschwand, vor das man einen großen Glasanbau gesetzt hatte. Ein Hubschrauber im Originalmaßstab sollte die Neugier der Besucher erwecken. Conte und Alders waren durch die offene Tür in das Museum gelangt. Erst auf den zweiten Blick entdeckte Sophie das Hinweisschild mit der Aufschrift „Hubschraubermuseum".

„Na toll", murmelte sie. „Will der sich jetzt einen Heli kapern und damit abhauen?" Sophie blieb nichts erspart an diesem Tag.

Sie zog das Telefon hervor und wählte Majas Nummer, um Verstärkung anzufordern, dann betrat sie das Museum.

„Wir haben seit über einer Stunde geschlossen." Die Frau im geblümten Schürzenkittel stützte sich auf ihrem Schrubber ab. „Ich putz nur noch schnell, dann schließ ich auch ab."

„Stein, Kriminalpolizei", sagte Sophie und hoffte, dass sie bei der Putzfrau nicht auch noch Eintritt bezahlen musste. „Mein Kollege ist hinter einem flüchtigen Verdächtigen her. Bitte sehen Sie zu, dass alle Besucher das Museum auf der Stelle verlassen."

Die Frau stöhnte. „Sie hören mir nicht zu", sagte sie augenrollend. „Es ist schon zu. Morgen wieder."

Zur gleichen Zeit hörte Sophie die Stimme ihres Kollegen durch die Ausstellung gellen.

„Conte – kommen Sie mit erhobenen Händen heraus!"

Sophie machte sich auf, um Alders zu unterstützen. Wenn der Italiener keine Waffe bei sich trug, bestand eine reale Chance für einen erfolgreichen Zugriff.

*

Wuppertal, Polizeipräsidium, 18:20 Uhr

„Die Drohmail an Sippelmann ist entschlüsselt", sagte Frank „Brille" Heinrichs, nachdem er Brauers Büro betreten hatte, ohne zu klopfen.

„Wie schön." Karl Brauer nahm die Füße vom Schreibtisch und winkte Heinrichs heran. „Und?"

„Sie stammt von einem Server der Uni." Heinrichs trat näher, schob Brauer ein paar Papiere hin, blieb aber neben dem Schreibtisch stehen.

„Na toll." Brauer seufzte und überflog die Entschlüsselung der Mail. „Das kann alles bedeuten – und nichts."

„Sippelmann dozierte am Institut für Verkehrswissenschaften", erinnerte Heinrichs ihn. „Vielleicht gibt es hier einen Zusammenhang?"

„Das könnte bedeuten, dass er Feinde im Hörsaal hatte", überlegte Brauer. „Oder es könnte bedeuten, dass uns jemand auf die falsche Fährte locken will."

„Sie meinen, der Absender der Mail will uns in die Irre führen?"

„Möglich. Den Rechner, an dem die Mail verfasst und versandt wurde, kann man nicht lokalisieren?"

„Nein, die Anfrage müssen wir morgen an die IT-Abteilung der Uni stellen, da erreiche ich heute keinen mehr."

Karl Brauer stöhnte gequält auf. Warum machten alle außer ihm früh Feierabend? Mühsam erhob er sich, um das Fenster seines Büros zu schließen. So sperrte er den Verkehrslärm, der von der Friedrich-Engels-Allee zu ihm heraufdrang, aus. Er verschränkte die Arme vor der Brust und blieb am Fenster stehen, um nachzudenken. Der Verkehr in Richtung Elberfeld floss zäh dahin. Nach Barmen kamen die Autos ohne Stau.

„Was ist mit dem Anruf an Bernd Lüders, diese ominöse Informantin?“ Er wandte sich zu Heinrichs um. „Wissen wir schon etwas über sie?“

„Noch nicht, nein.“

„Aber ihr habt den Anruf vom Provider zurückverfolgen können, oder?“

„Es war nicht ganz leicht. Die Nachricht einer Mailbox zu entschlüsseln, die von einer unterdrückten Rufnummer aus geschickt wurde – kein Kinderspiel.“ Heinrichs grinste. „Die Jungs in der IT haben Magic Hands.“

„Mach es nicht so spannend“, erwiderte Brauer entnervt.

„Das Handy gehört einer gewissen Lisa Weber.“

„Ach?“ Brauer war der Name geläufig. „Nicht zufällig das Töchterlein des Fabrikanten Maximilian Weber?“

„Doch. Die Welt ist ein Dorf, was?“

„Das ist doch mal eine gute Nachricht, wobei ich mich frage, wie sie an die Information von Sippelmanns Tod kommt.“

„Das Handy wurde ihr gestohlen“, eröffnete Heinrichs ihm. „Wir haben sogar eine Anzeige aufgenommen.“

„Die Zeiten habt ihr überprüft?“

„Nun ja. Das Handy hat man ihr vor zwei Tagen gestohlen. Die Anzeige hat sie erst heute Morgen erstattet.“

„Bullshit ist das“, rief Brauer aus. „Das stinkt doch zum Himmel.“

„Sie meinen …“

„Aber sicher doch!“ Brauer schlug sich mit der flachen Hand vor die Stirn, dass es klatschte. „Sie hat Lüders angerufen, wahrscheinlich im Affekt. Erst später hat sie über ihre Dummheit nachgedacht und kalte Füße bekommen. Deshab hat sie das Handy rückwirkend als gestohlen gemeldet.“ Er dachte nach. „Habt ihr überprüft, ob sie die Karte hat sperren lassen?“

Heinrichs nickte. „Negativ.“

„Na bitte. Wahrscheinlich nutzt sie es weiter, als wäre nichts passiert.“

Heinrichs grinste. „Davon gehe ich aus. Die Ortung beim Anbieter habe ich bereits in Auftrag gegeben. Gleich wissen wir mehr.“

EINUNDDREISSIG

Hameln, Nordstadt, 18:20 Uhr

Sie waren zu dritt, als sie auf das Haus von Vladimir Koniezcko am Hühnerborn zustapften und an der schwarzen Limousine innehielten. Die Besatzung des Streifenwagens wartete im Auto, während Maja, Grundmann und Detering vorangingen und die schwarze Limousine im Carport neben dem Eingang betrachteten. Die Initialen auf dem Kennzeichen der AMG-S-Klasse räumten auch die letzten Zweifel aus, dass es sich bei dem teuren Mercedes um das Fahrzeug von Vladimir Koniezcko handelte.

„So pleite kann er gar nicht sein", brummte Grundmann und deutete mit dem Daumen auf den Boliden. „So eine Kiste kann ich mir von meinem Beamtensold nicht leisten."

Robert Detering winkte gelangweilt ab. „Es gibt viele Möglichkeiten, sich so eine Zuhälterkarre auch noch leisten zu können, wenn die Insolvenz läuft."

„Du meinst, er macht krumme Geschäfte?" Maja schmunzelte.

„Ich habe ein paar Ungereimtheiten entdeckt, als ich ihn vorhin gecheckt habe", nickte Detering. „Koniezcko ist kein unbeschriebenes Blatt mehr, er taucht gleich mehrmals in unserer Kundenkartei auf. Wenn ihr ihn jetzt mit dem Mord an Sippelmann und den Loddes in Verbindung bringt, könnte es eng werden für ihn."

Maja blieb stehen und sog die Luft durch die Nase ein. Es duftete nach Herbst, und schon bald würden die Tage kürzer und die Nächte kälter werden. Längst schon hatten sich die Blätter auf den Bäumen bunt gefärbt, um beim ersten schweren Herbststurm von den Ästen geweht zu werden. Eigentlich mochte sie den Herbst nicht, doch Maja liebte die Abende in ihrer kuscheligen Wohnung, die sie sich mit Kerzenschein und einem guten Buch versüßte. Dennoch spürte sie ein wenig Melancholie aufkommen, als sie an die bevorstehenden einsamen Abende zu Hause dachte. Vielleicht fehlte ihr wirklich ein Partner, mit dem sie die wenige knappe Zeit gemeinsam verbringen konnte. Vielleicht sollte sie Ulbricht in den nächsten Tagen mal wieder anrufen. Viel zu lange hatte sie von ihm schon nichts mehr gehört.

„Ist was?" Grundmann war stehen geblieben und schaute sich zu Maja um. Er schien es eilig zu haben. Es war nicht sein Tag heute, daran gab es nichts zu rütteln.

„Ich komm schon." Maja schüttelte mit einem sanften Lächeln auf den Lippen den Kopf und setzte sich in Bewegung. Seite an Seite nahmen sie den breiten, mit Platten belegten Weg zum Hauseingang. Hier wartete Detering schon auf sie. Als Maja und Grundmann zu ihm aufgeschlossen hatten, standen sie einen Moment lang dort und lauschten. Kein Geräusch drang aus dem Innern des Hauses nach außen. Ein Namensschild suchten sie vergeblich. „Er wohnt hier geheim", grinste Grundmann. „Niemand soll ihn hier finden."

„Dann sollte er die Angeberkarre mit seinem Kennzeichen aber auch verstecken", erwiderte Maja. Es war eine fast ländliche Gegend am Stadtrand. Unweit des legendären Fischerhofes war das Bild von prächtigen Bauten der Weserrenaissance geprägt. Irgendwo in der Ferne kläffte ein Hund. Alte Robinien säumten den Straßenzug der Wohngegend, die Kleingartenanlage „Am Heideweg e.V." lag nur einen Steinwurf entfernt. Eigentlich keine bevorzugte Wohngegend für einen Kleinkriminellen wie Vladimir Koniezcko.

„Schön hier", fand Maja, atmete tief durch und klingelte. Drinnen schlug ein Gong an, der die Glocken von Big Ben imitierte.

„Wie spießig, passt irgendwie nicht zu dem Typen", kommentierte Detering leise. Er verstummte, als sich von drinnen Schritte näherten. Die Tür flog auf, und sie standen einem über zwei Meter großen Fleischberg gegenüber. Die breiten Schultern und die muskulösen Oberarme schienen den Stoff seines weißen Hemdes sprengen zu wollen. Die oberen Knöpfe des säuberlich gebügelten Hemdes standen offen und zeigten eine starke, dunkle Brustbehaarung. Koniezckos Schädel war fast quadratisch, die Haare kurz geschoren. Buschige Augenbrauen, eine lange Nase, die wohl schon einmal gebrochen gewesen sein musste. Dunkle Augen schauten feindselig auf Maja und Grundmann herab.

„Was ist?"

„Maja Klausen, mein Kollege, Hauptkommissar Grundmann, und Hauptkommissar Detering von der Kripo Hameln", stellte sich Maja freundlich vor, obwohl ihr das zuvorkommende Lächeln schwerfiel. Sie zeigte ihm den Dienstausweis, den er jedoch keines Blickes würdigte.

„Und?"

„Wir haben ein paar Fragen an Sie", mischte sich Grundmann jetzt ein. „Wenn wir kurz reinkommen dürften?"

„Schlecht."

„Auf der Straße ist es schlechter", versicherte Grundmann ihm.

Koniezcko zögerte, dann gab er den Eingang frei. „Kommen Sie." Er blickte an Maja, Grundmann und Detering vorbei und schien die Fenster der gegenüberliegenden Häuser abzuscannen. Als er feststellte, dass sie unbeobachtet waren, lockerten sich seine Gesichtszüge ein wenig. Gut, dass die Streifenwagenbesatzung um die Straßenecke geparkt hatte, sonst hätte Koniezcko gleich den Ernst der Lage erkannt.

„Ich habe Besuch", erklärte er seinen Besuchern, während ihm die drei Polizisten in ein großes, fast quadratisches Wohnzimmer folgten. Zwei blutjunge Frauen lümmelten auf dem großen Sofa herum. Sie waren spärlich bekleidet, trugen reizvolle Dessous. Als die beiden

Frauen Maja und Grundmann erblickten, sprangen sie hoch wie aufgescheuchte Hühner. Mit den Händen bedeckten sie Scham und Brüste, während sie große Augen machten und Vladimir Koniezcko verängstigt anschauten.

„Lasst uns alleine", forderte er sie mit einer herrischen Geste auf. Seine Gespielinnen nickten und trollten sich, ohne ein einziges Wort zu verlieren.

Missbilligend sah Maja, wie er die Mädchen mit einem Klaps auf die Hintern verabschiedete. Sie hasste solche Macho-Typen. Dann doch besser alleine sein im Herbst, als sich mit solchen schmierigen Kerlen herumzuärgern, dachte sie. Als sie Luft holte, um sich eine Bemerkung zu sparen, fiel ihr der süßliche Duft, der schwer im Raum hing, auf.

„Wonach riecht es hier?", fragte sie. „Ist das Gras?"

„Sind Sie vom Rauschgiftdezernat?", fragte Koniezcko spöttisch.

„Wir haben einen guten Draht zu den zuständigen Kollegen." Grundmann lächelte gewinnend.

„Waren das eben Ihre Freundinnen?", fragte Detering mit einem spöttischen Unterton in der Stimme.

Der Hausherr grinste schmierig. „Man gönnt sich ja sonst nichts", erläuterte er selbstgefällig.

Maja nickte. „Gut, dass wir nicht später gekommen sind."

„Was gönnen Sie sich denn zum Beispiel nicht?", nahm Grundmann mit listigem Unterton in der Stimme den Faden auf.

Maja registrierte, dass ihr Partner auf Krawall gebürstet war. Im Grunde hatte sich seine Laune seit heute Morgen nicht verändert. Sie musste schmunzeln und hoffte, dass Koniezcko davon nichts mitbekam.

Als Koniezcko schwieg und ihn mit lauerndem Blick betrachtete, ereiferte sich Grundmann: „Das Haus ist nicht von schlechten Eltern, der Mercedes vor der Tür kostet ein Vermögen – AMG, wenn ich nicht irre? –, und zwei Prostituierte gönnen Sie sich auch."

Robert Detering räusperte sich. „Ich nehme an, dass die beiden Damen eine gültige Aufenthalts- und Arbeitsgenehmigung für Deutschland vorweisen können?"

Koniezcko musterte ihn wie ein lästiges Insekt. „Sind Sie von der Sitte?"

„Uninteressant", winkte Detering ab. „Also – ich finde Ihren Lebensstil beachtlich, besonders wenn man bedenkt, dass bei Ihnen ein Insolvenzverfahren läuft."

Koniezcko winkte ab. „Das bald abgeschlossen sein wird."

Detering schüttelte den Kopf. „Zuvor gab es Vorwürfe wegen Insolvenzverschleppung. Sie konnten weder Ihr eigenes Personal noch die Handwerkerrechnungen von externen Anbietern bezahlen."

„Mein Insolvenzverwalter hat die Lage im Griff", behauptete Koniezcko mit gleichgültigem Unterton in der Stimme.

„Das tut nichts zur Sache", versicherte Grundmann ihm.

Der zwielichtige Gastronom lächelte. Sein Lächeln war eiskalt, es erreichte die Augen nicht. Einen Mundwinkel hatte er spöttisch hochgezogen. „Sind Sie hier, um mit mir über meinen Lebensstandard und über meine finanzielle Situation zu sprechen?"

„Und weil Ihr Insolvenzverwalter die Lage im Griff hat, steht Ihr Ausflugslokal auf dem Klüt leer", zog Detering unbeeindruckt von der drohenden Haltung, die Koniezcko annahm, Fazit. „Man hat Ihnen den Betrieb untersagt."

„Ach, jetzt kommen wieder die alten Kamellen?" Koniezcko hob voller Sarkasmus eine Augenbraue. „Ich dachte, das wäre längst durch."

„Noch lange nicht." Detering schüttelte den Kopf. „Wie wir wissen, gab es in der Vergangenheit bereits mehrere Interessenten für Ihr leer stehendes Objekt am Klüt. Warum haben Sie die Immobilie nicht längst veräußert, um damit Ihre Schulden abzahlen zu können?"

Koniezcko winkte ab. „Das ist albern", behauptete er. „Sie scheinen geschnüffelt zu haben, also will ich ehrlich sein." Er verzichtete darauf, seinen Gästen Platz anzubieten. „Es gab Interessenten, die den alten Kasten für einen Appel und ein Ei kaufen wollten."

„Besser wenig Geld als nichts, oder irre ich?", fragte Maja.

„Was verstehen Sie schon davon?", giftete Koniezcko. „Der Erlös des Verkaufes würde in die Insolvenzmasse fließen, danach bliebe mir nichts über zum Leben."

„Leben tun Sie auch so ganz gut, find ich", grinste Grundmann und betrachtete die großformatigen Bilder an den Wänden.

„Sind Sie der Gerichtsvollzieher?" Koniezcko lachte. „Dann bitte – bedienen Sie sich!"

Grundmann fuhr herum. Mit zusammengekniffenen Augen betrachtete er sein Gegenüber. Maja fürchtete, dass die Situation gleich eskalierte.

Grundmann lief zur Höchstform auf. „Ich bin schlimmer als der Gerichtsvollzieher, ich bin dein größter Feind, ich bin der Sensenmann, wenn du mich bescheißen willst, also spiel mit offenen Karten."

„Oh, ich erstarre vor Ehrfurcht", entgegnete Koniezcko mit einem selbstgefälligen Grinsen. Er bleckte zwei Reihen strahlend weißer Zähne. Es war ein falsches Lachen, das Maja zur Weißglut brachte.

„Warum haben Sie nicht verkauft?", versuchte sie es mit einer sachlichen Frage und schob sich zwischen Grundmann und Koniezcko. Heimlich betete sie, dass ihr Deeskalationsversuch glückte.

„Es hat … Unstimmigkeiten gegeben zwischen den Kaufinteressenten und mir."

„Und wie haben die sich dargestellt?"

„Preislich. Wir sind … nicht zusammengekommen." Koniezcko hob beschwichtigend die Hände.

„Wie war das mit dem Seilbahnprojekt?", mischte sich Detering wieder ein. „Es gab, wie wir wissen, sehr konkrete Pläne, dass man aus dem Restaurant eine Bergstation machen wollte – die Gegebenheiten des Objektes waren jedenfalls vorhanden, dies dokumentiert eine uns vorliegende Machbarkeitsstudie."

Koniezcko zuckte unmerklich zusammen. Dann hatte er sich wieder unter Kontrolle. Er betrachtete Detering feindselig. „Woher wissen Sie ..."

„Wir sind Bullen, schon vergessen?", fragte Grundmann und feixte. Er hatte sichtlich Spaß daran, Koniezcko Seite an Seite mit Robert Detering aus der Reserve zu locken.

„Woher wisst ihr davon?" Der vermeintlich insolvente Gastronom sank auf die Lehne eines Sessels und wischte sich mit beiden Händen durch das Gesicht.

„Mein Kollege sagte es bereits", beschied Detering ihn unbeeindruckt. „Als Behörde haben wir Zugriff auf einige Dinge, die nicht im Fokus der Öffentlichkeit stehen."

„Ich bin begeistert", murmelte Koniezcko. Als er zu den drei Polizisten aufblickte, war er blass. Seine Handbewegungen waren fahrig. „Sippelmann wollte mich in den Ruin stürzen."

„Ich dachte, Sie wären bereits insolvent", fragte Maja.

„Es ist schlimmer. Ja, man kam auf mich zu, wegen der geplanten Seilbahn auf den Klüt."

„Und?", drängte Grundmann. „Warum hast du nicht verkauft?" Mehr aus Versehen war ihm wohl das Du herausgerutscht. Doch Koniezcko ging nicht darauf ein. Er blickte zu Grundmann auf wie ein geprügelter Hund. „Der Preis, den mir die Stadt bot, war lächerlich."

„Also haben Sie das Angebot ausgeschlagen?" Maja marschierte durch den Raum und nahm das teure

Mobiliar in Augenschein. Wenn sie es nicht anders wüsste, würde sie nicht vermuten, dass Koniezcko ein Insolvenzverfahren angestrebt hatte.

„Na klar, es hätte mir nicht den Arsch gerettet."

„Wäre ich in Ihrer Situation, hätte ich verkauft", mutmaßte sie. „Der Spatz in der Hand ist manchmal besser als die Taube auf dem Dach."

„Klugscheißerei", presste Koniezcko wütend hervor. „Was wissen Sie schon, wie man sich fühlt, wenn man sein Lebenswerk für einen zu niedrigen Preis verkaufen soll?"

Grundmann stöhnte auf. „Mir kommen gleich die Tränen."

„Das heißt, Sie sollten verkaufen." Detering sah seinen Einsatz gekommen. Er hatte sich vor der Fahrt zu Vladimir Koniezcko schlaugemacht. „Noch mal: Uns ist bekannt, dass die Seilbahnpläne in der Stadtverwaltung bereits sehr konkret waren. Sippelmann hat dem Bürgermeister und den Bauräten die Machbarkeitsstudie vorgelegt. Und jetzt kommen Sie ins Spiel: Ihr altes Restaurant auf dem Klüt sollte zur Bergstation umgebaut werden." Es waren keine Fragen, sondern Feststellungen, mit denen er Koniezcko konfrontierte.

„Der Verkauf des Restaurants hätte mir nicht den Hintern gerettet."

„Deshalb haben Sie sich geweigert, zu verkaufen. Man hat Ihnen zusätzlich angeboten, eine kleine Gastronomie am Weserufer, gleich neben der geplanten Talstation, zu errichten. Trotzdem haben Sie das Angebot abgelehnt."

„Ich muss das nicht rechtfertigen."

Maja und Grundmann hielten sich zurück. Deterings große Stunde war gekommen. Allerdings fiel Maja auf, dass die Fassade des insolventen Gastronomen bröckelte. Er rang nervös die Hände. Schweißperlen standen auf seiner Stirn, er wich den Blicken seiner Besucher aus.

„Es war geplant, Sie zu enteignen, wenn Sie dem Verkauf nicht zustimmen." Robert Deterings Miene war wie versteinert. „Eine Enteignung wäre für Sie der denkbar schlechteste Weg gewesen."

Maja ging in die Offensive. „Und um das Schlimmste abzuwenden, haben Sie sich gedacht, dass es in Hameln keine Seilbahn geben wird, wenn der Projektleiter, Klaus Sippelmann, nicht mehr lebt." Sie lockte Koniezcko bewusst aus der Reserve. Der Blick, mit dem Vladimir Koniezcko sie bedachte, machte ihr Angst. Doch sie ließ nicht locker. „Wenn mit Sippelmann nicht nur der geistige Vater des Seilbahnprojektes stirbt, sondern das Unterfangen ohne ihn nicht weiterverfolgt wird, können Sie in Ruhe weiterleben und nach einem Käufer für Ihr Objekt suchen, der Ihnen so viel Geld bezahlt, dass Sie aus der Insolvenz herauskommen und neu anfangen können – so war der Plan, nicht wahr?"

Koniezcko presste die Lippen zu einem Strich zusammen und senkte den Blick. „Wollen Sie mir was unterschieben?"

„Haben Sie ihn umgebracht?", antwortete Grundmann mit einer Gegenfrage.

Koniezckos Kopf ruckte hoch. „Nein", zischte er. „Ich bin kein Killer, wann schnallt ihr das?"

Grundmann lachte. „Für die Drecksarbeit gibt es Leute, die man engagieren kann."

Jetzt lachte auch Koniezcko humorlos auf. „Wissen Sie, was ein Auftragskiller kostet? Unter zwanzigtausend geht da nichts. Und das kann ich mir nicht leisten", er blickte Detering feindselig an. „Wie Ihr Kollege schon richtig festgestellt hat, bin ich finanziell am Arsch."

Grundmann zog die Mundwinkel hoch und blickte sich in Koniezckos luxuriös eingerichtetem Haus um. „Das sehe ich. Auch der bescheidene Kleinwagen vor der Tür, die Nutten – Armut, so weit das Auge reicht. Haben Sie überhaupt noch was im Kühlschrank?"

Maja schüttelte unmerklich den Kopf. Grundmann verstummte, Maja führte das Gespräch fort. „Herr Koniezcko, wo waren Sie gestern Abend zwischen neunzehn und zweiundzwanzig Uhr?"

„Hier", antwortete er wie aus der Pistole geschossen.

„Dafür gibt es Zeugen, nehme ich an?", fragte Grundmann.

„Klar. Die Mädchen werden es bezeugen können." Koniezcko grinste feist. „Soll ich sie holen, dann könnt ihr sie fragen?" Er schob bezeichnend den Daumen der rechten Hand durch den Zeige- und Mittelfinger. „Wir haben uns vergnügt." Dann wurde er ernst. „Ist das die Zeit, in der Sippelmann kaltgemacht wurde?"

Weder Maja noch Grundmann gingen darauf ein.

„Die Mädchen werden wohl alles bestätigen, solange sie dafür bezahlt werden", behauptete Detering. „Ich würde später gern die Arbeitsgenehmigung der beiden Frauen sehen." Er atmete durch die Nase ein und wandte sich an Maja. „Du riechst es auch, oder? Vielleicht sollten wir mal einen Drogenspürhund durchs Haus schicken." Er zog ein Handy aus der Tasche und wählte eine Nummer. „Illegale Prostituion, sicher keine Arbeitsgenehmigungen der Frauen, Drogengebrauch, das reicht." Während er dem Freizeichen lauschte, wandte er sich an Vladimir Koniezcko. „Und jetzt machen Sie sich bitte fertig, wir müssen Sie und die beiden Frauen mitnehmen zur Dienststelle."

Koniezckos Augen wurden groß. „Was soll das heißen?", fragte er. „Bin ich verhaftet?"

„Wir werden eine Personenüberprüfung durchführen und Sie alle drei erkennungsdienstlich behandeln – sofern noch nicht geschehen, und dann sehen wir weiter." Detering machte es spannend. Am anderen Ende der Leitung meldete sich jemand. „Ich brauche einen Drogenspürhund und den diensthabenden Richter." Kurz angebunden nannte er die Adresse von Vladimir Koniezcko, dann legte er auf und nickte seinen Kollegen zu.

„Der Richter stellt den Haftbefehl aus, den Rest übernehmen die Kollegen vom Streifendienst."

„Dann machen wir in der Zentralstraße weiter", stöhnte Grundmann und warf einen verzweifelten Blick auf die Uhr. Dunkle Ringe lagen unter seinen Augen. Ihm fehlte eine Mütze Schlaf. Auch Maja fühlte sich ausgebrannt und müde. Gegessen hatten sie auch noch nichts. Mit der Verhaftung von Vladimir Koniezcko fiel die Spannung der letzten Stunden von ihr ab. Doch so recht freuen konnte sie sich nicht, denn bisher konnten sie nur einen Teilerfolg verbuchen. Jetzt war es an ihnen, Koniezcko auch nachzuweisen, dass er hinter dem Mord an Sippelmann steckte. Sollte er wirklich einen Auftragsmörder auf ihn angesetzt haben, stand immer noch die Frage im Raum, warum die Loddes sterben mussten. Maja spürte, dass ihr der Fall in ihrer jetzigen Verfassung über den Kopf wuchs. Daran konnte auch die Verstärkung, die Detering eben angefordert hatte, nichts ändern.

Maja überlegte, ob sie Koniezcko für ein paar Stunden in Untersuchungshaft stecken sollten, um sich ein wenig aufs Ohr zu hauen. Es war sicher besser, ausgeruht in das Verhör mit diesem windigen Vogel zu gehen. Doch das würde sie mit Grundmann unter vier Augen besprechen. Sie verließ das Haus, um die Kollegen vom Streifendienst herzuholen. Draußen verharrte sie kurz, schloss die Augen und atmete tief durch. Der Sauerstoff erfrischte sie ein wenig, dann marschierte sie den Bürgersteig herunter und gab den uniformierten Polizisten den Einsatzbefehl.

ZWEIUNDDREISSIG

Bückeburg, Oberstenhof, 18:25 Uhr

Dirzius ließ den Käfer langsam durch die Straße Oberstenhof rollen, bevor er den Blinker setzte und nach links in die Bahnhofstraße abbog. Unterwegs hatte er sich an den neugierigen Blicken der Passanten erfreut, die ihm in seinem historischen Fahrzeug gefolgt waren. Sicher, Käferfahren war etwas für Puristen, doch für Frank Dirzius waren es lebendig gewordene Kindheitserinnerungen. So hatte er nicht lange gezögert, die Fahrt von Hameln nach Bückeburg anzutreten, um Giovanni Conte einen Besuch abzustatten. Margit Lodde hatte Zweifel, ob die Idee gut war, doch schließlich hatte sie sich von Dirzius überreden lassen, ihn zu begleiten. Vielleicht war es gut, mitzufahren, um etwas Ablenkung zu bekommen. Doch noch überwogen die Zweifel.

„Und du bist sicher, dass es richtig war, herzukommen?“

Margit Lodde hockte in angespannter Haltung auf dem Beifahrersitz und umklammerte mit einer Hand den Haltegriff oberhalb des Handschuhfaches.

„Aber klar.“ Dirzius nickte. „Die Bullen werden sicher erst morgen herkommen. Ich will mit diesem Conte sprechen und ihn fragen, was er vorhat." Jetzt grinste er gewinnend. „Konfrontation, um ihn aus der Reserve zu locken, lass mich mal machen."

„Aber ich fühle mich nicht sicher."

„Hier bei mir bist du besser aufgehoben als in deinem tollen Haus, also lass mich mal machen."

„Ich hätte Personenschutz beantragen sollen", erwiderte die Millionärin mit zweifelndem Blick.

Dirzius winkte ab. „Das können die bei der Polizei nicht wuppen, die haben kein Personal. Außerdem pennen die Personenschützer während der Nachtschicht ständig ein."

„Ist das so?" Sie betrachtete ihn zweifelnd.

„Klar – sieht man doch in jedem Fernsehkrimi. Lass uns jetzt mit Conte reden, danach fahren wir zu mir."

„Frank", machte sie vorwurfsvoll.

„Keine Angst." Er grinste. „Wir werden uns nicht zu nahe kommen. Du bekommst das große Bett, ich schlafe auf der Couch. Bei mir vermutet dich niemand."

„Ich bin mir gar nicht so sicher, ob ich in Gefahr bin."

„Bist du", befand Dirzius. „Wenn deine Eltern umgebracht wurden, um an das Erbe zu kommen, dann stehst du jetzt noch im Weg."

„Deshalb hätte ich nicht mitkommen sollen."

„Falsch. Alles gut, fühl dich wie in Abrahams Schoß."

Der Heckmotor des Redaktionsflitzers blubberte zufrieden, als Dirzius unvermittelt auf die Bremse trat. Sie wurden in die Sicherheitsgurte geschleudert, doch der Käfer stand.

„Kein ABS, sorry“, murmelte Dirzius schuldbewusst, als er Margits panischen Gesichtsausdruck sah. „Aber der wär mir fast reingefahren.“

Er deutete durch die kleine Windschutzscheibe nach vorn. Ein knallroter Kleinwagen kam aus einer Gasse in die Bahnhofstraße geschossen. Der Fahrer hatte die Vorfahrt missachtet und hielt es nicht für nötig, sich zu entschuldigen.

Dirzius hupte und schickte ihm einen Fluch hinterher.

„Das ist er“, sagte Margit.

„Was? Wer?“

„Conte. Da hat Giovanni Conte dringesessen.“ Margit Lodde war leichenblass geworden.

„Hinterher, der ist auf der Flucht“, rief Dirzius und legte den Gang ein. Er trat das Gaspedal bis zum Bodenblech durch.

„Vor wem sollte er denn flüchten?“

„Was weiß ich.“ Bevor Dirzius weitersprechen konnte, schoss ein zweiter Wagen aus der kleinen Gasse, um die Verfolgung aufzunehmen.

Dirzius erkannte einen silberfarbenen Golf Kombi mit einer auffallend langen Dachantenne. „Die Bullen“, rief er. Im Auto saß nur ein einzelner Mann. „Sie sind ihm auf den Fersen, das sieht doch ein Blinder mit Krückstock!“

Jetzt stürmte eine Frau hinterher. Zu Fuß kam sie die Straße herunter.

„Was macht Sophie denn hier?“ Dirzius verstand die Welt nicht mehr. Er beobachtete die Wuppertaler Kommissarin, die wütend mit dem Fuß aufstampfte. Offenbar hatte ihr Kollege vergessen, sie mitzunehmen.

Dirzius hupte zum zweiten Mal.

Sophie drehte sich um, runzelte die Stirn und schüttelte ungläubig den Kopf. Sie stapfte auf den Käfer zu, nachdem sie Dirzius erkannt hatte. „Was machst du denn hier?"

„Dich retten", grinste er, löste den Gurt und stieg aus. „Rein mit dir, wir bringen dich zu deinem nicht sehr charmanten Kollegen."

„Danke." Umständlich krabbelte Sophie in den Fond des Käfers. „Da lob ich meinen Viertürer", schimpfte sie, nachdem sie sich auf die unbequeme Rückbank gefaltet hatte.

„Mecker nicht, erzähl lieber, was hier gerade läuft", hielt Dirzius sie an. Eilig war er wieder hinter das Steuer geklettert und losgefahren. „Das ist übrigens Margit Lodde. Ich beschütze sie heute Nacht."

„Du … tust was?" Sophie machte große Augen.

„Ich schütze sie vor Conte. Die Bullen schaffen das nicht."

„Frank, ich gehör auch zu dem Verein."

„Ich weiß, aber ich meine deine Kollegen in Hameln." Er tippte sich beim Fahren an die Schläfe. „Wenn du mich fragst – die spinnen ein wenig."

„Ich frage dich aber nicht", konterte Sophie schlagfertig und klammerte sich an den seitlichen Halteschlaufen der Türholme fest. „Was tust du gerade?"

„Ich verfolge Conte und den Typen im Golf."

„Das ist mein Kollege, Roland Alders“, erklärte Sophie. „Wir waren unterwegs, um Conte zu befragen. Er ist getürmt, als wäre der Leibhaftige hinter ihm her. Ins Hubschraubermuseum. Da ist er wohl durch einen Seitenausgang wieder raus und hat sich in sein Auto gesetzt.“

„Tz“, machte Dirzius. „Dann schnappen wir ihn uns jetzt.“

„Mit diesem Ding hier?“ Sophie blickte sich im spartanisch ausgestatteten Innenraum des Redaktionskäfers um.

„Lass mich mal machen.“ Dirzius beschleunigte den Käfer, so gut es ging. Der Motor heulte auf, doch schon bald hatten sie Sichtkontakt zu Alders und Conte. Alders hatte ein Magnetblaulicht auf das Dach geheftet. Das Blaulicht zuckte durch die Dunkelheit und warf geisterhafte Blitze an die Fassaden der Gebäude, an denen sie vorbeikamen.

„Wo bleibt denn die Verstärkung, die ich gerufen habe?“ Sophie blickte sich suchend um. Conte hatte es geschafft, den kleinen Fiat in Richtung Ortsausgang zu lenken, ohne dass Alders ihm gefährlich werden konnte. Obwohl der Fiat sicherlich weniger Motorleistung hatte, war Conte wohl der bessere Fahrer. Die beiden Männer lieferten sich auf der Landstraße ein unerbittliches Wettrennen. Von Minute zu Minute vergrößerte sich der Abstand zu dem Käfer.

„Übrigens bin ich begeistert, dass du dich mal wieder in meine Arbeit einmischst“, bemerkte Sophie irgendwann.

Margit Lodde drehte sich nickend zu ihr um. „Das habe ich ihm auch schon gesagt."

Dirzius hatte keine Gelegenheit zu antworten, denn in diesem Moment wurden sie Zeugen, wie Conte die Gewalt über sein Fahrzeug verlor.

Von vorn tauchten drei Streifenwagen mit zuckendem Blaulicht auf. Sie fuhren versetzt hintereinander, sodass ein Ausweichen nicht mehr möglich war. Mit dem rechten Vorderrad kam Conte von der Straße ab. Der Kleinwagen geriet ins Schlingern, rumpelte ungebremst in den Graben neben der Fahrbahn, neigte sich bedenklich zur Seite und kam schließlich an einem Baum zum Stehen.

Dirzius lenkte den Käfer an den Straßenrand. Er kam hinter dem Golf von Roland Alders zum Stehen. „Na dann", sagte Dirzius nach hinten. „Dann tu mal deine Arbeit. Es sieht aus, als könnte unser italienischer Freund nicht mehr abhauen."

*

Hameln, Marktkirche, 18:35 Uhr

Es war dunkel geworden. Niemand hielt sich in der Kirche auf. Er nahm den Duft von Wachs wahr und sah das Flackern der Kerzen neben dem prächtigen Altar.

Er hatte keine Ahnung, ob es einen Küster gab, der dafür sorgte, dass das Gotteshaus nachts verschlossen war. Bisher hatte er sich zwischen zwei Bänke im Kirchenschiff gekauert, um unbemerkt zu bleiben. Längst hatte er jedes Zeitgefühl verloren. Umständlich zog er sein Handy hervor und wählte ihre Nummer. Es dauerte nur zwei Freizeichen, bis sie sich meldete. „Was willst du?", herrschte sie ihn an.

„Kannst du mich abholen?" Er flüsterte, obwohl er alleine in der großen Kirche war und niemand ihn belauschen konnte.

„Warum sollte ich das tun?" Trotz schwang in ihrer Stimme mit.

„Weil der Wagen in der Tiefgarage des Hotels steht. Wenn ich dahin zurückgehe, kann ich mich auch gleich den Bullen stellen."

Sie dachte nach. „Wo bist du jetzt?"

„Ich hab mich versteckt. In der Marktkirche, mitten in Hameln. Aber hier kann ich nicht ewig bleiben."

„Selbst wenn ich jetzt losfahren würde, wäre ich zweieinhalb Stunden unterwegs. Kannst du dich nicht einmal selbst aus der Scheiße retten?"

„Zum Hotel kann ich nicht zurück." Er spürte, wie ihr Widerstand schmolz. „Ich hab keine Kohle mehr. Das Hotelzimmer und der Mietwagen ... Scheiße."

„Was ist scheiße?"

„Der Mietwagen. Ich habe ihn über die Firma bestellt, um Geld zu sparen."

„Nee, oder?"

„Doch. Ich wollte die vergünstigten Konditionen haben. Bezahlt hab ich die Karre aber von meinem Geld."

„Du bist ein Riesenarschloch", fluchte sie. „Die Bullen sind nicht blöd und werden hier antanzen und uns den Laden durchsuchen, und dann haben sie dich auch."

„Kannst du mich decken?"

„Ich könnte es, werde es aber nicht tun."

„Dann gehe ich in den Bau. Und wenn sie mir alles nachweisen, siehst du mich viele Jahre lang nicht mehr."

„Auf diese Zeit freue ich mich."

„Du lügst."

„Nein."

Er spürte, wie ihm die Knie weich wurden. „Ich habe das alles für uns getan, für die Firma. Er sollte nicht länger zwischen uns stehen." Seine Stimme klang flehentlich.

„Das hast du erreicht."

„Kommst du?"

„Bleib, wo du bist." Sie hatte die Verbindung unterbrochen. Das monotone Tuten im Hörer nervte ihn. Jetzt wurde es spannend. Zweieinhalb Stunden. Sie würde kommen, da war er sich sicher. Ein diabolisches Grinsen legte sich um seine Mundwinkel. Alles lief wie am Schnürchen. Die Bullen hatte er abgehängt, es gab keine lästigen Zeugen mehr. Und sein Widersacher war auch erledigt. Fast zärtlich strich seine Hand über das kalte Metall der Glock 17 in seiner Hosentasche. Es war erstaunlich, was man alles im Darknet erstehen konnte. Jetzt konnte er zum großen, alles entscheidenden

Schachzug ansetzen. Er würde sie sich holen und bald ein reicher Mann sein. Und dann würde er ein letztes Mal töten. Sie.

Wuppertal, Cronenberg, 18:50 Uhr

„Showtime", riss ihn Heinrichs' nasale Stimme aus dem Dämmerschlaf. Karl Brauer hatte die Lehne des Sharan zurückgeklappt und die Arme hinter dem Kopf verschränkt. Währenddessen hatte Heinrichs an seinem Pappbecher genuckelt und das Werkstor von „Max-Tools" nicht aus den Augen gelassen. Jetzt, so schien es, tat sich auf der gegenüberliegenden Straßenseite etwas. Ein mintfarbener Mini Clubman rollte auf die Straße, nachdem ein Mitarbeiter des Werksschutzes, der hinter einer gespiegelten Scheibe in einem Anbau der Verwaltung saß, die Schranke geöffnet hatte. Hinter dem Steuer saß eine junge Frau. Die blonden Haare fielen locker auf die Schultern. Um mehr zu erkennen, reichte die Straßenbeleuchtung nicht.

„Ach nee", sagte Brauer überrascht, als die junge Fahrerin für den Bruchteil einer Sekunde vom Schein einer Straßenlaterne gestreift wurde. „Die kenn ich doch?"

Heinrichs blickte ihn überrascht an. „Woher?"

Brauer winkte ab. „Später, Heinrichs, später." Eilig fuhr er die Sitzlehne hoch und startete den Motor des zivilen Dienstwagens. Die Müdigkeit, die ihn befallen hatte, als sie Lisa Webers Observation begonnen hatten, fiel von ihm ab. Brauer wartete, bis der Mini an ihnen vorbeigerollt war, dann setzte er den Blinker und nahm die Verfolgung des Kleinwagens auf. Er achtete darauf, dass immer ein, zwei Fahrzeuge zwischen ihnen waren. Auf den ersten Metern der Verfolgung schon aufzufallen, grenzte für ihn an Stümperei.

„Es werden noch Wetten angenommen – nach Hause fährt sie sicher nicht“, grinste Heinrichs. Er ließ das Seitenfenster abwärts gleiten, zerknüllte den Pappbecher und warf ihn aus dem fahrenden Wagen, wofür er sich einen tadelnden Seitenblick von Brauer einfing. Doch Heinrichs ließ sich nicht beirren. „Also, wo will sie hin?“

„Ich denke, ich kenne das Ziel.“ Brauer grinste und beobachtete Heinrichs, der ein Tablet auf dem Schoß hielt und die Bewegungen des Mini Clubman als kleinen wandernden Punkt auf einer Karte verfolgen konnte. Vor Stunden schon hatte er die Ortung ihres Smartphones eingerichtet. „Sie geht uns nicht mehr durch die Lappen“, kommentierte Heinrichs.

„Ist das MEK einsatzbereit?“, fragte Brauer.

Heinrichs zückte das Handy. Er scrollte und wischte sich durch das Menü und lauschte schließlich dem Freizeichen. „Ich werde den Startbefehl geben. Wenn unsere Vermutungen stimmen, können die Kollegen sie auf Lichtscheid abpassen und ihr dann bis zum Ziel nachfahren.“

„Und was machen wir mit dem angefangenen Tag?“ Brauer hob eine Augenbraue.

Heinrichs ließ das Tablet sinken. „Feierabend?"

„Falsch. Jetzt will ich auch wissen, wie es weitergeht", erwiderte Brauer. „Außerdem soll Hameln eine schöne Stadt sein."

Gerade in dem Moment, als Heinrichs etwas erwidern wollte, wurde sein Anruf angenommen. Er orderte das mobile Einsatzkommando zum Überflieger nach Lichtscheid und versuchte, sich mit dem Gedanken anzufreunden, dass eine lange Nacht vor ihnen lag.

*

Sie war nicht dumm und hatte längst mitbekommen, dass am Werkstor ein ziviler Dienstwagen der Polizei parkte, in dem sich zwei Männer langweilten. Die beiden observierten seit einigen Stunden mit schon auffälliger Unauffälligkeit das Firmengelände. Der Mann hinter dem Lenkrad schien zu schlafen. Er hatte die Sitzlehne nach hinten geklappt, während sein Kollege auf dem Beifahrersitz Wache hielt.

Nun war sie ihre Zielperson. *Gut so*, dachte sie mit perfidem Grinsen. Ihr Plan ging also auf. Jetzt konnte sie die Bullen zu dem Mörder von Klaus Sippelmann schleusen und ihn seiner gerechten Strafe zuführen. Tief atmete sie durch, als sie am Theishahn auf die Schnellstraße in Richtung Ronsdorf abbog und das Gaspedal tief durchtrat. Nachdem sie den Tunnel passiert hatte, drehte sie das Radio laut und sank zurück in die Polster.

*

Hameln, Pferdemarkt, 21:35 Uhr

Das Navi hatte sie sicher ans Ziel gebracht. Den Wagen hatte sie in einer kleinen, verlassenen Seitenstraße geparkt, um den Rest des Weges zur Kirche zu Fuß zurückzulegen. Lisa Weber wollte ihm noch einmal in die Augen schauen, bevor er eingebuchtet wurde. Sie hatte nicht vor, ihn zu retten. Er hatte seine Rechnung ohne sie gemacht, war einen Schritt zu weit gegangen, dafür würde er jetzt büßen.

Alexander war über Leichen gegangen.

Und sie sollte ihn retten. Lächerlich.

Er war alt genug und sollte in der Lage sein, für sich selbst Verantwortung zu übernehmen. Ihr Vater hatte schon richtig gehandelt, als er ihm nur den Posten in der Buchhaltung übertragen hatte. Für die Leitung einer Firma war er einfach nicht reif.

Sie würde das Unternehmen ihres Vaters erben. Klaus war tot. Dennoch stand ihrer Übernahme nichts mehr im Wege. Alexander hatte sich selbst disqualifiziert. Es war nicht gut gewesen, Klaus zu töten. Dafür würde er jetzt büßen. Und sie wollte dabei sein, wenn er abgeführt wurde. Nach seinem Hilferuf am frühen Abend hatte sie sich ins Auto gesetzt, um nach Hameln zu kommen. Aber nicht, um ihn zu befreien, sondern um dabei zu sein, wenn er in Handschellen abgeführt wurde. Als eiskalter Mörder.

Als der Mann, der ihren Liebhaber erschossen hatte.

Es würde ihr Klaus nicht zurückbringen, aber vielleicht gab es ihr ein wenig Genugtuung, wenn sie sah, wie man ihn verhaftete. Deshalb hatte sie vor wenigen Minuten den Polizeinotruf gewählt und den Beamten mitgeteilt, wo sich ihr Bruder aufhielt.

Als sie den großen Platz zwischen Einkaufspassage und der Kirche erreichte, sah sie das Aufgebot von Einsatzwagen der Polizei. Auch zwei Notarztwagen und ein Mannschaftsbus parkten vor der Kirche.

Majestätisch erhob sich der Turm der Kirche Sankt Nicolai in den Nachthimmel über der Rattenfängerstadt. Doch das Idyll täuschte. Schwer bewaffnete Polizisten umstellten das Gotteshaus. Es war ein bizarrer Anblick, als die vermummten Beamten des Sondereinsatzkommandos mit den Waffen im Anschlag in die Kirche stürmten.

Mit einem feinen Lächeln auf den Lippen trat Lisa Weber näher und ließ die Szenerie auf sich wirken. Obwohl die Kirche von starken Scheinwerfern angestrahlt wurde, hatte man zusätzlich Suchscheinwerfer auf hohen Stativen montiert. Der Platz vor dem Haupteingang war von Absperrband umgeben. Leise surrend flatterte das schraffierte Band im Wind.

Lisa holte tief Luft, dann setzte sie sich in Bewegung.

Es war der Abend der Abrechnung. Irgendwie ein gutes Gefühl.

DREIUNDDREISSIG

Wuppertal, An der Bergbahn, 20:40 Uhr

Das Fernsehen nervte ihn. Das Bier schmeckte schal. Die Heizung wurde auch nicht richtig warm, und der Rücken machte ihm zu schaffen. Ulbricht stöhnte entnervt auf. Heute war es kurz spannend gewesen. Als Sophie ihn um Hilfe gebeten hatte, als er Bernd Lüders besucht und sein Handy konfisziert hatte, da war er wieder ein Mensch gewesen. Ein Mann mit einer Aufgabe, mit einer Mission. Und das Gespräch mit Höltgeshoff. Ein Kinderspiel war es für den alten Kommissar gewesen, an die gewünschte Information zu kommen. Viel zu schnell war es gegangen. Und jetzt hing er wieder hier, in seiner Bude, herum und stierte die Wände an. Dieses Nichtstun war nichts für ihn. Unruhig marschierte Ulbricht durch die spärlich beleuchtete Wohnung. Im dunklen Flur blieb er stehen und starrte unschlüssig auf das Telefon, das in der Ladestation auf der alten Kommode steckte. Er streckte eine Hand danach aus, hielt inne, überlegte. Sollte er es tun?

Immer wieder wägte er das Für und Wider ab. Drei Anläufe benötigte er, bis er den Mut aufgebracht hatte, nach dem Mobilteil zu greifen. Er tippte eine Nummer ein und wartete auf das Freizeichen.

„Und?“, fragte er, als sich am anderen Ende der Leitung eine sonore Stimme meldete. Im Hintergrund das Dröhnen eines Automotors.

„Wie – und?“

„Habt ihr sie?“

„Ulbricht, bist du das?“ Brauer war nicht sicher. Er klang genervt.

„Wer sonst?“

Brauer schnaubte wütend. „Also noch mal von vorn, alter Mann: Wen soll ich haben? Die Sommergrippe? Jetzt, im Herbst?“

„Spinnst du? Ob ihr die Anruferin ermittelt habt, die Lüders über den Mord an Sippelmann informiert hat.“

„Jein.“

„Was ist das denn für eine Aussage?“

„Wir haben Blickkontakt zur Zielperson.“

Ulbricht lachte meckernd. „Geht doch. Also – ich will Details.“

„Wie heißt das?“

„Sofort.“

„Ist gut.“ Brauer lachte, dann berichtete er dem pensionierten Hauptkommissar, dass er und Heinrichs sich an die Stoßstange von Lisa Webers Mini geheftet hatten. Vieles deutete darauf hin, dass sie nach Hameln unterwegs war.

„Da gibt es gleich einen Showdown“, mutmaßte Ulbricht grimmig. Einmal mehr wäre er gern dabei gewesen, wie der Mörder von Klaus Sippelmann überführt wurde.

„Wir gehen davon aus, dass sie sich in Hameln mit unserem Täter trifft", stimmte Brauer zu. „Allerdings wissen wir von den Kollegen, mit denen ich gerade telefoniert habe, dass es heute in Hameln zwei weitere Festnahmen gegeben hat."

„Hatte Sippelmann so viele Mörder, oder verhaften die alles, was nicht bei drei auf den Bäumen ist, um der Pressemeute Erfolge präsentieren zu können?" Ulbricht war im Wohnzimmer angekommen und ließ sich auf die Sofalehne sinken. Was in Hameln vorging, entsprach sicher nicht Majas Idealen von Recht und Gerechtigkeit.

Er beschloss, sie gleich anzurufen, doch davon musste Brauer nichts wissen. „Was ist mit dem Handy, das ich euch von Lüders mitgebracht habe?"

„Danke, wollte ich gerade sagen", erwiderte Brauer. „Es gehört Lisa Weber – die wir gerade verfolgen."

Ulbricht pfiff durch die Zähne. „Junge, die Kleine scheint aber Dreck am Stecken zu haben."

„Das wird sich herausstellen, wenn die Kollegen des MEK sie festnehmen", brummte Brauer. „Erst mal ist sie verdächtig, an einer Straftat beteiligt zu sein. Mehr als Untersuchungshaft hängt nicht dran, wahrscheinlich werden wir es bei einer Befragung bewenden lassen."

„Und dafür so ein Aufwand?" Ulbricht schüttelte den Kopf. Früher hätte er sich alleine an die Fersen einer Verdächtigen geheftet. Heute ließen seine Nachfolger die Drecksarbeit von Mobilen Einsatzkommandos erledigen. Weicheier hatte er sich da herangezüchtet. Früher war eben doch alles besser gewesen.

Mit wenigen Sätzen berichtete Brauer dem ehemaligen Leiter des KK 11, was sie über Lisa Weber in Erfahrung gebracht hatten. „Maximilian Weber hat mit dem Bau der Seilbahn die Hoffnung, dass Sippelmann ihm viele Projekte anvertraut. Als Metallbauer erhofft er sich zusätzliche Aufträge für das Traditionsunternehmen. Und das alles, wo er gerade dabei ist, die Weichen in Richtung Zukunft zu stellen. Weber hat zwei erwachsene Kinder – der Sohn ist missraten, er versäuft das Geld seines Alten, nimmt jede Party mit und lässt nichts anbrennen, wird wohl kaum Chancen haben, den elterlichen Betrieb zu übernehmen. Deshalb setzt Maximilian Weber jetzt alle Hoffnungen in die Tochter – Lisa Weber. Er bereitet sie auf die Übernahme der Firma in ein paar Jahren vor. Derzeit studiert sie an der Bergischen Universität BWL und Maschinenbau, besucht ein paar Seminare im Bereich Verkehrswissenschaften. Sippelmann war einer ihrer Dozenten, die beiden sind sich wohl nähergekommen."

„Hier schließt sich der Kreis", stimmte Ulbricht zu.

„Lisa ist nicht nur ehrgeizig, fleißig und intelligent – sie ist auch hübsch und hat ein paar Verehrer am Start."

„Habt ihr die gecheckt?"

„Läuft noch, aber die meisten sind clean. Einer allerdings ist krankhaft eifersüchtig. Wir hatten bei unserer

Befragung an der Uni heute mit ihm zu tun. Er ist verliebt in Lisa Weber, doch sie hat kein Interesse an ihm."

„Das hat Potenzial."

„Wie man es nimmt. Und es gibt jemanden, der nicht gern sieht, dass sie mit seinem Vater was hat."

„Ach was." Ulbricht war neugierig. „Bekomme ich auch Details, oder lässt du mich blöd sterben?"

„Nee." Brauer kicherte. „Sippelmanns Sohn, er ist siebzehn, weiß von der Affäre seines Vaters mit Lisa Weber."

Ulbricht pfiff durch die Zähne. „Das ist mal was Neues."

„Sag ich doch."

„Ich kannte Klaus Sippelmann aus den Medien nur als braven Familienvater, der nach dem tragischen Unfalltod seiner Frau als besonders harmoniebedürftig galt und den Verlustängste prägten."

„Das war der offizielle Sippelmann", bestätigte Brauer. „Allerdings hatte er wohl ein Auge auf Lisa Weber geworfen."

„Und das hat jemandem nicht gepasst", zog Ulbricht Fazit. „Dann sucht den eifersüchtigen Gigolo, und schon habt ihr jemanden, mit dem ihr punkten könnt – wenn sie euch nicht gerade zu ihm leitet."

„Davon gehen wir aus", stimmte Brauer zu. „Allerdings passt das nicht zu dem Doppelmord am Unternehmerehepaar Lodde. Zwei alte Menschen, wohlhabend und bekannt im Weserbergland, wurden gestern, unmittelbar nach dem Mord an Sippelmann, in ihrer

Villa erschossen. Heute Morgen wurden sie von der Pflegekraft gefunden."

„Ich sehe keinen Zusammenhang", erwiderte Ulbricht.

„Ich auch nicht – aber die Kollegen in Hameln und Hannover sind sehr sicher, dass die Patronen aus der gleichen Waffe stammen, mit der auch Sippelmann getötet wurde."

Ulbricht stand wieder auf und trat ans Wohnzimmerfenster. Dunkel und verlassen lag die Straße da. „Was waren das für zwei Festnahmen, die es in Hameln gab – was soll der Quatsch?"

Brauer ging nicht auf den Vorwurf ein, der ihm nicht gegolten hatte. „Erstens einen windigen Gastronomen, der ein Restaurant auf dem Berg unterhielt, auf den die Seilbahn fahren soll. Sein Restaurant sollte zur Bergstation umgebaut werden. Als er sich weigerte, zu verkaufen, drohten ihm die Behörden mit Enteignung."

„In Hameln wollte Sippelmann auch eine Seilbahn bauen?" Ulbricht staunte nicht schlecht.

„Nun ja, es war in einem frühen Stadium der Planung. Aber ja – es war was im Busch. Und der Gastronom wäre am Ende, wenn er sich auf den Deal einlässt."

„Ist das ein Grund zu morden?"

„Deine Freundin und ihr Team werden es herausfinden."

Maja, dachte Ulbricht plötzlich. Vielleicht sollte er sie mal wieder anrufen. In der letzten Zeit war es ruhig zwischen ihnen geworden. Es hatte keinen Streit gegeben, aber irgendwie hatten sie sich aus den Augen verloren. Er nahm sich vor, sie morgen anzurufen.

„Und die zweite Festnahme?“

„Hat wahrscheinlich nichts mit dem Mord an Sippelmann zu tun. Bei dem erschossenen Ehepaar wurde nichts gestohlen. Die einzige Tochter sollte alles erben, aber jetzt tauchte ein Freund des Hauses auf, der wohl Ansprüche auf das Erbe erheben wollte.“

„Die Welt wird immer verrückter“, murmelte Ulbricht. „Mord aus Habgier. Doppelmord, um genau zu sein.“ Er schüttelte den Kopf, was Brauer am anderen Ende der Leitung nicht sehen konnte. „Trotzdem fehlt uns noch der Mörder von Klaus Sippelmann.“

„Sag mir, was ich tun soll.“

Ulbricht musste nicht lange nachdenken. „Was ist das häufigste Mordmotiv?“

„Eifersucht“, kam es wie aus der Pistole geschossen.

„Gut, dass du dich daran erinnerst. Und jetzt bist du dran.“

„Ja, dran an dem Objekt der Eifersucht, wenn ich nicht total auf dem Holzweg bin.“

„Wo ist Sophie Stein?“

„In Hameln.“

„Bingo.“ Ulbricht klatschte sich mit der freien Hand vor die Stirn. „Dann los.“

„Wohin soll ich Sophie denn nun schicken?“

„Sag mal, wer war eigentlich dein Ausbilder, von wem hast du gelernt, ein guter Polizist zu sein?“

„Von dir.“

„Dann mach was draus." Ulbricht fluchte ungestüm. „Wie schön. Das mit der zweiten Reihe ist bei mir auch kläglich gescheitert." Damit meinte Ulbricht nicht seine Tochter Wiebke.

„Was habe ich dir eigentlich getan?"

„Du sollst deinen Job so machen, wie ich es dir damals beigebracht habe, Karl. Kann doch nicht so schwer sein."

Ulbricht unterbrach die Verbindung. Sekundenlang hielt er das Telefon in seiner Hand und stierte auf das Display, das langsam erlosch. In ihm reifte ein Plan. Wenn es die Polizisten von heute nicht schafften, einen Mord innerhalb der ersten Stunden nach der Tat aufzudecken, dann musste er mal wieder ran. Grinsend verschwand er im kalten Schlafzimmer, wischte über die Wand neben der Tür und betätigte den Lichtschalter. Was sollte er nur anziehen für das Wiedersehen?

VIERUNDDREISSIG

Hameln, Pyrmonter Straße, 21:05 Uhr

Sie war eingeschlafen. Das bemerkte sie erst, als das Buch, das sie in den Händen gehalten hatte, auf ihrem Gesicht landete. Maja schreckte auf. Schlaftrunken legte sie das Buch auf den Wohnzimmertisch. Die einzige Lichtquelle im Raum waren die kleine, halbhohe Leselampe aus dem schwedischen Einrichtungshaus und der Fernseher, der ohne Ton lief.

Als sie den Blick nach links wandte, sah sie, dass sie das Weinglas auf dem Tisch nicht angerührt hatte. Nach dem Bad hatte sie sich in den flauschigen Morgenmantel gehüllt und war auf das Sofa gekrochen, um ein wenig vom langen Arbeitstag abzuschalten. Das Klingeln des Telefons fiel ihr erst jetzt auf. Vermutlich war sie auch deshalb aufgewacht. Maja überlegte, ob sie drangehen sollte. Wahrscheinlich wäre es falsch, denn wenn man sie zu später Stunde anrief, dann waren es meistens die Kollegen. Sie fühlte sich kraftlos und ausgebrannt und ließ es klingeln. Wer sie sprechen wollte, konnte eine Nachricht auf dem Anrufbeantworter hinterlassen.

Ein wenig unheimlich war es ihr, als im dunklen Flur eine verzerrte Stimme laut wurde. Sie hatte den Anrufbeantworter nicht auf lautlos gestellt. Maja erkannte die Stimme von Norbert Ulbricht. Was er sagte, konnte sie nicht verstehen. Sie erhob sich. Ihre Knochen waren schwer wie Blei, dann stand sie im Flur. Die Basisstation blinkte.

Maja drückte den Knopf, um die Nachricht von Ulbricht abzuhören.

„Bist du zu Hause? Ich bin es, Norbert. Hör zu, eine gewisse Lisa Weber ist auf dem Weg nach Hameln. Und sie wird zu ihrem Liebhaber fahren. Was nicht so interessant klingt, könnte aber wichtig sein für deinen Fall. Wenn ich die Fakten zusammenlege, dann fährt sie zu ihrem Freund. Immer noch nicht interessant?“ Ulbricht kicherte am anderen Ende der Leitung. „Wenn sich mein Verdacht erhärtet, hat er Sippelmann auf dem Gewissen. Mord aus Eifersucht. Mehr kann ich dir nicht sagen, schau, was du daraus machen kannst, vielleicht hast du eine Idee?“ Wieder eine Pause, dann, etwas kleinlaut und fast zärtlich für Ulbrichts Verhältnisse: „Du fehlst mir übrigens. Aber das tut jetzt nichts zur Sache. Die Kollegen sind mit einem MEK unterwegs in die Rattenfängerstadt.“ Es klickte in der Leitung, dann tutete es.

Wütend stemmte Maja die Hände in die Hüften. Warum tat Norbert ihr das an? War ihr der Feierabend nicht vergönnt?

Sie war versucht, ihn zurückzurufen, um ihm die Meinung zu sagen. Doch etwas hielt sie davon ab. Lisa Weber, hämmerte es in ihrem Kopf. Dann wusste sie, wo sie den Namen heute schon mal gehört hatte. Der Mietwagen, den man in der Parkgarage unter dem Hotel gefunden hatte, war von einer Firma „MaxTools" mit Sitz in Wuppertal geliehen worden. Leider war es schon zu spät gewesen, um an weiter reichende Informationen zu kommen. So ließ sich nicht rekonstruieren, welcher Mitarbeiter mit dem Mietwagen unterwegs war. Es ließ sich auch nicht rekonstruieren, wer den Wagen bei der Leihfirma gebucht und gefahren hatte. Hatte Lisa Weber als künftige Chefin der Firma einen Leihwagen gebucht, den sie ihrem Freund zur Verfügung gestellt hatte?

Maja ging zurück ins Wohnzimmer und schnappte sich ihr Tablet. Sie gab den Namen der Werkzeugfabrik in das Fenster der Suchmaschine ein und überflog die gefundenen Einträge. Dann präzisierte sie und tippte „Lisa Weber MaxTools Wuppertal". Kurz darauf sah sie das Foto einer jungen Frau mit einem ebenen Gesicht, blauen Augen und langen blonden Haaren, die locker auf ihre Schultern fielen. Besonders interessant war für Maja aber der Mann, der Lisa Weber im Arm hielt und weltmännisch in die Kamera lächelte. Es war eindeutig Klaus Sippelmann. Auf einem anderen Bild sah sie die Tochter des Wuppertaler Fabrikanten an der Seite eines hochgewachsenen Jünglings im perfekt sitzenden Anzug. Maja schaute zweimal hin, doch es bestand kein Zweifel.

Und es dauerte nicht lange, bis Maja ihn als den Mann erkannt hatte, der heute auf Grundmann geschossen hatte. Ihre Hände zitterten, als sie das Telefon aus der Halterung nahm, um Grundmann aus dem Bett zu klingeln.

FÜNFUNDDREISSIG

Hameln, Stadtmitte, 21:30 Uhr

Eine kalte Nacht mit Temperaturen um den Gefrierpunkt stand bevor. Er wusste das, ohne einen Fuß vor die Tür gesetzt oder einen Blick auf das Thermometer geworfen zu haben. Er fror bitterlich und hatte, seitdem er das Handy ausgeschaltet hatte, jedes Zeitgefühl verloren. Vor Stunden hatte sich schon die Dunkelheit über der Stadt ausgebreitet. Dennoch konnte er froh sein, dass an diesem Tag kein Abendgebet in der Marktkirche stattgefunden hatte. So musste er nicht zwischen den Bänken kauern, sondern konnte sich, immer den Schatten im Schiff der Kirche nutzend, frei bewegen.

Als die Kirchentür mit einem lauten Quietschen geöffnet wurde, zuckte er zusammen. Wer kam so spät noch in eine Kirche? Panik stieg blitzartig in ihm auf, seine Hand glitt zur Waffe. Die Glock 17 gab ihm ein Gefühl von Sicherheit. Mühsam zwang er sich, Ruhe zu bewahren, und atmete tief durch. Wahrscheinlich handelte es sich um einen Obdachlosen, der im Gotteshaus Schutz vor der Kälte der hereinbrechenden Nacht suchte.

„Hallo?“ Die Stimme schallte durch die Kirche. Eine Männerstimme, das Alter war schwer zu schätzen. „Ist hier jemand?“

Hastig duckte er sich in den Schatten eines Beichtstuhles, in dem er vorhin schon einige Zeit verbracht hatte. Das Licht der Laternen fiel durch das bunte Fenster im Südteil der Kirche. Erst jetzt registrierte er, dass in dem Fenster der Rattenfänger mit seiner Flöte dargestellt war. Jetzt näherten sich Schritte, und kurz überlegte er, ob er die Flucht in eines der Gewölbe in den Seitenflügeln der Kirche wagen konnte.

„Hallo – ich werde die Kirche jetzt abschließen“, ertönte die Stimme durch das Kirchenschiff. „Bitte kommen Sie heraus.“

Seine Nerven waren bis zum Zerreißen gespannt. Fest presste er sich an die Wand in seinem Rücken und spürte den kalten Beton durch die Kleidung. War das ein Bulle, oder gehörte der Mann zur Gemeinde? Handelte es sich womöglich um den Küster? Bevor er einen klaren Gedanken fassen konnte, ertönte draußen ein Martinshorn. Unheimlich schallte die Sirene durch die Stille der Fußgängerzone, in der um diese Zeit kaum noch Betrieb herrschte. Es waren mehrere Fahrzeuge, die sich rasend schnell näherten, und er bildete sich ein, heraushören zu können, dass die Einsatzwagen die Kirche umstellten.

Jetzt haben sie mich am Arsch, dröhnte es in seinem Kopf. Wenn die Bullen mit einer Hundertschaft in die Kirche stürmten, um ihn zu fassen, dann war es eine Frage der Zeit, bis sie ihn fanden. Wo blieb nur Lisa?

Jetzt galt es, keine Zeit zu verlieren. Draußen wurden Stimmen laut, Befehle gebrüllt, Schritte von schweren Stiefeln näherten sich dem Eingang der Kirche, dann wurde die schwere, metallene Eingangstür geöffnet.

Er musste handeln.

„Wo sind Sie?", fragte die Stimme des Mannes, der kurz vorher die Kirche betreten hatte.

Mit zitternden Händen zog er die Glock, entsicherte sie und nahm sie in den Anschlag, dann machte er einen Satz und sprang aus seinem Versteck hervor. „Hier – Hände hoch!"

Der Mann, er stand zwischen den Holzbänken, wich einen Schritt zurück und hob die Hände. Er war Ende dreißig, groß und breitschultrig. Die dunkelblonden Haare kurz geschoren, ein fein gestutzter Dreitagebart zierte ein rundes Gesicht, zu dem die ängstlich aufgerissenen Augen passten. Fassungslos blickte der Mann in die Mündung der Waffe.

„Bitte tun Sie mir nichts", flehte er.

„Keine Angst, tu einfach das, was ich dir sage." Er trat näher, gab sich Mühe, gelassen zu bleiben. Während er sich dem Mann mit der lichtgrauen Outdoor-Jacke und dem blass karierten Hemd näherte, lauschte er nach draußen. Immer wieder hallten Martinshörner durch die Nacht. Nicht gut für ihn.

„Was wollen Sie von mir?" Schweiß stand auf der hohen Stirn des Mannes, der tatsächlich der Küster der Marktkirche zu sein schien.

„Du bist meine Lebensversicherung“, erwiderte er und fuchtelte mit der Pistole in der Hand herum. „Mach keinen Mist, dann kommst du hier lebend raus.“ Er trat hinter sein massiges Gegenüber und hielt ihm die Mündung der Glock an die Schläfe. „So“, sagte er betont lässig. „Dann wollen wir mal auf das Empfangskomitee warten.“

*

Brauer wartete, bis sie ausgestiegen war. Lisa hatte den Mini in einer kleinen Seitenstraße der Innenstadt geparkt. Ihr Gesicht schien im Widerschein des Handy-Displays blau zu leuchten. Erst beim zweiten Hinsehen glaubte er zu erkennen, dass Lisa Weber den Weg bis zum Ziel mit einer Navigations-App suchte.

„Und jetzt?“, fragte Heinrichs, während er das Tablet in die Seitentasche der Tür steckte.

„Hinterher“, erwiderte Brauer und stieß die Tür auf. Ein kühler Luftzug wehte ins Wageninnere. „Ich kenn mich hier nicht aus, wäre schön, wenn wir sie jetzt, kurz vor dem Ziel, nicht verlieren.“

„Aber das MEK …“, setzte Heinrichs an.

„Macht seinen Job, trotzdem will ich dranbleiben“, erwiderte Brauer betont ruhig. „Wär doch ein Jammer, wenn wir den Kollegen nur in die Hand gearbeitet hätten und nicht selber dabei sind, wenn der Mörder von Klaus Sippelmann festgenommen wird." Brauer gab Heinrichs ein Zeichen, dann marschierte er in die Richtung, in die Lisa Weber verschwunden war. „Wow", machte er, als sie an einen großen Platz kamen, der von einer mächtigen Kirche beherrscht wurde. Brauers Blick streifte den spitzen Turm, der sich in den Nachthimmel zu strecken schien. „Wenn das mal nicht der Finger Gottes ist."

Was ihm aber noch viel mehr imponierte, war das Großaufgebot an Polizeiwagen. Man hatte die Kirche abgesperrt und zusätzliche Scheinwerfer aufgestellt, die auch den letzten Schatten aus den dunklen Nischen des Seitenschiffes prügelten. Just in dem Moment, als Heinrichs etwas bemerken wollte, rief irgendjemand „Zugriff!", dann überschlugen sich die Ereignisse. Schwer bewaffnete Polizisten stürmten mit vorgehaltenen Maschinengewehren in das Gotteshaus – ein fast schon bizarres Bild. Alle trugen sie schusssichere Westen und Bodycams auf Brusthöhe, die das Geschehen aus Sicht der Polizeibeamten aufzeichneten. Und mitten im Gewimmel stand Lisa Weber, die Brauer und Heinrichs hierhergeführt hatte und nicht zu wissen schien, was hier gerade vorging. Bevor Brauer etwas tun konnte, stürmte sie los und rannte geradewegs in die Kirche.

*

Alexander Weber stand mit dem Rücken an der Wand. Er war völlig überfordert mit der Situation, spielte kurz mit dem Gedanken, den Küster zu erschießen, krümmte den Finger dann aber doch nicht um den Abzug, weil er dann seine Lebensversicherung verlieren würde. Mit der Geisel hatte er noch eine geringe Chance, den Bullen zu entkommen.

Es waren acht Polizisten in Schutzkleidung, die jetzt mit Waffen in die Kirche stürmten. Rot glühend huschten die Punkte ihrer Laser-Zielvorrichtungen über das Inventar und die Mauern der Kirche.

„Lassen Sie den Mann los und ergeben Sie sich!“, rief einer der Polizisten. „Sie haben keine Chance – das Gebäude ist umstellt.“

Kurz wog er seine Möglichkeiten ab. Drei Menschen hatte er schon auf dem Gewissen, mehr als lebenslänglich ging nicht. Also käme es auf den Tod des Küsters auch nicht mehr an. Aber würde er es schaffen, sich den Weg mit der Glock freizuschießen? Wahrscheinlich nicht. Sie würden ihn erschießen, bevor er die Tür der Kirche erreicht hatte. Was für ein Tod – von Polizisten in einem Gotteshaus erschossen zu werden und den letzten Atemzug tun. Wäre es nicht so dramatisch, könnte er lachen. Doch das Lachen war ihm vergangen, und nun galt es, den Kopf aus der Schlinge zu ziehen. Wo blieb nur Lisa? Wollte sie ihn nicht retten? Jetzt war es zu spät. Er musste zusehen, wie er klarkam.

Hinter den Polizisten tat sich etwas. Jemand stürmte in die Kirche. Eine zierliche Gestalt mit blonden Haaren.

„Alexander, was soll der Scheiß?“, gellte ihre Stimme durch das Hauptschiff der Kirche.

„Wie kommt die Frau hier rein?“ Unter den Polizisten kam Unruhe auf.

„Schafft sie weg.“

„Kommen Sie.“

Der Küster nutzte die Unruhe. Er holte aus und versetzte Alexander Weber einen Seitenhieb. Die Faust bohrte sich in Webers Magen. Ächzend ging er zu Boden, verdrehte die Augen und fasste an die Stelle, von der der Schmerz ausging. Dabei lockerte er den Griff um die Waffe. Der Küster sah die Chance und nutzte sie. Er hob ein Bein und trat Weber die Glock aus der Hand. Knochen brachen, Weber schrie auf, dann schlitterte die Waffe zu Boden. Ein Schuss löste sich. Das Projektil traf mit einem schrillen Pfeifen das Mauerwerk: Putz rieselte zu Boden.

Der Küster griff beherzt zu und nahm die Waffe an sich. Schnell baute er sich über Weber auf und zielte. „Keine Bewegung“, zischte er ihm zu. Dann wandte er sich kurz um und winkte die Polizisten heran. „Er hat verloren.“

Alexander Weber ergab sich seinem Schicksal. Es hatte keinen Sinn mehr, weiterzukämpfen. Das Spiel war verloren, und so wartete er, bis die Polizisten bei ihm waren, um ihm Handfesseln anzulegen. Zu viert führten sie ihn aus der Kirche, zwei Polizisten kümmerten sich um den Küster. Im Herausgehen warf Weber seiner Schwester einen hasserfüllten Blick zu. „Du hast die Bullen hierhergelockt“, zischte er wütend. „Das wirst du mir büßen, Schwesterlein.“

Brauer legte eine Hand auf ihre Schulter. Als sie sich zu ihm umwandte, lächelte er. „Sie haben alles richtig gemacht.“

Ihre Stimme zitterte. „Ist … ist es vorbei?“

Brauer nickte. „Ja“, sagte er leise und brachte sie zu einem der bereitstehenden Polizeibusse. Jemand kam, um ihr eine Decke über die Schulter zu legen. Lisa Weber zitterte am ganzen Leib. Sie stand unter Schock, als sie auf eine der Sitzbänke in einem Polizei-Bulli sank und die Hände vor das blasse Gesicht presste.

„Ja“, wiederholte Brauer. „Es ist vorbei.“

SECHSUNDDREISSIG

Hameln am nächsten Tag, 21:30 Uhr

Es war zum Mäusemelken: Dirzius konnte sich von dem alten Kasten seiner Eltern nicht trennen. Beschwingt schwebte er durch das Wohnzimmer der Villa und schenkte seinen Gästen Sekt nach. Schon ewig hatte er das Haus nicht mehr so voll gehabt. Alle waren da – Maja Klausen, Jürgen Grundmann, aber auch Sophie, ihr Assistent Heinrichs und Hauptkommissar Brauer waren bei ihm. Nach dem Abschluss des Falles hatten sie sich in der Villa am Finkenborn verabredet. Sophie hatte Dirzius nach einer Führung durch sein Elternhaus versprochen, ihn bei den wichtigsten Renovierungsarbeiten zu unterstützen. Vielleicht würde sich so eher ein potenzieller Käufer für sein Elternhaus finden.

Der Fall, der mit dem Mord an Klaus Sippelmann begonnen hatte, war abgeschlossen. Es hatte drei Festnahmen gegeben, seine eigene ausgeschlossen. Alexander Weber, der Bruder von Lisa Weber, hatte ernsthafte Ambitionen gehabt, seinen Widersacher auszuschalten. Er war eifersüchtig auf den reifen Mann gewesen. Mit ihm an Lisas Seite hätte Alexander die Geschicke der Firma leiten sollen – so hatten es Maximilian Weber und Sippelmann ausgemacht. Und Sippelmann war für sein Alter nicht nur attraktiv, er wusste auch, dass er jüngere Frauen leicht um den Finger wickeln konnte. Nie hätte Maximilian Weber die Firma an Alexander vermacht. Er hatte sich als unzuverlässig erwiesen und kam für die Nachfolge des Firmengründers nicht infrage. Lisa war blind vor Liebe gewesen. Nur der Umstand, dass sie es nicht übers Herz gebracht hatte, Alexander bei der Polizei anzuschwärzen, hatte ihn davon abgehalten, auch sie zu töten. Dass er die Loddes umgebracht hatte, weil sie zu ungebetenen Zeugen geworden waren, schien ihn nicht sonderlich zu belasten.

Nun saß Weber junior in Untersuchungshaft. Koniezcko musste sich wegen einiger anderer Vergehen verantworten – auf freien Fuß kam er wohl auch vorläufig nicht. Genauso wenig wie Giovanni Conte. Er hatte es nachweislich auf das Erbe von Margit Lodde abgesehen. Da man ihm Waffenhandel und versuchte Erbschleicherei vorwerfen konnte, war es ein Leichtes für Dauber gewesen, ihn festzunehmen. Was aus den Männern wurde, würde ein Richter in den kommenden Tagen entscheiden.

Nachdenklich trat Dirzius auf die Veranda seines heruntergekommenen Elternhauses und betrachtete den verwilderten Garten. Hier lagen seine Wurzeln. Tief atmete er durch und schloss die Augen.

„Und?“, riss ihn eine Stimme aus den Gedanken.

Er musste sich nicht umdrehen, um zu wissen, dass sich Sophie zu ihm gesellt hatte.

„Was – und?"

„Hast du deinen Zeitungsartikel schon geschrieben?"

„Er geht heute Abend in den Druck."

„Die große Story hast du dir verdient."

„Was?" Jetzt drehte er sich doch zu Sophie um.

„Den Artikel." Sie lächelte. „Immerhin hast du alles gegeben und warst sogar selber in U-Haft."

„Maja ist eine scharfe Kommissarin", lächelte Dirzius. „Aber sie musste mich gehen lassen."

Sophie lachte leise. „Sei froh, mit ihr möchte ich keinen Streit haben."

Grundmann stand plötzlich hinter ihnen. „Ich auch nicht", sagte er mit einem breiten Grinsen. „Sagt mal – seid ihr eigentlich ein Paar?"

Dirzius zögerte. Schon oft hatte er sich vorgestellt, wie es an der Seite von Sophie Stein wäre. War sie die Frau seiner Träume? Was sollte er sagen? „Nein", antwortete er an Grundmann gewandt.

„Warum eigentlich nicht?", fragte Sophie ihn. Und bevor Frank Dirzius sich versah, spürte er ihre Lippen auf seinem Mund. Grundmann pfiff durch die Zähne, und Maja, die in diesem Moment gemeinsam mit Brauer zu ihnen trat, klatschte Beifall.

Im Verlag CW Niemeyer bereits erschienen ...

Wuppertal, im Jahr 2001: Eine Leiche am Ufer eines Tümpels. War es ein Unfall? Niemand vermisst die unbekannte Frau. Auch die Spur der Polizei führt ins Nichts, die Ermittlungen werden eingestellt.
Fünfzehn Jahre später stolpert Zeitungsreporter Frank Dirzius über eine amtliche Mitteilung: Eine seit Jahren vermisste Frau soll von Amts wegen für tot erklärt werden. Dirzius wittert einen Skandal - haben die Behörden damals geschlafen oder gibt es einen Mord ohne Leiche?
In Zusammenarbeit mit Hauptkommissarin Sophie Stein gibt es bald erste Hinweise auf die Identität der namenlosen Toten von damals. Als eine weitere Frau verschwindet, beginnt ein Wettlauf gegen die Zeit.

Andreas Schmidt. Blutiges Vergessen
336 Seiten. Paperback. ISBN 978-3-8271-9483-1
E-Book 978-3-8271-9596-8 (Pdf)
978-3-8271-9796-2 (Epub)

Weitere Bücher finden Sie unter ...
www.niemeyer-buch.de

Im Verlag CW Niemeyer bereits erschienen ...

Wehe ihm! Sie haben ihn eingeholt ...

Spätsommer an der Rodenberger Windmühle: Das Leben eines Mannes endet auf mysteriöse Weise - er wurde mit verbotener Kriegsmunition erschossen. Hauptkommissar Wolf Hetzer entdeckt in Tatortnähe ein graviertes Metallschild aus dem Jahr 1880, das er zunächst für einen Fund aus frühen Mühlenzeiten hält. Als jedoch weitere Spuren in die Vergangenheit böhmischer Büchsenmacher weisen, kommen Hetzer Zweifel, ob er nicht doch etwas Tatrelevantes an sich genommen hat. Aber wie passt alles zusammen? Eigene, heimliche Recherchen lassen ihn zunehmend unruhig werden. Hat seine Verlobte etwas mit dem Fall zu tun? Nachforschungen führen ihn nicht nur ins Erzgebirge, sondern auch in die Abgründe unmenschlichen Handelns.

... die Schatten der Vergangenheit.

Nané Lénard. SchattenZorn
368 Seiten. Paperback. ISBN 978-3-8271-9472-5
E-Book 978-3-8271-8531-0 (Pdf)
978-3-8271-8330-9 (Epub)

Im Verlag CW Niemeyer bereits erschienen ...

Inselpolizist Onno Federsen ist ratlos. Auf dem ansonsten so beschaulichen Eiland Langeoog treibt ein Fallensteller sein Unwesen. Zweimal hat die Falle schon zugeschnappt. Wer wird das nächste Opfer sein? Und was hat es mit dem menschlichen Schädel auf sich, den Urlauber am Flinthörn gefunden haben und der aus dem Polizeigewahrsam verschwindet? Die Verwirrung ist komplett, als angeblich auch noch der vor zwölf Jahren ertrunkene Mann von Annemarie Hansen gesehen wird.

Micha Krämer. Sand in der Kimme
336 Seiten. Klappenbroschur. ISBN 978-3-8271-9530-2
E-Book 978-3-8271-8539-6 (Pdf)
978-3-8271-8338-5 (Epub)

Weitere Bücher finden Sie unter ...
www.niemeyer-buch.de

Im Verlag CW Niemeyer bereits erschienen ...

Die Eltern bei einem Autounfall verloren, die Tochter ertrunken, die Ehefrau erhängt: In der dunkelsten Stunde seines Lebens fasst der Hamburger Bestatter Julius Hassel einen folgenschweren Entschluss: Er will seine Familie zurück. EGAL OB TOT ODER LEBENDIG!

Im sechsten Fall der erfolgreichen Regionalkrimi-Reihe von Klaus E. Spieldenner wird es geheimnisvoll, denn ein mordender Serienkiller, eine explodierende Weltkriegsbombe an der Elbphilharmonie und konservierte Leichen strapazieren die Nerven der Leser auf ganz besondere Art.

Können die Hamburger Kommissare Lutteroth und Schweiss den schwierigsten Fall ihrer Laufbahn lösen oder werden sie am Ende sogar selbst zur Zielscheibe des Bösen?

Klaus E. Spieldenner. Schuppen 10
432 Seiten. Klappenbroschur. ISBN 978-3-8271-9533-3
E-Book 978-3-8271-8542-6 (Pdf)
978-3-8271-8341-5 (Epub)
